DROEMER ✱

VEIT ETZOLD

DIE FILIALE

THRILLER

Besuchen Sie uns im Internet:
www.droemer.de

Aus Verantwortung für die Umwelt hat sich die Verlagsgruppe Droemer Knaur zu einer nachhaltigen Buchproduktion verpflichtet. Der bewusste Umgang mit unseren Ressourcen, der Schutz unseres Klimas und der Natur gehören zu unseren obersten Unternehmenszielen. Gemeinsam mit unseren Partnern und Lieferanten setzen wir uns für eine klimaneutrale Buchproduktion ein, die den Erwerb von Klimazertifikaten zur Kompensation des CO_2-Ausstoßes einschließt. Weitere Informationen finden Sie unter: www.klimaneutralerverlag.de

Originalausgabe September 2022
Droemer Taschenbuch
© 2022 Droemer Verlag
Ein Imprint der Verlagsgruppe
Droemer Knaur GmbH & Co. KG, München
Alle Rechte vorbehalten. Das Werk darf – auch teilweise – nur mit Genehmigung des Verlags wiedergegeben werden.
Ein Projekt der AVA International Autoren- und Verlagsagentur
www.ava-international.de
Redaktion: Antje Steinhäuser
Covergestaltung: SO YEAH DESIGN, Gabi Braun
Coverabbildung: Abigail Miles / Arcangel Images
Satz: Adobe InDesign im Verlag
Druck und Bindung: GGP Media GmbH, Pößneck
ISBN 978-3-426-30710-6

2 4 5 3 1

*Für die Köpfe bei AVA und Droemer Knaur,
die an der Idee beteiligt waren.
Und natürlich für Saskia.*

Du bist nicht im Geschäft, um geliebt zu werden.
Ich bin es auch nicht.
Wir sind hier, um zu gewinnen.
Wenn du einen Freund brauchst, kauf dir einen Hund.
Ich gehe kein Risiko ein. Ich habe zwei Hunde.

Al »Chainsaw« Dunlap

MONTAG

KAPITEL 1

BWG BANK, FILIALE KOPPENSTRASSE, BERLIN

Manche Dinge haben eine unheimliche Aura, auch wenn sie eigentlich gar nicht böse sind. Ein Lkw, der Tausende von Kühen in den Schlachthof gefahren hat, ein Raum, in dem ein Mensch ermordet wurde, ein Hammer, mit dem jemand einem anderen den Schädel eingeschlagen hat.

Dieser Brief, der vor Laura lag, hatte auch eine solche Aura.

»Von der Bank«, hatte Sandra gesagt und Laura den Brief hingelegt. »Scheint von der Wohnungsgesellschaft zu sein.«

Das Wort *Wohnungsgesellschaft* sorgte dafür, dass Laura einen Stich im Magen spürte. Denn sie befürchtete, dass sie dieses Mal eine hohe Nebenkostennachzahlung erwartete. Da es auf dem gemeinsamen Konto von Laura und ihrem Mann Timo nach der letzten Autowerkstattrechnung nicht ganz so üppig aussah, hoffte sie, dass sie den Betrag bezahlen konnten, ohne an irgendwelche Reserven gehen zu müssen.

Laura atmete tief durch und zwang sich, den Brief nicht sofort zu öffnen.

Sie wunderte sich ohnehin, warum der Brief der Wohnungsgesellschaft sie in der Bank erreichte und nicht an ihre Adresse zu Hause ging. Denn sonst waren doch alle Abrechnungen immer nach Hause geschickt worden. Vielleicht, dachte sie, wurde das jetzt so gemacht, weil die Wohnungsgesellschaft nun mal zur Bank gehörte.

Zu Hause, dachte sie. Dort hatte der Tag ganz gut angefangen. Timo war schon längst aufgebrochen, weil er als Handwerker immer früher anfing, lange bevor Laura ihren ersten

Kaffee getrunken hatte. Ihren ersten *aufgewärmten* Kaffee. Timo hatte nett sein wollen und ihr eine große Tasse Kaffee auf die Anrichte gestellt, ohne irgendetwas zu sagen, sodass Laura den Kaffee erst entdeckt hatte, als er längst kalt geworden war. So war ihr Mann, dachte sie. Wenn es darum ging, irgendwelche Filmszenen zu zitieren, in denen Darth Vader oder wer auch immer irgendeinen Commander rundmachte, war er an Wortgewalt nicht zu überbieten. Nur bei wichtigen Themen blieb er schweigsam. Vielleicht, dachte sie, war der Kaffee auch einfach nur eine unbeholfene Entschuldigung für die gigantische Verpackung des 3-D-Druckers, den Timo letzte Woche gekauft hatte und dessen Verpackung noch immer den halben Flur blockierte. Tja, so ein 3-D-Drucker konnte zwar angeblich alles drucken, aber achtlos auf dem Boden liegen gelassene nasse Handtücher konnte er nicht aufräumen, und Timos Socken bugsierte er auch nicht vom Fußboden des Schlafzimmers in die Waschmaschine. Egal, der Kaffee schmeckte auch aufgewärmt.

Laura war an diesem Morgen rechtzeitig aufgestanden und hätte eigentlich alle Zeit der Welt haben sollen, aber sie hatte lange und grüblerisch mit der Kaffeetasse im Garten gestanden und sich darüber geärgert, dass Timo erneut vergessen hatte, den Grill abzudecken. Immerhin fiel ihr ein, dass für die nächsten Tage Sonne vorhergesagt war und sie den Grill schon heute Abend wieder brauchen würden.

Die Filiale war eine völlig andere Welt. Einerseits ganz anders als ihr gemütliches Haus, andererseits so vertraut, dass sie schon fast miefig wirkte. Laura ertappte sich immer dabei, dass sie in der Bank anders redete und sogar anders dachte als zu Hause. Hatte sie mit dem Kostüm schon einen Teil der professionellen »Business Laura« angelegt, tat die Filiale ihr

Übriges dazu. Doch es gab keinen Grund, sich heute sonderlich überlegen zu fühlen und die Aura des Mehrwissens zu verbreiten, die dazu führte, dass sich unwissende Leute voller Vertrauen – oder vielleicht Dummheit – von den Bankern windige Geldanlagen aufschwatzen ließen. Denn Laura stand heute an der Kasse, da mal wieder die Hälfte der Filiale krank war. *Am Schalter* hätte man früher gesagt, wo einst die *Bankbeamten* ihre Arbeit taten, auch wenn sie gar keine Beamten waren.

Dass auch Kundenberater an der Kasse aushelfen mussten, war bei allen Banken so, nicht nur hier. Die Mitarbeiter waren entweder krank, im Urlaub, auf Schulungen, schwanger oder im Vorruhestand. Wenn die Bank noch einige Tote auf der Gehaltsliste hätte, hätte sie das auch nicht gewundert. Eigentlich war sie Wertpapierberaterin und sollte Kunden Aktien und Fonds verkaufen. Aber da die Bank einen Großteil ihres Umsatzes mit hohen Gebühren von Leuten machte, die noch nie etwas von Onlinebanking und Geldautomaten gehört hatten und daher ständig an die Kasse rannten, musste die Kasse permanent besetzt sein. Auch wenn dort nur zwei Personen die Stellung hielten. Laura kam der Gedanke, dass die Schlangen der Kunden im Jahr 1989 auch so lang wie heute gewesen sein mussten, als alle Besucher aus dem Osten in westdeutschen Banken ein Begrüßungsgeld bekommen hatten.

Lachen und Erträge machen, stand als Motivationsspruch für den heutigen Tag im Intranet der Bank. Der Spruch war immerhin kurz und ein bisschen witzig. Besser als das übliche *Mit Fleiß, mit Mut, mit festem Willen, lässt jeder Wunsch sich endlich stillen* oder die zum tausendsten Mal aufgebrühte Augustinus-Soße mit dem *Selbst brennen und andere entflammen* und andere verstaubte Relikte aus der Leadership-

Mottenkiste. In der Spiegelung des Monitors sah Laura ihr Gesicht, die braunen Haare, die dunklen Augen. Manche sagten, sie sähe ein wenig aus wie Sandra Bullock. Na, Laura fand, dass das durchaus nach einem echten Kompliment klang.

Heute Morgen hatte sie in den Badezimmerspiegel geblickt und auf den ersten Blick nicht mehr gesehen als in der Spiegelung des Monitors. Timo hatte wieder ewig lange geduscht, vergessen, das Fenster zu öffnen und damit den Raum in eine Dampfsauna verwandelt, auf die jeder Sultan in Tausendundeine Nacht neidisch gewesen wäre. Laura hatte den Spiegel abgewischt, sich geschminkt und dann überlegt, was sie anziehen sollte. Das eher strenge Kostüm? Oder war das zu »bossy«? Oder den ausgestellten Rock mit Bluse? Oder war das zu feminin? Das marineblaue Kostüm war am besten. Es war feminin, machte eine gute Figur, ohne dass sie Gefahr lief, wie eine Presswurst auszusehen, und wenn es ein bisschen bossy war, dann war es halt so. Sowieso komisch, dass man nur Frauen bossy nannte. Männer nannte man hingegen durchsetzungsstark. Laura hatte das Kostüm im letzten Schlussverkauf gekauft, nachdem sie den Laden bestimmt zehnmal aufgesucht hatte und um den Kleiderständer herumgeschlichen war. Sie hatte noch immer ein schlechtes Gewissen, da das Kostüm zwar heruntergesetzt, aber immer noch ziemlich teuer gewesen war. Anstrengende Tage stand man mit der richtigen Kleidung allerdings einfach besser durch.

Sie schaute nach oben, wo es über vier Treppenstufen zu den Beraterplätzen ging. Tom Harding, der Filialleiter, saß an seinem Pult ganz vorne. Der Platz sorgte dafür, dass er alles im Blick hatte und möglichst viele nervige und begriffsstutzige

Kunden, die ohnehin kein Geld brachten, an die Kollegen, die er immer *sein Team* nannte, die er aber eher als Untertanen sah, weiterreichen konnte. Auf seiner Visitenkarte und auf dem Messingschild auf seinem Pult stand *Tom Harding, Filialleiter,* und darunter noch *Finanzwirt SOB*. Die *SOB* oder auch *School of Business* war im Jahrtausendtaumel eine bankeigene Akademie gewesen, die zur Finanzkrise wieder zugemacht worden war. Dennoch hatte Tom diesen seltsamen Titel nach wie vor auf seiner Visitenkarte, ein Titel, der nur auf den ersten Blick so aussah, als wäre es ein MBA einer großen Wirtschaftsschule. *SOB* klang aber ein bisschen wie *Snob* und passte deshalb zu Tom.

Lachen und Erträge machen, las Laura den Spruch noch einmal. Denn genau darum ging es. Fonds, Wertpapiere und teure Versicherungen verkaufen, an denen die Bank ordentlich Provision verdiente, sogar noch mehr als mit horrenden Kassengebühren. »Ertragsschwach«, wurde die Bank in den Medien und von den Börsenanalysten genannt, Analysten, die meist für andere Banken arbeiteten. Dass eine Bank die andere Bank öffentlich schlechtmachte, das gab es auch nur bei den Banken.

»Ich kann Ihnen leider nicht helfen«, sagte Tom Harding zu dem Mann, der vor ihm saß. Der Mann, etwa dreißig Jahre alt, hatte einen kleinen Sohn dabei.

»Nicht helfen?«, fragte der Mann. »Ich konnte eben nichts abheben!« Er tippte mit der EC-Karte auf Hardings Pult. »Da stand, dass mein Konto überzogen ist.«

»Ist es leider auch.«

»Ich muss aber noch Windeln kaufen. Und Milchpulver. Die Milch meiner Frau reicht nicht aus, um den Kleinen satt zu bekommen. Sie ist zu Hause mit unserem zweiten Kind. Vier Wochen alt. Ich kann sie nicht lange allein lassen.«

Laura sah Toms Gesichtsausdruck, so als wollte er sagen: *Wenn du kein Geld hast, dann krieg halt kein zweites Kind.* Er sprach es natürlich nicht laut aus, aber so war Tom. Die Gerüchteküche der Bank wusste ganz genau, dass Tom eigentlich Investmentbanker werden wollte, mit den ganz großen Zahlen jonglieren, dass aber dafür seine Noten, sein Studienabschluss – nur von der Fachhochschule, nicht von der Uni – und seine Netzwerke nicht gut genug gewesen waren. Dass einige andere Filialleiter gar kein Studium hatten, aber noch skrupelloser als er verkauften und dafür noch höhere Boni einstrichen, ärgerte ihn obendrein. Wie ein Investmentbanker sah er trotzdem aus mit seinem Nadelstreifenanzug, Manschetten, greller Krawatte und Hosenträgern. *Tom Ford* nannte man ihn in der Filiale auch, nach dem früheren Modeguru von Gucci, wobei das dann doch nicht ganz zutraf, denn selbst teure Klamotten sahen an Tom Harding irgendwie billig aus. Die Geschichten vom Schuster mit den abgelaufenen Sohlen und dem Finanzberater, der ständig pleite ist, waren scheinbar für Tom geschrieben worden. Denn wer hohe Kosten hatte und eben kein Investmentbanker mit einer halben Million Euro Jahresverdienst war, lebte unter ständigem Druck. Wenn man außerdem eine Scheidung mit Unterhalts-Streitereien hinter sich hatte, dann erst recht. *Lachen und Erträge machen,* der Spruch kam von Tom. Und auch wenn er selten lachte oder sich nicht dabei erwischen ließ: Ertrag ging ihm über alles, und bevor er es sich mit seinem Vorgesetzten verscherzte, ließ er es eher geschehen, dass der Mann ohne Windeln und das dringend benötigte Milchpulver nach Hause kam. Oder sich doch noch irgendwelche teuren Produkte aufs Auge drücken ließ, die Tom dann gnädig stimmten, sodass der Mann sein Guthabenkonto noch weiter überziehen durfte. Solche Fälle kamen leider häufiger vor, als es die Hochglanzbroschüren der Banken mit glücklichen Familien vor strahlenden Häusern und grünen Gärten den Kunden weismachen wollten.

Lauras Blick zuckte wieder auf den Brief. Er lag noch immer auf dem Tisch an der Kasse neben dem Kassentresor.

BWG Wohnungsbaugesellschaft, stand auf dem Briefumschlag. Und dann noch in Englisch, um möglichst international zu wirken, *BWG Real Estate & Property.* Darunter ihr Name.

Laura Jacobs.

Im Hause.

Im Hause, wiederholte Laura die Worte in Gedanken. Damit war also gemeint, dass der Brief von der Bank an die Bank ging, mit der Hauspost geliefert wurde. Ihre Hände zitterten, als sie den Brief hin und her drehte wie einen tückischen Talisman. *Was für eine Summe mochte wohl da drinstehen? Oder war es am Ende gar nicht die Nebenkostenabrechnung, war es womöglich sogar eine Mieterhöhung? Oder …?*
Ihr Herz klopfte.

»Sie müssen ein bisschen sparen«, hörte sie Toms Stimme. »Herr, äh …«, Papierrascheln und Klicken am Computer, »… Wolters.«

»Wie soll ich denn sparen, wenn mein Konto leer ist?«, fragte der Mann und hielt die Hand seines Sohnes.

»Eins nach dem anderen, Herr Wolters«, meinte Tom. Dann klatschte er leise in die Hände, um Aufbruchstimmung zu signalisieren. »Ich sage Ihnen, was wir machen: Sie schließen einen schönen Sparplan ab, und dann müssen Sie demnächst nie wieder zu mir kommen, weil Ihr Konto immer gedeckt sein wird. Denn der Sparplan bringt Ihnen Geld!«

»Das kostet aber doch erst mal noch viel mehr Geld«, wandte der Mann namens Wolters ein und legte seinem

Sohn, der endlich weiterwollte, die Hand auf den Kopf. Die lieblose Spielecke der Filiale mit vollgekritzelten, speckigen Malbüchern und verblichenen bunten Plastikbällen, die für Kinder gedacht war, aber nie genutzt wurde, nahm das Kind gar nicht zur Kenntnis.

»Wollen Sie nun Windeln und Milchpulver oder nicht?« Tom stellte die Frage, als würde er diese Produkte hier auch verkaufen, blickte kurz auf und senkte dann den Blick. Dann schwieg er. Das hatte er offenbar im Verhandlungstraining gelernt.

»Geben Sie her«, sagte Wolters matt, »was muss ich machen?«

Tom würde ihm das Ganze als Sparplan verkaufen, aber wahrscheinlich war es eine Versicherung, die noch viel teurer war als ein Sparplan. So war Tom, dachte Laura. Er machte Geld mit Leuten, die keins hatten.

Eine alte Dame kam an die Kasse. Laura hoffte, dass bei ihr das Konto ausgeglichen war. Dass es ihr nicht so erging wie Wolters, der am Automaten draußen kein Geld bekommen hatte, daraufhin an die Kasse gegangen war und dann von Sandra zu Tom geschickt wurde. Am Ende war Laura froh, dass der Mann nicht zu ihr gekommen war. Sie war Wertpapierberaterin, zwei Rangstufen über Sandra, und hatte damit die Befugnis, selbst darüber zu entscheiden, was mit dem armen Mann geschehen sollte, ohne ihn zum Filialleiter zu schicken. Hätte sie auch so gehandelt, wie Tom es getan hatte? Die Stimme der alten Dame riss sie aus ihren Gedanken und Laura war dankbar dafür.

»Fünfzig Euro bitte«, sagte die Dame und zeigte ihre Bankkarte. Laura reichte ihr einen Auszahlschein.

»Wie hätten Sie es gern?«

»Zwei Zwanziger, einen Zehner.«

»Sofort.«

Der Automatische Kassentresor, AKT, spuckte drei Scheine aus. »Zwanzig eins, zwanzig zwei, vierzig und zehn sind fünfzig«, sagte Laura routiniert. Sie hatte ihre Ausbildung damals an der Kasse begonnen. Seitdem hatte sich jedenfalls dort kaum etwas geändert. »Einen schönen Tag noch.«

Sie stempelte den Auszahlschein und legte ihn auf den Stapel der anderen Scheine, die am Abend durchgezählt wurden und mit dem Kassenstand verglichen wurden. Papier, Stempel, Zettel. Der Kassenbereich der Filiale war eine kostenlose Zeitreise ins 19. Jahrhundert, hatte ein Vorstand der Bank einmal gesagt. Wie so viele Sonntagsreden des Vorstands hatte auch diese nichts bewirkt. Wenn abends nach langem Durchzählen die Zahlen nicht stimmten und eine sogenannte »Kassendifferenz« auftrat, mussten die Mitarbeiter an der Kasse oft noch lange rechnen und suchen, bis der Fehlbetrag behoben war. Manchmal wurde er nicht behoben und man musste ein Minus melden. Das kam bei den Chefs, die sich sonst über die veraltete Kasse mokierten, keineswegs gut an. Manchmal kam es auch vor, dass einer der Mitarbeiter einen Zehneuroschein privat in den AKT steckte, damit endlich alles stimmte und es keine Kassendifferenz mehr gab.

Nun schau endlich nach, sagte sie sich.

Sie riss den Brief auf. Kurz und schmerzlos, redete sie sich ein, doch das war es nicht. Sie nahm mit zitternden Fingern den Brief aus dem Umschlag. Dann faltete sie ihn auf. Drehte ihn um. Nach einer gefühlten Ewigkeit überflog sie den Text. Suchte nach der Zahl und der Summe, die zeigte, wie viel sie denn nun nachzuzahlen hatten oder, noch schlimmer, um wie viel die Miete künftig erhöht wurde. Doch da standen nur Sätze, die Laura nicht verstand.

... Bank beabsichtigt, sich von Immobilien zu trennen
... strategischer Verkauf
... zum 30. November.
... bedauern sehr, dass wir Ihr Mietverhältnis kündigen müssen.

»Laura.«

Sie zuckte zusammen.

Sandra stand auf einmal neben ihr und schaute sie entgeistert an. »Ich bin's doch nur. Was ist denn los? Ich war doch die ganze Zeit hier.« Laura nickte und musterte Sandra. Sandra hatte sich die Haare etwas albern zu zwei Zöpfen gebunden, sodass sie aussah wie die Berliner Ausgabe von Pippi Langstrumpf. Angeblich hatte sie vor ein paar Wochen ein positives Schwangerschaftsergebnis erhalten. Jedenfalls tuschelte man das auf den Fluren der Bank. Was die älteren Kolleginnen auch tuschelten, war, dass Sandra und ihr Freund Ralf noch gar nicht verheiratet waren. Lauras Gedanken sprangen wieder zurück zu Sandras Frisur. Hatte sie das schon den ganzen Tag so gehabt, oder hatte sie ihre Frisur zwischendurch geändert? »Ich muss mal kurz weg.«

»Okay.« Laura nickte nur. Sie brauchte etwas Bewegung, trat einen Schritt zurück, blickte sich in der Filiale um. Tom starrte auf seinen Bildschirm, der Mann mit dem Kind war gegangen und hatte jetzt hoffentlich seine Windeln und das Milchpulver, aber auch eine Versicherung, die er nicht brauchte. Laura verspürte eine enorme Unruhe, die Aufregung ließ ihr Herz klopfen und ihren Magen stechen und sie musste die Energie irgendwie loswerden. Ihr Mann Timo hatte eine Smartwatch, die ihn immer daran erinnerte, wann es Zeit war, aufzustehen, zu laufen oder tief zu atmen, aber Timo hatte sowieso viel zu viel technischen Schnickschnack.

Sie wäre gerne ein paar Schritte vor die Tür gegangen, aber sie konnte die Filiale nicht verlassen, wenn nur eine Person an der Kasse war. Sie würde gleich, wenn Sandra wieder da war, einmal um den Block gehen. Würde sie Timo anrufen? Sie wusste es nicht.

Sie schaute noch einmal auf den Brief. Las die verbotenen Wörter. *Trennen, 30. November, kündigen ...*

Im Hause, dachte sie plötzlich. Auf dem Briefumschlag stand *im Hause*. Sie schreiben *im Hause*, dachte sie, und nehmen einem das Zuhause weg. *Nicht mehr im Hause* wäre richtiger gewesen ...

Und das immer wieder zynische *wir bedauern ...*

Immer bedauern alle irgendetwas, was sie in Wirklichkeit überhaupt nicht bedauern. *Wir bedauern, dass der Zug Verspätung hat, wir bedauern, dass sie den Flug nicht mehr erreichen, wir bedauern, dass Sie aus Ihrer Wohnung fliegen, und zwar bald ...*

Sie schloss kurz die Augen, bevor die nächste Kundin sich schon der Kasse näherte.

Noch schlimmer könnte der Tag nicht werden, dessen war sie sicher.

Sie würde bald feststellen, wie falsch sie damit gelegen hatte.

KAPITEL 2

LANDSBERGER ALLEE, BERLIN

Damdamdamdam Daadaa Daadaa
Dammdamdamdam Daadaa Daadaa ...

Das Schlagzeug und die E-Gitarren frästen sich aus der überforderten Musikanlage durch den Innenraum des stinkigen VW-Busses.

»Mach mal leiser, Neil«, schrie der Mann am Steuer, ein hagerer Kerl mit fettigen Haaren. »Ich muss mich konzentrieren.«

James Hetfield von Metallica übertönte ihn fast.

We're scanning the scene in the city tonight,
We're looking for you to start up a fight ...

»Auf was musst du dich konzentrieren?«, fragte der, der Neil genannt wurde und auf dem Beifahrersitz saß. Er hatte eben versucht, möglichst cool wie im Gangsterfilm seine Füße auf die Ablage zu legen, aber dafür waren seine Gelenke zu steif. Also ließ er die Füße wieder nach unten fallen. »Das ist *Seek and Destroy!* Wenn das nicht zu unserer Mission passt, was dann?«

»Probek ist halt unser Fahrer«, sagte der dritte der drei Männer, der hinten saß, mit Haaren, die länger waren, aber mindestens genauso fettig wie die von dem, der Probek genannt wurde. Er fuhr sich immer wieder über seine Arme, die dürr und bleich aus seinem schmutzigen T-Shirt stakten, so als würde er irgendetwas suchen. Um sein Handgelenk hatte er sich einige Gummibänder gewickelt. Sein Gesicht glänzte von Schweiß und war käsig. Seine Arme voller Einstiche in einer Linie. *Spritzenstraßen* nannte man die im Drogendezernat.

»Ich komm hier echt durcheinander«, sagte der Mann am Steuer. »Also ich bin Probek?«

»Ja, genau, wie der Typ, den Götz George in *Die Katze* spielt. Und ich bin Neil.« Der Mann auf dem Beifahrersitz hatte offenbar die Decknamen ausgesucht.

»Neil?«

»Ja, Neil McCauley aus *Heat*. Spielt Robert De Niro. Auch ein super Bankräuber.«

»Gehen die nicht am Ende alle drauf? Die werden doch alle erschossen?«

»Nun sei mal nicht so negativ. Wie sollen wir uns sonst nennen? Bugs Bunny und Oskar aus der Mülltonne?«

»Würde zu dem Drecklappen dahinten passen. Wie heißt der eigentlich?«

Neil zuckte die Schultern. »Mir fällt kein anderer Bankräuber mehr ein. Er bleibt bei seinem Namen.«

»Ulf?«

»Klar. So heißt doch neuerdings eh jeder.«

Ulf antwortete nicht, kaute auf seinen Nägeln und starrte vor sich hin.

Searchiiiiing ... seek and destroy ....

Damdamdamdam Daadaa Daadaa
Dammdamdamdam Daadaa Daadaa ...

Gitarre, Bass und Schlagzeug frästen sich wieder durch den Innenraum des klapprigen Wagens.

»Du sollst das leiser machen!«, knurrte Probek.

»Ach, halt doch die Fresse«, krächzte Ulf plötzlich, obwohl er gar nicht am Regler saß. Neil stellte die Musik leiser, allerdings nur ein wenig.

Sie fuhren die Landsberger Allee hinunter. »Navi hat die Scheißkiste auch nicht«, knurrte Probek.

»Dafür TomTom. Besser als nichts.«

»Und dieser Scheißbus? Auch besser als nichts?« Er zündete sich eine Zigarette während der Fahrt an, wobei ihm fast das Feuerzeug in den Fußraum fiel.

»Ich hab mal gehört, dass in den USA die meisten Serienkiller einen alten VW-Bus benutzen«, plärrte Ulf von hinten.

»Ich werd gleich zum Serienkiller, wenn du nicht aufhörst, mich zu nerven.«

»Ich bin noch lange nicht fertig mit Nerven. Wann haben wir das Geld?«, fragte Ulf.

»Wenn wir mit dem Raub durch sind, und das geht nur, wenn du aufhörst, mir dermaßen auf den Keks zu gehen.« Neil zog das Magazin aus der Sig Sauer, zählte die Patronen nach und schob es wieder in die Waffe. Er musterte die Waffe von allen Seiten. »Hat uns unser Russe doch was Gutes gegeben.«

»Obwohl die Sig gar nicht aus Russland kommt«, sagte Probek.

»Dann eine Kalashnikov, Modell 1947. Avtomat Kalaschnikowa, AK 47.« Er versuchte, die Wörter möglichst englisch und russisch auszusprechen, was beides misslang.

»Das ist keine AK 47! Die AK 47 ist ein Sturmgewehr, du Affe«, sagte Probek. »Und fuchtel mit dem Ding nicht so an der Scheibe rum. Bei unserem Glück sieht das irgendein Bulle und dann war's das mit dem Raub.«

»Klugscheißer.«

»Wann sind wir mit dem Raub durch?«, plärrte Ulf wieder wie ein Kind, das auf die Bescherung wartet, und strich sich über die Arme mit den komplett vernarbten Venen. »Ich hab Druck!« Schweißperlen waren auf seiner Stirn und er blies sich in seine Hände. *Cold Turkey*, nannte man es, wenn Leute auf Heroin waren und dringend ihren nächsten Schuss brauchten. *Kalter Entzug*. Mit einem Truthahn hatte es nur insofern etwas zu tun, als die Leute froren und Gänsehaut bekamen – und dann aussahen wie ein gerupfter Truthahn.

»Wenn wir durch sind«, bellte Probek und bremste abrupt an einer Ampel. Ulf wurde nach vorne geschleudert.

»Pass doch auf, du Arsch!«

»Dann schnall dich an!«

»Anschnallen? Bin ich ein Spießer oder was?« Ulf grabbelte mit zitternden Fingern nach ein paar Pillen, die er einwarf und trocken runterschluckte. Benzodiazepine, die die Entzugserscheinungen ein wenig linderten, aber natürlich genauso abhängig machten wie das Heroin.

»Du bist ein verdammter Junkie, und wenn du dich nicht wieder einkriegst, wird es nichts mit dem Raub.«

»Ach, und du nicht? Ich dachte, dein Kontakt hat dir gesagt, da kann nichts schiefgehen. Der ...«

»Halt die Fresse«, zischte Probak. »Keine Namen!«

Running on our way, hiding, you will pay, dying a thousand deaths ...
Searchiiing, seek and destroy ...

Ulf sammelte sein Benzinfeuerzeug, Löffel und Spritzbesteck und die kleine Ledertasche mit einem Logo von St. Pauli von dem filzigen Boden zusammen. »Sobald wir die Kohle haben, kaufe ich hundert Gramm bei Snake und setze mir einen geilen Schuss.« Snake, ein Dealer, genannt *der Eismann*, wegen des weißen Pulvers, das er verkaufte, belieferte alle drei mit Stoff.

»Hundert Gramm pro Schuss?«, fragte Neil.

Ulf zuckte die Schultern.

»Dann bist du tot.« Neil schaute nach hinten und hob die Augenbrauen. Heroin war der Tod auf Raten. Manche Leute konnten sich beherrschen und nahmen den Stoff nur einmal im Monat, aber Leute wie Ulf spritzten sich sechsmal am Tag. Er hatte Ulf dabei beobachtet. Er kaufte sich jeden Tag drei Gramm und kochte sich davon immer ein halbes Gramm auf. Das reichte dann für sechs Schuss. Der Grund dafür war auch, dass das Heroin aus Südamerika zwar zu 90 Prozent rein war, aber zwischendurch immer gestreckt wurde, bis es mit einem Wirkstoffgehalt von 20 Prozent auf dem deutschen Markt landete. Neil war froh, dass er selbst eher auf Pillen und Meth war und sich nicht spritzen musste, auch wenn das Meth sein Aussehen nicht gerade verbesserte. Die Zähne waren gelblich, die Haut rissig und das Haar stumpf. »*Bist du Komparse bei Walking Dead?*«, hatte ihn letztens jemand gefragt.

»Wo spritzt du dir das eigentlich noch hin?«, fragte er an Ulf gerichtet. »Deine Venen sind ja noch vernarbter als die Maske von Leatherface, so viel wie du dir reinschießt.«

»In den Schwanz!«

»Was?« Neils Kopf zuckte zur Seite wie ein Geschoss. »Du spritzt dir den Stoff in den Schwanz?«

»Da geht es noch, die Vene ist noch okay. Manchmal spiele ich vorher noch an mir rum. Wenn der Schwanz steif ist, ist das noch geiler. Erst reinspritzen, dann abspritzen.« Ulf lachte meckernd über seinen eigenen Witz und schaute zur Decke. »Wie im Puff, nur geiler.«

»Als ob du noch Geld für einen Puff hättest. Wenn du so weitermachst, musst du bald selber auf den Strich.«

Neil prustete. »Als ob den einer haben wollte. Den würde auch das übelste Scheusal aus dem Todeszellenblock nicht mit der Kneifzange anfassen.«

»Fresse«, knurrte Ulf und sortierte zum dritten Mal sein Spritzbesteck. »Wie lange noch?«

»Wie lange noch? Wie lange noch?«, äffte Neil ihn nach. »Wann sind wir da? Ich muss Pipi! Kriege ich ein Eis? Ist ja schlimmer mit dir als mit kleinen Kindern.«

»Gleich sind wir da«, sagte Probek. »Frankfurter Allee, Pariser Kommune und dann Koppenstraße.«

»Und dann?«, fragte Ulf.

»Dann«, sagte Neil und lud demonstrativ seine Sig Sauer durch, »dann knallt's.«

KAPITEL 3

BWG BANK, FILIALE KOPPENSTRASSE, BERLIN

Sandra war von der Toilette zurückgekehrt.
Laura stand auf. Den Rücken zur Eingangstür. »Du, ich muss mal kurz an die frische Luft«, sagte sie. »Ist das okay?«

Sandra antwortete nicht. Sie war noch nicht wieder an ihrem Platz angekommen und schaute Laura an, als hätte sie ein Gespenst gesehen. »Sandra, alles okay …?«, wollte Laura wissen, doch dann wurde ihr klar, dass Sandra nicht sie anstarrte, sondern das, was an der Eingangstür war. Laura drehte sich langsam um. Sie sah aus den Augenwinkeln zwei Kunden, die sich bei dem Geldautomaten auf den Boden kauerten. Dann hörte sie schon die Worte, die die Luft durchschnitten. »Alle cool bleiben, das ist ein Überfall!«

Drei Männer. Alle mit Strumpfmasken über dem Kopf. Auch wenn man die Gesichter nicht erkennen konnte, machten die drei einen heruntergekommenen Eindruck.

Ein furchtbarer Knall ertönte. Einer der drei hatte eine Waffe nach oben gestreckt und in die Luft geschossen. Putz und Brocken von Plastik rieselten von der Decke. Echte Waffen ohne Schalldämpfer und ohne Gehörschutz, wie man ihn auf dem Schießstand trägt, waren viel lauter als in den Filmen. Das hatte Jörg ihr einmal erzählt, der Mann einer Freundin, der nebenbei Jäger war. Ihre Ohren piepten. Wie durch einen dicken Wattebausch hörte sie Panikschreie aus der Filiale.

»Sind jetzt alle wach?«, fragte der Mann. »Also noch mal für Schwerhörige! Das ist ein Überfall!« Einer der Männer ging in Richtung Kasse, einer blieb an der Tür, und der dritte ging die Treppe hoch. Der an der Tür warf ein großes Roll-up zu einer Bausparaktion um, um freie Sicht auf den hinteren Bereich zu haben. »Und ihr dahinten, hört ihr schlecht? Runter und unten bleiben, unten, auf dem Boden!«, schrie der, der eben in die Decke geschossen hatte. Die Berater im oberen Teil duckten sich auf den Boden, Tom genauso. Ein Teil von seinen gegelten Haaren war zu sehen, so als wollte er sich einerseits verstecken, aber auch möglichst viel mitkriegen. Führungsqualitäten zeigte er jedenfalls keine. Ebenso wenig wie die anderen. Sie alle hatten sicherlich vor langer Zeit einmal eine Schulung gehabt, was bei einem Banküberfall zu tun war, dass sie die Regeln befolgen sollten, nicht den Helden spielen und schon gar nicht irgendwelche Befreiungsaktionen durchführen sollten. Das Geld, das die Räuber vielleicht stahlen, gehörte nicht einmal der Bank, es gehörte den Kunden, aber es war versichert. Also war es Geld, das ohnehin niemand vermissen würde.

Sandra und Laura standen an der Kasse, Sandra, weil sie gerade zurückgekommen war, Laura, weil sie gerade nach draußen wollte. Sie standen dort, als würden sie die neuen »Kunden« schon erwarten. Und genau das war ihr Problem. Sie waren zur falschen Zeit am falschen Ort.

»Ihr zwei Ziegen«, schrie der Mann an der Kasse, »was steht ihr da rum?« Er wandte sich an Sandra, weil sie näher bei ihm stand, da ihr Platz näher an der Tür war. »Reserve-Pippi-Langstrumpf, das ist hier nicht die Villa Kunterbunt. Komm in die Gänge!«

Ganz kurz registrierte Laura, dass dem Bankräuber die dämliche Frisur von Sandra auch aufgefallen war. Dann war der Gedanke schon wieder weg und ihr Blick huschte zwischen Sandra und dem Mann hin und her.

Sandra öffnete den Mund und schloss ihn wieder, sagte aber nichts.

»Ich red mit dir, verdammt«, brüllte der Mann. »Wo ist der Schlüssel?«

Sandra erstarrte. »Welcher Schlüssel?«

»Der Schlüssel zum Safe! Ich wusste nicht, dass Pippi Langstrumpf schon ein Hörgerät braucht.«

Der Mann griff in den hinteren Hosenbund und zog ebenfalls eine Waffe hervor. Er richtete den Lauf auf Sandra, die blass und zitternd in die Mündung blickte.

»Ulf, krieg dich wieder ein«, sagte einer der Männer. Ein Teil in Lauras Kopf speicherte sich den Namen. »Wir brauchen die Ziegen, damit die Kasse aufgeht.«

Sandra zitterte weiter und sagte nichts. Laura wollte sagen, dass es keinen riesigen Safe wie in den Krimis gab, sondern nur einzelne Schließfächer, und dass der automatische Kassentresor direkt an der Kasse von den Geldtransportern gefüllt wurde und nur ein sehr kleiner Teil abends eingeschlossen wurde. Aber noch war nicht Abend und der AKT war voll.

»Es ist alles hier«, sagte Laura plötzlich und versuchte, die Aufmerksamkeit der Männer auf sich zu ziehen.

»Wer hat denn mit dir geredet?«, brüllte der Mann, der Ulf hieß und aus dessen schmutzigem T-Shirt hagere, bleiche, von Einstichen übersäte Arme herausragten. Für einen kurzen Moment sah Laura seine Augen. Winzige Pupillen. In einem Krimi hatte sie mal gelesen, dass Drogensüchtige solche Augen hatten und man diese Art von Pupillen *Stecknadelkopfpupillen* nannte.

»Ulf, sieh zu, dass du fertig wirst!«, rief einer der beiden. Die drei, dachte Laura, waren nicht gerade organisiert. Erst sollte Ulf sich beruhigen, dann sollte er sich beeilen. Immerhin hielt einer den Eingang in Schach und einer den hinteren Bereich. Scheinbar war aber der, der am wenigsten kontrolliert war, an die Kasse geschickt worden.

Der Mann mit den winzigen Pupillen näherte seinen Kopf Sandra. Es kam Laura so vor, als ob er sie irgendwie anziehend fand. »Schlüssel, du Schlampe, sonst knallt's!« Er näherte den Lauf der Waffe ihrem Kopf, den Finger am Abzug, und fuchtelte gefährlich mit der Waffe herum. Lauras Kumpel Jörg, der Jäger war, hatte ihr mal die drei Regeln des Schießens erklärt: *Die Waffe ist immer wie geladen zu behandeln, der Finger ist erst am Abzug, wenn man schießen will, und die Mündung wird auf nichts gerichtet, auf das man nicht schießen will.* Wenn dieser Typ eine falsche Bewegung mit dem Finger machte, war Sandras Kopf nur noch eine blutige Ruine. Sandra schien das zu ahnen. Schweiß stand auf ihrer Stirn, alle Farbe war aus ihrem Gesicht gewichen und sie atmete schwer. Sie schien wie eingefroren zu sein. Dann sackte sie, ohne Vorwarnung, auf einen Hocker hinter dem Tresen herunter.

»Blöde Schlampe, du sollst den Safe aufmachen!«, schrie der Mann. Dann sauste die Waffe nieder. Allerdings nur der Knauf, der Sandra an der Stirn traf. Ihr Kopf kippte zur Seite und sie fiel bewusstlos zu Boden.

Von hinten waren Schreie zu hören.

Laura wusste: Alles, was sie jetzt tun würde, würde falsch sein.

KAPITEL 4

BWG BANK, FILIALE KOPPENSTRASSE, BERLIN

Irgendetwas übernahm in Laura die Kontrolle. Es war ihr öfter passiert, dass sie in ausweglosen Situationen das Gefühl hatte, das etwas anderes die Kontrolle übernahm, so wie damals auf dem Campingplatz in Kroatien, dann in Heathrow am Flughafen und vor zwei Jahren, als sie gerade noch den Frontalzusammenstoß mit dem Lkw hatte verhindern können. Es war etwas Altes und Starkes, etwas, das ständig präsent war, das keine Emotionen kannte, etwas, das nach klaren Kriterien, fast könnte man sagen Algorithmen funktionierte und ihren Geist und Körper in genau die Richtung lenkte, die die richtige war.

Sie hatte keinen Blick für Sandra, die bewusstlos auf dem Boden lag. Keinen Blick für Tom, der sich hinter seinem Pult verschanzte, keinen Blick für die Waffe, die der Mann noch immer in der Hand hielt.

Stattdessen blickte sie den Mann an. Direkt in die Augen.

»Ich übernehme«, sagte sie. Sie sagte nicht: »Machen Sie sich keine Sorgen«, da das Gehirn mit Verneinungen nichts anfangen konnte und sich dann erst recht Sorgen machte. Sie behandelte den Mann wie einen Kunden, der Geld abheben wollte, schnell und serviceorientiert. Nur wollte dieser Kunde halt keine fünfzig Euro, wie die alte Dame zuvor oder der Mann mit den Windeln, sondern den Inhalt des gesamten Tresors. »Sie möchten alles?«

Der Mann schaute kurz zu seinem Kumpanen hinüber und dann wieder Laura an. Offenbar hatte er mit einer solchen Antwort nicht gerechnet. »Ja, äh, klar. Alles.« Und dann schob er noch hinterher: »Aber ein bisschen plötzlich, nicht so lahmarschig wie Pippi Langstrumpf.« *Klar,* dachte der analytische Teil ihres Gehirns, der die Kontrolle übernommen hatte, *er war kurz von deiner Freundlichkeit überrumpelt. Er muss jetzt zeigen, dass er der Boss ist, und das macht er, indem er unhöflich bleibt. Er hat es eilig, denn er ist, wenn man sich die Arme und die Pupillen anschaut, ein Junkie und braucht dringend seinen nächsten Schuss. Dafür braucht er Geld und das kriegt er nur von … dir!*

»Ich öffne sofort den Tresor«, sagte Laura und drückte auf den Knopf, auf dem »Ausgabe« stand. Der Tresor piepte und ratterte. Was der Räuber nicht wusste, war, dass damit automatisch die Polizei gerufen wurde. Es wurde allen Lehrlingen vom ersten Tag an eingeschärft, niemals auf diesen Knopf zu drücken. Außer, und das war die große Ausnahme, die Bank wurde gerade überfallen. Wollte man Geld abheben, geschah dies über die Terminals. Der Knopf sah nur so aus, als würde er den gesamten Tresor öffnen, doch in Wirklichkeit rief er die Polizei. Und spuckte natürlich nur einen Teil des Geldes aus.

Der Tresor ratterte.

Da es keine Fünfhunderteuroscheine mehr gab, kam ein Haufen Zweihunderter heraus.

»Bitte sehr«, sagte Laura. Der Mann ergriff sie. Zählte sie hektisch durch.

»Und?«, fragte der nahe der Treppe, der vorhin in die Luft geschossen hatte.

»Vielleicht hundert Scheine … Zweihunderter …«

»Hundert Scheine? Zweihunderter?« Er blickte zur Kasse. »Wollt ihr uns verarschen? Das sind dann ja nur …«, man sah wie er im Kopf rechnete, »… zwanzigtausend.«

Laura nickte. »Das ist alles über ein Zeitschloss gesichert. Ich schaue, was ich tun kann.« Sie drückte noch einmal auf den Knopf. Ein Sammelsurium an Scheinen kam heraus. Fünfziger, Zwanziger, Zehner und ein paar grüne Hunderter. Sie drückte noch ein paarmal auf den Knopf, aber es kam nichts mehr. Der Mann griff die Scheine.

»Und?«, fragte der an der Tür.

»Kei… keine Ahnung. Noch mal fünftausend vielleicht?«

»Nur fünfundzwanzig Riesen insgesamt?«

Der Junkie wandte sich an Laura. »Wir wollen mehr! Was ist mit den Geldautomaten?«

»Das machen die Geldtransporter. Für die haben wir nicht mal die Schlüssel.«

»Das glaube ich nicht. Ihr …« Auf einmal stockte der Mann. Draußen waren Sirenen zu hören. Der Junkie schaute den Mann an der Treppe an, der scheinbar der Boss war. »Sind das schon die Bullen?«

Das hoffe ich, dachte Laura, *aber vielleicht ist es auch nur ein Krankenwagen, der mit dem Ganzen hier nichts zu tun hat …*

»Was jetzt Boss?«, fragte der an der Kasse.

»Wir verschwinden! Ulf, Probek, wir hauen ab!«

»Aber das Geld! Das ist viel zu wenig!« Der Mann an der Kasse schaute auf den AKT und auf seinen Boss. »Wir …«

»Halt die Fresse! Wir gehen. Was wir haben, haben wir. Oder willst du dir hier mit den Bullen eine Schießerei liefern? Wenn die mit Scharfschützen kommen, schießen die dir auf tausend Meter die Eier ab!«

Das Martinshorn wurde leiser.

»Die sind doch schon wieder weg. Und wir lassen hier das ganze Geld liegen.«

Laura sagte nichts.

»Wir verschwinden, sagte ich! Los.« Der Boss ging mit erhobener Waffe Richtung Ausgang, wobei die Kunden am Geldautomaten sich noch mehr zusammenkauerten, so als würde ein Hubschrauber über sie hinwegfliegen. Der an der Tür blickte noch einmal auf die Beraterinseln und ging dann mit vorsichtigen Schritten durch den Vorraum nach draußen.

Der Mann namens Ulf fixierte Laura. Es waren Sekunden, die nichts und alles bedeuteten. Mehr Geld gab es nicht. Sandra war bewusstlos. Der Mann hatte eine Waffe.

Mit einer insektenhaften, aber auch unkontrollierten Schnelligkeit griff er nach vorn. Auf dem Platz beim Hauptschalter lag Sandras Handtasche. Ulf griff die Tasche – und rannte nach draußen.

Zehn Sekunden später war alles still.

KAPITEL 5

BWG BANK, FILIALE KOPPENSTRASSE, BERLIN

Laura hatte zehn Minuten auf der Toilette geweint. Als sie wieder heraufkam, war der Notarzt da und versorgte die Platzwunde an Sandras Stirn, während Tom etwas unschlüssig daneben stand. Zudem waren zwei Polizisten gekommen, die sich mit Tom unterhielten und sich als Stapel und Freydank vorstellten.

Tom nickte Laura zu. »Wir gehen in den Pausenraum.«

Laura warf einen Blick auf Sandra und schaute zu, wie der Notarzt ihr nun einen Zugang legte und eine Kochsalzlösung anhängte. *Diese Junkies spritzen sich mehrmals am Tag*, dachte sie, *ich finde schon eine Spritze widerlich*. Sandra hatte die Augen geschlossen.

»Alles in Ordnung mit ihr?«, fragte Laura den Notarzt.

Der nickte. »Das ist nur der Schock«, sagte er.

Laura folgte Tom und den Polizisten in den Pausenraum.

Die zwei Polizisten tranken von ihrem Kaffee, den Tom ihnen eingeschenkt hatte, und standen ansonsten etwas unsicher in dem Besprechungs- und Pausenraum herum, als würden sie sich freuen, wenn endlich ein Kommissar übernehmen würde. Aber es war kein Kommissar zu sehen. Sie sahen sich einerseits neugierig, andererseits etwas enttäuscht um. Wahrscheinlich hatten sie sich den Besprechungsraum einer mittelgroßen Bankfiliale glamouröser vorgestellt und nicht ähnlich hässlich wie die Linoleum- und Resopal-Verschläge, die sie aus ihren Behörden kannten.

»Wir haben sie schon«, sagte Freydank nach einer Weile.
»So schnell?«, fragte Laura.

»Die Außenkamera der Filiale hat den Parkplatz gefilmt. Da stand ihr VW-Bus«, erläuterte der, der Stapel hieß, ein etwas untersetzter Mann mit dunklem Schnurrbart. »Wir mussten nur im Umfeld der Koppenstraße nach diesem Bus Ausschau halten. Nicht mal das Nummernschild hatten sie abgeklebt. Auf der Landsberger Allee haben wir sie dann erwischt.«

»Und hieß einer der drei mit wirklichem Namen Ulf?«, fragte Laura. Sie hatte sich den Namen sofort gemerkt.

»Das kann ich Ihnen leider nicht sagen. Ich kann Ihnen nur sagen, dass die nicht gut vorbereitet waren.«

»Keine Profis?«, fragte Tom.

»Ganz bestimmt nicht. Es war auch nur eine Waffe echt, die anderen waren Modellpistolen.«

Laura atmete aus. Die Waffe, die dieser Ulf oder wie immer er wirklich hieß, ihr und Sandra an den Kopf gehalten hatte, war nicht echt gewesen. Ihr Herz hämmerte, aber sie war erleichtert. Auch wenn jetzt ohnehin erst einmal alles überstanden war. Aber: Wenn nur eine Waffe echt war, musste es die gewesen sein, mit der der Kerl namens Neil in die Decke geschossen hatte.

»Und nun?«, fragte Laura und blinzelte die Tränen weg.

»Nun sind die erst mal in der GESA, der Gefangenensammelstelle in der Keithstraße. Die Kollegen sind schon in der Wohnung von denen, irgendwo abseits der Sonnenallee, ist wohl ein richtiges Dreckloch, wie oft bei diesen Junkiewohnungen.«

»Messies?«, fragte Tom.

Stapel nickte. »Aber wie! Ich sag mal: Dusche verkalkt, Toilette vollgeschissen und ein Gestank, dass die Nachbarn über ihnen nicht mehr die Balkontür öffnen können.«

»Ich frage mich«, sagte Laura, »warum die das überhaupt gemacht haben.«

»Druck«, antwortete Freydank, ein hagerer Kerl mit roten Haaren, »die brauchten Geld für den nächsten Schuss. Und wo gibt es Geld? In der Bank. So wie sich Lieschen Müller die Geldbeschaffung im Verbrechen vorstellt. Was sie jetzt natürlich auch nicht mehr haben, denn die Tasche mit dem Geld war auch noch im Bus. Jetzt, in der GESA, haben sie weder das eine noch das andere. Kein Geld und keinen Stoff. Wird denen nicht gefallen. Methadon gibt es da nämlich nicht.«

»So einfach ist der Fall gelöst?«, fragte Laura etwas ungläubig.

Freydank nickte. Auch Tom nickte. Ein wenig zu erleichtert, wie Laura fand.

Da fiel es ihr ein. »Die haben meiner Kollegin die Handtasche geklaut.«

Stapel nickte. »Checken wir. Der Bus steht auf dem Hof des Abschnitts in der Keithstraße.«

»Brauchen Sie sonst noch etwas von mir?«, fragte Laura.

»Im Moment nicht«, sagte Stapel. Dann kramte er in seiner Tasche. »Erholen Sie sich erst einmal.«

»Nehmen Sie den Rest des Tages frei«, sagte Tom. Nachdem er noch ein paar Sekunden unschlüssig in der Tür des Pausenraums gestanden hatte, ging er nach draußen in den Filialraum.

Stapel zog eine Infokarte und eine Visitenkarte hervor. »Das«, er reichte Laura die Infokarte, »ist die Karte der Opferhilfe, an die Sie sich wegen Ihres möglichen Schocks wenden können, und auch sonst, wenn Sie psychologische Hilfe brauchen. Die haben wir Ihrer Kollegin auch gegeben.« Er machte eine kurze Pause und reichte ihr die Visitenkarte. »Und Kommissar Deckhard würde Sie gern sprechen, irgendwann diese Woche, wenn es geht. Hier sind seine Kontaktdaten.«

»Geht klar«, sagte Laura, »danke.«

Die beiden Polizisten wollten gerade gehen, als Tom noch einmal den Kopf zur Tür hereinsteckte.

»Dann gibt es noch eine Sache«, sagte er. Und setzte sogleich ein freundliches Gesicht auf, als er Lauras alarmierten Gesichtsausdruck sah. Für sie waren heute alle Neuigkeiten schlechte Neuigkeiten. »Herr Fischer ist am Telefon und würde, wenn es bei Ihnen passt, gern kurz mit Ihnen sprechen. Er will sich persönlich bei Ihnen bedanken.«

»Fischer, Fischer ...«, sagte Laura. Sie wusste im Moment tatsächlich nicht, wer gemeint sein konnte, auch wenn sie den Namen schon häufiger gehört hatte.

»Thomas Fischer, ab nächste Woche Regionalleiter und Bereichsvorstand der Region Ost.«

KAPITEL 6

BWG BANK, FILIALE KOPPENSTRASSE, BERLIN

Laura hatte von Thomas Fischer bisher nur wenig gehört. Er kam »aus dem Westen«, wie hier immer noch alle sagten, obwohl Laura selbst auch aus dem Westen kam, genau genommen aus Langenhagen bei Hannover. Fischer wollte die Bank wieder an die Spitze bringen. Erst die Region Ost, die die neuen Bundesländer umfasste, und dann die gesamte Bank, die nicht nur in Deutschland, sondern auch in Europa, Amerika und Asien aktiv war. Auch wenn sich die Auslandsgeschäfte meistens als kostspielige Abenteuer herausgestellt hatten, die das langweilige, aber zuverlässige Filialgeschäft in Deutschland dann gegenfinanzieren musste. Fischer hatte einige Stationen im Ausland hinter sich gebracht, war im Handel der Bank gewesen und dann noch eine kurze Zeit in der Zentrale in Frankfurt im *Corporate Development*, was neudeutsch so viel wie Unternehmensentwicklung hieß. Ganz zu Beginn war er kurz bei einer Unternehmensberatung gewesen, hatte einen MBA gemacht und dann im Banking angefangen. Offenbar einer, der das Adrenalin liebte. Mehr wusste Laura nicht über ihn.

Tom führte sie zu seinem Pult, hinter dem er sich vorhin noch versteckt hatte und wo vor einer gefühlten Ewigkeit der Vater mit dem Kind gesessen hatte, der jetzt etwas hatte, was er vorher nicht hatte, nämlich einen teuren Dispo, eine teure Versicherung und tatsächlich die Windeln und das Milchpulver, die der Grund für die anderen zwei Dinge waren. Der Hörer lag neben dem Telefon.

»Jacobs«, sagte Laura.

»Thomas Fischer«, sagte der. Seine Stimme klang dynamisch, aber auch sympathisch. »Ich wollte mich persönlich bei Ihnen bedanken für Ihren tollen Einsatz. Herr Harding hat mir schon erzählt, wie unglaublich professionell und, mir fällt leider kein anderes Wort ein, *cool* Sie die ganze Sache gelöst haben.« Er sprach schnell, aber deutlich. Wie jemand, der sich immer neue Ziele setzt und nie mit dem zufrieden ist, was er erreicht hat. Wahrscheinlich musste das bei Chefs so sein.

»Das freut mich«, sagte Laura. »Wir sind sehr froh, dass alles vorüber ist und dass die Täter sogar schon gefasst sind.« Was sollte sie auch sonst sagen? *Einer musste ja die Kontrolle behalten, nachdem die blöde Kuh Sandra plötzlich eingefroren ist?* »Und ich freue mich, dass Sie sich direkt bei mir melden. Vielen Dank!«

Laura freute sich wirklich. Der noch amtierende Regionalleiter und Bereichsvorstand, Gerhard Althaus, hatte sich für die Niederungen der Filialwelt und der »normalen« Mitarbeiter nie sonderlich interessiert. Althaus hatte vorher im Westen das Kreditgeschäft geleitet und war gleich nach der Wende in den Osten gekommen. Die BWG Bank hatte der ehemaligen Staatsbank der DDR einen Haufen Filialen abgekauft und sofort angefangen, Versicherungen und Sparbriefe zu verkaufen. Die Wirtschaft boomte durch den Aufbau Ost und jeder brauchte, aber keiner hatte Bankprodukte. Man musste sich schon wirklich dumm anstellen, um als Bank in diesem Umfeld kein Geld zu machen, und Althaus hatte mehr als genug gemacht, für die Bank und für sich selbst, weswegen er auch dann noch Regionalleiter war und blieb, als es mit der Bank kontinuierlich abwärtsging. Jetzt schien dem Vorstand in Frankfurt aber tatsächlich der Kragen geplatzt zu sein, was sicher nicht nur daran lag, dass die Aktionäre, sondern vor allem einige sehr ungemütliche Großinvestoren Druck machten.

»Wir lernen Sie morgen Nachmittag auf der Betriebsversammlung kennen, richtig?«, fragte Laura. Es konnten nicht alle in der Filiale an einer solchen Versammlung teilnehmen, da die Kasse immer besetzt sein musste, aber als Wertpapierberaterin war Laura meistens dabei. Sie googelte in ihrem Smartphone ein Foto von Fischer. Dunkelblonde Haare, Dreitagebart, schlank und sportlich. Auf dem Bild mit einem Anzug, aber er könnte ansonsten auch gerade vom Surfbrett gestiegen sein, dachte Laura.

Fischer lachte. Es klang warm und natürlich. »Da sind Sie gut informiert. Richtig! Mir ist es wichtig, so schnell wie möglich mit Ihnen, den Mitarbeiterinnen und Mitarbeitern, ins Gespräch zu kommen und Ihre Fragen zu beantworten.«

»Ich bin sehr gespannt«, sagte Laura.

»Das können Sie. Es kommen spannende Zeiten.«

Spannend, dachte Laura, *das war nicht immer nur ein positives Wort.* »Spannendes« Projekt konnte auch heißen: *Mach das in deiner Freizeit, verbrauch kein Budget und nerv mich damit nicht.* »Spannender Lebenslauf« *hieß meist so viel wie* »totaler Wirrkopf, der nicht weiß, was er will und wo er hingehört«.

»Frau Jacobs«, sagte Fischer dann, und es klang so, als wollte er zum Ende kommen, »ich möchte mich noch einmal herzlich bedanken. Nun fahren Sie nach Hause und erholen Sie sich. Nehmen Sie ein Taxi und buchen Sie das auf Ihre Kostenstelle. Sollte es Ihnen morgen noch nicht gut gehen, bleiben Sie zu Hause.«

»Ihren Antritt möchte ich auf keinen Fall verpassen«, sagte Laura und versuchte, ihm ein wenig zu schmeicheln. Wer wusste, wozu das gut war. Aber das war anscheinend gar nicht nötig, denn der nächste Satz von Fischer überraschte Laura: »Wie auch immer. Wir sehen uns ohnehin bald.«

»Ah ...«

»Ich habe eine Idee und möchte darüber gern mit Ihnen sprechen.« Er machte eine kurze Pause. »Es könnte interessant für Sie sein.«

»Klingt spannend«, sagte Laura und erst danach fiel ihr auf, dass sie auch gerade *spannend* gesagt hatte. Vielleicht war diese Art der Wortwahl ansteckend. »Kommt Ihr Büro auf mich zu wegen des Termins?«

»Genau so machen wir das. Emily wird sich bei Ihnen melden. So, und jetzt erholen Sie sich. Wir sehen uns in jedem Fall!«

»Vielen Dank, Herr Fischer.«

Laura legte auf. Er hatte *Emily* gesagt. Das hieß, er duzte seine Assistentin, wie das eigentlich in den Investmentbanken und Beratungen üblich war und nicht im eher traditionellen und miefigen Filialbanking. Emily kam vielleicht aus England oder den USA, war vielleicht schon in früheren Berufsstationen seine Sekretärin gewesen.

»Und?«, fragte Tom und blickte sie an, als hätten Fischer und Laura in dem Telefonat gerade das Feuer entdeckt.

»Alles gut«, sagte Laura, »er hat sich bedankt. Und wir sehen uns bald. In jedem Fall morgen auf der Betriebsversammlung.«

»Dann gehen Sie jetzt mal nach Hause.«

Laura nickte. »Mache ich.« Sie ging Richtung Kasse, um ihre Sachen zusammenzupacken. Dort sah sie das, was sie seit dem Überfall vergessen oder besser verdrängt hatte: den Brief!

KAPITEL 7

BLANKENFELDE-MAHLOW, BEI BERLIN

Laura stieg aus dem Taxi. Sie fühlte sich wie gerädert. Auf der Fahrt war sie vor Erschöpfung sogar kurz eingeschlafen, nachdem sie den Taxifahrer erst bitten musste, das Plastik-Pop-Gedudel mit tausend Werbeunterbrechungen auszustellen und zu Klassik zu wechseln. Da hier die Musik zwar ruhiger war, aber auch ständig Werbung kam, hatte sie ihn schließlich gebeten, das Radio ganz auszumachen. Sie fragte sich immer, wie Taxifahrer das aushielten: neben den ständigen Staus im Großstadtverkehr auch noch den ganzen Tag schlechte Musik, nervige Moderatoren und Low-Budget-Werbeblöcke zu hören, die in den Achtzigern schon einfallslos waren.

Als sie das Haus betrat, *das Haus, das sie vielleicht bald nicht mehr haben würden?*, roch sie schon den Geruch von Fleisch und Pfeffer. Die Verpackung des 3-D-Druckers stand noch immer im Flur. Sie nahm sich vor, die Kartons erst einmal zu ignorieren, da Streit das Letzte war, was sie heute Abend brauchte.

Timo hantierte mit einer Schürze in der Küche und hatte verschiedene Pfeffermühlen aufgestellt. *Pfeffer muss immer frisch gemahlen werden*, hatte er ihr einmal gesagt. Auf dem Küchentisch, auf dem es sonst eigentlich immer das Essen gab, stand ein seltsamer Roboter aus Lego. Das war typisch Timo, dachte sie, ständig hatte er irgendwelche neuen Ideen oder technischen Geräte wie Lego-Roboter, die teilweise sogar in Töpfen rühren konnten, dazu Warhammer-Figuren aus dem 3-D-Drucker, automatische Staubsauger oder auch immer neue Gimmicks für den großen Gasgrill. Aber heute würden sie bei dem schönen Wetter ohnehin draußen essen. Dass Timo gut grillen und kochen konnte, war eine Sache, dass das Haus aber mittlerweile zu klein war für all die Gerätschaften, die ihr Mann gefühlt im Fünf-Minuten-Takt kaufte, war eine andere.

Sie hatte ihm unterwegs am Handy von dem Überfall erzählt, und Timo hatte gleich gefragt, ob sie etwas *Gutes für die Seele* brauchen würde. »Ja, das brauche ich allerdings«, hatte Laura geantwortet.

»Jörg und Heike kommen ja heute Abend. Soll ich denen absagen?«, hatte Timo gefragt.

Laura hatte kurz überlegt, Timo genau darum zu bitten. Aber dann dachte sie, dass ein bisschen Abwechslung vielleicht genau das Richtige wäre. »Nein, sie können gern kommen, aber nicht zu früh«, hatte sie gesagt. »Wir müssen erst noch was besprechen.«

Timo hatte bisher nicht gehört, dass Laura gekommen war, da die Spülmaschine lief und er auf seinen Airpods wieder irgendeinen Heavy-Metal-Song hörte. Sein Smartphone lag auf dem Tisch, und sie schielte kurz auf den Song, den er hörte. Pantera, *Fucking Hostile*. *Das passt*, dachte sie, *verdammt feindlich*. Es passt zu ihrer Situation und auch zu Timo, der in seinem Musikgeschmack komplett in den Achtzigern und Neunzigern festhing, wie in einer kaputten Zeitmaschine. Da er als Handwerksmeister früh anfing, war er meist auch lange vor Laura zu Hause, sodass es fast immer schon etwas zu essen gab, wenn Laura nach Hause kam.

Über zwanzig Jahre kannten die beiden sich jetzt schon. Der Grund, aus dem sich nun gerade ein Klempner und eine Bank-Auszubildende kennengelernt hatten, war eine Katze.

Eine Katze und Lauras Eltern. Lauras Eltern in Langenhagen waren beide Lehrer. Als Teenager hatte man gegen die Eltern und natürlich auch gegen die Lehrer und ganz besonders gegen Eltern, die auch noch Lehrer waren, zu rebellieren. Da man aber gegen Lehrer-Eltern, die vielleicht keine 68er mehr waren, aber dennoch in diesem Dunstkreis aufgewachsen waren, nicht mit herkömmlichen Mitteln rebellieren konnte, rebellierte Laura eben auf diese Weise, indem sie das machte, was für ihre Eltern komplett undenkbar war: nach dem Abitur eine Ausbildung in einer Bank!

Laura erinnerte sich noch an die Diskussion, als wäre sie gestern gewesen. *Eine Bank!*, rief ihre Mutter Marion, die gerade im Garten an ihrer Töpferscheibe stand. Ihr Vater Horst verpackte im Wohnzimmer gerade eines seiner Bilder – er war Kunstlehrer und auch Künstler –, das er für irgendeinen Wettbewerb einreichen wollte. Es war nicht so, dass Horst Jacobs ein völlig erfolgloser Künstler war, er hatte einmal den ersten Preis für eine Skulptur, die er für einen öffentlichen Platz in Langenhagen angefertigt hatte, gewonnen, aber es nagte an ihm, dass er lediglich Kunst unterrichtete und von der Kunst, wie so viele, nicht leben konnte. Bei dem Wort »Bank« war auch er sofort wach geworden.

Eine Bank war für Lauras Eltern der Inbegriff von gewinnmaximierendem, menschenverachtendem, systemstützendem Raubtierkapitalismus. Was einige Banken anging, das fiel Laura später auf, hatten ihre Eltern da nicht unbedingt unrecht, obwohl das nicht immer zutraf, denn ab dem Jahr 2008 fielen besonders Banken dadurch auf, dass sie reihenweise pleitegegangen wären, wenn sie von den Staaten nicht gerettet worden wären. Angeblich hatte Angela Merkel damals gesagt: *Im Sozialismus werden die Banken verstaatlicht und gehen dann pleite. Im Kapitalismus ist es umgekehrt.*

Eltern, Gewinne und Bank hin oder her, eine Ausbildung bei einer Bank zu beginnen, war für Laura die bestmögliche Rebellion. Nützlich war es auch. Ihre Oma sagte ihr, dass eine *Bank doch etwas Sicheres sei* und andere sagten, dass man dort viel lernen würde, auch darüber, wie es sonst so in der Wirtschaft zugehen würde. Natürlich wollte Laura die Ausbildung aber nicht in Langenhagen oder Hannover machen, sondern dort, wo es gerade *cool* war, nämlich in Berlin. Sie zog Hals über Kopf zu Hause aus und teilte sich in Berlin eine WG mit Jutta, einer Doktorandin, die an der Humboldt-Uni in Kunstgeschichte promovierte, was ihren Vater wieder ein wenig versöhnte. Die WG war, wie es sich im Jahr 1998 gehörte, in Prenzlauer Berg, wo es damals noch um einiges abgerissener und »kultiger« aussah mit geröllüberschütteten Hinterhöfen, haufenweise Galerien, inoffiziellen Klubs und der Institution, die es dort schon seit Jahrzehnten gab: Konnopke's Currywurstbude, direkt an der Schönhauser Allee.

Der dritte im Bunde in dieser WG war Morpheus, ein schwarzer Kater, den Jutta irgendwann einmal angeschleppt hatte. Ein Tier von einer solchen Intelligenz, dass es nicht nur Türen mit normalen Klinken aufmachen konnte, sondern dazu auch dann noch in der Lage war, als Laura und Jutta die Türklinken derart anbringen ließen, dass man sie nach oben und nicht mehr nach unten drücken musste. Es war egal – Morpheus bekam jede Tür auf. Wie er das machte, wusste keine von beiden, da er sich dabei normalerweise nicht beobachten ließ. Eine weitere Spezialität von Morpheus war, die Klospülung zu betätigen und dann in einer fast hypnotischen Faszination, unterbrochen von kurzen Maunzlauten, die Spülung zu beobachten. Seine Intelligenz war dabei auch praktisch. So versuchte er immer, die Menschen zu imitieren, und nutzte sehr bald kein klassisches

Katzenklo mehr, sondern verrichtete sein Geschäft auf dem Rand der Toilette und betätigte dann die Spülung. Keine Katzenstreu, kein Gestank, eigentlich perfekt, dachte Laura damals. Was nun zuerst gekommen war, die Toilette zu nutzen oder die Faszination für die Spülung, wussten Laura und Jutta nicht. Fakt war wohl, dass das kluge Tier die Menschen beobachtet und nachgemacht hatte, was fast ein bisschen witzig war. Weniger witzig wurde Morpheus Angewohnheit, nicht nur die Spülung zu betätigen, sondern auch Gegenstände ins Klo zu werfen wie Lippenstifte, Pinzetten oder auch Waschlappen. Dabei schien dem Tier die Reihenfolge wichtig zu sein: Es betätigte zuerst die Spülung, nahm dann den Gegenstand behutsam mit der Schnauze oder auch mit den Pfoten auf, ließ ihn dann im Mahlstrom der Toilette verschwinden und schaute dem Ganzen fasziniert zu. Wobei es mit dem »Verschwinden« nicht immer klappte, denn manche Gegenstände waren einfach zu groß, um heruntergespült zu werden.

Als Morpheus an einem Sonntag ein ganzes Gästehandtuch ins Klo geschmissen hatte, passierte das Unvermeidbare: Die Toilette war verstopft und trotz einiger unappetitlicher Verrenkungsaktionen, bei denen Laura und Jutta versuchten, mit einer Zange das Handtuch aus dem Klo zu kriegen, blieb die Toilette verstopft.

Der junge Klempner, den die Notfallfirma der Hausverwaltung schickte, war Laura auf Anhieb sympathisch. Dunkler Typ, nicht zu dünn, mittelgroß und Augen, denen man ansah, dass er manchmal lieber einen guten Freund verraten als einen blöden Witz auslassen würde. Er stellte sich bei den beiden Damen als »Timo« vor und hatte im Nu das Handtuch aus der Toilette geholt.

»Sie wissen«, sagte er, »dass man Handtücher nicht ins Klo

schmeißen soll? Auch keine kleinen? Das war ein Unfall, oder?«

»Es war Absicht«, hatte Jutta erklärt, und als Timo staunend die Augenbrauen hob, ergänzte Laura: »Aber nicht von uns. Sondern von Morpheus.« Sie zeigte auf den Kater, der wie die Unschuld in Person von der Toilettentür aus neugierig das Geschehen beobachtet hatte.

Timo hob wieder die Augenbrauen. »Das kann der? Handtücher ins Klo schmeißen?«

Laura nickte resigniert. »Jawohl. Und dann sogar noch die Klospülung betätigen.«

»Ist ja 'ne richtig schlaue Katze«, bemerkte Timo.

»Kater.«

»Klar.« Timo nickte. »Auf so was Blödes kommen nur Männer.«

Morpheus hatte dann noch ein paarmal Handtücher, Waschlappen und andere Dinge ins Klo geworfen. Jutta und Laura war es zwar gelungen, die Dinge, die Morpheus ins Klo schmeißen *könnte,* möglichst effektiv zu verstecken, aber ganz hatten sie das Problem nicht lösen können, sodass Timo doch noch ein paarmal vorbeikommen musste. Einmal hatten sie ihn zum Abendessen eingeladen und Laura und er hatten dann noch eine Weile bei einem Glas Rotwein auf dem Balkon gesessen und auf die Kastanienallee, die damals noch alles andere als cool war, heruntergeschaut. Dabei hatten sie über alles Mögliche gesprochen. Und irgendwann festgestellt, dass ihre Zukunft eine gemeinsame Zukunft sein würde. Sie hatte zu dem Zeitpunkt die Ausbildung und Bankakademie hinter sich und wollte bald mit einer Zertifizierung zur Wertpapierberaterin beginnen, er wollte bald mit der Meisterschule starten. Die nächste Wohnung, die Laura bewohnte, war eine gemeinsame Wohnung mit Timo, danach kam das

Haus, in dem sie jetzt wohnten. Morpheus kam mit ihnen. Als Jutta ihn mitgebracht hatte, war er noch recht klein und wohl kaum älter als ein Jahr.

An dem Tag, als sie Morpheus eines Morgens scheinbar friedlich schlafend in seinem Körbchen fanden, hatten Laura und Timo lange geweint, denn Morpheus war mehr gewesen als ein Haustier. Er war genau genommen der Kuppler, der Timo und Laura zusammengebracht hatte. Als er vor vier Jahren starb, musste er auf biblische fast zwanzig Jahre zugehen – ein ungewöhnlich hohes Alter für eine sehr spezielle Katze. Sie hatten ihn im Garten ihres Hauses begraben, und es war ihnen egal, ob das nun legal war oder nicht. Ein so spezielles Mitglied des Hauses brauchte ein wirkliches Grab. Timo hatte später mit seinem 3-D-Drucker eine stylische, schwarzgoldene Minitoilette gedruckt und auf das Grab gestellt. Wann immer Laura auf das Grab schaute, merkte sie, wie ihr beinahe die Tränen kamen. So auch jetzt, wo sie das Grab durch die Terrassentür sah, ebenso wie das grafisch nachbearbeitete, großformatige Foto von Morpheus an der Wand über der Couch.

Doch es gab leider noch ernstere Themen.

Timo hatte sie entdeckt. Er setzte die Airpods ab. »Laura, da bist du ja!« Sie umarmten dich. »Jetzt ist ja alles überstanden, meine Heldin! Und wir essen gleich schön.«

»Nein, überstanden ist leider nicht alles. Setz dich hin, wir müssen in Ruhe reden.«

»Da brauche ich erst mal ein Bier«, sagte Timo und ging zum Kühlschrank. »Du willst dich aber nicht scheiden lassen?« Ihm war der besorgte Blick von Laura nicht entgangen.

KAPITEL 8

BLANKENFELDE-MAHLOW, BEI BERLIN

Timo hatte die schlechte Nachricht erstaunlich ruhig aufgenommen. Doch Laura kannte ihren Mann. Das Ganze musste bei ihm erst einmal sacken. Die Dinge, die auch ihr Magenschmerzen bereiteten, waren ihm sofort aufgefallen.

»Laura, wir haben hier enorm viel privat investiert«, sagte er. »Die Terrasse, der Garten, die Befestigungen, das extra Bad. Das sah hier vorher aus wie in Guantanamo Bay.«

»Ja, und wir wohnen hier nur zur Miete«, sagte Laura und trank von ihrem Wein. Grauburgunder, genau das Richtige, wenn der Tag so furchtbar gewesen war wie heute.

»Es hieß aber doch immer, das hier sei fast noch sicherer als kaufen, da man keinen Kredit aufnehmen muss?«, fragte Timo. »Dass die Bank garantiert, dass man hier immer wohnen kann?«

»Ja, das war damals. Da wollte die Bank mit eigenen Häusern und Wohnungen für die Mitarbeiter attraktiv sein. So ähnlich wie die Mitarbeiterhäuser von Siemens in Siemensstadt im Norden. Und natürlich sind Mitarbeiter auch zuverlässige Mieter; man kennt sie und weiß, dass sie anständig ihre Miete zahlen. Und damals, als es in den Neunzigerjahren boomte, hatte die Bank eine Garantie, dass gute Leute nicht einfach weggehen. Denn dann müssten sie hier ausziehen und wer zieht schon gerne um?«

Timo kratzte sich am Kopf. »Also ich bestimmt nicht.« Er blickte Laura an. »Aber jetzt geht es der Bank nicht mehr so gut?«

Sie schüttelte den Kopf. »Nein. Wobei ich nicht verstehe, warum sie dann die Häuser und Wohnungen unbedingt loswerden will. Das ist doch eine gute und stabile Einnahme mit den ständigen Mietzahlungen.«

»Wie kam die Bank eigentlich an die Häuser?«

»Da war erst nur das Grundstück«, antwortete Laura. »Ein Gerücht besagt, dass das Grundstück der Siedlung einem Vorgänger der Bank einst von Friedrich dem Großen geschenkt wurde, da die Bank oder die Vorgänger-Bank eine Kriegsanleihe für den Krieg gegen Schlesien platziert hatte. Was an diesen Gerüchten wahr ist, weiß ich allerdings nicht.«

»Muss ja lange her sein. Und was sagt das andere Gerücht?«

»Angeblich hat die Bank das alles mal an eine andere Firma vermietet, die dann aber pleiteging, weil ein Kredit platzte.«

»Ein Kredit bei der BWG, also deiner Bank?«

»So sagt man. Dann wurden die Mietverträge gekündigt und die Bankmitarbeiter sind hier eingezogen.«

»Aha«, meinte Timo. Die Grill-App piepte. Timo blickte auf sein Smartphone. »Zweihundertzwanzig Grad«, murmelte er, »gleich können die Steaks drauf.« Er hatte schon Sonden und Kabel bereitgelegt, um später die Innentemperatur der Steaks zu prüfen. Fünfundfünfzig Grad. Die Temperatur konnte er dann ebenfalls auf seinem Smartphone auf der Grill App sehen, ohne aufstehen zu müssen. Timo war ein Freund der »Kerntemperatur«, die er mit den Sensoren und der App genau messen konnte und damit niemals in die Verlegenheit kam, ständig während des Grillens in das Fleisch schneiden zu müssen, um zu schauen, ob das Steak noch zu roh oder gerade richtig war. Was Laura auch wusste: Wann immer sie mit Timo zu einem Grillkurs ging, kostete nicht nur der Kurs Geld, sondern auch all die Gimmicks, die er sich daraufhin kaufte.

»Aber zum Thema«, fuhr Timo fort, »die Bank hat also schon mal Mieter hier rausgeschmissen? So sicher ist das Ganze also gar nicht?«

Laura biss sich auf die Lippe. »Na ja, bisher war es das. Jetzt wohl nicht mehr.« Sie schaute nach draußen auf den Grill. Rauch stieg daraus empor und wehte in Richtung des Grabes von Morpheus, wie eine Opfergabe. »Wir haben hier wirklich eine Menge selbst gemacht. Hast du davon eine Liste und alle Rechnungen?«

Timo nickte. »Aber ja! Das war einiges. Wie gesagt, Terrasse, Bad, Garten, Elektronik und Smarthome. Für den früheren Zustand hätten sich selbst nordkoreanische Gefängnisse geschämt.«

Laura verdrehte die Augen. »Kannst du mal die ganzen Rechnungen und alle Belege zusammensammeln? Wenn es geht, finanzamttaugliche Rechnungen. Oder den Steuerberater fragen? Wir sollten uns das nicht bieten lassen und immerhin versuchen, das, was wir hier in das Haus gesteckt haben, wiederzukriegen.« Wenn die Rechnungen nicht da waren, dachte Laura, dann waren die ganzen Investitionen umsonst gewesen. Zudem wusste sie, dass sie den allergrößten Posten definitiv nicht zurückbekommen würden, nämlich die ganze Zeit, die sie hier gemeinsam investiert hatten. So hoffte Laura, dass die Bank ihnen wenigstens die Materialkosten erstatten würde, wenn sie wirklich ausziehen müssten. Aber hundertprozentig sicher war sie da nicht.

»Alles klar«, sagte Timo, »ich suche das morgen zusammen.« Er tippte eine Erinnerung in sein Smartphone. »Was ich mich aber frage«, sagte er dann. »Wenn du mit eurem neuen Oberguru gesprochen hast …«

»Fischer. War aber nur am Telefon.«

»Trotzdem. Wieso hast du den nicht gleich gefragt, was der Kram soll?«

Laura nickte. »Das frage ich mich jetzt auch.«

Es klingelte. Laura stand auf. »Das sind Jörg und Heike. Du kannst mit den Steaks anfangen.«

Laura sah Timo an, dass er schon im Kopf die Rechnungen suchte. Aber dann stürzte er sich entschlossen in die Grillarbeiten, um den Abend so perfekt wie möglich zu machen.

Als Jörg und Heike gekommen waren und jeder mit Bier und Wein versorgt war, musste sich Laura zunächst ausgiebig zu dem Überfall ausfragen lassen. Heike war Buchhändlerin und kannte die Krimivorliebe von vielen Lesern und besonders Leserinnen, denn die meisten Kunden, die blutige Krimis lasen, waren Frauen. Natürlich gab es einen enormen Unterschied zwischen den Geschichten und der Realität.

»Der hat dir eine Knarre unter die Nase gehalten?«, fragte sie. »Und dann auch noch ein Junkie? Mein Gott!«

»Die Knarre war zum Glück nicht echt.«

»Trotzdem«, sagte Jörg, der sich als Jäger mit Waffen auskannte, »auch Kunstwaffen sind schwer. Und er hat ja deiner Kollegin damit eins übergezogen. Ist auch nicht witzig.«

»Gab's denn bei euch wenigstens was Witziges heute?«, fragte Timo und blickte Jörg und Heike an.

»Witzig vielleicht«, sagte Jörg, »ich hatte heute echt einen Typen, der sich dreimal ausgesperrt hat!« Jörg betrieb eine Firma für Schlüsseldienste und musste in der Vergangenheit schon ein paarmal bei Jacobs anrücken, weil Timo ohne Schlüssel aus dem Haus gerannt war und Laura sich darauf verlassen hatte, dass er einen Schlüssel bei sich hatte. Timo hatte natürlich eine hochmoderne Schlüsselanlage mit Sensoren einbauen lassen, gemeinsam mit Kameras, deren Aufnahmen man auch im Urlaub per Internet abrufen konnte – wobei Laura nicht wusste, ob sie nun im Urlaub unbedingt Bilder ihres Eingangsbereichs sehen wollte.

»Dreimal? Ganz schön teuer! Wie macht er das?«

»Einmal morgens, als er mit dem Hund raus war, einmal mittags, als er beim Briefkasten war wegen Post, und einmal abends, als er was im Auto vergessen hatte.«

»Ich würde ja auch meinen Hintern vergessen, wenn er nicht angewachsen wäre«, sagte Timo, »aber wie kriegt man das dreimal an einem Tag hin?«

»Er war wohl ganz aus dem Häuschen, weil seine Tochter einen Studienplatz in Harvard ergattert hat.«

»Okay«, sagte Timo, »gegen die Studiengebühren in Harvard, die dann auf ihn zukommen, sind deine gesalzenen Preise wohl wirklich niedlich.« Er knuffte Jörg leicht in die Seite und grinste. Laura freute sich, ihn lachen zu sehen.

»Von wegen gesalzen! Sieh mal zu, dass hier bald das Essen auf den Tisch kommt, damit wir überhaupt was zum Salzen haben.« Jörg zog eine Schachtel Lucky Strike hervor, zündete sich eine an und qualmte in die Abendluft. Einen »lucky strike«, dachte Laura, brauchte sie jetzt auch. Jörg sprach weiter: »Aber deswegen sage ich immer: Hausschlüssel in die Tasche stecken und nicht irgendwo in der Handtasche haben oder sonst was. Wichtige Sachen sind am Mann zu tragen.«

»Oder an der Frau«, ergänzte Heike.

»Ja, aber ihr Frauen macht das ja nicht mit euren riesigen Handtaschen!«

»Blödmann«, sagte Heike. Dann schwieg sie. Auf Laura machte sie den Eindruck, als ob sie etwas bedrücken würde.

»Was ist los?«, fragte Laura.

»Ach …« Heike schüttelte den Kopf. »Du hattest so einen

miesen Tag, da will ich nicht rumjammern. Außerdem hatte ich das gerade so schön verdrängt.«

»Nun sag schon«, sagte Jörg.

»Die schmeißen mich raus«, sagte Heike und man sah Tränen in ihren Augen. »Ich muss aus dem Laden raus. Bis zum 30. November.«

Laura ging ein Licht auf. Der Buchladen war keine zehn Minuten von Lauras und Timos Haus entfernt und Heike war ihr zuverlässiger Lieferant von Krimilektüre fürs Wochenende. Auch englische Bücher konnte sie problemlos und schnell bekommen, und zwar ohne dass ein Kurier oder Paketservice einen *mal wieder nicht angetroffen hatte* und man dann eine Pilgerreise durch die ganze Nachbarschaft machen musste oder bei der Post eine Stunde in der Schlange stand. Und klar, dachte Laura, der Laden gehörte auch zu dem Gebäudekomplex der Bank.

Laura nickte resigniert. »Willkommen im Klub. Wir auch.«

Heike hob die Augenbrauen. »Was?«

»Hier.« Laura ging nach drinnen und holte den Brief. »Schwarz auf weiß.«

Heike überflog die Zeilen. »… wir bedauern, strategischer Verkauf, kündigen …«, murmelte sie. »Genau die gleiche scheinheilige Scheiße wie bei mir.«

»Krass«, sagte Timo, »dann fliegen hier alle raus? Aus der gesamten Siedlung? Deine Kollegin Sandra wohnt hier doch auch?«

Laura nickte. Sie hatten sich ein paarmal mit Sandra getroffen, aber irgendwie waren sie mit ihr nicht ganz warm geworden. »Das stimmt. Sie hat mir den Brief sogar gegeben, dann muss sie eigentlich selbst einen bekommen haben.«

»Hat sie vielleicht auch«, sagte Timo, »aber wenn mir ein

Junkie einen mit der Pistole überzieht, würde ich es womöglich vergessen, irgendeinen Brief zu öffnen.«

»Aber so läuft es doch immer«, meinte Heike, »irgendein dicker Fisch will das Grundstück haben, und wir können mal wieder zusehen, wo wir bleiben. Ich habe den Laden so schön gemacht, es lief wirklich gut, auch wenn es im Zeitalter von Amazon immer schwerer ist, überhaupt noch etwas zu verdienen. Und jetzt das.«

Timo stand auf. »Die Steaks sind fertig. Jetzt wird erst mal gegessen. Sorgen sind später dran.« Er ging zum Grill und blickte Laura an. »Ist nicht morgen diese Betriebsversammlung mit eurem neuen Vortänzer?«

»Ja, ist sie.« Laura nickte.

»Wenn es dir irgendwie gut genug geht«, sagte er, »solltest du hingehen. Hör dich doch mal um, wer noch alles Post bekommen hat. Mache ich hier auch.«

Laura nickte wieder. Und sie merkte, wie neben der Verzweiflung allmählich Wut in ihr aufstieg. Normalerweise erfuhr man bei der BWG Bank die wichtigen Details erst aus der Zeitung und dann vom Management, aber sie wollte morgen dafür sorgen, dass es diesmal anders war. Fischer wollte mit ihr sprechen. Gut, denn sie wollte auch mit ihm sprechen.

KAPITEL 9

FRANKFURT AM MAIN

Der Seniorpartner der Kanzlei führte das Gespräch nicht in seinem Büro, sondern in der Suite eines Hotels. Die beiden Männer, die ihm gegenüber saßen, gaben sich keine Mühe, ihre Zugehörigkeit zu verbergen. Sie waren muskulös, gedrungen, tätowiert und gefährlich. *Typisch Russenmafia*, dachte er. Der eine hieß Igor, der andere Ivan. Zwei Namen, die der Mann gleich wieder vergessen konnte, denn es war vollkommen klar, dass dies nicht ihre richtigen Namen waren.

»Es könnte sein«, sagte der Seniorpartner, »dass einige unschöne Dinge nötig werden, die nicht auf uns und unseren Mandanten zurückfallen sollten.«

Die beiden Männer am anderen Ende des Tisches grinsten kurz. Ihre Augen blieben ausdruckslos. »Keine Sorge. Diese Dinge werden nicht einmal auf uns zurückfallen«, sagte der eine.

Der Seniorpartner nickte. »Auch wenn Sie gewisse Leute *terrorisieren* sollen?«

»Unsere Großväter haben Stalin überlebt. Wir kennen uns mit Terror aus.«

»Kommen wir zum Geschäft. Wie viel verlangen Sie für Ihre Dienste?«

»Zehntausend für jeden Tag, an dem Sie uns brauchen. Pro Person.«

Der Anwalt nickte. Das war zwar nicht wenig, aber in einer Branche, in der die Topanwälte durchaus tausend Euro pro Stunde aufrufen, auch nicht zu viel.

»Sieben Tage die Woche?«

»Erledigt sich Ihr Problem etwa am Wochenende von allein?«

»Nein. Kommunikation über Telegram oder dieses neue Tool, seitdem Encrochat dichtgemacht wurde?«

»Das nehmen wir.« Einer der beiden beugte sich vor. »Was wird der erste Auftrag sein?«

»Sie müssen«, begann der Anwalt, »einige Leute mit Nachdruck bitten zu *gehen*.«

»Das ist unsere Spezialität!« Igor faltete die Hände, sodass man die kyrillischen Buchstaben auf seinen Fingern sehen konnte. »Wenn wir mit denen fertig sind, werden sie betteln, *noch früher* gehen zu dürfen.«

DIENSTAG

DIENSTAG

KAPITEL 10

PARISER PLATZ, BERLIN

Die Betriebsversammlung der BWG Bank fand im zweiten – und etwas schickeren – Hauptquartier am Pariser Platz, direkt neben dem Hotel Adlon statt. Beide Hauptquartiere, oder auch *Headquarter,* wie man sie neudeutsch nannte, stammten aus der Zeit der Neunzigerjahre, als nebenan die Glaspaläste des Potsdamer Platzes in die Höhe gezogen wurden und die Bank noch glaubte, dass die Erträge genauso in den Himmel wachsen würden wie der Bahntower und der Kollhoff Tower. Die Idee dahinter, dachte Laura, war genauso verkopft wie das Denken in der als Elfenbeinturm oder Wasserkopf verschrienen Zentrale in Frankfurt. *Waterheadquarter* war ebenfalls eine firmenübliche Bezeichnung, die die Bezeichnung *Wasserkopf* und *Headquarter* kurzerhand in einem Wort verband.

Ein traditioneller Name wie der der BWG, hatte ein Vorstand damals gesagt, *ist wie Wein und wird mit dem Alter immer besser. Tradition ist unsere Währung.* In Wirklichkeit, dachte Laura, war der Wein zu Essig geworden. Die alten Kunden ließen das Geld auf dem Sparbuch versauern oder schenkten es unfähigen Erben, und die Jungen verprassten dann das geerbte Geld oder gingen damit zu irgendwelchen Online-Brokern oder sogenannten Fintechs. Eine aktuelle Studie, die die Bank zusammen mit einem Meinungsforschungsinstitut durchgeführt hatte, war zu dem Schluss gekommen, dass die sogenannten Millennials, also die jungen Menschen um die zwanzig, lieber zum Zahnarzt gingen als in eine Bankfiliale.

Laura hatte Sandra getroffen, die gerade aus der U-Bahn gekommen war, und ein paar Worte mit ihr gewechselt.

»Bist du nicht krankgeschrieben?«, hatte Laura gefragt.

»Doch«, hatte Sandra geantwortet, »aber du ja auch?«

Laura hatte allerdings den Eindruck, dass Sandra ihr irgendwie auswich, nachdem sie bei dem Banküberfall komplett die Kontrolle über die Situation und über sich verloren hatte. Laura hatte mehr Verständnis für Sandra, die plötzlich wie eingefroren gewesen war. Schließlich hatte man kaum einen Einfluss darauf, wie man reagierte. Genauso wenig wie Laura Einfluss auf ihre eigene Fähigkeit hatte, die sie dazu gebracht hatte, die ganze Situation so cool und routiniert abzuwickeln, als wollte tatsächlich nur eine alte Dame Geld abheben – und zwar mit einem Auszahlschein und nicht mit einer Sig Sauer.

»Mensch, Mensch, Mensch«, sagte Sandra, »das war wieder ein Krampf, aus der Filiale wegzukommen. Es fehlen noch genauso viele wie gestern und wir zwei jetzt auch.«

»Warst du etwa vorher noch in der Filiale?«, fragte Laura.

»Musste ich ja«, sagte Sandra, »die Polizei hat meine Handtasche dort abgegeben. Und die wollte ich so schnell wie möglich wiederhaben. Harding hat mich angerufen, dass die Tasche wieder da ist.«

Laura nickte. »Das übliche Chaos«, sagte sie. Sie war direkt von zu Hause zum Pariser Platz gefahren. Doch sie kannte das Problem, dass bei Betriebsversammlungen immer viel zu wenig Leute aus dem Vertrieb vor Ort waren, weil die Filialen nicht einfach schließen konnten und eine Mindestbesetzung brauchten. Entsprechend waren sehr viele Mitarbeiter aus dem Innendienst da, die ihre Interessen dort auch sehr viel besser vertreten konnten, sodass ein Wasserkopf den anderen Wasserkopf unterstützte.

»Hattest du schon mit der Opferhilfe gesprochen?«, fragte Laura, als sie sich an mehreren Touristen, einem Leierkastenmann und einer dieser komischen reglosen Puppen, die überall auf touristischen Plätzen herumstanden, vorbeidrängelten.

»Morgen habe ich dort einen Termin«, antwortete Sandra und wechselte ihre Handtasche in die andere Hand. »Auch mit diesem Kommissar. Deckhard oder wie der heißt.«

Laura schaute in ihren Kalender auf dem Smartphone. »Ich versuche mal, das auch einzurichten. Vielleicht sehen wir uns dort.« Sandra machte ein Gesicht, als ob sie darauf gut verzichten könnte.

»Da haben wir ja schon die Bonzen«, bemerkte Sandra und bewegte den Kopf Richtung Adlon. »Die Herren haben natürlich nicht in der Kantine gegessen, sondern im Adlon gespeist.«

Laura erkannte die drei Männer sofort, die gerade das Adlon verließen. Einer war Gerhard Althaus, der alte Regionalvorstand, der heute ehrenhaft entlassen wurde. Grauhaarig, schlank und ganz der alte Gentleman, der einer betagten Dame niemals einen geschlossenen Schiffsfonds verkaufen würde, aus dem sie dann zu Lebzeiten nicht mehr herauskam – der es aber dann in Wahrheit doch tat. Daneben Harald Kienzle, Leiter der Vertriebssteuerung, mit struppigem grauem Bart und etwas zerzausten Haaren, die so gar nicht zu seinem teuren Anzug passen wollten. Ein wenig erinnerte er an Loriots »Opa Hoppenstedt«. *Harald Kienzle,* dachte Laura, *nicht nur wegen seinem Bart und der Frisur, sondern auch wegen seiner Umgangsformen nannte man ihn in der Bank »Dirty Harry«.* Der dritte war Martin Schubert, Leiter des Private Bankings und offenbar derart eng mit Dirty Harry, dass der ihn mit zum Mittagessen ins Adlon geschleppt hatte.

»Guten Tag, die Damen«, sagte Althaus. »Sie begleiten uns?« Er zeigte auf das Hauptquartier.

»Selbstverständlich«, sagte Laura, »wir wollen doch wissen, was es Neues gibt.«

Sandra sagte nichts.

»Eine Ära endet. Die Zeit der guten alten Banken ist vorbei«, stellte Althaus fest. »Der ganze Prachtbau sieht noch toll aus, aber mich erinnert das sehr an die Stelle in den *Buddenbrooks*: Oft sieht man das Licht eines Sterns, doch bis es ankommt, ist der Stern schon längst verglüht.«

»Kann dir doch egal sein«, gab Kienzle alias Dirty Harry zurück, »du bist doch ab morgen im Vorruhestand. Und so pleitegehen, dass die Bank deine Pension nicht mehr zahlen kann, wird sie schon nicht.«

»Bitte«, meinte Althaus, »ein bisschen mehr Optimismus vor den jungen Damen. Die müssen noch ein paar Jahre bei uns arbeiten.« Er wandte sich an Laura. »Und meine Hochachtung, wie Sie gestern die Situation gelöst haben. Sogar Fischer hat davon erfahren.«

»Ich habe getan, was ich konnte.«

»Hätten die gewusst, wie wenig Eigenkapital die Bank noch hat, hätten die Räuber eine Shisha-Bar überfallen und keine unserer Filialen!« Dirty Harry lachte meckernd über seinen eigenen Witz.

»Na dann mal los!« Althaus rückte seine Brille zurecht. »Schauen wir doch mal, wo sie uns einen Platz reserviert haben.«

KAPITEL 11

PARISER PLATZ, BERLIN

»Typisch«, bemerkte Schubert, »die ersten Reihen wieder komplett vom Wasserkopf besetzt.« Der Wasserkopf war besagter Innendienst, der einen Großteil der Zeit in der Cafeteria verbrachte und jedenfalls nicht zu erreichen war, wenn Laura mal etwas wollte.

»Der Innendienst muss für die Bankberater das sein, was die Bankberater für die Kunden sind«, hatte Althaus vor vielen Jahren einmal gesagt, doch umgesetzt wurde davon bislang nichts.

»Die erkennt man sofort«, sagte Sandra. Tatsächlich waren einige der Damen und besonders der Herren eher so gekleidet, als würden sie nicht in einer Bank arbeiten, sondern wären gerade vom Jahrestreffen des Modelleisenbahnklubs gekommen. Altmodische Hemden, zerknitterte T-Shirts und viele von ihnen trugen eigenartige Pullunder, die schon vor zwanzig Jahren out gewesen waren. Während die Banker in den Filialen immerhin versuchten, etwas adrett auszusehen, hatten die Innendienstleute der BWG alle Hoffnungen aufgegeben.

Kienzle und Althaus hatten sich vorher schon Richtung einiger VIP-Sitze entfernt, sodass Schubert bei Laura und Sandra blieb. Laura war das recht. Durch seine Nähe zur »oberen Heeresführung«, wie man sie in der Bank nannte, wusste Schubert oft einige Dinge lange vor den anderen. Besonders auf die Sache mit den Häusern wollte Laura ihn nachher noch ansprechen.

Nach einigen warmen Worten von Althaus betrat Thomas Fischer die Bühne.

»Die BWG ist wieder da!«, rief er. So, als wäre die Bank eine Zeit lang weggewesen. »BWG 4.0 ist die neue Strategie«, fuhr er fort. »Wir werden schneller, schlanker, digitaler.« Es wurden einige Leinwände heruntergelassen, auf denen *BWG 4.0* zu lesen war.

Schubert lächelte. Laura war bei ihm, der überzeugter Single war, nie so ganz sicher, ob er etwas von ihr wollte oder einfach nur höflich war. »Schneller, schlanker, digitaler«, flüsterte er. »Das heißt so viel wie: *Wir sind wie die Diba, nur teurer.*«

Laura musste auch lächeln.

Nach einer Weile wurde Althaus auf der Bühne mit einem unförmigen, riesigen Blumenstrauß verabschiedet, der in kein Auto passte, während das bei solchen Events übliche *Eye of the Tiger* aus *Rocky IV* aus den Lautsprechern plärrte.

Timo, dachte Laura, würde bestimmt fachmännisch sagen, dass die Boxen nicht genug Bass hatten. Und das hatten sie tatsächlich nicht.

Fischer redete von einem neuen Marktumfeld, anspruchsvollen Kunden, hohen Kosten, geringen Erträgen durch die Negativzinsen, Alternativwährungen wie Bitcoin und Blockchain-Technologie, knallharter Konkurrenz durch Online-Trading-Apps und Fintechs und was dem Teufel noch einfiel, sowie der Notwendigkeit, Vertrauen zurückzugewinnen. Er schaffte es nur knapp, den Anteil an denglischem Finanzchinesisch so zu reduzieren, dass er nicht einen Großteil der Zuhörer verlor. »Vertrauen«, rief er ins Mikro, »ist nämlich der Anfang von allem!«

»Toll«, murmelte Schubert zu Laura, »das war mal das Motto der Deutschen Bank. Merkt aber eh keiner.«

»Gibt es denn ein neues Motto?«, fragte Laura.

Schubert nickte. »Sie haben dafür extra eine Marketing-Agentur eingekauft. Das Motto oder ›mission statement‹ sollte von den Mitarbeitern kommen. Moderierte Mission nannten die das. Das alte Motto *Tradition ist unsere Währung,* war ihnen wohl zu miefig.«

»Kommt von denen auch *Lachen und Erträge machen?*«

»Ich glaube, das kommt tatsächlich von eurem Tom Harding. Ist aber gar nicht schlecht. Aber nicht so gut wie das von Dirty Harry heute, das …«

»Pssst«, schimpfte einer der Leibchenträger vor ihnen, »ihr könnt euch draußen unterhalten, wir wollen gern hören, was er sagt.«

»Solltet ihr auch«, murmelte Schubert leise genug, sodass es nur Laura verstand, »denn bei BWG 4.0 sind Sesselpuper wie ihr die Ersten, die rausfliegen. Alles, was ein Computer machen kann, wird künftig auch ein Computer machen.«

Laura schwieg eine Weile, hörte Fischer zu, machte sich ein paar Notizen, die sie später vielleicht im Gespräch mit ihm nutzen könnte; falls es dieses Gespräch tatsächlich irgendwann geben sollte. »Was ist denn nun das neue Motto?«, fragte sie leise.

»Es gibt noch keins«, sagte Schubert. »Das, was die Mitarbeiter sich ausgedacht haben, passt zwar super zur Bank, ist aber nicht sehr verkaufsfördernd.«

»Und wie lautet es?«

Schubert musste sich das Lachen verkneifen, als er sprach: »Schlechtes muss nicht billig sein.«

Laura grinste ebenfalls. Sie sah Fischer auf der Bühne und stellte sich kurz vor, wie er dieses Motto in die Halle rief. *Unser neues Mission-Statement: Schlechtes muss nicht billig sein!* Die meisten der Zuschauer machten allerdings einen hinreichend abwesenden Eindruck, sodass sie es vielleicht gar nicht gemerkt hätten.

Ihr Handy summte. Sie sah nach unten. Eine Nachricht. Von Timo.

Habe mal rumgefragt. Alle in der Siedlung haben den Brief bekommen. Anscheinend wird die ganze Siedlung dichtgemacht.

KAPITEL 12

PARISER PLATZ, BERLIN

Manche Momente kommen schneller, als man denkt, dachte Laura, als sie im Vorzimmer von Thomas Fischer saß. Besagte Emily, die tatsächlich aus England kam und schon lange Zeit Fischers Sekretärin war, hatte Laura einen Kaffee gebracht und sich dann wieder an den Computer gesetzt.

Es war keine zehn Minuten her gewesen. Unten war die Betriebsversammlung vorbei, Althaus und Kienzle waren zurück ins Adlon gegangen, wahrscheinlich zum Nachmittags-Tee für sechzig Euro. Laura selbst war auch gerade im Weggehen begriffen, als Emily sie kurz vor dem Eingang abgefangen hatte.

»Sie hatten ja gestern mit Herrn Fischer telefoniert, Frau Jacobs. Hätten Sie vielleicht sogar jetzt kurz Zeit für Herrn Fischer?«, hatte Emily mit leichtem britischen Akzent gefragt. Sandra blickte sie mit großen Augen an, als wollte sie sagen: *Mit* dem *Herrn Fischer? Und wieso fragt* der, *ob du Zeit für ihn hast?* Man sah ihr an, dass ihr das Ganze nicht gefiel.

»Natürlich«, antwortete Laura, »jetzt und hier?«

»Klar, er hat sein Büro gleich hier oben«, sagte Emily. »Folgen Sie mir.« Sie nickte ihrer Kollegin kurz zu. Sandra hatte die Mundwinkel nach unten gezogen und ihr Blick sagte in etwa: *Ach, jetzt hängst du also auch schon mit den Bonzen rum.*

Die Tür flog auf und Fischer kam ins Vorzimmer. »Kommen Sie, Frau Jacobs. Kaffee haben Sie schon? Noch ein Wasser?«

»Nein, vielen Dank.«

Fischer schloss die Tür, nachdem er Emily noch mit den Worten »Fifteen« und einer Geste bedeutet hatte, die nächsten fünfzehn Minuten nicht gestört werden zu wollen. Was Laura gleich gut gefiel, war, dass Fischer nicht diese *Na, wie war ich* Attitude an den Tag legte, die Männer, die gerade auf der großen Bühne eine Schau abgezogen hatten, oft gegenüber Frauen heraushängen ließen.

»Nehmen Sie Platz«, sagte Fischer und zeigte auf einen der Sessel in einer Sitzecke. Das Büro war noch nicht fertig eingerichtet, Umzugskartons stapelten sich in einer Ecke, und einige Bilder waren noch nicht aufgehängt, sondern standen an die Wand gelehnt auf dem Boden. Die meisten Bilder waren recht bunt, abstrakt und höchstwahrscheinlich teuer. Fischer selbst setzte sich ebenfalls auf einen Sessel im Neunzig-Grad-Winkel zu Laura, ein iPad in der Hand. »Ich habe mir Ihren Lebenslauf und die Personalakte angesehen, Frau Jacobs. Sehr beeindruckend.« Wie bei modernen Führungskräften üblich hatte er das PDF auf dem iPad und kein Papier in der Hand. »Ausbildung, Bankakademie, Wertpapier-Programm, unter den zehn Prozent Besten. Jetzt Anlageberaterin, Schwerpunkt Aktien und Fonds. Derzeit Filiale Koppenstraße unter Tom Harding.«

»Alles richtig.« Laura lächelte unbeholfen.

»Macht Ihnen die Kundenarbeit Spaß?«

»Definitiv! Sehr viel mehr als all die Dokumentationspflichten.«

Fischer nickte. »Das glaube ich.« Dann bemerkte er Lauras besorgten Blick. Ihr war eben aufgefallen, dass es vielleicht nicht in Ordnung war, dass sie sich als Bankerin über Regularien und Dokumentationspflichten aufregte. Verstöße gegen die sogenannte Compliance konnten ein Kündigungsgrund sein.

»Keine Sorge, Sie können ruhig ehrlich sein«, sagte Fischer.

Laura atmete auf, wusste aber sehr genau, dass man gerade gegenüber denen, die Ehrlichkeit propagierten, auf eigene Gefahr ehrlich war. »Das ist ja das Problem in diesem Land«, fuhr Fischer fort. »Man kann Leuten straffrei die Kehle durchschneiden, aber wehe, man vergisst, irgendwo ein Kreuzchen zu machen.«

Laura hob die Augenbrauen. »Sie sind sehr direkt.«

»Ich war erst im Sales und dann im Trading. Investmentsparte der Bank in London und Frankfurt. Da weht ein rauer Wind.«

»Inwiefern?«

»Ging schon an meinem ersten Tag los. Ich hatte vorher bei Morgan Stanley ein Praktikum gemacht und kam dann, mit einem Wharton MBA, nach London. Als ich fragte, welchen Titel ich denn nun hätte, wissen Sie, was einer der Trader gesagt hat?«

»Was?«

»Du kannst dich *Prinzessin* nennen. Damit war das Thema Titel abgeschlossen.«

Laura lächelte. »Womit haben Sie gehandelt?«

»Verkauft haben wir Aktien und strukturierte Produkte, und gehandelt haben wir mit Optionen, Swaps und so weiter. Kennen Sie doch sicher von Ihrer Wertpapierausbildung.«

Laura nickte. »Das schon, wird aber so gut wie nie an Kunden verkauft. Zu viel Aufklärung, zu viel Dokumentation und die meisten Kunden verstehen Termingeschäfte sowieso nicht.«

»Ist auch nicht so einfach, die meisten verlieren damit Geld. Für die Kunden sind unsere Fonds auch völlig ausreichend, mehr kapieren die sowieso nicht.« Fischer trank von seinem Kaffee und wischte über das iPad. »Mir sind jedenfalls Leute, die anpacken und verkaufen, deutlich lieber als die Papiertiger und Sesselpuper, von denen wir leider viel zu viele haben. Sie, Frau Jacobs«, er schaute auf, »kriegen es sogar hin, viel zu verkaufen, ohne den Kunden über den Tisch zu ziehen. Schafft nicht jeder.« Er wischte über den iPad. »Hier steht jedenfalls, dass Ihre Kunden, auch wenn Sie die Filiale gewechselt hatten, unbedingt bei Ihnen bleiben wollten.«

»Das freut mich natürlich.« Laura kannte die Umtopftechnik der Banken, bei der den Kunden ständig neue Berater vor die Nase gesetzt wurden, die ohne Altlasten dem Kunden ganz neue Sachen andrehen konnten, und bei denen es für die Kunden auch schwieriger war, sich über Fonds, die nicht liefen, zu beschweren. Das, so war dann meist die Antwort, habe ja der Vorgänger gemacht, und der habe es sicher gut gemeint, aber das sei ja nun nicht mehr zu ändern. Der neue Fonds, der jetzt komme, sei ohnehin viel besser.

Laura war der Ansicht, jetzt müsste sie auch einmal sagen, was sie vorher über Fischer herausgefunden hatte. »Ich habe gelesen, Sie haben das Sales Team und das Trading Team zur europäischen Nummer eins gemacht.«

Fischer nickte. »Woher wissen Sie das?«

»Stand in der Bibel. Beziehungsweise in der *Börsenzeitung*.«

»Die lesen Sie also auch? Sehr gut! Stand, glaube ich, auch im *Manager Magazin*. Wir hatten sogar zeitweise das US und Asien Team überholt. Aber wie auch immer. Sie fragen sich wahrscheinlich, warum so ein Wall-Street-Typ jetzt hier in den Wilden Osten geschickt wird. Das habe ich mich zunächst auch gefragt. Der Vorstand, besonders Hortinger selbst, war der Ansicht, dass die Bank frischen Wind braucht. Keine Fähigkeiten, sondern Haltungen, no skills, but attitudes. Und da dachten sie wohl, dass ich passen könnte.«

Hortinger, dachte Laura. Sie hatte den Vorstandschef der BWG Bank nur einmal auf der Startveranstaltung des Wertpapierprogramms in Frankfurt gesehen. Dass gerade Hortinger einem Heißsporn wie Fischer die gesamte Region Ost überließ, war eigentlich ungewöhnlich. Besonders weil Hortinger dafür bekannt war, ähnlich wie die frühere Bundeskanzlerin, niemanden im Umfeld nach oben kommen zu lassen. Diese Eigenschaft, dass unter ihm nichts wuchs, teilte er mit einer Pflanze, die ähnlich klang wie sein Name und die auch für seinen Spitznamen sorgte: Hortinger, die Hortensie.

»Wir sind alle sehr gespannt«, sagte Laura.

»Können Sie sein.« Fischer nickte. »Wobei es diejenigen gibt, die negativ gespannt, und die, die positiv gespannt sein sollten. Sie wissen, wen ich meine?«

»Die aus dem Innendienst?«

Er nickte. »Die sind Ihnen doch auch aufgefallen?«

Laura musste lächeln. »Der mit dem Pullunder-Leibchen?«

»In Rot?« Fischer nickte.

Laura ertappte sich dabei, dass sie Fischer sympathisch fand. »Für die wird es sehr unangenehm werden. Ich hatte Vorabgespräche mit denen, bevor ich angefangen habe. Wissen Sie, was die sagen, wenn es um die Kunden der Bank geht?«

»Ich kann es mir denken.«

»*Die Filialkunden.* Als ob der Innendienst damit nichts zu tun hätte. Oder *Die Kunden von denen,* und mit *denen* meinen sie den Vertrieb. Ich sage den Leuten: Das sind alles *un-*

sere Kunden! Die Kunden zahlen das Geld, nicht die Bank!«
Er klopfte auf die Glasplatte des Tisches und der Ring, den er trug, klirrte auf dem Glas. Ob er wohl verheiratet war, fragte sich Laura. Sie konnte ihn wohl kaum fragen und sicher war das auch irgendwo nachzulesen. Fischer sprach weiter. »Die Bank zahlt die Gehälter, aber die Kunden zahlen die Bank. Wer das nicht versteht, hat hier keinen Platz mehr. Und das bringt mich zu Ihnen.«

Laura spürte einen Stich im Magen. Der Übergang von *keinen Platz mehr* zu Laura war nicht sehr diplomatisch, wie sie fand.

»Es werden sehr sehr harte Einschnitte kommen.« Fischer legte den iPad beiseite. »BWG 3.0, 4.0 oder wie immer wir das nennen. Alles Leadership-Blabla, um sehr unangenehme Schritte mit angenehmen Botschaften zu verbinden. Da war das *Kanonen statt Butter* von den Nazis fast noch ehrlich gegen.« Laura musste an das Motto der Mitarbeiter denken, *Schlechtes muss nicht billig sein,* beschloss aber, das für sich zu behalten. Fischer sprach weiter. »Wir müssen die Erträge steigern und die Kosten senken. Low Performer müssen wir loswerden, so viele wie möglich. Jack Welch von General Electric nannte das ›Neutronenbombe‹. Gebäude intakt, Menschen weg. Klingt hart, geht aber nicht anders. Personalkosten sind nun mal die höchsten Kosten. Denn es ist ja so...«, er legte die Fingerspitzen aneinander und blickte Laura an, »... bevor man als Bank mit den guten Leuten Gewinne macht, das gilt für Kunden und Mitarbeiter, muss man erst mal den ganzen Dreck loswerden. Das gilt...« Er blickte Laura erwartungsvoll an.

»... ebenfalls für Kunden und Mitarbeiter«, ergänzte sie.

»Korrekt«, sagte Fischer. »Alles, was uns aufhält und nur Geld kostet, fliegt raus! Wie eine Hypothekenanleihe kurz vor dem Ausbruch der Finanzkrise. Wir sind aber am allermeisten ein People Business. Büroräume, Rechner, Kabel und irgendwelche Formulare haben andere auch. Teure Immobilien genauso. Die Mitarbeiter, die guten Mitarbeiter, sind unser Kapital! Und daher brauchen wir gerade jetzt gute Leute. Und die, die uns weiterbringen, müssen wir fördern und stärker machen.« Er machte eine kurze Pause. »Leute wie Sie!«

Laura wusste nicht, was sie sagen sollte.

»Fühlen Sie sich angesprochen?«, fragte Fischer.

»Ich denke schon. Aber was heißt das konkret?«

»Erst einmal Filialleitung. Beziehungsweise zur Eingewöhnung stellvertretende Filialleitung. Koppenstraße. Wie wäre das?«

»Das wäre gut.« Laura wusste nicht, was sie sonst sagen sollte. Ob sie das tatsächlich wollte, darüber hatte sie noch gar nicht nachgedacht. »Hatten Sie die Idee?«

»Hatte ich. Nach dem Gespräch mit Tom Harding. Er hat mir davon erzählt, wie grandios Sie die Sache mit dem Überfall gelöst haben. Sie haben die drei Junkies so schnell wie möglich aus der Filiale bekommen. Ohne Gefahr für die Mitarbeiter, mit minimalem Geldverlust und dann haben Sie auch noch instinktiv übernommen, als Ihre Kollegin, Frau …«

»Wichert.«

»… Frau Wichert zusammengebrochen ist.«

Laura nickte. Sie sah Sandra Wichert vor sich und hörte die Worte, die sie gar nicht gesagt hatte. *Jetzt hängst du also auch schon mit den Bonzen rum.* Dennoch schien gerade der Banküberfall ausschlaggebend gewesen zu sein dafür, dass Fischer über eine Beförderung von Laura nachdachte. So als wäre der Überfall eine Art Prüfung in einem Assessment

Center gewesen. Doch eine andere Sache wunderte sie noch mehr.

»Und das hat Tom Harding Ihnen gesagt?« Laura erschien es mehr als unwahrscheinlich, dass Harding irgendjemand anders lobte als sich selbst. Und das auch noch vor dem neuen Regionalvorstand.

Fischer nickte. »Hat er.«

»Und wie findet Herr Harding das, dass ich seine Position irgendwann übernehmen soll?«

»Wie soll er das finden? Das muss er abkönnen. Wer keine Hitze mag, gehört nicht in die Küche. Ich bin aber sicher, das kann er ab. Und überhaupt: Wichtig ist, dass ich es gut finde. Und Sie natürlich.«

»Und was wird aus ihm?«

»Harding? Werden wir sehen. Erst einmal werden Sie zusammenarbeiten.«

»Ab wann?«

»Oktober?«

»Klingt gut.«

»Also sind Sie dabei?«

»Ich bin dabei.« Laura hatte instinktiv zugestimmt. Stellvertretende Filialleitung und irgendwann sogar richtige Filialleitung war zwar mehr Stress, aber es machte ihren Job sicherer, ihr Gehalt höher und vielleicht ihre Verhandlungsposition besser hinsichtlich eines Themas, das ihr gerade wieder eingefallen war, nachdem sie vorhin die Nachricht von Timo gesehen hatte. Das Haus!

»Super«, sagte Fischer, »ich gratuliere!« Er schüttelte Laura die Hand. Sein Griff war trocken und fest, aber nicht zu fest. »Gehaltserhöhung, Boni etc. gibt es natürlich auch. Sie werden ab dann auch außertariflich bezahlt. Den ganzen Papierkram macht die Personalabteilung. Emily koordiniert das und kommt auf Sie zu.« Er trank seinen Kaffee aus und machte Anstalten aufzustehen. »Noch Fragen?« Er hob die Augenbrauen.

»Derzeit nicht.« Aber dann überwand Laura sich. »Doch«, sagte sie. »Die Sache mit den Häusern. Die Häuser, die der Bank gehören. Wir wohnen dort. Wissen Sie etwas darüber?«

Fischer nickte langsam. »Unschöne Sache, ist mir in den Schoß gefallen. Habe selbst erst eine Woche vor Start davon erfahren. Ich hätte das sicher nicht gemacht. In dem üblen Berliner Wohnungsmarkt sind attraktive Häuser für die Belegschaft ein Asset.«

Asset, was so viel wie Vermögensgegenstand hieß, war eines der Lieblingsworte der Bankenszene, wusste Laura.

»Ist das jetzt schon endgültig?«

»Ich fürchte schon, ich mach mich da aber gern mal schlau. Aus dem Verkaufsvertrag kommt die Bank aber nicht mehr raus.«

»Wissen Sie vielleicht, wer das eingefädelt hat? Ich möchte Ihnen keine Löcher in den Bauch fragen, aber …«

»Keine Sorge«, sagte Fischer und legte Laura die Hand auf die Schulter. »Ich habe ewig in Hotels gewohnt und weiß, wie schön eine feste Heimat sein kann. My home is my castle …« Die Tür ging auf und Emily zeigte auf die Uhr. Er hob zwei Finger für *Zwei Minuten*. »Was hatten Sie noch gefragt?«

»Wer das eingefädelt hat?«

»Na ja, mein Vorgänger wahrscheinlich. Althaus. Kann ich aber in Erfahrung bringen. Wann müssen Sie raus?«

»Ende November.«

Fischer kniff die Lippen zusammen. »Frau Jacobs, das ist nicht schön mit den Häusern, und ich schaue, was ich tun kann. Notfalls quartieren wir Sie auf Bankkosten in ein schönes Hotel um für die Zwischenzeit. Aber erzählen Sie das bloß nicht herum.«

»Keine Sorge, auf keinen Fall.« *Schon gar nicht Sandra*, dachte Laura.

Er schürzte die Lippen. »Vielleicht kann ich aber sonst in dieser Sache wirklich gar nichts tun, da die Verträge schon seit Ewigkeiten in trockenen Tüchern sind.« Er schaute sie an. »Ich hoffe, das wird dann nicht zwischen uns stehen?«

Sie schüttelte den Kopf. »Nein, wird es bestimmt nicht. Vor allem da das ja gar nicht Ihre Idee war.«

Er lächelte kurz. »Ich war Trader, da war ich eher für die nicht materiellen Sachen zuständig. Aktien, Optionen, alles, was man mit einem Mausklick kaufen oder verkaufen kann. Immobilien können sehr kompliziert sein. Kaufen ist schwierig, verkaufen ist schwierig. Ist so ähnlich wie mit einer Jacht. Kennen Sie den Witz?«

»Ich bin nicht sicher.«

»Bei einer eigenen Jacht freut man sich zweimal: beim Kauf und beim Verkauf.«

Laura lachte kurz. »Meine Eltern hatten mal Pferde«, sagte sie. »Da gab es einen ähnlichen Spruch: *Früher hatten wir Zeit und Geld. Heute haben wir Pferde.*«

»Sehr gut! Wir verstehen uns. Zeit und Geld, genau darum geht es.« Fischer schwieg kurz und geleitete sie dann aus dem Büro hinaus. »Emily, Frau Jacobs ist dabei«, sagte er. »Bitte mit … wie heißt der Personalmensch noch …?«

»Bökmann«, sagte Emily.

»Genau. Bitte mit Bökmann die Formalien klären, Start als Stellvertreterin von Harding ab Oktober und Umgruppierung von TG 9 in AT.« Er schaute Laura an. »Richtig?«

»Richtig!« Er schüttelte ihr noch einmal die Hand.

Dann war Laura wieder draußen auf dem Flur und bewegte sich auf den gläsernen Aufzug zu.

Die letzten Sätze waren in ihrem Kopf. *Aktien, Optionen, alles, was man mit einem Mausklick kaufen oder verkaufen kann. Immobilien können sehr kompliziert sein.* Warum hatte er gerade das gesagt? Weil es seine Meinung war oder weil er von der Immobiliensache ablenken wollte? Vielleicht stimmte beides, dachte Laura, vielleicht war sie auch mal wieder zu paranoid.

KAPITEL 13

STARBUCKS, PARISER PLATZ, BERLIN

Lauras Kopf schwirrte. Sie ging am Starbucks vorbei und sah, wie ein Tourist derart dösig vor sich hin starrte, dass er gar nicht merkte, wie ihm ein Spatz sein halbes Croissant vom Teller holte. Der Spatz stürzte beim Davonfliegen fast ab, aber das Croissant war verschwunden. Ähnlich dösig fühlte sich Laura auch. Sie wollte gerade nach unten in die U-Bahn gehen, als sie bekannte Worte hörte.

»Na, auch einen Kaffee?«

Sie drehte sich um.

Martin Schubert saß dort, einige Unterlagen vor sich, das Handy auf dem Tisch und einen großen Becher Kaffee vor sich.

Laura ging auf ihn zu. »Klar, warum nicht?« Laura überlegte keine Sekunde. Zum Abendessen würde sie sich mit Martin sicher nicht so einfach verabreden, aber wenn sie eine Sache an Martin mochte, dann die ungezwungene Oberflächlichkeit. Man konnte sich mit ihm immer entspannt unterhalten, ohne allzu tief in sich herumzuwühlen, ohne allzu viel zu erzählen oder, wie dies bei ihren Eltern immer war, sogar lügen zu müssen. Wahrscheinlich deswegen war Schubert als Verkäufer so erfolgreich.

»Kannst du hier kurz sitzen bleiben und auf die Sachen aufpassen?« Schubert stand auf. »Ich hole dir einen. Auch einen Caramel macchiato?«

»Ja klar, wenn schon ungesund, dann richtig.«

»Wolltest du der Bank entfliehen?«, fragte Laura, als Martin mit dem Kaffee zurückkam. Sie hatte ihre Sonnenbrille aufgesetzt und blinzelte in die Spätsommersonne Richtung Brandenburger Tor. Es war ein wenig wie im Urlaub.

»Anders als du«, sagte Schubert, »wenn du sogar gleich nach Fischers Auftritt ein Gespräch mit ihm hast.«

»Woher weißt du das?«

»Na ja, wir waren ja gerade am Ausgang, und wenn du mit Emily nach oben gehst, worum soll es wohl sonst gehen? Aber ist doch gut, wenn auch mal die guten Leute Karriere machen.«

»Und du? Bist du nicht beim Afternoon Tea im Adlon mit Kienzle und Althaus?«

»Die muss ich auch nicht immer um mich haben.« Er schaute sich um. »Musste noch ein paar Telefonate machen. Wenn man die Kundennamen nicht erwähnt, weiß auch keiner, der am Nebentisch sitzt, um wen es geht.«

Schubert war, genau wie Laura, vorher Wertpapierberater gewesen. Laura wusste, er hatte, auch wenn er nett und charmant sein konnte, wenig Skrupel gezeigt, den Kunden, die es sich leisten konnten, auch wirklich teure Produkte zu verkaufen. Besonders reiche, alte Witwen waren seine Stammkunden. Sie kamen zu ihm, es wurden einige Fonds im Depot ausgetauscht und jedes Mal fiel ein Ausgabeaufschlag an. Das *Depot drehen* nannten die Banken diesen Vorgang, manchmal intern auch *Dreharbeiten*. Die alten Damen kamen zu Schubert, hatten eine halbe Stunde lang ein Therapiegespräch über alle möglichen Themen, dann wurde der Wertpapierauftrag unterschrieben, das Depot gedreht und dann gingen sie wieder ihres Weges. Dass es in diesen Gesprächen überhaupt nicht um die Werte im Depot ging, war eine Sache. Dass das ganze Gespräch durch die Ausgabeaufschläge somit um ein vielfaches teurer war als ein Besuch beim Psychologen war eine andere. Der Erfolg gab Schubert aber recht und irgendwann war er Leiter des Private Banking der BWG in Berlin geworden. Noch zynischere Kollegen hatten schon vorgeschlagen, ein Pflegeheim mit angeschlossener Bankfiliale aufzubauen, wobei die Kosten für die Pflege aus den Depoterträgen, wenn es denn welche gäbe, bezahlt wurden. War das Depot dann irgendwann leer, wurde an der Beatmungsmaschine der Stecker gezogen.

»Bin sicher, die Typen mit den roten Leibchen sind noch in der Kantine da drüben«, sagte Laura und hob den Kaffee. »Zum Wohl!«

»Zum Wohl. Klar sind die dort, weil es billiger ist.« Schubert hob einen glänzenden Prospekt. »Den sollen wir auch im Private Banking vertreiben, da hatte ich eben noch mit Kienzle drüber gesprochen.«

»Geschlossener Fonds?«

»Ja, Immobilienfonds, irgendwo in den Niederlanden. Der Hauptmieter, so heißt es, wird jahrzehntelang Miete zahlen.«

»Und wer ist das?«

»Das dortige Arbeitsamt.«

»Hundert Prozent«, sagte Laura und nippte an ihrem Kaffee. »Wenn es das Arbeitsamt wäre, das für die Bank zuständig ist, wäre sicher noch mehr drin.«

»Martin«, begann sie nach einer Weile, nachdem sie sich endlich überwunden hatte, die Frage zu stellen, »weißt du irgendwas über die Sache mit unserer Wohnsiedlung, aus der im November alle Mieter rausmüssen?«

Schubert hatte offenbar erwartet, dass sie ihn um ein Date bat, so unsicher war ihr Blick, als sie die Frage stellte. Er blickte ein wenig enttäuscht drein, war dann aber gleich bei der Sache. »Ihr müsst auch raus, oder?«

»Ja, müssen wir.«

»Ich wohne da ja nicht«, sagte Schubert, »aber soviel ich weiß, wird das Grundstück verkauft.«

»Die Bank will das Grundstück versilbern?«

Schubert nickte. »Klar. Man braucht halt Geld, wenn man nicht gerade morgen stirbt. Und die Bank braucht es besonders. Und zwar möglichst schnell.«

»Aber die Mieteinnahmen?«

»Das sind dauerhafte Zahlungen, schön und gut. Beim Verkauf kriegen sie aber einen ganzen großen Batzen sofort.«

»An wen verkaufen die?«

Schubert zuckte die Schultern. »Dirty Harry ist da mal was rausgerutscht. Er hat wohl recht früh davon erfahren, weil einige der Häuser auch Teil eines offenen Immobilienfonds sind. Da hat die Bank nicht aufgepasst und da mussten dann die Anwälte umständlich die Häuser rausextrahieren. War nicht billig.«

Laura schluckte. Das Ganze schien schon deutlich länger in der Mache zu sein, als sie ahnte. »Und das hätten sie fast mitverkauft?«

Schubert nickte. »Ja, so blöd muss man erst mal sein. Sind auch zwei bis drei Leute in Frankfurt deswegen rausgeflogen. Die mussten den ganzen Vertrieb von dem Fonds erst mal stoppen, obwohl Prospekte und alles schon gedruckt und in den Filialen waren.« Laura erinnerte sich dunkel an diese Prospekte. Schubert sprach weiter. »Sonst wäre ihnen die Aufsicht aufs Dach gestiegen. Ist jetzt aber alles geradegebogen, aber dadurch hat sich Dirty Harry verplappert.«

»Und an wen wird verkauft?« Laura machte sich eine mentale Notiz. Sie musste herausfinden, wer die Leute in Frankfurt waren. Wenn sie gefeuert waren, waren sie sauer auf die Bank und würden ihr vielleicht einiges erzählen.

»Ein großer Investor, der der Bank dafür einen großen Batzen Geld bezahlt.«

»Er will aber nicht die Häuser, sondern nur das Grundstück?« In Laura keimte ein wenig Hoffnung auf, dass dieser Investor vielleicht die Häuser weitervermieten würde.

Schubert schüttelte den Kopf. »Nein, nicht die Häuser. Die brauchen eine große Fläche am Stadtrand, um dort riesige Serverfarmen für künstliche Intelligenz zu errichten. Ist ein ziemlich dicker Fisch, der dahintersteckt.«

»Und wer?«

»Gib mir mal dein Handy.«

Schubert gab in die Suchmaske einen Namen ein und gab Laura das Handy zurück. Sie schaute auf den Bildschirm.

»Xenotech?«, flüsterte sie.

»Keine Ahnung«, Schubert kniff ein Auge zu, »ich habe dir nichts gesagt. Du hast gerade was gegoogelt.«

Laura scrollte durch den Text. »Datenanalyse, Big Data, Korrelationen … die finden sogar Spuren im Dark Web, steht hier.« Sie blickte auf.

»Ja, ist ein riesiges US-Unternehmen. Die arbeiten auch für Geheimdienste. Xenotech ist Marktführer in der Datenüberwachung zur Terrorismusbekämpfung und hat angeblich, so geistern Gerüchte durch Online-Foren, im Dark Web Spuren zu Osama Bin Laden gefunden, die 2011 dann zu seiner Eliminierung führten.«

»Und die brauchen die Serverfarmen gerade hier?«

»Die brauchen Platz. Und die Nähe zur Regierung. Etwas weit draußen, aber nahe genug am Regierungsviertel. Sie müssen die Server in Deutschland bauen, um auch in Europa noch mehr Kunden zu gewinnen, die aufgrund von Datenschutzbedenken ihre Daten nicht auf US-Servern lassen wollen.«

Laura blickte abwechselnd auf Schubert und auf den Text. »Du liebe Güte«, sagte sie, »Börsenwert siebenhundert Milliarden Dollar.« Sie blickte auf. »Wie hoch ist noch der Börsenwert der BWG?«

»Ich glaube, zehn Milliarden. In guten Zeiten waren es auch mal hundert, aber das ist lange her. Hat also genau genommen neunzig Prozent verloren.«

»Wie das Depot von einigen Kunden«, sagte Laura.

Martin verzog das Gesicht. »Nicht ganz falsch.«

Laura fuhr fort. »Aber dann ist klar, wer hier den Ton angibt. Ist denn schon alles genehmigt?«

»Der Verkauf muss nicht genehmigt werden, das Grundstück gehört ja der Bank. Obwohl schon einige Lokalpolitiker Kritik geäußert haben, aber das weißt du sicher besser als ich.«

Laura nickte, wusste davon aber noch gar nichts. Sie musste nachher unbedingt mit Timo sprechen.

»Was die Baugenehmigung angeht«, sagte Schubert, »werden die es wohl so machen wie Tesla. Erst einfach losbauen, ohne Baugenehmigung. Wer viel fragt, kriegt viele Antworten und die können schließlich auch *Nein* lauten.«

»Und dann?«

»Wenn das kommt, dann ist das natürlich ein absoluter Push für Xenotech.«

»Das heißt?«

»Das muss ich dir doch als Anlageberaterin nicht sagen? Xenotech-Aktien kaufen!«

»Sehr witzig.« Laura hatte ihren Kaffee ausgetrunken. »Ich muss mit Timo sprechen. Ich komme mir vor wie die, die alles als Letzte erfährt.«

»Dafür warst du heute als Erste beim frischgebackenen Regionalvorstand. Na, okay, Althaus war vorher bei ihm.«

»Na toll. Was kriegst du für den Kaffee?«

»Gar nichts.«

Sie stand auf. »Ach ja, was war denn nun der Spruch heute Morgen auf den Bildschirmen, mit denen sich Kienzle in die Nesseln gesetzt hat? Ich war ja heute nicht in der Bank.«

Schubert grinste. »Das kann sich auch nur Dirty Harry erlauben. Der Betriebsrat fand das jedenfalls nicht witzig, vor allem nicht in der gegenwärtigen Situation.«

»Was war es?«

»Du weißt doch, Versicherungen verkaufen heißt im Bankdeutsch Versicherungsvolumen schreiben.«

»Ja, klar.«

»Und Lebensversicherungen verkaufen heißt dann Lebensvolumen schreiben. Oder *Leben schreiben.*«

»Auch klar. Und der Spruch?«

Schubert lachte wieder. »*Wer leben will, muss Leben schreiben.*«

Laura schüttelte den Kopf. »Typisch Dirty Harry. Danke, Martin für die Infos und den Kaffee. Wir hören uns.«

Damit stieg sie in die Unterwelt der U-Bahn hinab.

KAPITEL 14

BLANKENFELDE-MAHLOW, BEI BERLIN

Als Laura nach Hause kam, traute sie ihren Augen nicht. Die Verpackungen des 3-D-Druckers waren tatsächlich verschwunden. Dafür stand ein Lego-Mindstorm-EV3-Roboter auf dem Küchentisch, der Bälle werfen konnte. Timo saß auf dem Sofa und sortierte irgendwelche Papiere, in den Ohren wieder die allgegenwärtigen Stöpsel.

Er könnte mehr aus sich machen, dachte sie sich immer, er könnte auch Inhaber einer Handwerksfirma werden und damit viel mehr Gestaltungsfreiheit und Geld haben. Doch seine freien Abende und Wochenenden waren ihm zu wichtig, um sie mit berufsbegleitenden Weiterbildungen zu blockieren. Laura hatte es sich abgewöhnt, von Thorsten aus Hamburg, einem gemeinsamen Freund, zu sprechen, der sich mit seiner eigenen Firma selbstständig gemacht hatte. Er hatte nicht nur den Meister gemacht, sondern auch noch ein BWL-Aufbaustudium. Timo hatte damit auch einmal angefangen, aber das Studium abgebrochen. Und sich darüber wohl noch mehr geärgert als Laura, auch wenn er es am Ende als »alternativlos« dargestellt hatte, da dann ja wirklich jedes Wochenende besetzt gewesen wäre. Die Meisterschule hat ihm gereicht und den Meistertitel hatte er in der Tasche. Timo zitierte dann immer Strombergs Kollegen Herrn Turçulu aus der gleichnamigen Serie, der in einem Sommer einen Abschluss an der Versicherungshochschule absolviert hat, aber kurz darauf klarmachte, dass ihm das nicht noch einmal passieren würde und er im nächsten Sommer wieder am Ballermann zu finden sei.

Leider war Timo, und das sah Laura als großen Nachteil, auch was ihre eigene Karriere anging, eher auf Beständigkeit bedacht. Denn diese Genügsamkeit galt nicht nur für ihn, sondern sollte auch für Laura gelten. Im Wertpapierprogramm war Lauras Ausbildern aufgefallen, dass Laura sich aus irgendeinem Grund Muster und Strukturen sehr gut merken und diese Strukturen auch in einem anderen Kontext jederzeit wiedererkennen konnte. Und zwar deutlich schneller als fast alle anderen. Ob sie nicht im Handel der Bank oder Trading arbeiten wollte, wurde sie gefragt. Wer so schnell Muster erkannte, der könnte das auch in den Charts der Aktien erkennen. Die Bank hätte ihr sogar eine Ausbildung zum Optionshändler bezahlt, doch Timo war dagegen. Er war, wie bei sich selbst, der Ansicht, dass Laura und er schon mehr als genug getan hatten. »Du suchst dir dann auf einem Lehrgang einen reichen Investmentbanker und ich bleibe hier allein zurück«, hatte er damals zu ihr gesagt und damit war das Thema erst einmal erledigt. Vor allem hätten sie dafür nach Frankfurt ziehen müssen und Timo wollte auf keinen Fall weg. Nun mussten sie weg. Auch nicht besser, dachte Laura. Dass sie vielleicht bald Filialleiterin werden würde, hatte sie Timo noch gar nicht erzählt.

Timo hatte sie bemerkt und zuckte zusammen.

»Was ist denn los?«, fragte Laura. »Ich bin es doch nur!«

Timo nahm die Stöpsel aus den Ohren. »Wenn du dich so ranschleichst«, sagte er.

»Ich habe mich nicht rangeschlichen.« Sie setzte sich zu ihm an den Wohnzimmertisch. »Sind das die Rechnungen für die Sachen hier im Haus?«

Timo nickte, nicht sonderlich glücklich. »Das, was ich bisher gefunden habe. Das ist aber alles nur so Kleinscheiß, vielleicht sechshundert Euro insgesamt.«

»Aber wir haben hier doch viel mehr selbst gemacht, extrem viel investiert und das Haus so aufgebaut, als wäre es unser eigenes.«

»Ja«, sagte Timo, »und das ist das Problem. Der ursprüngliche Zustand des Hauses ist nicht in unserem Mietvertrag dokumentiert. Ich habe schon geschaut. Wir können also keinen Gutachter durchschicken, der uns die ganzen Arbeiten bescheinigt.«

»Das heißt, wenn wir die großen Ausgaben nicht als finanzamttaugliche Rechnungen haben, können wir auch keine Abfindung für all das verlangen, was wir hier reingesteckt haben?«

»So ungefähr. Ich habe Norbert gefragt, der sucht mal alles zusammen. Beziehungsweise seine Fachgehilfin«, sagte Timo. Norbert war der Steuerberater der beiden. »Kann aber sein, dass da nicht viel ist.«

»Warum hast du dir denn damals keine Rechnungen geben lassen?«, fragte Laura. »Du versuchst, deine Lego-Roboter als Weiterbildung von der Steuer abzusetzen, aber da, wo es wichtig ist, haben wir keine Belege?« Laura legte Tasche und Handtasche neben sich und streckte die Arme nach oben. Ihre Schultern knackten.

»Laura, wir haben damals den ganzen Kram mit Rabatt günstig über Großhändler bekommen, weil wir sie zusammen mit anderem Material für die Firma gekauft haben. Hatte ich damals mit Jochen so abgestimmt und für den war das okay. Und du hast das auch gewusst! Und fandest das auch ganz toll. Denk bitte mal nach, bevor du mich anmotzt.«

Laura biss sich auf die Lippe. »Okay, das war unfair. Stimmt, ich erinnere mich. Dürfte so circa sechs Jahre her sein.« Natürlich hat Timo alle Rechnungen korrekt bezahlt, sein Chef hatte ihm aber gestattet, seine Sachen für Großbaustellen mitzubestellen und damit die attraktiven Prozente zu bekommen. Jochen war der Inhaber der Firma Wasser & Gas, bei der Timo als Meister arbeitete. Er wohnte mit seiner Familie ganz in der Nähe, allerdings nicht in der Siedlung.

»Und die Rechnungen dazu«, fragte Laura, »liegen also in der Buchhaltung von Wasser & Gas?«

»Ja«, Timo nickte, »und die bringen uns nichts, weil die an Wasser & Gas adressiert sind und wir gar nicht beweisen können, dass davon Teile für unsere Wohnung gekauft worden sind.«

»Was heißt, dass wir eventuell keinen juristischen Anspruch auf eine Entschädigung haben, wenn wir hier rausmüssen«, wiederholte Laura.

»Eventuell«, sagte Timo. »Kennst du nicht einen Anwalt, der das mal prüfen könnte?«

»Kenne ich«, sagte Laura, »ich frag mal.« Sie blickte auf. »Und die Rechnungen der Firma können wir auf keinen Fall nehmen?«

»Nein, sind halt nicht auf uns ausgestellt. Wäre auch ziemlich brisant, wenn wir die einreichen, weil das eigentlich ein geldwerter Vorteil ist, der versteuert werden muss. Sagt Norbert.«

»Sag bloß, wir müssen noch …«

»Nein, wir müssen nichts nachmelden. Wir geraten aber in die Gefahr, etwas nachmelden zu müssen, wenn wir jetzt die Rechnungen einreichen.«

»Lieber keine schlafenden Hunde wecken«, sagte Laura, »aber verdammt, das ist ja ganz großer Mist. Norbert sucht aber noch mal?«

Timo nickte. »Wie viel haben wir eigentlich derzeit flüssig?«, fragte er dann.

»Ungefähr fünfzigtausend. Nicht schlecht, aber auch nicht die Welt«, antwortete Laura.

»Sicher zu wenig, um das Haus kaufen zu können, oder?«

»Viel zu wenig. Ich denke, ein Haus hier kostet bestimmt über vierhunderttausend Euro, wenn man es überhaupt kaufen könnte. Hinzu kommt: Die, die das Areal kaufen, wollen ohnehin die Fläche, nicht die Häuser.«

»Ach«, sagte Timo, »das weißt du schon?«

»Leider ja.« Laura erzählte ihm die Geschichte von Xenotech.

Timo hatte, Technikfan der er war, natürlich schon von Xenotech gehört und den Service sogar schon genutzt, um große Sounddateien an Kumpel zu schicken. Er legte den Kopf in die Hände. »Solche Techfirmen sind schön, wenn man ihren Service nutzt. Wenn sie einem das Haus unterm Arsch wegreißen, dann nicht mehr.« Nach einer Weile sagte Timo: »Ach ja, ich habe auch noch was. Bestimmt interessant.« Er verharrte salbungsvoll. Dann zog er aus seinem Papierstapel ein weiteres Blatt hervor. Es war eine Art Flyer oder Handzettel. »Die kennst du doch?«, fragte er.

Laura nickte. Die kannte sie allerdings.

KAPITEL 15

BLANKENFELDE-MAHLOW, BEI BERLIN

Laura blickte auf den Zettel. Es war die Ankündigung einer Demonstration vor dem Bezirksamt und später vor dem Hauptquartier der BWG Bank am Pariser Platz. *Wir bleiben hier*, stand als Überschrift ganz oben. Laura überflog den Text auf dem gelben Handzettel.

Die gleiche Bank, die ihren Kunden mit Baufinanzierungen ein Zuhause bieten will, nimmt ihren Mitarbeiterinnen und Mitarbeitern das Zuhause weg! Das lassen wir uns nicht bieten! Wir sind keine Aktien im Depot, die man mal eben austauschen kann. Wir wehren uns gegen den Verkauf der Mahlow-Siedlung! Kundgebung am Freitag, 3. September. Ab 12:00 Uhr. Erst am Bezirksamt Mahlow und dann vor dem Hauptquartier der BWG. Wir haben Transparente, aber bringt gern welche mit!
Bei Fragen stehe ich zur Verfügung.
Sandra Wichert, E-Mail, mobil…

Laura glaubte, ihren Augen nicht zu trauen. Sie blickte Timo an. »Sandra aus der Filiale?«

Der nickte. »Sieht so aus. Wohnt ja mit ihrem Freund Ralf auch hier. Haben alle bekommen, ging in alle Briefkästen. Auch Jörg und Heike. Frau Wilmer von gegenüber auch, wobei ihr das egal sein kann, da sie in zwei Wochen in die Nähe ihrer Kinder nach NRW zieht.«

Laura hatte von Frau Wilmers Umzug gehört. »Jetzt ist

Sandra auf einmal die Anti-Immobilienhai-Aktivistin«, stellte Laura fest.

»Ist doch eigentlich gut.«

»Eigentlich schon«, murmelte Laura. *Aber irgendwie auch wieder blöd*, dachte sie, *jetzt bin ich für Sandra erst recht die Feindfigur, die nicht nur nichts gegen den Verkauf macht, sondern auch noch mit der Obersten Heeresleitung kuschelt.*

»Da gehen wir ja wohl auch hin, oder?« Timo sah sie erwartungsvoll an. »Ich kann mir freinehmen ab 12 Uhr.«

»Ja, sollte gehen.« In Wirklichkeit überlegte Laura, wie sie das machen sollte. Was war, wenn Fischer sie vor dem Pariser Platz mit den Demonstranten sah? Was würde er ihr sagen? *Ist das Ihr Dank, Frau Jacobs, dafür, dass wir Ihnen das Hotel für die Übergangszeit bezahlen?* Und natürlich würde sicher Sandra genau daneben stehen und dafür sorgen, dass jeder in der Bank wusste, dass Laura auf der falschen Seite stand. Oder war sie schon wieder zu paranoid?

»Wollen wir gleich mal essen?«, fragte Timo. »Ich mach heute Salat. Habe schon anfangen.«

»Das ist gut«, sagte Laura. »Jeden Abend Steak, Bier und Wein geht auf Dauer nicht gut.«

»Wir können ja am Wochenende mal wieder Rippchen machen. Vielleicht kommen Jörg und Heike, dann können wir es richtig krachen lassen, nicht so mit angezogener Handbremse wie gestern. Was war eigentlich auf der Betriebsversammlung los? Etwas Neues? Wurden die Häuser erwähnt?«

Laura schüttelte den Kopf. »Nein. Erzähle ich dir nachher beim Essen.«

Timo schaute auf die Couch. »Ach so, und das ist noch angekommen.« Er griff nach unten und reichte Laura einen Umschlag.

»Was ist denn das?«

»Scheint ein Kurier zu sein. Wurde mir persönlich überreicht. Nur zu deinen Händen.«

Sie schaute auf die Adresse. BWG Bank. Was, zur Hölle, könnte das sein? Sie blickte Timo an. »Von der Bank. Wenn die das per Kurier bringen, kann das ja nur unerfreulich sein.« *Ich habe doch mit Fischer gesprochen. Und jetzt das?*, dachte sie.

»Vor allem haben sie gewusst, dass du gar nicht in der Filiale bist.«

»Stimmt. Die scheinen es eilig zu haben. Aber warum dann kein Anruf oder Mail?«

»Hoffentlich nichts zu dem Haus?«, fragte Timo. Er hatte den gleichen Gedanken.

»Was soll denn da noch drinstehen?« Sie riss den Umschlag auf. »Dass wir statt im November schon im Oktober rausmüssen? Das können die ja wohl kaum machen, wenn sie uns vorher schriftlich den November genannt haben. Sie …«

Sie stockte.

»Alles okay?« Timo war ihr Gesichtsausdruck nicht entgangen.

»Eigentlich schon.« Im Inneren ein Brief und zwei Fahrkarten. Ebenso die Adresse des Hilton Frankfurt mit einer Reservierungsnummer. Darum der Brief, dachte sie. Wegen der Fahrkarten. Dennoch umständlich. Das ging doch heute alles online oder per App. Egal, dachte sie. Sie las den Text.

… freuen wir uns, Sie, liebe Frau Jacobs, als eine unserer künftigen Führungskräfte zum Seminar »Fit in der Filialleitung« nach Frankfurt einzuladen. Das Seminar beginnt am

Mittwochabend mit einem Get Together im Hilton Frankfurt und findet am Donnerstag und Freitag im Hauptquartier der BWG Bank, Neue Mainzer Straße, statt ... Mit Ihrem Vorgesetzten ist Ihre mögliche Teilnahme bereits abgestimmt. Wir würden uns daher sehr freuen, wenn wir Sie am Mittwochabend ab 19 Uhr in der Lounge des Hilton Frankfurt begrüßen dürften.

Unterschrieben von Thomas Fischer und irgendeinem Wasserkopf-Typen aus Frankfurt. Vorgedruckt natürlich. Auch der schnellste Kurier hätte keinen unterschriebenen Brief in wenigen Stunden aus Frankfurt nach Berlin und dann noch nach Mahlow befördern können.

Sie schluckte kurz. Verdammt, dachte sie, das ging ja ganz schön schnell.

»Soll ich Sandra zusagen?«, fragte Timo.

»Wie?«

»Was ist los?«, machte Timo. »Du siehst aus, als hättest du ein Gespenst gesehen. Was ist das überhaupt in dem Umschlag?«

»Von der Bank.«

»Ja, weiß ich. Aber irgendwas Schlimmes wegen dem Haus?«

»Nein. Ein Seminar. In Frankfurt.«

»Wann?«

»Donnerstag, Freitag. Ich muss morgen Abend los.«

»Dann kannst du ja gar nicht mit zu der Demo.« Timos Mundwinkel sackten nach unten.

»Ich muss mal sehen.« Eigentlich, dachte sie, könnte ich zu der Demo. Eigentlich kann ich mich sogar krankschreiben lassen. Schließlich gehe ich morgen zur Opferhilfe und zur Kripo. Aber warum habe ich mich so schnell für das Seminar entschieden? Und gleichzeitig so schnell gegen die Demo? Und gegen Sandra? Es ist doch nicht nur Timos Haus. Es gehört uns beiden!

Timo schien ihre Gedanken zu erraten. Begeistert sah er nicht aus.

»Ich mach dann mal Essen«, sagte er.

KAPITEL 16

BLANKENFELDE-MAHLOW, BEI BERLIN

Der Ausklang des Abends war nicht sonderlich romantisch. Timo saß an seinem Laptop, Laura an ihrem. Timo hatte über Streaming auf dem großen Flachbild-TV die letzte Staffel von *Game of Thrones* eingeschaltet, wo Daenerys mit ihren Drachen die Stadt Königsmund vernichtete. Er kannte die ganzen Staffeln aber ohnehin schon und schaute gar nicht richtig hin. Laura fragte sich, warum er sich das Ganze zum zweiten Mal anschaute – und dann auch nicht richtig. Seine Aufmerksamkeit galt seinem Laptop. Gleichzeitig machte er für irgendein digitales Identifikations-Verfahren, das die BWG Bank noch immer nicht beherrschte, ein Foto von sich und seinem Personalausweis.

»Was schaust du dir denn da an?«, fragte Laura.

»*Game of Thrones*, letzte Staffel.«

»Das sehe und höre ich.« Das Gezische, die Explosionen und die Schreie waren auch nicht zu überhören. »Ich meine, auf dem Rechner.«

»Eine Trading Plattform.«

»Du willst doch wohl nicht rumzocken?«

»Wer redet von rumzocken? Jochen hat damit in den letzten Monaten viertausend Euro verdient. Damit bezahlen die ihren Urlaub.«

»Etwa mit irgendwelchen Zocker-Aktien so wie Fastwin oder wie die heißen?« Laura kannte diese Zocker-Aktien, bei denen sich in den Reddit-Foren irgendwelche Aktienhändler verabredeten, um eine Aktie auf ungewohnte Höhen zu treiben. Besonders auch, um damit große Investoren zu bestrafen, die stattdessen auf fallende Kurse gesetzt hatten und nun Verluste machten. Das Spiel war ein bisschen ein Chicken Game, das sogenannte Feiglingsspiel, aber umgekehrt. Beim Chicken Game rasten zwei Autos aufeinander und es verlor der, der zuerst auswich. Bei diesen Zocker-Aktien gewann der, der seine Gier zügelte und rechtzeitig wieder rausging – bevor der Kurs dann, wie zu erwarten, irgendwann doch in sich zusammenfiel.

»Doch, tatsächlich mit Fastwin-Aktien.«

»Da hat er aber Glück gehabt. So was kann auch übel schiefgehen.«

»Wir haben nur fünfzigtausend Euro«, murmelte Timo. »Wenn wir mehr Geld hätten, könnten wir uns ein Haus kaufen. Und alles, was wir dann dort neu machen, gehört uns.«

»Wir können uns auch ein Haus mit einer Baufinanzierung kaufen«, meinte Laura und klickte durch LinkedIn. Sie suchte einige frühere Kollegen. »Dafür müssen wir nicht alles bar bezahlen.«

»Wollen wir das denn? Am besten noch mit einem Kredit bei eurer Bank?«

Sie schüttelte den Kopf. »Eigentlich nicht.« Ihr Blick schweifte hinüber zum Fernseher. Drachen sausten über Königsmund und verwandelten alles in ein flammendes Inferno. Selbst Stephen King, so hatte es Laura gehört, fand dieses Ende nicht sonderlich gelungen. Ihr ging der Lärm gewaltig auf den Geist, aber sie wollte jetzt keinen Streit anfangen.

»Ich will die Vermögensverwaltung mit in die Hand nehmen«, beschloss Timo.

»Über eine Zocker-App? Wir kriegen bei der Bank alles, was wir wollen, und zwar zu Mitarbeiterkonditionen.«

»Ja, aber das ist mir zu umständlich. Ich will das mal probieren.«

»Aber nimm nicht zu viel Geld. Wenn du unser Geld in den Sand setzt, haben wir ein Riesenproblem.«

»Bin ja nicht blöd! Ich nehme erst mal fünfhundert Euro. Wenn die weg sind, ist es halt Pech.«

»Meinetwegen.«

Sie hatten vorher über Fischers Angebot gesprochen, dass Laura stellvertretende Filialleiterin werden sollte. Timo war von dem *Mehr an Stress,* wie er sagte, nicht begeistert.

»Da musst du ständig Mitarbeitern in den Arsch treten«, sagte er. »Das ist doch auch der Grund, warum ich keinen Bock auf eigene Firma habe. Die Kunden reichen mir.«

»Dafür musst du dich mit deinem Chef rumärgern. Das musst du als eigener Chef nicht.«

»Mit Jochen komme ich gut klar. Und wenn mich nicht alles täuscht, hast du als Filialleitung ja trotzdem einen Chef. Und darüber noch einen. Wie nennt man das? Sandwichposition? Man kann es keinem recht machen.«

»Ja.« Laura musste sich eingestehen, dass er damit recht hatte. Sandwichpositionen waren die Positionen, die man im Management immer mit Radfahrern verglich: Rücken krumm und nach unten treten. Dass es dafür aber mehr Gehalt gab und mehr Gehalt nicht schaden konnte, wenn man im hart umkämpften Berliner Wohnungsmarkt eine neue Wohnung brauchte, leuchtete ihm ein. Laura war nicht ganz sicher, ob sie einfach eine neue Wohnung wollte. Sie fühlte sich hier wohl und wollte überhaupt nicht weg. *Passt es dann, wenn du ad hoc nach Frankfurt fährst, anstatt dich auf der Demo solidarisch mit den anderen zu zeigen? Ach quatsch, solidarisch mit dir?*

Sie wischte den Gedanken beiseite. Martin hatte ihr vorhin

bei Starbucks von einigen Kollegen erzählt, die scheinbar einige der Immobilien der Siedlung in einen Immobilienfonds gepackt hatten, was gar nicht ging, da ja das gesamte Grundstück verkauft werden sollte. Sie scrollte durch LinkedIn und gab bei den Arbeitgebern »BWG« und »Frankfurt« ein.

Die meisten, die dort standen, waren noch in Lohn und Brot bei der Bank. Klar, dachte sie, die Typen in der Zentrale wird man am schwersten los. Die waren nahe am Vorstandschef, und auch wenn Hortinger, die Hortensie, eigentlich niemanden unter sich allzu groß werden ließ, so feuerte er doch eher diejenigen, die weiter weg waren, als die, die nahe dran waren und sich dann viel schneller beschweren konnten oder ihm anderwertig das Leben schwermachten.

Verschiedene Namen und Funktionen ploppten auf.

Dora Hinrichs, Vertriebssteuerung Deutschland, strukturierte Produkte, Frankfurt am Main

Ulrich Müller, Leitung Kreditgeschäft, Frankfurt am Main

Jens Büsing, Leiter Alternative Investments, Frankfurt am Main

Und dann fand sie:

Thomas Fischer, Leiter Derivatehandel, Swaps, Futures, Optionen, Corporate Development, Frankfurt am Main

Na witzig, dachte sie, da hat er seine Jobbeschreibung bei LinkedIn noch gar nicht geändert.

»Ich geh schon mal ins Bett«, sagte Timo, »geht morgen um halb sieben los.«

»Du meinst aufstehen?«

»Ich mein, es geht los. Aufstehen muss vorher stattgefunden haben. Treffen um halb sieben auf der Baustelle. Die Bauträger können nur so früh und müssen dann auf die nächste Baustelle. Das ist wie beim Speeddating.«

»Und das heißt?«

»Aufstehen um 5:30 Uhr.«

»Okay, mein Beileid«, sagte Laura, »ich weiß schon, warum ich nicht Handwerkerin bin. Wieso könnt ihr nicht einfach alle später anfangen? Davon geht die Welt doch auch nicht unter?«

»Dafür können wir auch alle früher aufhören. Nicht so wie deine Kollegen in Frankfurt, die bis in die Nacht in den Wolkenkratzern hocken. Und außerdem müssten wir uns dann morgens das Bad teilen.«

»Oh Gott, das ist ein Argument«, sagte Laura, »steh bloß so früh auf, wie du willst.«

Timo grinste. »Gute Nacht und bis gleich!«

Laura suchte weiter. Dann fand sie jemanden, der nicht mehr in der Bank war. Sie kannte ihn sogar. Er hieß Marc und hatte damals in Frankfurt auf ihrem Wertpapierseminar einen Vortrag über Hochfrequenzhandel gehalten, das blitzschnelle Kaufen und Verkaufen von Aktien, um minimale Kursdifferenzen auszunutzen. Nicht, dass die BWG so etwas selbst konnte oder gar den Kunden anbot, aber damals wollte man möglichst international und breit aufgestellt wirken und so fanden auch immer eher exotische Ideen Eingang ins Programm, die man im Kundengeschäft selbst in tausend Jahren nicht brauchte.

Marc Schneider
Derivatives Trading 2013–2016
Alternative Projects, 2016–2021

Bis 2021. Entlassen, dachte sie. Im Juli diesen Jahres. Es

konnte gut sein, dass da schon der Verkauf eingefädelt wurde. Ob er etwas damit zu tun hatte? Wenn er aber gefeuert worden war, was sie nicht wusste, denn vielleicht war er auch freiwillig gegangen, war er vielleicht willig, einiges über den Grundstücksverkauf auszuplaudern, was Mitarbeiter nicht sagen würden. Sie überlegte nicht lang und schrieb ihm eine Nachricht bei LinkedIn.

Hi Marc, ich glaube, wir waren per Du. Ich hatte dich mal bei einem Wertpapierprogramm als Referenten gesehen. Ich glaube, es war Flash Trading oder so ähnlich. Ich bin Ende der Woche in Frankfurt. Bist du auch vor Ort?

Marc schien zu den Leuten zu gehören, die immer online waren und sofort antworteten.

Ja, bin noch in Frankfurt.

Das klang so, dachte Laura, als ob er nur noch diese Woche dort war und ab nächste Woche schon in Asien wäre. Oder im Weltraum mit Richard Branson. Vielleicht war er wirklich viel unterwegs.

Lust auf einen Drink? Über alte Zeiten reden?

Kurze Pause. Ein böser Teil ihres Gehirns malte sich aus, dass Marc gerade das Foto von Laura auf LinkedIn überprüfte, um zu beurteilen, ob sich ein Treffen lohnen würde. Ein gerissener Teil ihres Gehirns aber gratulierte sich selbst, dass Laura bei LinkedIn ein möglichst attraktives Foto gewählt hatte und keinen schiefen Schnappschuss aus der Kaffeeküche. In dem Moment kam schon die Antwort.

Klar. Wann?
Am besten Mittwoch eher ziemlich spät. Oder Donnerstag. Weiß an beiden Abenden leider nicht, wie lange unser Programm geht. Müssten wir etwas spontan machen. Ist das okay?
Klar. Feinabstimmung per SMS oder WhatsApp?
Gern.

Sie tauschten Nummern aus. Dann klappte Laura den Laptop zu und schaute auf die Uhr. Sie hatten gar nicht geklärt, wo sie sich überhaupt treffen würden, aber sie war zu müde dazu. Der Tag war lang gewesen und der gestrige Überfall steckte ihr noch heftiger in den Knochen, als sie es wahrhaben wollte.

Sie schaute auf den geschlossenen Laptop von Timo, auf dem er gerade sein Trading-Konto eröffnet hatte. Fünfhundert Euro anlegen. Wenn es nach oben ging, war es gut, wenn nicht, waren fünfhundert Euro weg. Männer, dachte sie, brauchen manchmal ihre Spielzeuge, obwohl Lego-Roboter, Warhammer, Xbox, Webergrill und 3-D-Drucker doch eigentlich reichen sollten. Da waren irgendwelche Zocker-Apps eigentlich nicht nötig. Sie scrollte weiter durch LinkedIn und überlegte sich, was sie Marc alles fragen würde. Über Timos Pläne machte sie sich keine großen Gedanken. Sie fragte sich kurz, ob sie sich vielleicht doch eher Gedanken machen sollte, doch da war ihr schon wieder etwas anderes in den Sinn gekommen.

KAPITEL 17

BLANKENFELDE-MAHLOW, BEI BERLIN

Igor und Ivan, die beiden Typen, die gar nicht Igor und Ivan hießen, stiegen aus der Limousine und sahen sich in der Siedlung um.

»Hübsch hier«, sagte Igor, »zumindest, wenn man solche Siedlungen mag. Die Bank will, dass alle Häuser leer übergeben werden?«

»So haben sie es uns gesagt.«

»Alle Häuser weg?«

Ivan nickte.

Igor war froh, dass er jetzt solche Aufträge bekam. Mit wenig Aufwand viel erreichen. Er war bei den *Wory w sakone*, den Dieben im Gesetz. Das, was er früher gemacht hatte, hatte mehr Geld gebracht. Es war aber auch sehr viel anstrengender. Er hatte Bodypacker überwacht, die in ihren Mägen in Kondomen eingepackte Drogen in Flugzeugen transportierten. Wer das Zeug aus Versehen auf der Flugzeugtoilette wieder ausschiss, musste es wieder verschlucken, damit niemand etwas merkte. Einige von denen waren aber so doof, dass sie sich danach nicht die Zähne putzten. Ein Typ, der nach Scheiße aus dem Mund stinkt, fiel immer auf. Auch wenn er die Drogen von außen unsichtbar in seinem Magen hat. Der Typ war tot oder erwischt. Das Geld war weg. Und wer war schuld? Nicht dieser Trottel, sondern Igor. Das war jetzt Geschichte.

»Sind die Bewohner schon informiert?«, fragte Igor. Er ließ seinen Blick über die Häuser schweifen. Die Sonne schien und die Vögel zwitscherten. Eine Amsel saß auf einem Dacherker und zwitscherte ihren Revierruf in den Morgen.

Ivan nickte.

»Und planen sie etwas?«

»Sie wollen es zumindest versuchen und haben für Freitag eine Demo angekündigt. Vor dem Bezirksamt und vor dem Hauptquartier der Bank.«

»Wer organisiert das?«

»Eine gewisse Sandra.« Ivan zog einen gelben Handzettel hervor. »Kennst du die?« Er zeigte Igor den Namen. Daneben stand auch die private Mail und eine Handynummer.

»Ich kenne viele Sandras.« Igor grinste.

»Angeblich ist sie gerade schwanger geworden und darum umso wütender, dass sie hier wegmüssen.«

Igor grinste noch breiter. »Wenn sie schwanger ist, habe ich nie von ihr gehört.« Er streckte sich und ließ seine massigen Schultern knacken. »Was sagt die Politik?«

»Unentschlossen. Die Lokalpolitik findet das ... skandalös. Die anderen in der Landespolitik wissen, dass eine riesige Serverfarm mehr Steuergelder bringt als ein paar Typen, die hier wohnen und dann halt ein paar Straßen weiter Steuern zahlen.«

»Mal sehen, wie lange die ruhig bleiben«, sagte Ivan.

»Wenn die nicht ruhig sind, sorgen wir für Ruhe. Und werden denen den Abschied ein wenig ... erleichtern.«

Er schaute sich noch einmal um.

»Denn das ist das Gute an schönen Dingen. Man kann viel kaputtmachen.«

MITTWOCH

KAPITEL 18

FRIEDRICHSTRASSE, BERLIN

Heute war ein Tag, an dem sich Laura vorkam, als wäre sie nicht Wertpapierberaterin oder bald stellvertretende und dann richtige Filialleitung, sondern Vorstand, so voll war ihr Terminkalender. Ein Vorstand hatte aber immerhin ein Sekretariat und einen Fahrer. Sie hatte kein Sekretariat, aber eine Monatskarte. Sie trug eine Bluse und eine Hose, das Kostüm hatte sie für das Seminar in ihrem Rollkoffer, den sie auch seit heute Morgen hinter sich herzog.

Sie war kurz in der Filiale gewesen. Die erste Station. Gleich ging es dann noch zum Anwalt, dann zum LKA und dann zum Hauptbahnhof. In der Filiale hatte sie mit Harding gesprochen, der ihr einerseits gratuliert hatte, aber auch nicht ganz zufrieden war, dass Laura nun Anstalten machte, mit ihm gleichzuziehen – und das auch noch nach dem Willen von ganz oben. Oder fast ganz oben.

Das Seminar, sagte er, habe er damals auch gemacht, es sei sehr hilfreich. Zudem würde sie dann als stellvertretende Filialleiterin auch bald einen Laptop mit Dockingstation bekommen. Derzeit arbeitete sie noch von einem stationären PC aus. Was einerseits toll klang, »Sie kriegen einen Laptop«, hatte natürlich, wie so ziemlich alles, auch eine Kehrseite. Erreichbarkeit und notfalls Arbeit auch am Wochenende wurde nicht nur vorausgesetzt, sondern teilweise auch erwartet. Und sie musste den schweren Laptop immer durch die Gegend tragen. Das war der Nachteil der außertariflichen Bezahlung oder »AT«, wie das in der Bank genannt wurde.

Jetzt saß sie bei Jan Ahnert in dessen Kanzlei in der Friedrichstraße. Ahnert hatte ihr schon bei einigen kleineren Fällen geholfen. Draußen hörte man die S-Bahnen am Bahnhof Friedrichstraße vorbeizischen und einer der zahlreichen Geistesgestörten, die gerade diesen Bezirk neuerdings bevölkerten, schimpfte laut in die Gegend, ohne dass Laura aus dem Gebrüll auch nur irgendwelche verständlichen Worte hätte entnehmen können.

Ahnert war ein Anwalt, der einem nicht »den Bart abnahm«, wie Timo immer sagte. Sie hatte auch schon von Anwälten gehört, die für jedes Gespräch im Voraus bezahlt werden wollten. Und wenn es eilig war und eine Überweisung so schnell nicht machbar war, dann eben in bar. Mit dem Geldkoffer zum Anwalt zu gehen hatte schon ein bisschen etwas vom organisierten Verbrechen, aber so war es hier zum Glück nicht. Ahnert sagte immer, dass er hoffe, dass irgendwann mal ein sehr großer Fall von Laura kommen würde.

Laura fürchtete, dass sich seine Hoffnungen auf den großen Auftrag recht schnell erfüllen könnten – falls es ihnen gelingen sollte, gegenüber der Bank und dem Grundstücksverkauf ein großes Fass aufzumachen. Paranoid, wie sie nun einmal war, und als Bankerin hatte Laura natürlich eine Rechtsschutzversicherung, die sie aber bisher erst einmal bei einem Autounfall, bei dem die Schuldfrage nicht klar war, genutzt hatte. Laura hatte keine Schuld gehabt und war daher weiterhin eine beliebte Kundin der Rechtsschutzversicherung.

Laura hatte die Mietverträge, das Kündigungsschreiben und ein paar andere Unterlagen mitgebracht, über die sich Ahnert, der ein wenig korpulent war, beugte wie eine große Schildkröte.

»Sie haben recht, Frau Jacobs, die Kündigungsfrist ist von

der Fristigkeit her am unteren Ende, aber leider legal. Hier.« Er zeigte auf eine Stelle des Mietvertrags. »Bei einem sehr wichtigen Grund ist eine derart kurze Frist möglich.«

»Und das ist hier der Fall?«

»Das ist Auslegungssache. Bis das durch ist, sind die Häuser vielleicht schon weg. Und wenn es um viel Geld geht, ist der Käufer des Grundstücks sicher vermögend.« Er schaute sie an.

»Gerüchten zufolge eine sehr große Firma«, sagte Laura. »Die haben Geld.«

»Dann haben sie auch mehr Anwälte und können in jedem Fall den Prozess so sehr in die Länge ziehen, bis das Gericht durch einen Abriss der Siedlung vor vollendete Tatsachen gestellt wird.«

»Und unsere Arbeit am Haus geltend machen?«, fragte Laura. Sie hatte Ahnert vorher schon den Sachverhalt in etwa erläutert.

»Da hat leider Ihr Mann Timo recht«, erklärte Ahnert und rückte auf seinem Stuhl hin und her. Das Fenster war geöffnet und der Schreihals draußen hatte kehrtgemacht. Jedenfalls wurde das Gebrüll wieder lauter. Ahnert verdrehte die Augen. Wenn Laura sich anstrengte, konnte sie immerhin die Wörter *die sagen immer* sowie *System* und *Scheiße* heraushören. Offenbar war der Herr mit irgendetwas nicht einverstanden. Fast so wie wir, dachte sie.

»Soll ich das Fenster zumachen?«, fragte Ahnert.

»Nein, der dreht ja seine Runde und ist hoffentlich gleich woanders. Also, Timo hat recht?«

»Ja. Da keine spezifischen auf Sie ausgestellten Rechnungen da sind, wird das sehr schwierig mit der Zuordnung. Der Richter oder die Gegenseite müssten schon sehr gutmütig sein und warum sollten sie?«

Laura überlegte, ob sie Fischer erläutern sollte, wie es sich mit den Rechnungen verhielt, aber wie würde das aussehen? Er hatte ihr ja schon die Zwischenunterbringung im Hotel versprochen, falls alle Stricke reißen sollten.

Jan Ahnert rückte seine Brille zurecht, eines dieser nicht sehr attraktiven Gestelle mit dünnem Metallrahmen, die in den Neunzigern die Illusion verbreiten sollten, man trage gar keine Brille. »Und wenn Sie den genauen Sachverhalt schildern, dann besteht, wie schon Ihr Steuerberater sagte, tatsächlich die Gefahr, dass das Finanzamt in den günstiger bezogenen Waren und Handwerksleistungen sogar einen geldwerten Vorteil sieht und die Hand aufhält.«

»Das wollen wir auf keinen Fall.«

Ahnert blätterte durch die Unterlagen. »Eine Möglichkeit sehe ich noch.« Er zeigte auf eine Passage ganz unten. »Es gibt ein Vorkaufsrecht für die Mieter, wahrscheinlich hat damals niemand damit gerechnet, dass das ganze Grundstück verkauft wird.«

»Wir könnten das Haus kaufen?« Genau darüber hatte sie gestern mit Timo gesprochen.

»Problem ist nur«, sagte Ahnert, »dass das teuer werden kann. Sie wissen selbst, wie die Preise gestiegen sind.«

»Und in unserem Fall …?«

»Sie ahnen es sicher. Wir haben nicht nur die Preissteigerung, sondern die würden natürlich einen Gutachter durchschicken. Der Kaufpreis würde dem vollsanierten Haus entsprechen, nicht dem unsanierten Haus, das Sie und Ihr Mann bei Ihrem Einzug übernommen haben.«

»Wie bitte?« Laura war jetzt doch aus dem Häuschen. »Wir müssen also eine Sanierung, die wir schon bezahlt haben, genau genommen zum zweiten Mal bezahlen?«

Ahnert blickte verkniffen drein. Das Geschrei von draußen wurde leiser und leiser. »Da sind wir wieder beim Knackpunkt. Sie haben keinen Nachweis, dass das Haus damals nicht schon in diesem Zustand gewesen ist. Jedenfalls sehe ich hier im Anhang des Mietvertrags weder ein Übergabeprotokoll noch eine Beschreibung des Hauses.«

»Ich leider auch nicht«, sagte Laura.

»Fotos?«

»Haben wir auch nie dran gedacht.«

Ahnert atmete geräuschvoll aus.

»Wir haben das also alles für die Bank gemacht?«, fragte Laura.

»Umso trauriger, wenn es abgerissen werden soll, wenn Ihre Vermutungen stimmen. Aber das Vorkaufsrecht wäre die einzige Möglichkeit.«

»Auch wenn abgerissen werden soll?«

»Auch dann. Sie haben das Recht darauf, zu kaufen, könnten damit den Prozess blockieren, und dann wird der Spieß umgedreht. Damit der neue Käufer Sie endgültig los wird, müsste er eine hohe Entschädigung zahlen.«

»Wie teuer?«

Ahnert grinste. »So teuer Sie wollen.«

»Was mag das Haus kosten?«

»Haben Sie das nie schätzen lassen?« Ahnert blickte zur Decke und überlegte. »Vierhunderttausend bestimmt. Was haben Sie denn an Eigenkapital?«

»Fünfzigtausend«, knurrte Laura. »Wir haben halt sehr viel für die Sanierung ausgegeben. Und wir machen auch gern mal Urlaub und mein Mann kauft sich so ziemlich jeden Mist, dessen er habhaft werden kann.«

»Vielleicht bekommen Sie einen Kredit, der mit fünfzigtausend Eigenkapital zufrieden ist.« Er sah sie aufmunternd an. »Sie sind doch Bankerin.«

»Aber nicht im Kreditgeschäft, sondern in der Anlageberatung. Ich bin für die zuständig, die zu viel Geld haben, nicht zu wenig. Aber ich kenne natürlich die Kredit-Kollegen.« *AK, Anlage* und *Kredit,* hießen die Sparten. Laura war A, die anderen waren K. Laura musste dabei irgendwie nicht an Anlage und Kredit, sondern an »AK 47« denken.

»Fragen Sie doch mal. Und besprechen Sie das mit Ihrem Mann. Das, so sehe ich es, ist die einzige Möglichkeit, den Grundstücksverkauf nachhaltig zu blockieren. Im schlimmsten Fall wird doch abgerissen, aber Sie können eine saftige Entschädigung herausholen.«

»Würden Sie uns da auch beraten können?«

»Sehr gern! Ich würde auch meinen Kollegen Mehnert, Fachanwalt für Immobilienrecht, dazuholen.« Er stand auf. »Vielleicht erzählen Sie Ihren Nachbarn auch davon, dass alle, die einen Mietvertrag wie Sie haben, auch ein Vorkaufsrecht haben. Je mehr mitmachen, desto besser. Die beraten wir natürlich auch gern, und die Hebelwirkung wäre von Ihrer Seite viel größer, wenn möglichst viele mitmachen.«

»Ist das dann eine Art Sammelklage?«

»Sammelklagen wie in den USA gibt es in Deutschland nicht. Aber das kriegen wir auch so hin.« Man sah Ahnert an, dass er endlich den großen Auftrag witterte.

Als Laura draußen war, rief sie sofort Timo an. Dort, wo sich Timo befand, kreischten im Hintergrund Maschinen.

»Wie war das Speeddating mit dem Bauträger?«, fragte sie.

»Katastrophe.« Timo ging ein paar Schritte, bis es leiser wurde. Heute, dachte Laura, kreischten alle. Menschen und Maschinen. Timo sprach weiter. »Die Firma vorher hat den Brandschutz unter den Badezimmern vergessen. Nimmt der

TÜV so nie ab. Die ganzen Bäder müssen noch mal raus. Das machen jetzt wir. Die anderen sind gefeuert.«

»Das ist doch super!«

»Jochen sagt auch, heute Abend gibt's Champagner. Wir verdienen zweimal. Beim Rausreißen und beim Wiedereinbauen.«

»Ich habe auch tolle Nachrichten.« Sie zögerte kurz. »Du, wir können aus der Nummer mit dem Haus rauskommen.«

»Wir wollen ja eigentlich drinbleiben, nicht rauskommen.«

»Sehr witzig. Willst du es jetzt hören?«

»Natürlich! Wie soll das gehen?«

»Indem wir das Haus kaufen. Wir haben nämlich das Vorkaufsrecht. Hatte ich gestern übersehen.«

»Das hatten wir doch gestern wieder verworfen.«

Laura erklärte ihm den Sachverhalt.

»Der Mist ist nur«, sagte Timo, »wir haben nur fünfzigtausend Euro. Ich bin kein Banker, aber wenn die Kiste vierhunderttausend oder mehr kostet, dann gehen die zu hundert Prozent als Eigenkapital für den Kredit drauf.«

Laura nickte. »Das stimmt.« Sie überlegte schon, ob sie irgendwelche Freunde anpumpen sollte, aber das hatte sie nie getan und wollte auch jetzt nicht damit anfangen. Und ihre Eltern hatten sowieso nie richtig Geld, und wenn sie es hatten, blieb es nicht lange bei ihnen. »Wir sprechen am Freitagabend in Ruhe darüber. Ich mache mir auch Gedanken.«

»Scheiße, dass wir so wenig haben«, knurrte Timo.

»Wird schon«, sagte Laura, »ich fahr jetzt noch zum LKA. Ruf dich dann vom Zug aus an.«

»Okay.«

KAPITEL 19

LANDESKRIMINALAMT, KEITHSTRASSE, BERLIN

Laura hatte eine Weile auf dem schummerigen Korridor des LKA in der Keithstraße gewartet, ein wilhelminischer Bau, der wie eine Mischung aus Festung und Villa daherkam. Dann wurde sie von einem der beiden Beamten, die vorgestern auch in der Filiale waren, sie glaubte, es war Stapel, hereingebeten. Kaum war sie drin, kam ihr eine Frau entgegen, die es offenbar sehr eilig hatte, wieder hinauszukommen.

»Sandra«, sagte Laura, »wie war's?«

»Ganz gut, sehr hilfreich. Ich muss leider weiter. Wir sehen uns ja morgen.«

»Morgen bin ich leider nicht da.«

»Stimmt ja, hat Harding gesagt, du bist bei der Schulung in Frankfurt.«

Sie betonte das, als wäre die Schulung die Vereidigung des Präsidenten und Frankfurt wäre Washington DC.

Laura wollte sich gerade ärgern, da sah sie eine zweite Gestalt vor sich.

»Frau Jacobs? Frank Deckhard, Hauptkommissar.«

Deckhard war dunkelhaarig, drahtig und hatte die Ausstrahlung eines Menschen, der sich schnell und effektiv bewegen konnte, so wie ein Boxer oder Kampfsportler. Sein Gesichtsausdruck ließ ihn wirken, als würde ihm schlicht alles auf den Geist gehen. Er streckte eine harte, warme Hand aus. »Setzen wir uns. Soll ich Ihnen einen Kaffee mitbringen? Wir haben ihn leider nur schwarz.«

»Nehme ich. Danke.«

Der Kaffee war sehr heiß und dampfte dermaßen, dass er auch als Nebelanlage durchgehen konnte. Als beide mit ihren Tassen am Tisch saßen, Stapel stand noch an der Tür, wie ein Page im Buckingham-Palast, schlug Deckhard eine Fotomappe auf. Darin neun Fotos. Gesichter von drei Männern in Front-, Seiten- und Dreiviertelvorderansicht. Daneben der klassische Größenmaßstab, wie in den US-Krimis.

»Sind die das?«, fragte er.

Lauras Blick ging von einem zum anderen. Sie nickte. Der, der Ulf hieß, sah noch immer aggressiv und unkontrolliert aus, die anderen beiden eher wie Statisten aus einem Zombiefilm.

Deckhard reichte ihr ein Formular, das sie unterschreiben sollte.

»Ich muss die nicht live vor irgendeiner Glasscheibe identifizieren?«

Über Deckhards Gesicht zog ein Lächeln. »So wie in den Filmen? Nein. Machen wir kaum mehr. Fotos tun es auch. Genauso wenig wie die Sache mit der Rechtsmedizin in den Krimis, wo die Angehörigen immer die Leiche identifizieren müssen.«

»Passiert auch nicht?«

»Passiert auch nicht.« Deckhard ließ das Formular mit Lauras Unterschrift in der Mappe verschwinden. »Erst einmal finde ich es grenzwertig, den Angehörigen die Leiche ihres Mannes, ihrer Schwester, ihres Freundes, ihrer Mutter oder was auch immer zuzumuten. Und außerdem würde man damit den Bock zum Gärtner machen.«

»Warum?«

»Die meisten Menschen werden statistisch gesehen von ihren Angehörigen ermordet. Nicht vom bösen fremden Mann, der plötzlich aus dem Gebüsch hervorspringt. Wie objektiv in so einem Fall die Aussage sein kann, können Sie sich sicher denken. Aber dazu kann Ihnen meine Kollegin viel mehr erzählen. Sie kommt gleich kurz vorbei.« Er hielt inne. »Waren Sie schon bei der Opferhilfe?«

»Nein, das habe ich noch nicht geschafft.« Laura fiel auf, dass sie überhaupt kein Bedürfnis verspürte, irgendein psychologisches Gespräch über den Überfall zu führen. Der Überfall hatte stattgefunden, sie hatte die Situation erfolgreich gelöst und das Ganze war vorbei. Und genau das war es für sie auch. Vorbei.

»Das sollten Sie noch machen. Kann helfen. Bleibt aber natürlich Ihnen überlassen.« Er schaute in die Unterlagen. »Sie wurden aber nicht verletzt, anders als Frau Wichert? Jedenfalls habe ich hier keine Notiz von den Rettungskräften.«

»Nein, gar nicht, ich wurde nur angeschrien.«

»Okay, dann muss ich Sie nicht rechtsmedizinisch untersuchen lassen. Ihre Kollegin wurde ja verletzt, da muss die Geschädigtenuntersuchung natürlich schnell erfolgen, damit wir eine gerichtsfeste Dokumentation haben.« Er blies in seinen Kaffee, der noch immer kochendheiß war. »Der Anwalt der Gegenseite versucht schon, auf eine verminderte Schuldfähigkeit wegen des Drogenkonsums zu plädieren.«

»Und?«

Deckhard zuckte die Schultern. »Möglich ist es. Hier in Berlin geht ja alles durch. Dann kommen sie aber in die Geschlossene. Bonnies Ranch.«

»Bonnies was?«

»Bonnies Ranch, Karl-Bonhoeffer-Nervenklinik. Wittenau. Forensische Psychiatrie. Man nennt es auch *Das Grab für Lebende*. So wie das Arkham Asylum bei Batman, nur in echt. Glauben Sie mir, da wollen Sie auch als Besucher nicht hin.«

»Sind die drei noch in U-Haft?«

»In der GESA, Gefangenensammelstelle, klar. Beziehungsweise derzeit vielleicht auch im Haftkrankenhaus, wo ihr Entzug behandelt wird. Muss ich noch mal nachschauen. Es muss bei Drogensüchtigen die sogenannte Haftfähigkeit herstellt werden, wie es so schön heißt.«

»Die Haft muss zumutbar sein oder was heißt das?«, fragte Laura. »Habe ich mal in einem Krimi gelesen.«

Deckhard zuckte die Schultern. »So was ähnlich Blödes heißt das wohl.«

Laura fragte sich, ob eine Haft, die ja von vornherein als Strafe gedacht war, überhaupt zumutbar sein konnte.

»Und in der GESA gibt es keine Drogen?«

»Normalerweise nicht. Vielleicht haben die Dealer, die denen was reinschleusen, aber Methadon gibt's da nicht. Dann gibt's halt kalten Entzug *sponsored by the* LKA.« Seine Zähne blitzten.

Laura musste zugeben, dass sie Polizeiarbeit faszinierend fand. Sie war großer Fan von Thrillern und Krimis und deckte sich in Heikes Buchhandlung vor den Wochenenden immer damit ein. In dem ganzen Stress hatte sie aber natürlich vergessen, sich noch ein Buch für die Zugfahrt zu kaufen.

»Waren Sie öfter in Bonnies Ranch?«, fragte Laura.

»Ich selbst zum Glück nicht, meine Freundin ja, die … ach, da kommt sie gerade!«

Eine junge Frau, die dunkelblonden Haare zu einem Pferdeschwanz zusammengebunden, betrat den Raum und kam mit schnellen Schritten näher. »Frank«, sagte sie, »du wolltest noch unbedingt mit mir sprechen.«

»Machen wir heute Abend«, sagte er, ein bisschen genervt. »Jetzt muss ich los!«

Paare, dachte Laura, waren doch alle gleich.

In dem Moment fiel der jungen Dame offenbar erst auf, dass Frank mit einer Besucherin am Tisch saß.

»Oh Verzeihung«, sagte sie und wandte sich Laura zu, »ich wollte hier nicht so reinplatzen.«

Laura schaute die Frau mit großen Augen an. »Sophie! Was machst du hier?«

KAPITEL 20

LANDESKRIMINALAMT, KEITHSTRASSE, BERLIN

Laura traute ihren Augen nicht. Sie hatte Sophie oft im Fitnessklub gesehen, sie hatten auch oft zusammen Yoga gemacht und den üblichen Smalltalk unter Frauen gehalten. Sie wusste aber nicht, dass sie für die Kriminalpolizei arbeitete.

Deckhard war ebenfalls überrascht, weil sich die beiden Frauen kannten.

»Ich dachte immer, du bist Ärztin«, sagte Laura.

»Medizinerin«, meinte Sophie, »erzähle ich auch jedem.«

»Aber du machst ...«

»Rechtsmedizin«, antwortete Sophie. »Oder Gerichtsmedizin, wie es früher hieß. Eigentlich oben in Moabit, aber ich bin natürlich auch öfter hier, um Opfer zu untersuchen. So wie eben gerade.« Sie legte ihre Tasche auf den Tisch und sprach weiter. »Nur das mit der Rechtsmedizin erzähle ich absichtlich nicht. Ich habe einen Bekannten, der Autor ist. Wenn der sagt, er ist Autor, sagen alle *okay, arbeitsloser Penner* oder aber sie wollen ihm ihr Manuskript schicken. Wenn ich sage Rechtsmedizin, fragt mir die eine Hälfte Löcher in den Bauch, ob Leichen auch manchmal einfach wieder aufwachen können und ähnlichen Blödsinn, und die andere Hälfte will sich bei uns bewerben. Und wenn es ein Journalist ist, will er sofort ein Interview.«

»Ja, Rechtsmedizin scheint hip zu sein«, sagte Laura, »eine Freundin von mir ist Buchhändlerin, da geht das Zeug auch weg wie geschnitten Brot.«

»Ja, eigentlich komisch, dass sich die Leute heutzutage

nicht, wie sonst, für Autos, Mode, Sex oder Urlaub, sondern schwerpunktmäßig für verfaulte Leichen interessieren.«

Deckhard verdrehte die Augen. Er kannte die Story wohl schon zur Genüge. Vielleicht ärgerte er sich auch. Hauptkommissar klang zwar cool, aber nicht so cool wie Rechtsmedizinerin. In dem Moment klingelte sein Telefon. Er hob ab, hörte kurz zu und blaffte dann ein »Ich komm runter!« in den Hörer.

Er schaute Sophie und Laura an. »Ich muss los in die GESA!«, rief er. »Sophie, auch wenn ihr gut allein klarkommt, wie ich sehe, kannst du Frau Jacobs hinausbegleiten? Frau Jacobs, Sie melden sich bei der Opferhilfe und wir würden bei Rückfragen noch auf Sie zukommen.«

Bevor Sophie antworten konnte, war Deckhard verschwunden.

»Ist der sauer?«

»Quatsch«, antwortete Sophie, »ist nur im Stress. Ist er immer. Ihm ist wohl gerade ein Sondertermin in der GESA reingedrückt worden. Er hat sich mal wieder den Kalender vollgestopft und versprochen, nachher den Karatetrainer zu vertreten. Und jetzt wird zeitlich alles sehr eng.«

»Er macht Karate?«

»Ja, wenn alles gut geht, nächstes Jahr Schwarzgurt.«

»Dann ist er ja richtig gefährlich?«

»Muss man in Berlin als Cop auch sein. Wobei gegen Schusswaffen hilft Karate auch nicht.« Sophie holte sich auch einen Kaffee. »Und du bist Bankerin?«

»Richtig. Alles andere als cool.«

»Aber auch wichtig. Frank, also Frank Deckhard, und ich überlegen uns auch schon lange, ob wir nicht Geld besser anlegen sollten, Altersvorsorge und so weiter. Schieben wir nur ewig vor uns her.«

»Machen die meisten.«

»Aber du kennst dich da aus? Man hört ja leider von den Banken nichts Gutes.«

»Und das zu Recht. Aber ich würde schon dafür sorgen, dass ihr gute Produkte kriegt.«

»Ein Kumpel ist Versicherungsvertreter, der will uns immer Lebensversicherungen verkaufen.«

»Kann ich verstehen. Dafür kriegt die Versicherung auch fast zehn Prozent vom Gesamtvolumen. Bei zweihunderttausend Gesamtsumme, die sich mal über die Jahrzehnte ansammelt, immerhin zwanzigtausend Euro.« Sie dachte an den Spruch von Dirty Harry: *Wer Leben will, muss Leben schreiben.* »Aber das hast du natürlich nicht von mir gehört. Nicht, dass ich in der Branche noch als Nestbeschmutzerin gelte. Denn so was verkaufen wir natürlich auch.«

»Aber diese zwanzigtausend hätte man doch lieber selbst im Portemonnaie?«, fragte Sophie.

»Natürlich. Mit ETF-Sparplänen ist das genauso möglich. Und viel billiger.« Sie schaute auf die Uhr.

»Musst du weg?«

»Ja, Schulung der Bank in Frankfurt. Muss gleich zum Hauptbahnhof.« Sie sagte extra nichts von »Filialleitung«, sie wollte das Ganze nicht zu sehr beschreien.

»Vielleicht können wir nach dem Sport mal darüber reden?«, meinte Sophie, »Altersversorgung und so. Wollte dich da eh schon längst mal gefragt haben. Wir kriegen zwar Pension, ich bin auch noch im Ärzteversorgungswert, aber ich glaube nicht, dass die Ansprüche im Alter weniger werden.«

»Im Gegenteil«, sagte Laura. »Im Alter hast du plötzlich viel mehr Zeit, und Zeit braucht immer Geld, wenn sie angenehm sein soll.«

»Wahre Worte«, meinte Sophie, als sie vor der Tür des

LKA Gebäudes angekommen waren. »Lass mal Nummern tauschen.« Sie zog ihr Handy auf dem Weg nach unten.

»Bin Freitagabend wieder da, also am besten nächste Woche nach dem Sport? Irgendwo Marienfelde, Tempelhof?«

»Super«, sagte Sophie, »bei der Opferhilfe warst du schon? Hatte Frank, glaube ich, schon gefragt.«

»Auch nächste Woche«, sagte Laura, »diese Woche ist echt die Hölle.«

»Na dann, gutes Durchhalten!«

Was Laura nicht wusste, war, dass die Woche in dieser Hinsicht gerade erst angefangen hatte.

KAPITEL 21

HILTON HOTEL, FRANKFURT AM MAIN

Der sogenannte Empfang im Hilton hatte dann doch länger gedauert als gedacht. Laura war einigermaßen pünktlich am Hauptbahnhof angekommen, hatte im Hilton eingecheckt und musste dann nach zwanzig Minuten Ruhe schon wieder nach unten zu dem Empfang hetzen. Mit Timo hatte sie kurz telefoniert, soweit das im ICE funktionierte. Laura und Timo waren vor zwei Jahren mit einer Reisegruppe in Peking, Shanghai und Hongkong gewesen. Gerade in Peking, sowohl in Aufzügen als auch in Tiefgaragen, hatte man überall Empfang, und in dem Hochgeschwindigkeitszug, der Peking und Shanghai verband, ebenfalls. Sie fragte sich, warum das in China funktionierte und hier nicht.

Unten beim Empfang hatte sie mit dem Seminarleiter, einem Herrn namens Hermann mit halblangen, dunklen Haaren und schwarzem Anzug und schwarzem Hemd, Bekanntschaft gemacht. Mit ihm würden sie die zwei Tage bestreiten. Ebenso standen dort noch ein paar Weiterbildungsbeauftragte aus der Zentrale der BWG Bank herum. Und, für gefühlt drei Minuten, hatte sich sogar Vorstandschef Hortinger persönlich blicken lassen und ein paar salbungsvolle Worte verloren. Den Champagner hatte er stehen gelassen und war dann sofort wieder in seine schwarze Limousine gestiegen, in der der Fahrer schon wartete.

Erst um 22 Uhr konnte Laura sich endlich loseisen und hatte sich ins Taxi zu Marc gesetzt. Der wusste von ihrer Verspätung, fand das aber nicht schlimm, da er ohnehin nachtaktiv war. *Ich handele die US-Börsen,* hatte er geschrieben, *die sind von 09:30 bis 16 Uhr Ortszeit offen, also nach unserer Zeit von 15:30 bis 22:00 Uhr. Ideal für Leute, die nicht früh aufstehen. Sofern man in Europa lebt, natürlich.*

Marc hatte rote Haare, Sommersprossen und eine ähnliche Statur wie Deckhard, wenn auch etwas dünner. Er gehörte anscheinend zu diesen Typen, die alles essen konnten, ohne jemals zuzunehmen. Eine Ärztin hatte Laura mal erklärt, dass dies eine Protein-Mutation sei, die dafür sorgte, dass alles Fett sofort in Wärme verwandelt wurde. Diese Mutation gab es erst seit ungefähr hundert Jahren. In früheren Zeiten, als es noch nicht an jeder Ecke etwas zu essen gab, bauten diese Menschen zu wenig Reserven auf und starben meist schon als Säuglinge. *Decoupling proteine* nannte man das, jedenfalls stand das in einem Artikel, den Laura mal gelesen hatte.

Marc war aber nicht vorzeitig gestorben, sondern schien quicklebendig. Seine Wohnung im dreizehnten Stock, die er in einem Wolkenkratzer gegenüber dem neuen Taunusturm bewohnte, bestand eigentlich nur aus einem einzigen großen Zimmer. Der Schlafbereich war mit einer japanischen Papierwand abgetrennt, dann gab es natürlich zwei separate Bäder, ein großes Bad und Gäste-WC. Außerdem noch in einer anderen Ecke die Küche und nahe der großen Fensterfront sein Büro. Eine Regalwand und ein großer Schreibtisch mit diversen Monitoren, auf denen Kurse und Chartverläufe blitzten. Auch LinkedIn war auf einem Monitor geöffnet.

»Danke, dass das so schnell geklappt hat«, sagte Laura. »Hübsch hier!«

»Ja, ist eigentlich ein Büro, aber ich habe das zu besonderen Konditionen gemietet. Vorteil ist: Es ist abends und am

Wochenende sehr ruhig, Investmentbanker arbeiten hier nicht, es gibt Klimaanlage und ich habe sogar einen Schlüssel zum Dach.«

»Nicht schlecht«, meinte Laura, »normalerweise bringt man ja irgendwas mit als Gast, aber ich habe das echt nicht mehr geschafft.«

»Kein Problem, ich habe alles hier«, lachte Marc. »Trinkst du Caipi?«

»Caipirinha? Sehr gern. Ich darf nur nicht zu viel trinken. Die nächsten beiden Tage werden hart.« Lauras Blick verfolgte Marc, der zur Küche ging. »Machst du den selbst?«

»Klar, ich habe Limetten hier, nicht gespritzt, Limettenstößel, Eiscrusher und natürlich den Schnaps dafür. Cachaça, der richtige, den die Brasilianer selbst trinken, nicht das Pitu-Zeug, das sie nach Europa exportieren.«

»Das darf ich meinem Mann auf keinen Fall erzählen. Der will sonst auch sofort so ein Caipi-Set, und ich weiß eh schon nicht, wo wir die ganzen Sachen lassen sollen.« Sie machte eine kurze Pause. »Antwortest du immer so schnell?«

Marc zerschnitt jede der Limetten in sechs Teile. »Bei LinkedIn ja. Und bei Xing. Wobei die Party jetzt ja wirklich bei LinkedIn abgeht, seit Microsoft die übernommen hat. Schade, wäre schön, wenn da auch mal eine deutsche Plattform vorn dabei wäre. Sonst halte ich von Social Media aber gar nichts. Macht nur unglücklich. Studien haben gezeigt, dass der Verzicht auf Facebook fast halb so wirksam ist wie eine Therapie.«

»Und wahrscheinlich billiger.« Laura schaute zu, wie Marc die Limetten zerstampfte. Immer ein Sechstel nach dem anderen. Der Eiscrusher heulte parallel dazu auf und zerkrümelte einige Eiswürfel. »Alle haben ein tolles Leben. Aber nur auf Facebook.«

»Und alle wollen ein Instagram-Gesicht. Also wie mit Filter bei Insta, nur direkt. Das kriegen die Schönheitschirurgen immer mehr zu hören.« Er hob die Cachaça-Flasche und füllte etwas davon in einen silbernen Portionierer. »Ganz wichtig«, sagte er, »in einen echten Caipi kommen Limetten, Eis, Zucker und Schnaps. Sonst nichts. Kein Saft oder so gestreckter Blödsinn, wie beim Billig-Inder.« Er füllte Zucker in die Gläser. »Aber der neueste Trend ist ein ganz anderer: Die Leute dann zu beeinflussen, wenn sie am verwundbarsten sind.«

»Und das ist wann?«

»Beim Schlafen. Da kommst du sofort per Autobahn in die VIP-Lounge des Unterbewusstseins.«

»Wie soll denn das gehen?«

»Schlaf-Apps. Meditations-Apps, Wellenrauschen«, erklärte Marc, »da sind einige der Firmen dran, die meine Kunden analysieren. Die infiltrieren die Leute so mit Werbung, dass der Kunde nichts merkt. Manipulation im Schlaf. Du hörst Walgesänge oder Wellenrauschen und dann kommt die Waschmittelwerbung, oder Meditation und dann kommt irgendein Yoga-Equipment. Was auch immer.«

»Gruselig.«

»Allerdings. Wer es ohne Werbung will, muss zahlen. Genauso wie beim werbefreien Streamen bei Netflix oder Spotify. Wer werbefrei träumen will, muss demnächst auch zahlen. Hier.«

Er reichte Laura den Cocktail. Er schmeckte vorzüglich.

Sie standen vor der großen Fensterfront und sahen die Wolkenkratzer, in einiger Entfernung den Hauptbahnhof, wo Laura vor ein paar Stunden ins Taxi gehetzt war, und weiter entfernt den Flughafen. Der Sternenhimmel breitete sich aus.

»Wenn man das Licht ausmacht, sieht man sogar ein paar

Sterne, obwohl hier natürlich durch die Stadt alles viel zu hell ist«, sagte Marc. »Ich finde das supermeditativ, da einfach nur in den Himmel zu schauen. Oft sitze oder liege ich auch ganz oben auf dem Dach.«

»Und auch noch werbefrei.«

»Richtig.« Er trank von seinem Cocktail. »Habe mich mal mit Astronomie befasst, ist mal was ganz anderes als der ganze Finanzkram. Obwohl auch bei der Astronomie die Mathematik eine große Rolle spielt. Diesen hellen Stern dort«, erklärte er, »sieht man eigentlich immer im Sommer.«

»Der rote?«

»Genau. Wie der rote Planet Mars. Heißt Antares. Was so viel wie *Anti-Mars* oder *Gegen-Mars* heißt, da man beide früher oft verwechselt hat. Ares ist ja die griechische Mars-Version, also der Kriegsgott.« Er wandte sich Laura zu. »Aber nun mal zu dir: Du managst da den Banküberfall und bist zwei Tage später schon wieder in Amt und Würden und reist durch die Gegend, als wäre nichts passiert?«

»Du weißt von dem Überfall?«

»Information ist meine Währung.« Marc grinste. »Das war auch der Grund, warum ich dich treffen wollte. Wer so was hinkriegt, ist interessant.«

»Schön war es nicht«, sagte Laura und genoss den kalten Geschmack des Cocktails und den Ausblick. Wenn sie in Berlin aus dem Haus rausmussten, hätte sie mit einer solchen Wohnung, wie Marc sie hatte, auch kein Problem. Sie fürchtete nur, dass diese Wohnung, was die Miete anging, weit über ihren Möglichkeiten lag.

»Dämlich ist es auch«, sagte Marc. »Die richtigen Bankräuber sind die Cyberkriminellen. Die kommen nicht von draußen, sondern von drinnen.«

»Das hier waren auch noch Junkies.«

»Klar. Intelligente Leute überfallen keine Banken auf die alte Tour. Viele machen das über Phishingattacken, Trojaner, was auch immer. Sogar hier in Frankfurt gab es schon Drohnen, die draußen an den Bankfenstern vorbeifliegen und die Bildschirme filmen.«

»Ach?«

»Ja, geht aber nicht mehr so einfach, weil die meisten Banken, und auch die Europäische Zentralbank, mittlerweile sogenannte Antispionage-Folien an den Fenstern haben, sodass man von außen nichts mehr erkennt. Ein Klassiker waren auch mal versteckte Wanzen in Taxis. Die konnten auch so einiges aufnehmen, wenn zwei Banker drinsaßen oder einer am Telefon zu viel ausgeplaudert hat. Es gab sogar mal einen, der hat sich im Gebüsch vor Goldman Sachs am Messeturm versteckt und geschaut, ob irgendwelche DAX-Vorstände rauskommen. Das hieß dann Fusion oder Übernahme für das Unternehmen und das ist natürlich relevant für den Kurs.«

»Im Gebüsch hocken ist also intelligenter als ein Banküberfall?«

Marc nickte. »Viel intelligenter! Das einfachste ist aber das, was man Social Engineering nennt. Die gute alte Manipulation.«

»Die Mitarbeiter?«

»Exakt. Bei der Bank JP Morgan haben Hacker irgendwelchen Mitarbeitern noch mal das Dreifache ihres Jahresgehalts ausgezahlt, damit die Passwörter ausplaudern. Das ist megagefährlich.«

»Ist das die Mafia, die dahintersteht?«

»Manchmal auch Schurkenstaaten. Nordkorea, Iran. Oder auch China. Bei denen ist es einfach, die Angriffe einzugrenzen, denn da entsprechen die Cyberattacken genau den Büroarbeitszeiten. Aber ich rede die ganze Zeit. Wie war das denn für dich? Wenn da so ein Typ mit der Knarre vor dir steht, das ist doch nicht witzig?«

»In Panik zu geraten ist aber auch keine Lösung.«

»Das sagen alle. Es dann im Ernstfall auch zu machen und die Ruhe zu bewahren, ist doch eine andere Frage.«

»Ich kann in solchen Momenten einfach umschalten. Emotionen ausblenden. Ich weiß auch nicht, warum. Am Ende war alles wie vorher.«

Marc hatte aufmerksam zugehört. »Du weißt, dass einige für solche Fähigkeiten sehr viel Geld zahlen. Nerven behalten, cool bleiben, alles abarbeiten, wie ein Algorithmus.«

»Trader?«

»Und Hedgefonds. Meine Kunden.«

»Du arbeitest jetzt für Hedgefonds?« Laura hatte natürlich von Hedgefonds gehört, diesen obskuren Investmentgesellschaften, die am Markt so ziemlich alles machen konnten und – gerade das machte sie sehr unbeliebt – auch bei fallenden Kursen Geld verdienten.

»Ja, einige gleich hier in Frankfurt. Allein schon wie die Leute einstellen. Mit lauter psychologischen Tests, Rorschach-Test und so weiter. Kommt von 1921, ist aber wohl sehr gut darin, mentale Probleme zu erkennen. Dann haben die noch Systeme, die merken, ob Kandidaten nur die Antworten geben, von denen sie glauben, dass die Antworten erwünscht sind, oder ihre echte Meinung.«

»Du meinst, ich sollte da arbeiten?«

Marc zuckte die Schultern und zerbiss einen Eiswürfel. »Würde passen. Ist aber knallhart. Die haben zwar Megagehälter und Firmen-Fitnessstudio und alles, aber *normale* Arbeitszeit sind vierzehn Stunden am Tag. Dass die natürlich mehr Drive haben als die traditionellen Banker mit ihren sieben Stunden und dann auch noch, wie bis vor Kurzem, drei Martini zum Mittagessen, ist ja klar.«

»Wie war das noch mit dem 3–6–3-Klub?«, fragte Laura.

»Keine Ahnung, den Witz kenne ich nicht.«

»Der typische Banker holt sich Geld für 3 Prozent, verleiht es für 6 Prozent und ist um 3 Uhr nachmittags auf dem Golfplatz.«

Marc lachte. Er schien beeindruckt.

»Habe *Liar's Poker* gelesen«, sagte Laura. »Sogar mein Mann will jetzt traden.«

Marc hob die Augenbrauen. »Echt?«

»Ja, er hat mir vorhin im Zug viel von Kryptowährungen und Bitcoin erzählt.«

»Vorsicht«, sagte Marc. »Neunzig Prozent der Privattrader verlieren Geld. Das kann ganz schnell nach hinten losgehen. Es hat schon einen Grund, dass die Hedgefonds-Leute vierzehn Stunden arbeiten und das seit Jahren mit Erfolg machen. Da hat Erfolg dann nichts mehr mit Glück zu tun. Bei vielen Privaten schon.«

»Ist denn Bitcoin so schlecht?«

»Muss es nicht. Auch wenn viele »Shitcoin« sagen. Du kennst doch McAfee, den Erfinder der Virussoftware? Der sagte, er isst seinen eigenen Schwanz, wenn Bitcoin im Jahr 2020 nicht auf fünfzigtausend Dollar gestiegen ist.«

»Und?«

»Ist es sogar, aber erst in 2021. Bringt McAfee nichts, der hat sich vor Kurzem in einem spanischen Gefängnis umgebracht. Noch einen Caipi?«

»Ich glaube, ich lass den erst mal sacken. Aber er hat sich nicht wegen Bitcoin umgebracht, weil der Kurs nicht so stieg, wie er sollte?«

»Nein, der wurde wohl vom FBI gesucht. Aber sag deinem

Mann, er soll vorsichtig sein. Gerade, wenn er auf irgendwelche Gerüchte in irgendwelchen Foren aufspringt. Manchmal werden diese Gerüchte absichtlich gestreut, damit möglichst viele Kleinanleger in eine Aktie reingehen, der Kurs hochgeht und dann, wenn er hoch genug ist, die Großen rausgehen und Kasse machen.«

»Das sind die Hedgefonds?«

»Besonders die, ja.«

»Und die haben extra Software, mit denen sie die Chats durchforsten?«

»Haben sie. Oder kaufen sie dazu. Oder sie haben Leute, die das für sie machen.«

»Und wer zum Beispiel?«

»Ich zum Beispiel.«

KAPITEL 22

WOLKENKRATZER GEGENÜBER
DEM NEUEN TAUNUSTURM,
DREIZEHNTER STOCK, FRANKFURT AM MAIN

Du machst so was?«, fragte Laura.

Marc wackelte mit dem Kopf. »Ist ja nicht illegal. Aber meine Kunden mögen es halt nicht, von irgendwelchen Reddit-Foren-Banden ausgetrickst zu werden.«

»Und wie läuft das ab?«

»Na ja, du hast da irgendwelche Zocker-Aktien wie Fastwin …«

»Oh Gott, davon hat Timo, also mein Mann, auch erzählt.«

»… da kann ich nur sagen, Vorsicht! Also, du hast da Zocker-Aktien, die eigentlich schon überbewertet sind. Früher war es so, dass die Hedgefonds der Meinung sind, sie halten die Aktie für überbewertet und setzen auf fallende Kurse.«

»Machen einen Leerverkauf?«

»Richtig. Sie leihen sich die Aktie, verkaufen sie und wenn sie gefallen ist, geben sie die Aktie wieder zurück. Verkaufen zu hundert, Rückgabe zu fünfzig. Macht fünfzig Dollar Gewinn. Es ist eigentlich das Gleiche wie auch sonst an der Börse: Günstig kaufen, teuer verkaufen. Hier ist nur die Reihenfolge anders.«

»Es kam aber anders?«

»Richtig. Die Foren-Community fand diese Leerverkäufe nicht witzig.«

»Woher wissen die überhaupt von den Leerverkäufen?«

»Das kann man nachlesen, ist mehr oder weniger öffentlich. Große Investoren müssen das melden. Dann weiß man, wie viele Leute auf fallende Kurse gesetzt haben.«

»Okay, verstanden. Und dann?«

»Die kleinen Anleger sagen: *Den Bonzen da oben zahlen wir es heim!* Sie kaufen die Aktie absichtlich weiter. Was passiert?«

»Die Aktie steigt?«

»Richtig. Die Aktie steigt zum Beispiel auf hundertfünfzig. Die Hedgefonds müssen ihre Leerverkäufe wieder schließen, sonst machen sie mega Verluste. Sie haben zu hundert verkauft und müssen zu hundertfünfzig zurückkaufen. Je höher die Aktie steigt, desto riesiger wird der Verlust. Sie kaufen wie die Wilden Aktien, weil sie ja die Aktien zurückgeben müssen, und das treibt den Kurs erst recht nach oben. Und die Online-Community frohlockt: Sie haben es nicht nur den Großen heimgezahlt, sondern auch noch richtig Gewinn gemacht.«

»Und das macht ihr anders?«

»Richtig. Bisher war es so: Die Online-Community sieht, wie viele von fallenden Kursen ausgehen, und damit sehen sie indirekt, was die Hedgefonds machen. Die Hedgefonds wussten aber bisher nicht, was die Privatanleger machen.«

»Bis jetzt, nehme ich an?«

Marc grinste. »Ja, bis jetzt. Gehen wir mal davon aus, ein Hedgefonds ist in einer Zocker-Aktie schon investiert und will diesmal nicht, dass sie fällt, sondern dass sie weiter steigt, um dann mit Gewinn aussteigen zu können. Was brauche ich dafür?«

»Käufer.« Laura nippte an ihrem Glas, aber es war eigentlich nur noch Eiswasser, das ein wenig nach Limette schmeckte, darin.

»Genau. Die besagte Community. Sprachcomputer und

Bots, also automatisierte Chats, streuen also Gerüchte in den Foren, welche Aktie heiß ist und wo man es den *Großen* heimzahlen könnte.«

»Das heißt, die Community-Leute sprechen mit Bots, ohne es zu wissen?«

»Richtig. Unbewusste Manipulation. Wie mit den Träumen und der Werbung.«

»Und die Community springt drauf an und kauft?«

»Genau. Und wenn die Aktie schön gestiegen ist, geht der Hedgefonds raus und macht Kasse.«

»Auf Kosten der Kleinen?«

»Genau.«

Laura überlegte. Irgendwie war es immer das gleiche Spiel, und irgendwie gewannen immer die Großen.

»Es geht aber noch schlimmer. Wenn die Hedgefonds verkauft haben, haben sie keine Aktien mehr. Sie gehen aber davon aus, dass die Aktie vielleicht noch weiter fällt. Sie machen dann also was?«

»Einen Leerverkauf?«

»Richtig. Und dann streuen die Bots Gerüchte in den Foren, dass es mit der Aktie abwärtsgeht. Natural Language Processing Tools werten noch die Tonalität in den Chats aus, um zu schauen, ob die Panik hoch genug ist. Je höher die Panik, desto mehr Leerverkäufe machen die Hedgefonds. Wenn alles gut geht, passiert das, was geplant ist.«

»Das Wort *gut* ist hier wohl Ansichtssache«, sagte Laura, »aber geplant ist wahrscheinlich, dass die Community in Panik gerät und verkauft.«

»Exakt. Und der Hedgefonds verdient mit seinem Leerverkauf noch mal.«

Laura schüttelte den Kopf. »Man sollte sich niemals allzu sicher fühlen.«

»Als Trader sowieso nicht. Du weißt doch, was Murphy gesagt hat?«

»Was schiefgehen kann, das geht auch schief.«

»Und weißt du, was die Trader sagen?«

Sie schüttelte den Kopf.

»Murphy war ein Optimist.« Er ging zur Küche. »Ich mach noch mal welche. War ein harter Tag und die Börse ist endlich zu. Morgen mache ich sowieso nichts. Wenn Powell, der US-Zentralbankchef, eine Rede hält, ist es oft am besten, gar nichts zu machen.«

»Der bewegt die Kurse wie kein anderer, oder?«

Marc nickte. »Wenn irgendwelche Hedgefonds den bestechen könnten, die richtigen Worte zu sagen, und vorher in den richtigen Werten sind, ist das der schnellste Weg, um Milliardär zu werden. Mega Ertrag bei fast null Risiko.« Die Eismaschine kreischte. Er drehte sich um. »Nimmst du auch noch einen?«

»Ach, was soll's, einen noch.« Sie schaute auf die Uhr und tippte eine Nachricht an Timo. *Denk dran, nur 500 Euro. Wir sprechen Freitagabend.*

Marc kam mit zwei Gläsern zurück und sie setzten sich auf die Couch.

»Marc«, sagte Laura, »das war wirklich interessant, aber ich habe noch eine ganz andere, wichtige Frage.«

Marc trank einen Schluck und schaute Laura an, als würde er jetzt einen Heiratsantrag erwarten. »Du fragst dich wahrscheinlich, wie ich ethisch damit umgehe, wie ich damit klarkomme?« Er stellte das Glas ab und hob die Hände. »Ich sehe das so: Wer an die Börse geht, weiß, was ihn erwartet, auch die Community. Die Börse ist ein riesiger Dschungel. Entweder du bekommst Mittagessen oder du *bist* Mittagessen. Was anderes gibt es ni…«

»Nein«, unterbrach Laura, »ich möchte etwas ganz anderes wissen. Wie kommt es, dass du nicht mehr in der Bank arbeitest?«

Die Frage hatte Marc nicht erwartet. »Eigentlich deswegen, weil ich der Bank immer gesagt habe, dass sie im Handelsgeschäft keine Chance hat, solange die Hedgefonds mega Gas geben mit Vierzehnstundentagen und die Banker ihre, na du weißt ja, Siebenstundentage haben mit dem Martini-Mittagessen.«

»Das wollten die aber nicht hören?«

»Nein, vor allem nicht ständig. Und da haben sie irgendwann einen Vorwand gefunden, um mich rauszuschmeißen.«

»Hat das was mit dem Siedlungsviertel BWG-Mahlow bei Berlin zu tun, den Mitarbeiterhäusern der Bank?«

Marc hob die Augenbrauen. »Ja, hat es. Woher weißt du davon?«

»Wir wohnen da.«

»Ach du Scheiße, und dann müsst ihr bald raus?«

Laura nickte.

Marc trank von seinem Cocktail und blickte nach draußen, bevor er weitersprach. »Die hatten da einen offenen Immobilienfonds, der einige der Häuser dort gekauft und dann die Mieteinnahmen bekommen hat. Die Bank wollte ihre Bilanz verkleinern und die Häuser nicht mehr in der Bilanz haben. Also gingen die in den Fonds. Als dann das gesamte Grundstück an einen Investor verkauft wurde, waren einige der Häuser noch im Fonds. Das gab natürlich ein großes Bohei, denn der Besitzer dieser Häuser war nicht die Bank, sondern der Fonds.«

»Die Bank wollte also etwas verkaufen, was ihr gar nicht gehört?«

»Ja. Und alles musste schnell aus dem Fonds raus und zurück in die Bilanz der Bank. Schließlich waren die Prospekte schon gedruckt und an die Filialen verteilt.«

Laura nickte. Genau das hatte Schubert ihr auch erzählt.

Marc sprach weiter: »Hat die Anwälte von Weber und Venturas gegenüber im Operntower einige Nachtschichten gekostet, weil das in einem Tag durch sein sollte. Und die Bank eine hübsche Stange Geld.«

»Und warum sollst du daran schuld gewesen sein?«

»Weil ich kurzzeitig Stellvertreter vom Leiter der strukturierten Produkte war. Der war krank, irgendetwas landete auf meinem Tisch und ich habe unterschrieben.«

Stellvertreter vom Leiter, dachte Laura, *das war sie auch sehr bald.*

»Und das ist dir um die Ohren geflogen?«

»Das haben sie als Vorwand genommen, um mich rauszuschmeißen. Eigentlich ist es in Deutschland ja schwer, jemanden loszuwerden. Was immer geht für eine fristlose Kündigung oder einen Aufhebungsvertrag, ist Diebstahl, sexuelle Belästigung, Beschiss mit den Reisekosten oder eben so was wie bei mir, was sie dir dann unter die Nase reiben können. Ich wollte aber auch weg. Ich hab die Abfindung mitgenommen und mache jetzt das, was ich immer wollte.«

»Das heißt, die Hedgefonds, denen du hilfst, könnten auch Gegner der BWG sein?«

»Könnten sie, dürfen sie aber nicht. Ich musste so eine Wettbewerbsklausel unterschreiben, *non compete agreement,* wie das so schön heißt. Zwei Jahre keine Kunden, die gegen die BWG wetten.« Er trank noch einen Schluck. »Ist auch in Ordnung so. Es gibt spannendere Banken, gegen die man wetten kann.«

Beide schwiegen kurz und schauten in den Sternenhimmel. Die letzten Flugzeuge starteten und landeten auf dem Frankfurter Flughafen.

»Ich habe gehört«, begann Laura, »dass der Konzern, der das Grundstück kauft, Xenotech ist. Und dass sie dort eine riesige Serverfarm bauen wollen.«

Marc machte das Gesicht von jemandem, der weiß, dass es keinen Sinn macht, um den heißen Brei herumzureden. »Das ist wahr«, sagte er.

»Und die Bank verkauft, weil sie Geld braucht?«

»Warum sonst? Xenotech braucht die Fläche, die Bank braucht das Geld.«

Laura dachte an die Geschichte, die Marc ihr erzählt hatte. Von den Hedgefonds, die in eine Aktie einstiegen und dann durch Gerüchte den Kurs nach oben trieben.

»Wenn Xenotech diese Serverfarmen hat, ist das doch gut für ihren Aktienkurs?«

»Steht zu erwarten.«

»Dann könnte es doch, genauso wie bei den Hedgefonds, Leute in der Bank geben, die vielleicht schon länger Xenotech-Aktien haben und die wissen, dass der Kurs hochgeht, wenn die Serverfarm steht.«

»Oder wenn die Baugenehmigung kommt. Soll aber wohl eine Formalie sein, da das Ganze ja kein Waldgebiet ist, wie bei einigen anderen großen Projekten in Brandenburg, sondern ohnehin Bauland.«

»Klingt das plausibel?«, fragte Laura.

»Klingt es«, sagte Marc. »Ehrlich gesagt, habe ich da auch schon einige Gerüchte gehört. Einige in der Bank verdienen nicht nur an den Grundstücken, sondern auch an der Xenotech-Aktie.«

»Hast du dazu nur Gerüchte oder irgendetwas Konkretes?«

»Nur Gerüchte. Ich kann aber gern mal versuchen, mehr in Erfahrung zu bringen.« Er stand auf und ging zu seinen Bildschirmen. Er machte zwei Klicks mit der Maus, tippte etwas ein, und ein Chart erschien auf einem der Monitore.

»Xenotech«, sagte Marc.

Laura erkannte den Chart vom Sofa aus.

»Geht kontinuierlich nach oben, auch jetzt nachbörslich noch«, sagte Marc. »Mit hohem Volumen.« Er blickte Laura an. »Es gibt da offenbar einige, die deutlich mehr wissen als wir.«

FREITAG

KAPITEL 23

HAUPTQUARTIER DER BWG, NEUE MAINZER STRASSE,
FRANKFURT AM MAIN

Der zweite Tag des Seminars »Fit in der Filialleitung«, was abgekürzt »FIF« hieß, war im vollen Gange. In jedem Fall war die Personalabteilung gut darin, für blöde Seminartitel noch blödere Abkürzungen zu finden, wenn sie auch sonst wenig zustande brachte, außer in schlechten Zeiten schlechte Mitarbeiter nicht loszuwerden und in guten Zeiten keine guten Mitarbeiter zu finden. Wobei es bei der BWG eigentlich seit Jahren keine guten Zeiten mehr gab. Laura schaute auf Hermann vor dem Flipchart, schaute auf das Bild des Beamers, das eine Art Stern zeigte, in dessen Mitte sich die Führungskraft befand und darum herum alle Einflüsse, sowohl innere als auch äußere. Dazu ein Bild eines EKG und eines Radars. Das Innere, hatte Hermann gesagt, war die innere Aufstellung, also genau genommen das EKG. Erst wenn da alles stimmte, konnte man auch nach außen etwas bewirken, daher, so Hermann, sei es für jeden Manager und jede Führungskraft umso wichtiger, sich auch selbst gut zu managen. Dann kam die Außenwelt, die äußeren Einflüsse, und das war das, was er Radar nannte.

Das Seminar fand in der zwölften Etage im Hauptquartier der Bank in der Neuen Mainzer Straße statt. Um sie herum Flipcharts und Metaplanwände, auf die die Teilnehmer in den »Breakout-Gruppen« einige Zettel geklebt hatten. Draußen gab es dann in den Pausen immer viel ungesunden Kuchen, wenig Obst und Kaffee aus einer Kaffeemaschine, die einen Höllenlärm veranstaltete. Mittagessen gab es im gehobenen Part der Kantine, wo sich auch der Vorstand sehen ließ. Hortinger war hingegen nicht zu sehen, es ging das Gerücht um, dass er eigentlich immer in der Frankfurter Gesellschaft zu Mittag aß. Gestern Abend waren sie in einem »urigen« Gasthof nahe Kronberg gewesen, wobei der urige Part besonders darin bestand, dass man dorthin eine Stunde mit einem eigens gemieteten Bus hin- und zurückfahren musste und man drinnen in einem dunklen Schankraum hockte, in dem es Äppelwoi und fettiges Essen gab. Das Ambiente sollte irgendwie authentisch und volksnah wirken und damit einen Kontrast zur Bank bilden. Laura fand es einfach nur anstrengend, unkomfortabel und schlecht und sah damit überhaupt keinen Kontrast zur Bank. Das Ganze war aber ohnehin eine Unart bei den meisten Seminaren. Je besser die Infrastruktur in der Nähe war, desto größer schien den Veranstaltern die Notwendigkeit zu sein, möglichst weit weg in die Pampa zu fahren, wo dann die Fahrtzeit in keiner Relation zur Qualität des Essens und auch der sonstigen Örtlichkeit stand. Laura hatte einen Salat und ein alkoholfreies Weizenbier bestellt, was in etwa so lokaltypisch war wie Coca Cola und Chicken McNuggets. Der Inder oder Chinese gleich um die Ecke vom Bankhauptquartier wäre um Klassen besser gewesen.

Interessant waren aber die Gespräche mit den Kollegen gewesen. Die meisten teilten ihre Ansicht. Es war schön, befördert zu werden und mehr Gehalt zu bekommen, aber Filialleitung war halt tatsächlich ein undankbarer Job in der gefürchteten Sandwich-Position, auf der man ständig Druck vom Gebiets- und Regionalleiter bekam, aber diesen auch nicht völlig ungefiltert an die Mitarbeiter weitergeben durfte, wenn mal wieder eine neue »*Diese Woche Dividenden-*

Fonds-Aktion – alle Depots über zwanzigtausend anrufen«- Sau durchs Dorf getrieben wurde.

Der Blick nach draußen aus dem Seminarraum im zwölften Stock war genauso grandios wie vorgestern Abend von Marcs Wohnung aus, aber die Jalousien waren extra geschlossen. Ansonsten würde man durch die Sonnenstrahlung nichts mehr von dem erkennen, was der schwache Beamer mit Mühe an die Leinwand funzelte, und außerdem wollte man vermeiden, dass die Teilnehmer nur träumend nach draußen auf die Stadt und in den Himmel schauten. Die Sache mit dem Beamer und dem Sonnenschein hatte Laura schon oft erlebt: Die beste Garantie, um gutes Wetter zu haben, war die, mit einem Beamer irgendetwas zu präsentieren. Dann schien die Sonne immer, und sie schien auch immer genau in den Raum, in dem der Beamer stand.

Das Seminar war ganz okay, aber Laura musste zugeben, dass die anstrengenden letzten Tage sehr an ihr zehrten. Hermann hatte ihnen einiges zu Führungsstärke erzählt, sie mussten Rollenspiele vollführen, Zielvereinbarungen und Feedbackgespräche. Zudem wurde simuliert, wie ein Gespräch ablaufen sollte, wenn man mit einem Mitarbeiter nicht zufrieden war, oder, was auch passieren konnte, wenn man sich von dem Mitarbeiter trennen wollte oder musste.

»Sie müssen für das brennen, was Sie tun«, sagte Hermann, »wenn Sie Filialleiter sind, dann sind Sie das mit Haut und Haaren.« Er blickte sich um. »Wissen Sie, wo die beste Stellenbeschreibung überhaupt steht und wie sie heißt?«

Alle zuckten die Schultern. »Bei Stepstone?«, fragte einer.

Einige lachten.

»Nein, es ist schon etwas älter«, erklärte Hermann. Er blickte sich um, als würde sich einer der Teilnehmer mit der richtigen Antwort unter dem Tisch verstecken. »Bei Hemingway! *Der alte Mann und das Meer*. Dort heißt es von dem Fischer: *Dieser Mann war als Fischer geboren, so wie ein Fisch als Fisch geboren ist.*« Er schaute sich um. »Also, meine Damen und Herren, wenn das kein echter Fischer ist, wer dann?«

»Was sind wir dann?«, fragte Lars, ein angehender Filialleiter aus Hamburg. »Wir sind als Banker geboren wie eine Bank als Bank?«

Hermann wackelte mit dem Kopf. »Banken werden nicht unbedingt geboren, aber warum nicht.«

Manchmal fragte sich Laura, was der ganze Zirkus überhaupt sollte. Vielleicht war in der Bankbranche aber etwas ganz anderes so ähnlich wie im Leben von Hemingway. Der hatte, als er die Wahl hatte zwischen dem Schmerz und dem Nichts, sich immer für den Schmerz entschieden. So ähnlich wie Laura und alle, die bei der BWG arbeiteten. Auch wenn Hemingway sich am Ende, als er sich den Gewehrlauf in den Mund gesteckt und abgedrückt hatte, dann doch für das Nichts entschieden hatte.

»Bevor Sie mit den guten Leuten Geld verdienen, gerade als Filialleiter, und das gilt für Kunden und Mitarbeiter«, sagte Hermann, »müssen Sie erst einmal die ganzen Low Performer loswerden – das gilt auch für Kunden und Mitarbeiter.«

Low Performer, dachte Laura. Englisch hatte nun auch in miefigen Filialbanken endgültig Einzug gehalten, und das waren doch fast genau die Worte gewesen, die auch Fischer bei ihrem Gespräch vor drei Tagen gesagt hatte. Sie hörte mit einem Ohr zu und dachte an das, was sie von Marc erfahren hatte. Die Hedgefonds, die Marktmanipulation in den Chats, der Verkauf des Grundstücks und die Firma Xenotech, dieser undurchschaubare Riese aus dem amerikanischen Silicon Valley.

Sie hörte wieder Hermann sprechen. »Wichtig ist, dass Sie wissen, mit wem Sie sprechen«, sagte er. »Code Shifting, nennt man das. So zu sprechen, dass das Gegenüber einen versteht. Dass man also den gleichen Code verwendet. Wenn Sie mit Leuten sprechen, machen Sie sich klar, dass sie unterschiedliche Ziele haben. Der Einfachheit halber habe ich einmal aus verschiedenen psychologischen Personas drei Grundtypen erstellt.« Auf dem Beamer blitzte etwas auf.

Vielleicht sollte ich Timo von der Xenotech-Aktie erzählen, fragte sich Laura. Oder sollte sie die Aktie selbst kaufen? Aber vielleicht war das Insiderhandel, wenn sie etwas darüber wusste und dann die Aktie kaufte? Offiziell wusste sie es zwar nicht, aber man hätte ihr womöglich nachweisen können, dass sie etwas wusste. Und Timo? Der war ihr Ehemann. Das machte es nicht viel besser.

Sie hörte wieder Hermanns Stimme. »Da gibt es zum Beispiel den Machtmenschen, wir nennen ihn mal Rambo. Positiv an ihm ist, dass er Dinge gut durchziehen kann. Er strebt nach Macht und Autonomie. Negativ an ihm sind seine Gier, sein Egoismus und auch seine Tendenz, sehr schnell in Wut auszubrechen. Ihm müssen Sie zeigen, dass er mit Ihnen seine Macht festigt oder noch stärker wird.« Er wandte sich Verena zu, einer Kollegin aus Düsseldorf, die tatsächlich jeden Tag nach Frankfurt zum Seminar pendelte und dafür in aller Herrgottsfrühe aufstand, weil sie steif und fest behauptete, sie könne im Hotel nicht schlafen. *Unternehmensberaterin wird die schon mal nicht,* hatte Laura gedacht und sich gefragt, ob diese Hotelfeindlichkeit bei ihr auch im Urlaub oder auf Kreuzfahrten galt. »Verena, wie würden Sie dieser Person ein Auto mit zweihundert PS verkaufen?«

»Auto? Wir sind doch eine Bank!«

»Wir fangen mit Dingen an, die einfach sind.«

»Äh, ich würde sagen, dass das ein ganz tolles Auto ist.«

Hermann wurde ungeduldig und ärgerte sich, dass Verena offenbar gar nichts verstanden hatte. »Dass ein Auto toll ist, würde ja wohl jeder Autoverkäufer sagen«, stellte Hermann klar und schrieb das Wort *toll* ans Flipchart. »Oder haben Sie schon mal einen Autoverkäufer gesehen, der sagt: *Hier, für fünfzigtausend Euro die letzte Klapperkiste. Alles kaputt! Taugt überhaupt nichts!*« Er blickte sich um. »Hat jemand eine Idee?«

Laura meldete sich. Sie war so müde, dass sie etwas sagen musste, um nicht einzuschlafen, und außerdem hätte sie, wenn Hermann sie jetzt drannahm, die nächsten zwanzig Minuten Ruhe vor ihm und könnte weiterträumen.

»Laura!«

»Wenn das ein Machtmensch ist, muss das Auto ihm das Gefühl von Überlegenheit vermitteln«, begann sie. »Dann würde ich ihm sagen: *Das Auto hat zweihundert PS. Da können Sie locker den Porsche an der Ampel abziehen.*«

»Ganz genau!« Hermann klatschte in die Hände. »Bitte einen Applaus für Laura!«

Alle klatschten, auch Verena, die scheinbar noch immer nicht begriffen hatte, warum ihre Antwort falsch und die von Laura richtig war.

Lauras Handy piepte. Sie stellte hastig den Ton aus, murmelte »Sorry« und hörte weiter zu.

Hermann fuhr fort. »Dann gibt es den Sicherheitsmenschen, wir nennen ihn mal Bilbo, den Hobbit. Er hätte gern, dass alles so bleibt, wie es ist. Genauso wie Bilbo Beutlin im Film *Der Hobbit*. Kennt jemand das Buch?«

Kopfschütteln.

»Aber Sie haben den Film gesehen?« Hermann schien ein Film- und auch ein Fantasy-Fan zu sein. Vielleicht würden sich er und Timo sogar gut verstehen, dachte Laura.

Einige nickten. Hermann machte ein Gesicht, als müsste er als Nächstes fragen, ob den Teilnehmern denn wenigstens eine Erfindung namens Film, Kino und TV bekannt war. Laura fragte sich bei einigen Kollegen allerdings ebenfalls, was die eigentlich in der Freizeit machten, außer achtzehn Stunden am Tag aufs Smartphone zu starren und auf WhatsApp und Instagram oder Facebook das scheinbar tolle Leben von anderen zu bestaunen und darauf neidisch zu sein. Laura musste kurz an das Gespräch mit Marc über die Sozialen Netzwerke denken und die sehr gelungene Werbung für Fernet Branca, einen bitteren Kräuterschnaps: Du hast ein tolles Leben. Auf Facebook. *Life is bitter.* Das Leben ist bitter.

Hermann sprach weiter. »Negativ an diesem Typus ist, dass er gerne mal langweilig ist, oft von Angst getrieben wird und manchmal ein recht monotones Leben führt. Sicherheit ist ihm wichtig und damit können Sie ihn motivieren. Für den Autoverkäufer heißt das?«

Laura blickte sich um. Verena meldete sich gar nicht erst. Dafür Britta.

Hermann nickte ihr zu.

»In dem Auto sind Ihre Kinder sicher«, sagte sie.

»Richtig.« Hermann nickte. »Was ist mit den zweihundert PS?«

»Wieso? Die sind doch nur für den Dominanz-Typen?«

»Nein, die gelten immer. Der Witz ist, die zweihundert PS den verschiedenen Typen schmackhaft zu machen.« Da sich keiner meldete, meldete sich Laura noch einmal.

»Laura, bitte.« Hermann freute sich über die aktive Mitarbeit, sonst müsste er ja ununterbrochen reden, und es war sicher taktisch schlau, beim Seminarleiter einen guten Eindruck zu machen. Denn auch wenn Hermann ein freier Trainer war, arbeitete er schon lange für die Bank und wurde mit Sicherheit nach dem Ende des Seminars von Fischer und den anderen gefragt, wie denn die Teilnehmer so »performed« hatten.

»*Das Auto hat zweihundert PS. Damit können Sie sich bequem und sicher auf der Autobahn einfädeln*«, schlug Laura vor.

»Perfekt!« Hermann klatschte in die Hände. »Noch mal einen Applaus für Laura, bitte!«

Wieder Klatschen. Verena schaute noch säuerlicher drein. Hermann wandte sich an Laura. »Sehr gut, Sie haben es verstanden, die anderen hoffentlich auch?«

Laura war das fast ein bisschen peinlich.

»Verstehen Sie, was ich meine?«, fragte Hermann, »Sie müssen die *zweihundert PS* immer anders verkaufen. Die *zweihundert PS* bleiben, aber hier sind sie nicht zum Abziehen eines Porsches da, sondern um sich sicher einzufädeln.«

»Ach so …«, machte Verena.

Laura blickte auf das Handy. Die Nachricht war von Timo. Ob das wichtig war? Sie tat so, als würde sie das Handy in die Handtasche gleiten lassen, legte es aber unauffällig auf ihr rechtes Knie.

»Verstanden?«, fragte Hermann an Verena gerichtet. »Dann noch einmal. Wir haben als letzten Grundtypen den Abwechslungsmenschen. Dem Abwechslungsmenschen müssen Sie etwas Neues bieten. Er ist neugierig, spontan und kann sich schnell für Dinge begeistern. Allerdings verfliegt seine Begeisterung auch schnell wieder, er ist oftmals unzuverlässig, sucht den Thrill und die Abwechslung und hat Schwierigkeiten damit, sich zu fokussieren. Was kann der mit *zweihundert PS* anfangen?«

»Wenn Sie vorher hundert PS hatten«, begann Verena

sichtlich bemüht, »dann sind *zweihundert PS* für Sie etwas Neues.«

Hermann verzog das Gesicht. »Jein«, sagte er. »Das ist zwar richtig, aber was macht er mit den *zweihundert PS*?« Verena sagte nichts. Hermann blickte sich um. »Wer hat noch eine Idee? Laura, Sie müssen nicht.«

Lars aus Hamburg meldete sich. »Äh … das Auto hat zweihundert PS. Da können Sie mit großem Spaß aus der Kurve heraus beschleunigen.«

»Richtig«, sagte Hermann. »Beschleunigen macht Spaß! Und Lars, Ihre Antwort auch! Geben Sie Lars einen Applaus!«

Er schlug eine neue Flipchartseite auf und verteilte einige Karten an die Teilnehmer. »Aber Schluss mit den lustigen Themen«, verkündete er. »Im nächsten Workshop bekommen Sie einige Anweisungen von ihrem Gebiets- oder Regionalleiter. Die müssen Sie, wieder in den Fünfer-Teams, so anpassen, dass sie zu den drei Grundtypen passen. Fragen?«

Keiner sagte etwas.

»Prima. Dann haben Sie jetzt dreißig Minuten. Sie können sich vorher noch einen Kaffee holen, aber das ist jetzt keine Kaffeepause! Treffen um 15:30 Uhr wieder hier.«

Danach, das wusste Laura, wäre das Seminar beendet. Dann würde sie zum Bahnhof fahren und dann nach Berlin. Sie würde Timo fragen, wie die Demo gewesen sei und ob es noch etwas Neues gab. Dann schaute sie auf die Nachricht von Timo.

Ihr Mund stand offen, und sie blickte auf das Display, als hätte sie ein Gespenst gesehen.

Ich habe richtig Mist gebaut, stand da. *Viel Geld verloren. Es tut mir leid! Lass uns heute Abend in Ruhe sprechen. Ich liebe dich! Dein Timo.*

KAPITEL 24

BLANKENFELDE-MAHLOW, BEI BERLIN

»Du hast *was?*«, schrie Laura. Sie hatte mit Timo schon kurz im Zug gesprochen, aber er wollte ihr alles unter vier Augen erklären und hatte nur Andeutungen gemacht, dass es nicht gut gelaufen war.

»Dreißig …«, murmelte Timo und saß wie ein Häufchen Elend auf der Couch. Er sah furchtbar aus. Blass, mit Augenringen, und es schien ihr, als habe er sogar Gewicht verloren. Mittlerweile war es 23 Uhr und Laura war gerade erst vom Hauptbahnhof nach Hause gekommen. Draußen war irgendein Vogel zu hören, ansonsten war es still.

»Dreißig was …?«, fragte Laura.

»Dreißigtausend Euro.« Er blickte nach unten. Es schien ihm schwerzufallen, das auszusprechen, aber jetzt war es raus. Es waren Tränen in seinen Augen. »Dreißigtausend Euro weg.«

»In zwei Tagen?«

Er nickte.

»Wir hatten gesagt, fünfhundert Euro zum Start. Und wenn die weg sind, hast du halt Pech. Und du setzt dreißigtausend in den Sand?«

»Ich habe ja auch mit fünfhundert angefangen. Aber die waren dann weg. Und die wollte ich nur zurückholen. Ich habe es doch … gut gemeint!«

»Du weißt, dass das Gegenteil von gut *gut gemeint* ist?« Laura konnte es nicht fassen, was Timo ihr da erzählte. Sie kannte die Gefahren, die besonders Anfängern an der Börse drohten. Wenn sie Geld verloren, versuchten sie mit noch größerem Einsatz das Geld zurückzuholen. Was meistens misslang, sodass das neue Geld dann auch weg war. Was sie am meisten dabei ärgerte, war: Noch vorgestern hatte Marc ihr von all den Gefahren erzählt und sie hatte noch überlegt, Timo anzurufen und ihm von dem Gespräch zu erzählen. Sie hatte sich dann aber dagegen entschieden, weil sie ja vereinbart hatten, dass Timo maximal fünfhundert Euro auf den Kopf hauen würde, und sie wollte ihm nicht das Gefühl vermitteln, dass sie ihm nicht vertraute. Hätte sie ihn doch bloß angerufen. So abgedroschen das Sprichwort war, das war eine Aussage, bei der der alte Lenin unumwunden recht hatte: Vertrauen ist gut, Kontrolle ist besser!

»Ich bin der größte Vollidiot«, sagte Timo, »mir gelingt überhaupt nichts. Meisterschule gerade so und dann mache ich überhaupt nichts mehr. Hocke hier nur rum und baue dann solchen Scheiß.« Er wischte sich über die Augen. »Ich wollte doch auch endlich mal derjenige sein, der ein Problem löst. Sonst machst du das ja immer.«

Laura setzte sich neben ihn, überlegte kurz, ob sie ihn in den Arm nehmen sollte, war dafür aber eigentlich viel zu wütend und hatte eher den Impuls, ihn einmal kräftig zu schütteln.

»Was hast du denn genau gemacht?«

»Kryptowährungen zum Beispiel. Alles auf dieser Handy-App.«

»Eine Handy-App zum Traden? War es das, was du Dienstagabend eingerichtet hast?« Sie erinnerte sich. Sie hatte bei LinkedIn Marc gefunden und Timo hatte die letzte Staffel von *Game of Thrones* nebenbei geschaut und irgendeine Finanz-App eingerichtet.

Er nickte.

Laura wusste, dass es hochgefährlich war, auf Apps zu traden anstatt an einem richtigen Monitor. Man klebte noch mehr am Handy als ohnehin schon, die Angelegenheit wurde sehr schnell emotional, man konnte sich auf dem winzigen Display die Charts gar nicht richtig anschauen, man versuchte, Geld wieder durch noch riskantere Trades zurückzuholen und hing den ganzen Tag vor dem Handy, während die Verluste normalerweise größer und größer wurden.

»Kryptowährungen wie Bitcoin?«

»Und Dogecoin. Damit haben Kollegen in drei Tagen ihren Einsatz verdoppelt. Bei mir ist aber alles runtergegangen. Da habe ich gedacht: Jetzt erst recht. Habe noch mehr investiert. Und das hat sich dann auch halbiert.«

Das war genau der Fehler, den Laura erwartet hatte. *Revenge Trade* nannte man das im Trading. *Rache-Handel*. Aus Rache an dem bösen Markt noch mehr einsetzen – und verlieren. Laura dachte an die Worte, die Marc gesagt hatte. Neunzig Prozent aller Börsenhändler verlieren Geld. Timo gehörte offenbar zu diesem nicht sonderlich exklusiven Klub.

»Und was noch?«

»Optionen. Hat mir Willy erklärt.«

»Wer ist Willy?«

»Ein Freund von einem Kollegen, hier, von Dirk.«

»Und der erklärt dir mal eben so Optionen, nebenbei am Küchentisch?«

»Das war eine todsichere Sache, sagte er. »Wir hatten AMC. Die sind mega gestiegen. Da haben wir gesagt: Die kann nur runtergehen. Völlig übertrieben. Und haben diese Calls, wie heißen die noch …. Calls sind doch, wenn es hochgeht, aber hier sollte es runtergehen. Waren aber trotzdem Calls …« Er blickte Laura an. »Wie heißen die noch?«

»Short Calls«, sagte Laura. Sie kannte diese Optionsgeschäfte und sie waren hochgefährlich. Ein Short Call war eigentlich auch wie ein Leerverkauf. Wenn man für hundert verkaufte und die Aktie fiel auf fünfzig, machte man einen schönen Gewinn von fünfzig. Stieg die Aktie aber auf hundertfünfzig, musste man sie auch für hundertfünfzig zurückkaufen. Damit konnte man hier sogar mehr verlieren als man eingesetzt hatte, die Verluste konnten theoretisch unendlich sein.

»Genau, Short Calls …« Timo schluchzte.

»Aber dafür braucht man doch Termingeschäftsfähigkeit und alles. Seit wann hast du so was?«

»Hast du doch auch«, sagte er.

»Ich bin, falls du es vergessen hast, auch Wertpapierberaterin!« Lauras Stimme wurde ein Spur schärfer. »Wäre komisch, wenn ich das nicht hätte. Aber du? Das wäre mir komplett neu!«

Timo wackelte mit dem Kopf. »Muss man ja nur ankreuzen, ob man das kann und weiß. Und das habe ich gemacht.«

»Toll«, rief Laura, »dann können wir einen Gerichtsprozess gegen diese Plattform auch vergessen. Wenn du schriftlich versicherst, dass du das alles kannst, obwohl du es nicht kannst, dann ist das Geld unwiederbringlich weg.« Sie machte eine Pause. Sie wunderte sich, warum sie nicht vollkommen vor Wut hochging, aber da war noch etwas anderes in ihr als die pure Wut. Dumpfe Verzweiflung, wie ein Stein, den sie nicht ausspucken konnte. »Und das mit dem Hauskauf können wir uns jetzt auch in die Haare schmieren! Mit nur noch zwanzig- statt fünfzigtausend. Super!«

Timo weinte. »Das wollte ich doch nicht. Ich wollte natürlich, dass wir mehr Geld haben. Ich wollte dazu auch mal beitragen. Ich wollte dir eine Freude machen, wenn du wiederkommst, und sagen: Schau, jetzt haben wir hunderttausend.«

»Dass du das nicht aus Bosheit gemacht hast, ist mir schon klar. Aber wir haben jetzt eben keine hunderttausend, sondern nur noch zwanzigtausend. War es das, oder hast du noch einen weiteren *todsicheren* Tipp bekommen?«

»Das war's«, sagte Timo. »Kryptos und dann diesen Short Call. Und dann hat der Broker das Konto zugemacht, weil die Short Calls zu sehr, wie hieß das noch …«

»… zu sehr ins Geld gelaufen sind«, ergänzte Laura. Es war das eingetreten, was auch die große Gefahr beim Leerverkauf war. Die Aktien stiegen, anstatt zu fallen, die Kosten für den Rückkauf wurden immer höher und wenn nicht riesige Sicherheiten auf dem Konto waren, kam der sogenannte Margin Call. Der hieß so, wusste Laura, weil früher tatsächlich der Broker beim Kunden angerufen hatte, damit der Kunde Geld nachschießt. War das nicht möglich, wurde einfach alles verkauft. Das schien hier auch der Fall gewesen zu sein.

Timo nickte und schluchzte. »Genau. Ins Geld gelaufen …. Aber ohne Geld zu verdienen.« Er schluckte. »Ich habe mit Dirk darüber gesprochen. Vorher. Der sagte, das ist so eine Mindset-Frage.«

Von Mindset und der Fähigkeit, sich durch Autosuggestion Ziele vorzustellen und dann auch zu erreichen, hatte auch Hermann im Seminar gesprochen. Mit Mindset war eigentlich immer die richtige positive Haltung gemeint. Doch sie erinnerte diese Geschichte eher an das, was Marc gesagt hatte. Nicht nur hinsichtlich der neunzig Prozent Trader, die Geld verbrennen, sondern auch hinsichtlich eines gesunden Realismus, der auch eine Spur von Pessimismus haben sollte: *Was sagte Murphy? Was schiefgehen kann, das geht auch schief. Was sagt ein guter Trader? Murphy war ein Optimist.*

Timo sprach weiter. »Wenn du wirklich sicher bist, dass

die Aktie steigt, dann steigt sie auch. Der hat mir diesen Dialog von George Soros erzählt. Kennst du George Soros?«

»Natürlich kenne ich Soros. Nicht persönlich natürlich. Einer der größten Hedgefonds-Manager der Welt. Hatte 1992 mit seinem Fonds gegen die Bank of England gewettet und gewonnen. Was ist mit dem Dialog?«

Timo sprach weiter. »Das war genau dann, als die gegen die Bank of England gewettet haben. *Ich habe zehn Milliarden gesetzt*, hatte Soros' Partner damals gesagt. *Bist du ganz sicher?*, hatte Soros gefragt. Der Partner hatte genickt. *Warum setzt du dann nicht zwanzig Milliarden?*« Timo stockte. »Wir waren genauso sicher. Wenn man wirklich ganz fest an etwas glaubt, mit dem richtigen Mindset, wie man das nennt, dann funktioniert es auch.«

»Und?«, fragte Laura, »hat euer sogenanntes Mindset irgendwas gebracht? Ist die Aktie gestiegen? Haben wir jetzt hunderttausend statt fünfzigtausend?«

»Nein.« Timo weinte wieder.

»Und weißt du warum?« Laura wurde lauter, weil sie jetzt wirklich wütend war. »Ich bin keine Traderin, ich bin nur langweilige Wertpapierberaterin, aber ich weiß eine Sache ganz genau: Der Markt hat immer recht. Und dem Markt ist es scheißegal, und ich wiederhole, *scheißegal*, ob irgendein Heini hier in Blankenfelde-Mahlow der Meinung ist, die Aktie oder die Kryptowährung oder irgendein anderer Mist müsste steigen, wenn der Markt der Meinung ist, sie müsste fallen. Dann fällt sie auch! Genauso wie in diesem Fall!«

»Aber das richtige Gewinner-Mindset …«, wandte Timo leise ein.

»Welches Gewinner-Mindset? Wo hat dich das denn hingeführt? Dreißigtausend Euro sind einfach weg! Und unsere ganzen Pläne, das Haus zurückzukaufen, sind jetzt fast unmöglich! Ich reiß mir Mittwoch den Arsch auf, geh noch zu dem Anwalt, hol die ganzen Informationen zum Hintergrund dieses Grundstücksdeals ein und was machst du? Zeigst mir einen Flyer von dieser bescheuerten Sandra und setzt dreißigtausend Euro, die wir dringend brauchen, in den Sand. Und nennst das noch Gewinner-Mindset!« Laura stand auf. »Wenn Gewinner-Mindset heißt, dreißigtausend in zwei Tagen zu verlieren, möchte ich ja nicht wissen, wie ein Verlierer-Mindset aussieht!«

Timo versenkte den Kopf in den Armen und weinte noch lauter. Laura hatte trotz ihrer Wut bereits Mitleid mit ihm. Man konnte sagen, er hatte sich mit den falschen Freunden eingelassen und war ausgeraubt worden. Kurz musste sie daran denken, dass Marc das wahrscheinlich nicht passiert wäre. Die vier Monitore vor der Skyline von Frankfurt erschienen vor ihrem inneren Auge. Und darauf der Chart von Xenotech. Und währenddessen hatte ihr Mann hier mit seinem Handy gesessen, kaum geschlafen, und wahrscheinlich abwechselnd voller Adrenalin und Verzweiflung irgendwelche Sachen gekauft und verkauft, geleitet von irgendwelchen Tipps von irgendwelchen Freunden, die einfach mal Glück gehabt hatten und jetzt glaubten, sie seien deswegen George Soros.

»Wie lange hast du denn gehandelt?«, fragte Laura, »die ganzen zwei Tage?«

»Und teilweise auch nachts. Manche Kryptowährungen werden vierundzwanzig Stunden gehandelt. So wie die Währungen, also Foris oder wie heißt das?«

»Forex«, sagte Laura. »Foreign Exchange, also Fremdwährungen.« Sie hielt kurz inne, denn eine wichtige Frage war ihr gerade in den Sinn gekommen.

»Hast du das während der Arbeit gemacht? Auf der Baustelle gestanden und währenddessen rumgezockt?« Laura wusste, dass es sie eigentlich nichts anging, ob ihr Mann auf der Baustelle mal auf sein Handy schaute, aber wenn er dreißigtausend Euro verzockte, ging sie das schon etwas an.

»Ich habe mich krankgemeldet. Zwei Tage.«

»Du hast dich gestern und heute krankgemeldet, um rumzuzocken?«

»Ich hatte doch nicht vor zu zocken. Ich wollte Geld verdienen.«

»Du hast aber Geld verloren. Und nicht wenig. Trotzdem: Du kriegst von Dirk und Jochen, deinem Chef, diese Tipps, und dann meldest du dich kurz danach krank? Meinst du, Jochen kann nicht eins und eins zusammenzählen, dass du gar nicht krank bist, sondern rumzocken willst die ganze Zeit? Willst du auch noch deinen Job verlieren?«

»Den verliere ich nicht.«

Laura sagte nichts. Denn da hatte Timo wahrscheinlich recht. Er war offenbar ein mieser Börsenhändler, aber er war sehr gut darin, was er beruflich machte. Und jeder, der mit Handwerkern zu tun hatte, wusste, wie schwierig es war, gute Leute zu finden, besonders in einer Zeit, in der Handwerk als uncool galt und alle studieren wollten, um dann Influencer oder Instagram-Star zu werden. Nein, seinen Job würde er nicht verlieren, aber das Geld war weg.

»Tut mir leid«, sagte Laura, »ich muss das jetzt erst mal sacken lassen. Wir reden morgen weiter. Bis dahin will ich dich nicht mehr sehen! Und heute Nacht schläfst du auf der Couch!«

SAMSTAG

KAPITEL 25

PARISER PLATZ, BERLIN

»Wir bleiben hier! Wir bleiben hier!«, skandierten die Sprechchöre vor dem Berliner Hauptquartier der BWG Bank.

Laura hatte leichte Kopfschmerzen, als sie am nächsten Tag, mit Sonnenbrille und Mütze, vor dem Hauptquartier stand. Die Woche war extrem anstrengend gewesen, die Katastrophe, die Timo herbeigeführt hatte, trug ihr Übriges dazu bei und einen leichten Kater hatte sie auch. Dennoch war sie zur Demo mitgekommen, die heute ein zweites Mal stattfand. Schließlich waren sie auch von dem Verkauf betroffen. Außerdem wollte sie auf keinen Fall den Eindruck erwecken, nur »zu denen da oben« zu gehören. Timo trottete wie ein geprügelter Hund neben ihr her. Zwecklos war die ganze Sache inzwischen ohnehin. Jetzt musste die Sache als stellvertretende und irgendwann auch richtige Filialleiterin klappen, allein schon, um die dreißigtausend Euro wieder reinzuholen.

Heike und Jörg waren ebenfalls dabei, auch wenn sie nicht in der Bank arbeiteten, wohl aber in der Siedlung wohnten und dort ein Geschäft hatten. Jörg war etwas beleidigt, weil er am Samstag eigentlich immer jagen ging, hatte sich dann aber von Heike doch überreden lassen, mitzukommen. Beide merkten, dass zwischen Laura und Timo irgendetwas nicht stimmte, zogen es aber vor, nicht zu aktiv nachzufragen. Heike hatte Laura einen neuen Thriller mitgebracht mit weißem Einband und viel Blut auf dem Cover, die sie immer in der Kategorie *nackt und zerhackt* einordnete. Laura hatte sich über diese Geste so gefreut, dass sie fast weinen musste.

Laura hatte in der Nacht zuvor noch lange mit einem Glas Weißwein auf der Terrasse gesessen. Timo war eine Weile durch die Siedlung gelaufen und hatte sich dann, wie besprochen, auf die Couch gelegt. Die Stimmung wurde auch am nächsten Tag nicht besser. Dreißigtausend Euro, die weg waren, waren halt dreißigtausend Euro, die weg waren.

Sandra, die mit einem Megafon auf einem Podest stand, hatte sich nun tatsächlich zu einer Anführerin der Demonstranten erhoben. Mit dem Megafon und der Pose, mit der sie sich heroisch über die Menge erhob, und dem Pflaster auf der Stirn erinnerte sie Laura ein wenig an die Freiheit, die das Volk anführt, auf dem Gemälde von Delacroix, das sie während eines Paris-Urlaubs vor mehreren Jahren im Louvre gesehen hatte. Sandra hatte Laura auf dem Weg zum Hauptquartier auch entdeckt und ihr wohlwollend zugenickt, so als wäre Sandra die Chefin und Laura nicht die angehende Filialleiterin. Was die Demonstration und den Protest gegen die Räumung anging, war Sandra das auch.

»Wir bleiben hier!«, brüllte Sandra in ihr Megafon, und etwa siebzig Einwohner der Siedlung riefen es ihr nach. *Wir bleiben hier,* dachte Laura, hatten das nicht auch einige Demonstranten nach den Leipziger Montagsdemonstrationen gerufen, die damit zeigen wollten, dass sie nicht vorhatten, in den Westen »rüberzumachen«, sondern dass sie die DDR neu aufbauen wollten? Hier war es irgendwie anders. Die Bank wollte aus der Siedlung etwas Neues machen, indem sie die Siedlung abriss, und den Einwohnern blieb erst einmal nichts anderes übrig, als in Megafone zu brüllen, wie dies Sandra gerade tat.

»Wir lassen uns nicht vertreiben!«, war Sandras blechern verzerrte Stimme zu hören. »Wir erwarten, dass die BWG Bank, die uns damals die Häuser angeboten hat, zu ihrem Wort steht und die Häuser das bleiben, was sie sind: bezahlbarer Wohnraum für gute Mitarbeiter und keine Spekulationsmasse für Immobilien-Haie und Heuschrecken!«

Laura sah, dass sich auch einige schwarz vermummte Demonstranten zu ihrer Gruppe gesellt hatten, die ihre eigenen Sprechchöre anstimmten. »Banken enteignen, Konzerne verstaatlichen, Bonzen in den Knast!«, riefen sie. Ihr fiel auf, dass außer ihr anscheinend keiner wusste, wer eigentlich das Grundstück kaufen wollte, und das offenbar auch niemanden interessierte. Noch jedenfalls nicht.

Sie schaute auf die Fassade des Hauptquartiers. An einem der Fenster sah sie einen Mann mit blonden Haaren. Von der Höhe des Büros nach zu urteilen könnte es das von Fischer sein. War er es auch? Als neuer Regionalvorstand wäre es keine Seltenheit, dass er auch am Samstag arbeitete. Laura schien es, als habe Fischer ihr direkt in die Augen geblickt. Aber konnte er sie erkennen? Trotz der Sonnenbrille? Es war ihr, als hätte er sie erkannt.

Wenn die mit Xenotech zusammenarbeiten, hat er vielleicht schon Gesichtserkennungssoftware, vermutete der paranoide Teil von Lauras Gehirn.

Ach, halt die Fresse, wies ihn der rationale Teil zurück.

Am frühen Nachmittag versammelten sich alle in den Gebäuden des Betriebsrats in der Koppenstraße, wo sich auch Lauras und Sandras Filiale befand. Auch Jörg und Heike waren dabei. Der Betriebsrat war allmählich aufgewacht und hatte gemerkt, dass er sich bei den Mitarbeitern nicht unbedingt beliebt machte, wenn er in der Siedlungs-Sache noch länger passiv blieb. Herbert, einer der Betriebsräte, ein dicker Mann mit Brille, Bart und einem uralten Verdi-T-Shirt, hatte sich selbst am Samstag in die Bank bemüht und bereits Aufkleber, Handzettel und T-Shirts in Auftrag gegeben. Einige Aufkleber mit der Aufschrift *Wir sind keine Aktien, uns kann man nicht verkaufen – BlaMa bleibt, wie es ist!* fanden reißenden Absatz und wurden von einigen bereits draußen auf Flure und Türen geklebt. *BlaMa* war die Abkürzung für die Siedlung in Blankenfelde-Mahlow.

Im großen Betriebsratsraum, der mit seinen Resopaltischen nicht ganz so glamourös aussah wie der Seminarraum in Frankfurt, gab es Kaffee aus großen Spendern, Saft, Wasser und Kekse. Herbert nutzte die Gelegenheit, alle Mitarbeiter noch einmal auf den Vorteil einer Mitgliedschaft in der Gewerkschaft hinzuweisen, wurde dafür aber ausgebuht. Mit dem Elend anderer Geld machen zu wollen, das wäre ja wohl das Allerletzte und auch nicht besser als die geldgierige Bank, bekam Herbert zu hören. Das ist ein Problem, das man mit dem Herzen löst, nicht mit dem Taschenrechner, sagte eine Dame aus einer Filiale in Pankow. Der Betriebsrat sollte jetzt mal zeigen, wozu er in der Lage war, und dann könne man ja immer noch beitreten. Viele der Teilnehmer waren aber tatsächlich schon in der Gewerkschaft und waren über Herberts plumpen Werbeversuch erst recht verärgert.

Laura war ebenfalls in der Gewerkschaft. Sie hatte sich bereits während der Ausbildung dort engagiert, war Auszubildendenvertreterin, war auf diversen Exkursionen in Frankfurt und Brüssel gewesen und hatte einiges über die Organisation von Firmen, aber auch Gewerkschaften gelernt. Es gab Rhetorikseminare, Schulungen zur Kampagnenfähigkeit und auch Verkaufstrainings, diese aber eher, um unwillige Mitarbeiter für eine Gewerkschaftsmitgliedschaft zu begeistern. Betriebsrätin war sie nie geworden, irgendwie erschienen ihr die Leute dort zu weit weg vom Tagesgeschäft und auch Herbert bildete da keine Ausnahme. So gab es in der Bank auch eine Menge wenig schmeichelhafter Witze über den Betriebsrat. Sollte ein externer Investor, so lautete ein Witz, die Bank in zwei oder drei Teile zerschlagen und »filetieren« wollen, wie man dies so schön nannte, so würde der Betriebsrat sicher zustimmen, solange es dann auch zwei oder drei Betriebsräte gäbe. Dass Betriebsräte besonders daran interessiert waren, möglichst viele Vollzeit-Betriebsratsstellen zu schaffen, war kein Geheimnis. Ein Dauerbrenner war auch der Witz mit dem BWG-Betriebsrat und der Fee.

Die Fee sagt dem Betriebsrat, er habe drei Wünsche frei.

Ich möchte ganz viel Geld. Erfüllt. Er hat so viel Geld, wie er nie ausgeben könnte.

Ich möchte ewige Gesundheit. Erfüllt. Er wird für immer gesund und stark bleiben und nie altern.

Ich möchte nie wieder arbeiten. Zack, schon ist er wieder im BWG Betriebsrat.

Nun war aber keine Zeit für Witze, denn es war Lauras große Stunde, in der sie zeigen konnte, dass sie keineswegs nur *mit den Bonzen kuschelte.*

»Ruhe bitte und alle mal zuhören«, sagte Sandra und hob die Hände. »Unsere Kollegin Laura hat sich rechtlich schon einmal schlaugemacht und möchte euch erzählen, welche Möglichkeiten ihr habt.«

Laura ging zum Flipchart und erklärte den Teilnehmern das, was ihr Jan Ahnert, der Anwalt, vor drei Tagen erzählt hatte.

»Kaufen?«, fragten einige. »Das Haus einfach kaufen? Sind

wir Krösusse? Die Preise sind doch in den Himmel gestiegen!«

»Wenn die Bank das Grundstück wirklich so dringend will, dann wird sie euch euer Haus wieder abkaufen. Und zwar teuer«, rief Laura in den Raum hinein. »Oder ihr behaltet das Haus dann. Die Häuser werden im Wert sicher noch weiter steigen. Nur, das müsst ihr bald machen!«

»Können wir einfach so kaufen?«

»Ihr müsstet alle ein Vorkaufsrecht haben. Checkt bitte euren Mietvertrag.«

»Woher weißt du das?«, sagten einige mit einem Gesichtsausdruck, als wäre Laura gestern Jesus Christus begegnet.

»Von meinem Anwalt.« Sie schrieb die Kontaktdaten von Jan Ahnert auf das Flipchart. »Er weiß Bescheid und berät euch gern.«

»Können wir keine Sammelklage machen? Wird es dann billiger?«

Laura verdrehte die Augen. »Nein, Sammelklagen gibt es in Deutschland nicht.«

»Aber der Anwalt kostet doch Geld?«

»Jetzt eine neue Wohnung oder sogar ein ähnlich großes Haus in Berlin zu finden, kostet erst recht Geld! Höchstwahrscheinlich ist es sogar völlig unmöglich.«

»Das sollen wir also auch noch bezahlen?«

Laura sagte nichts. Manchmal waren Mitarbeiter wirklich wie kleine Kinder.

»Ich habe eine Idee«, schaltete sich Sandra ein, »könnte der Betriebsrat nicht die Anwaltskosten übernehmen?«

Sandra schaute Herbert an. Der öffnete den Mund und sagte nichts. »Das, äh, das muss ich mal prüfen.«

»Dann prüf«, sagte Sandra, »aber prüf schnell!«

Einige der Teilnehmer schrieben sich trotzdem die Kontaktdaten von Jan Ahnert auf. Andere diskutierten miteinander, schimpften und stellten Mutmaßungen an, dass am Ende doch alle unter einer Decke steckten: die Bank, der unbekannte Käufer der Grundstücke, der Anwalt und sogar der Betriebsrat. »Allet die jleiche Mischpoke, wollen alle nur die dicke Knete machen«, sagte eine ihrerseits dicke Dame, die Laura nicht kannte, in breitem Berlinerisch.

»Wer will die Grundstücke eigentlich kaufen?«, fragte eine Kollegin, von der Laura glaubte, dass sie Julia hieß und in der Filiale Friedrichstraße im Kreditgeschäft arbeitete. Laura wunderte sich, warum diese sehr naheliegende Frage nicht schon viel früher kam.

Alle blickten sich um. Keine sagte etwas. Auch Laura nicht. Sandra blickte sie mit diesem *Du weißt doch bestimmt was, wenn du immer mit der oberen Heeresleitung kuschelst*-Blick an, sagte aber auch nichts.

»Das weiß keiner«, sagte Laura und wandte sich dann an Herbert. »Du vielleicht?«

»Ich?« Er nahm die Brille ab und rieb sich die Augen, als habe man ihn gerade nach dem Verbleib des Nibelungenschatzes gefragt. »Nein, wir wissen es auch nicht.«

Xenotech ... Das Wort hallte in Lauras Kopf nach, als würde ein Dämon zu ihr sprechen. Sie hörte den Namen, sah den Chart in Marcs Frankfurter Wohnung. Aber irgendetwas in ihr sagte ihr, dass es besser sei, den Namen nicht zu erwähnen. Ein bisschen kam sie sich wie in einem dieser Horror- oder Fantasy-Romane vor, die Timo immer las. Der Bösewicht dort war meistens *der, dessen Namen man nicht aussprechen darf.*

KAPITEL 26

HAFTKRANKENHAUS PLÖTZENSEE, BERLIN

Ulf existierte fast nicht mehr. Er schwitzte, dann war ihm kalt, dann war er todmüde und dann konnte er nicht einschlafen. Er konnte eigentlich gar nichts. Er war nichts weiter als ein sabberndes Bündel, das nur noch an eines dachte: *Wo* bekomme ich den nächsten Schuss her? Hier, im Haftkrankenhaus Plötzensee, jedenfalls nicht, das hatte er recht schnell gemerkt. Es gab zwar Methadon, aber das nahm ihm nur die schlimmsten Entzugserscheinungen, den dringend benötigten Kick, das Gefühl, »drauf« zu sein, konnte es ihm nicht geben. Reines Heroin, wie es inzwischen teilweise an Junkies ausgegeben wurde, gab es hier natürlich auch nicht. Es gab schlechtes Essen, harte Stühle und kalten Kaffee. Wasser ebenfalls. Probek und Neil waren nicht ganz so mies dran wie er, weil sie viel weniger Methadon brauchten. *Thanksgiving* nannte man in Drogenkreisen den unfreiwilligen Aufenthalt in der Untersuchungshaft oder an anderen Orten, an denen man nicht sein wollte, weil es hier keine Drogen, dafür aber, wie an Thanksgiving, Truthahn gab. *Kalten Truthahn, cold turkey,* die Insider-Bezeichnung für den Zustand, in dem sich Ulf gerade befand.

»Ich will raus«, jammerte er und Sabberfäden liefen ihm am Mund herunter. Er fuhr sich über seine vernarbten Arme, als würde auf diese Art und Weise irgendwo der Stoff herkommen – aber der kam nicht.

»Ach«, gab Neil zurück, »und wir nicht? Halt deine Fresse, benimm dich, und dann sind wir vielleicht bald draußen.«

»Das glaubst aber auch nur du«, sagte Probek. »Die haben uns vergessen. Und einen Anwalt haben wir auch noch nicht gesehen. Das Geld ist weg und selbst das Portemonnaie von dieser Pippi-Langstrumpf-Schlampe konnten wir nicht behalten, weil du Idiot«, er nickte Ulf zu, »es im Bus liegengelassen hast.«

»Selber Idiot«, knurrte Ulf. »Wie geht es denn jetzt weiter?«, fragte er dann, wieder in dem Ton, in dem kleine Kinder auf Urlaubsreisen fragen, wie weit es noch ist.

»Wir hocken hier herum«, meinte Probek, »und eines Tages irgendwann sehen wir einen Pflichtverteidiger, der weniger Anwalt, sondern vielmehr Gutmensch ist und uns nur aus moralischer Verpflichtung vertritt.«

»Und dann?«, fragte Ulf.

»Dann geht's wohl in den Knast in Moabit, wenn man uns für fit genug hält. Banküberfall ist strafbar. Unerlaubter Schusswaffenbesitz auch.«

»Wir besitzen die ja gar nicht«, sagte Ulf leise in einem monotonen Singsang, »wir haben die Sig ja auch geklaut.«

»Das macht es nicht besser. Im Gegenteil. Außerdem hast du«, Probek nickte Neil zu, »damit in die Decke geschossen. Das hat nun auch dem letzten ganz Blöden gezeigt, dass es eine echte Waffe war. Und Zeugen standen da genug rum.«

»Aber nur *eine* echte Waffe.«

»Trotzdem. Wir wandern in den Knast.«

»Abwarten«, meinte Neil.

»Abwarten?«, rief Ulf, jetzt lauter und hysterischer. »Wir hocken hier seit Montag drin! Dürfen die das, ohne dass wir einen Anwalt bekommen haben?«

»Anscheinend ja, sonst würden wir hier wohl nicht hocken.«

»Wenn wir Kaution zahlen würden, wären wir draußen«,

sagte Probek und kürzte sich die Fingernägel, indem er sie an der Betonwand hin- und herrieb. »Aber das Geld, das wir hatten, haben wir nicht mehr.«

»Kaution gibt es hier nicht«, sagte Neil, »die gibt es nur in amerikanischen Filmen. Und das ist halt der Nachteil, wenn man mit solchen Blödmännern loszieht.«

»Ey, werd nicht frech!«, schrie Ulf.

»Ruhe dahinten«, rief einer der Polizisten, der am Ende des Ganges saß, Kaffee trank und mit einer Zeitung raschelte.

»Das ist der Nachteil«, knurrte Probek, »wenn man auf Leute wie dich hört.« Er blickte Neil an. »Leute, die sagen, dass Banküberfall megaeinfach ist. *Fast so wie Geld abheben. Die sind versichert. Die geben dir das Geld sofort. Fluchtweg und so, alles easy!*«

Schritte kamen näher.

»Vielleicht hätten wir mit einem Tante-Emma-Laden starten sollen«, giftete Probek.

Die Schritte wurden lauter.

»Schrei hier nicht so rum«, sagte Neil, »alles, was die hören, wird vielleicht gegen uns verwendet.«

»Ist doch egal«, schrie Ulf, »scheißegal! Wir sind hier drinnen. Für immer. Wir kommen nie mehr raus.«

Die Schritte waren ganz nah. Dann eine Stimme.

»Sie sind raus!«

Alle blickten nach draußen. Dort stand ein Beamter mit einem großen Schlüsselbund.

»Was?«, fragte Neil.

»Sie sind raus«, sagte der Beamte an der Tür noch einmal.

»Wir sind raus?«, fragte Neil noch einmal.

»Vorläufig. Sie dürfen nur nicht verreisen.«

»Warum sind wir raus?«, fragte Probek.

Ulf war sofort aufgesprungen. Neil schaute Probek mit einem Gesicht an, als wollte er sagen: *Frag doch nicht so blöd, sei froh, dass wir raus sind.*

»Warum ihr raus seid?«, wiederholte der Beamte, ein etwa fünfzigjähriger Mann mit leichtem Bauchansatz und getönter Brille. »Tja, wir hatten einen guten Tag und haben am Nordpol den Weihnachtsmann angerufen und ihn gebeten, die Festtage dieses Jahr vorzuverlegen. Heute ist Bescherung.«

»Was?«

Der Beamte atmete aus und verdrehte die Augen. »Woher soll ich das wissen?«, schnappte er. »Sehe ich aus wie das Scheißorakel von Delphi? Bin ich Google? Fragt euren Anwalt!«

»Welchen Anwalt?«

»Jetzt reicht's mir.« Die Stimme des Beamten wurde lauter. »Ich zähle jetzt bis drei, und wenn ihr euch dann immer noch nicht bewegt habt, schließe ich die Tür wieder von außen zu. Eins, zwei ...«

Probek und Neil sprangen wie von der Tarantel gestochen nach oben. Neil zog Ulf an der Hand mit sich, sodass er gegen die Tür stolperte. »Hoch, du Arsch«, sagte er. Und zu dem Beamten: »Wir sind schon weg!«

»Will ich hoffen!«

Draußen vor dem Haftkrankenhaus fanden sich die drei in ihrer unerwarteten Freiheit wieder.

»Was machen wir jetzt?«, fragte Neil.

»Stoff!«, sagte Ulf und wollte gleich losrennen. »Wir gehen zur S-Bahn Beusselstraße, steigen am Westkreuz um und dann sind wir beim Zoo.«

Der Bahnhof Zoo war noch immer einer der Umschlagplätze in Berlin, daran hatte sich seit Christiane F. nicht viel geändert.

»Halt!«, sagte in dem Moment eine Stimme mit Akzent. »Wir bestimmen, was ihr macht.«

Die drei hatten die zwei kompakten Männer, die an einer S-Klasse standen, schon aus den Augenwinkeln gesehen. Sie waren mittelgroß, tätowiert und trugen schwarze Lederjacken. Einer hatte die Haare kurz, der andere hatte eine Glatze. Es waren meist Schläger, die die Haare sehr kurz hatten, das hatte Ulf einmal gehört. Man konnte sie schlechter an den Haaren packen.

»Ihr bestimmt, was wir …«, begann Ulf.

Die beiden kamen näher. Der mit der Glatze trug ein Blatt Papier, der andere ein Lederetui.

»… was ihr macht, genau!«, sagte der mit der Glatze. »Wer das Geld hat, mischt die Karten. Wir haben euren Anwalt bezahlt.« Er hob ein Blatt Papier.

»Kann ja jeder sagen«, lallte Ulf.

Neil hob die Hand, versuchte, Ulf ein wenig zu bremsen, denn die beiden Typen sahen nicht aus, als würden sie allzu viel Spaß verstehen.

»Wir haben dir auch was anderes mitgebracht«, sagte der andere und öffnete das Lederetui.

Ulf lief der Sabber den Kiefer herunter. In dem Etui waren ein Tütchen mit weißem Pulver, Löffel, Gummiband, Spritze und Benzinfeuerzeug. Ulf war zu sehr mit der Aussicht auf neuen Stoff beschäftigt, als dass er sich gefragt hätte, warum diese Männer so dreist waren, direkt vor dem Haftkrankenhaus mit Drogen herumzuwedeln. Da zog der Mann das Etui schon wieder nach hinten. »Meth und alles haben wir auch. Im Auto. Aber vorher haben wir noch einen Auftrag für euch.«

»Kommt ihr vom Boss?«, fragte Neil.

»So in etwa.«

Neil nickte. »Sind dabei. Und jetzt her mit dem Stoff.«

»Wir fahren ein paar Meter zur Ecke dahinten. Muss ja nicht hier vor dem Haftkrankenhaus sein«, brummte der mit der Glatze. »Ihr könnt nebenher laufen, falls ihr Angst vor uns habt.«

»Wie heißt ihr überhaupt?«

»Ich bin Igor«, sagte der mit der Glatze, »und das da ist Ivan.« Der andere grinste. »Aber vielleicht heißen wir morgen schon wieder anders.«

KAPITEL 27

S-BAHN OSTBAHNHOF NACH FRIEDRICHSTRASSE, BERLIN

Die S-Bahn, die heute ausnahmsweise mal nicht streikte, war gerade vom Ostbahnhof aus, wo die ganze Gruppe eingestiegen war, gestartet. Das Sonnenlicht des Frühherbstes schien durch das große Glasdach. Es ging Richtung Westen bis zur Friedrichstraße und von dort aus dann weiter mit der S2, Endstation Blankenfelde. Viele der Mitarbeiter, die auch in der Siedlung wohnten, saßen oder standen in der Bahn und blickten müde aus dem Fenster.

Laura lauschte den Gesprächsfetzen.

... Betriebsrat macht auch mal wieder nichts.

... diese Sandra spielt sich ja ganz schön auf.

... tja, karrieremäßig ist bei ihr wohl auch Sackgasse, hat man ihr schon gesagt. Dann muss sie es halt anders versuchen.

... ist ja auch zweimal durch die Prüfung zum Senior Finanzberater gefallen. Wenn die dritte auch nichts wird, dann Gut Nacht ...

... typisch Politik. Für uns tut keiner was. Steinewerfern in der Rigaer Straße tragen sie den Arsch hinterher, aber wir werden einfach so entsorgt.

»Ach ja«, sagte eine ältere Dame, die gegenüber von Laura und Timo wohnte, »ich krieg das Ganze ja nicht mehr mit, aber ich bin trotzdem dabei. Aus Solidarität.«

Laura hatte mit Margaret Wilmer gelegentlich ein Schwätzchen gehalten. Die ältere Dame hatte lange Jahre an der Kasse der Bank gearbeitet und war seit drei Jahren in Rente.

»Ja, das finden wir auch sehr gut«, sagte Laura, »Sie ziehen nach NRW, richtig?«

Frau Wilmer nickte. »In die Nähe meiner Kinder nach Bonn. Ist eine schöne Seniorenresidenz, also kein Altersheim oder so was.«

Die Bahn hielt ruckartig an der Jannowitzbrücke. Ein Platz wurde frei. »Wollen Sie?«, fragte Laura.

Frau Wilmer schüttelte den Kopf. »Ich stehe gern. Habe bei der Arbeit genug gesessen und bis Friedrichstraße werde ich's aushalten.«

Laura lächelte. »Ich auch.« Timo stand neben ihr und sagte nichts.

»Frau Jacobs«, begann Frau Wilmer, »ich hätte da eine Frage oder Bitte. Ob das vielleicht möglich wäre ...«

»Was kann ich tun?«, fragte Laura.

»Ich habe mein Mitarbeiterkonto noch bei der Filiale Koppenstraße. Und ich bin ja nun nicht mehr die Jüngste und für manche Sachen einfach zu blöd.«

»Ach was ...«, begann Laura, da sprach Wilmer schon weiter.

»Wir waren ja eben an der Filiale und ich habe doch tatsächlich meine Bankkarte vergessen. Mit dem blöden Onlinebanking habe ich allerdings meine Schwierigkeiten und ich muss nächste Woche Geld nach NRW überweisen wegen der Seniorenresidenz. Dafür muss ich wissen ...«

»... wie viel auf dem Konto drauf ist, richtig?«

Wilmer nickte erleichtert. »Richtig. Das meiste ist sicher auf dem Festgeldkonto. Falls das auf dem Konto nicht reicht, muss ich etwas umbuchen. Ich will Sie damit aber auch nicht behelligen, ich bin ja kein richtiger Kunde, der Wertpapierertrag bringt oder was heute so wichtig ist.«

»Keine Sorge«, sagte Laura, »Montag bin ich wieder in der

Filiale. Dann schaue ich mal nach. Umbuchen aufs Girokonto kann ich auch, aber die Überweisung nach draußen müssten Sie selbst vornehmen.«

»Das ist ganz lieb«, sagte Wilmer. »Und das, obwohl Sie sowieso so viel zu tun haben und auch noch den ganzen Ärger mit der Siedlung und das alles.«

»Kriegen wir hin, Frau Wilmer.« Laura wünschte, dass der »Ärger«, von dem Frau Wilmer wusste, ihr gesamter Ärger wäre. Von der Sache mit Timo und den dreißigtausend wusste keiner und sollte auch niemand erfahren.

Sie schaute Frau Wilmer und dann Timo kurz an. *Schön für die, die wenigstens Geld zum Umbuchen haben,* dachte sie.

MONTAG

KAPITEL 28

BWG BANK, FILIALE KOPPENSTRASSE, BERLIN

Der Filialalltag hatte Laura nach der stressigen vorherigen Woche wieder. Diesmal krabbelte sogar ein Kind in der seltsamen Spielecke der Filiale herum. Mit Timo hatte sie gestern, am Sonntag, ein paar Worte gewechselt, aber sie war noch immer sauer auf ihn. Sie nahm sich vor, die Kollegen aus dem Kreditgeschäft zu fragen, ob eine Baufinanzierung auch mit zwanzigtausend Euro Eigenkapital möglich war. Doch der realistischere Teil ihres Gehirns sagte ihr, dass das wahrscheinlich nicht funktionieren würde und dass dann vor allem ihr gesamtes Erspartes weg wäre. Kein Puffer, kein Nichts. Timo erklärte mehrfach, er werde jetzt bei der Arbeit richtig Gas geben oder vielleicht doch noch einmal seine eigene Handwerksfirma gründen, um die dreißigtausend Euro so schnell es ging wieder »reinzuholen«. Solange er nicht versuchte, die dreißigtausend Euro mit Trading reinzuholen, soll es mir recht sein, dachte Laura. Da wird ja eh nichts draus. Sie kannte Timos Versprechen, die er in der Regel so lange wiederholte, bis sie ihm verziehen hatte, um die Versprechen in dem Moment schlagartig zu vergessen.

Laura hatte den gesamten Vorgang und alle Unterlagen und Transaktion an Jan Ahnert geschickt, der auch einen Kollegen für Kapitalmarktrecht und Verbraucherschutz hatte und der prüfen sollte, ob Timo tatsächlich alles richtig angekreuzt hatte, oder ob vielleicht die Trading App für die Verluste haften musste. Laura war eigentlich kein Freund davon, Verantwortung auf andere abzuschieben; Timo hatte den

Mist verzapft und musste halt dafür zahlen. Aber jetzt war nun einmal gerade so ein Moment, in dem sie die dreißigtausend Euro dringend brauchte. Eigentlich war sie im Krieg, sagte sie sich, und in der Liebe und im Krieg, wie es so schön hieß, war alles erlaubt.

Ansonsten war der heutige Tag weder kriegerisch noch aufregend, sondern einfach nur langweilig. Es war Montag, genauso wie vor einer Woche, als plötzlich die Bankräuber durch die Tür gekommen waren.

Stattdessen war Harding aufgetaucht, hatte ihr zu dem Seminar gratuliert und ihr mitgeteilt, dass ihr Laptop da wäre, den sie als angehende stellvertretende Filialleiterin ab jetzt nutzen würde.

Sie packte in einer ruhigen Minute den Laptop aus. Lenovo, schwarz, mit VPN-Chip und sogar einer UMTS-Karte, mit der sie von überall, jedenfalls in Deutschland, ins Internet konnte. Laura blickte zur Kasse, an der heute wieder Sandra stand. Angeblich war sie zu traumatisiert, um wieder dort weiterzuarbeiten, wo der Bankräuber sie geschlagen hatte, aber sie musste in der Bank sein, um den Protest gegen die Siedlungsräumung zu organisieren und sie wollte auch nicht auf ihrem Platz als Finanzberaterin sitzen. Denn da musste sie Kunden anrufen und Bankprodukte verkaufen und das wollte sie beim besten Willen nicht. Dann lieber an der Kasse stehen und Auszahlscheine entgegennehmen und Geldscheine herausgeben. Die meisten Kunden waren ja deutlich höflicher als dieser Junkie Ulf oder wie immer der hieß.

Als sie an Ulf dachte, fiel Laura ein, dass sie sich noch mit Sophie treffen wollte. Sie öffnete WhatsApp und schickte Sophie eine Nachricht, ob es bei ihr heute oder morgen nach dem Sport passen würde. Nicht nur, um Sophie etwas über

Altersvorsorge und Geldanlage zu erzählen, sondern eine innere Stimme sagte Laura, dass es hilfreich sein konnte, ein paar gute Kontakte zur Polizei und den sonstigen Ermittlungsbehörden zu haben.

Wortfetzen drangen an ihr Ohr. Am Pult gegenüber von Laura sprach Kollege Bissier gerade mit einem völlig regungslosen Kunden, der derart apathisch und bewegungslos auf seinem Stuhl saß, dass man denken konnte, er wäre ausgestopft. Bissier war Franzose, sprach aber gutes Deutsch mit französischem Akzent und war ein wenig der Wanderpokal der Filialen. »Der frische Franzose«, wurde er intern gern genannt in Anspielung an irgendeine Käsewerbung aus den Achtzigern. Laura hatte sich mit ihm öfter über Urlaubsorte in Frankreich unterhalten, manchmal auch ein wenig auf Französisch, das sie in der Schule gelernt hatte und auf diese Weise mal wieder auffrischen konnte. Bissier freute sich, wie alle Franzosen, sehr darüber, wenn er auch außerhalb Frankreichs einmal französisch sprechen konnte. Denn ansonsten war sein Job keiner von denen, die »vergnügungssteuerpflichtig« waren, wie man in der Bank sagte. Überall, wo jemand fehlte, wurde Bissier hingeschickt und sollte von dort aus Kunden anrufen, Termine vereinbaren und Fonds und Versicherungen verkaufen. Mittlerweile war auch dem Gebietsleiter, Herrn Fenning, der über Harding, aber unter Fischer stand, aufgefallen, dass die Filiale Koppenstraße nicht einsatzfähig war, wenn derart viele Leute krank oder im Urlaub waren. Die Erkenntnis reifte umso schneller, als Fenning klar wurde, dass Wertpapierberater, die an der Kasse Dienst tun mussten, weil sonst der Betrieb zusammenbrach, eben keine Wertpapiere verkaufen konnten und damit auch keinen Ertrag für die Bank generierten. Für solche Notfälle gab es Mitarbeiter wie Bissier, die zu keiner festen

Filiale gehörten, sondern immer da hingeschickt wurden, wo es brannte. *Betriebsreserve* nannte man diese Mitarbeiter früher; seit einiger Zeit, in der die Bank darauf hinweisen wollte, dass Verkaufen, Vertrieb und aktive Kundenansprache das Wichtigste waren, gehörten diese Menschen der *Vertriebsreserve* an. Bissier sprach zwar gut Deutsch, nutzte aber einige Redewendungen, die typischerweise die Menschen nutzten, die vor einigen Jahrzehnten Deutsch gelernt hatten. So meldete er sich mit lauter quakiger, nahezu ein wenig anklagender Stimme und rief in den Telefonhörer: »Guten Tag, Bissier am Apparat«, was dazu führte, dass die meisten Anrufer den Namen »Bissier«, der »Bisjee« ausgesprochen wurde, nicht verstanden und auch das schnell zusammengezogene »am Apparat« nicht zuordnen konnten. Anstatt also gleich mit dem Verkaufsgespräch zu beginnen, musste der arme Bissier oft zunächst lange erklären, wer er war, wie er hieß und worum es nun ging – alles andere als ein kraftvoller Einstieg in ein hoffentlich umsatzreiches Verkaufsgespräch.

Derzeit redete Bissier ohne Unterbrechung auf sein Gegenüber ein. Sprach von Fonds, dem Aktienmarkt, Unfallversicherungen, der unsicheren Rente und bot dem Mann auf der anderen Seite des Tisches einen komplett unklaren Cocktail an, bei dem der entweder die Wahl hatte, alles zu kaufen oder gar nichts. Das besagte Gegenüber, ein grauhaariger Mann Ende fünfzig, der ihn mit blauen Augen fixierte, zeigte noch immer keine Regung und sagte kein Wort. Bis er Bissier eine Frage stellte, die aber so gar nichts mit dem Wust an Themen gemein hatte, die Bissier eben auf ihn abgefeuert hatte.

»Wo kommen Sie eigentlich her?«, fragte der Grauhaarige plötzlich, dem wohl Bissiers Akzent aufgefallen war. »Türkei?«

Bissier wich zurück. »Türkei? Nein, nein, nein ... Frankreich!«

Es fiel Laura schwer, sich ein Lachen zu verkneifen. Das war aber umso erforderlicher, denn Harding kam zurück. »Wenn nichts los ist, schließen Sie den gern mal an«, sagte er und zeigte auf den Laptop. »Ob Outlook und die Bankprogramme und alles funktionieren.«

»Geht denn alles auch von unterwegs?«

»Unser Kontaktmanager ja, Outlook auch und alles andere. Natürlich nur zum Überweisen. Transaktionen, Wertpapierorders und so weiter gehen nur, wenn der hier ins LAN eingedockt ist.«

»Ist eigentlich auch besser«, meinte Laura.

»Hermann hat sich gemeldet«, sagte Harding, »Sie haben im Training wohl gut mitgemacht, hat ihn sehr gefreut. Fischer hat er auch davon erzählt.«

»Das freut mich«, sagte Laura, »es war auch ein sehr hilfreiches Seminar.« Es freute sie besonders, dass ihre Strategie, die Langeweile zu überwinden, indem sie sich möglichst aktiv beteiligte, aufgegangen war, und das auch noch zu ihrem Nutzen. Sie fragte sich, was für ein Feedback wohl einige der anderen bekommen hatten, besonders die Heimschläferin Verena.

»Sehr gut«, sagte Harding und wies mit dem Kopf nach hinten. »Wollen Sie auch etwas essen? Frau Knaack hat ja Geburtstag.«

Frau Knaack, die halb an der Kasse und halb im Vorruhestand war, hatte am gestrigen Sonntag Geburtstag gehabt und heute eine Runde belegte Brötchen, die man in Berlin »Schrippen« nannte, ein paar Getränke und eine Flasche Sekt spendiert. Das Ganze lief aber, wie in der Bank ohnehin üblich, eher verkrampft und mit angezogener Handbremse.

Denn im Filialverkehr, wenn ständig Kunden reingedackelt kamen, war keine richtige Versammlung möglich. Daher gingen die Mitarbeiter allein oder zu zweit nach hinten in den Pausenraum, wo sich Laura vor einer Woche auch mit den Polizisten Stapel und Freydank unterhalten hatte, und holten sich dort ihre Ration. Frau Knaack hatte heute Morgen zwei Gutscheine für den Nussknacker im Friedrichstadtpalast bekommen und eine Schachtel Pralinen mit Schleife.

In den Filialen gab es dafür immer jemanden, und das war so gut wie immer eine Frau, die dafür zuständig war, Geld einzusammeln, um Geschenke zu kaufen. Da bei fünfzehn Personen in der Filiale jeden Monat jemand Geburtstag hatte, wurde auch jeden Monat gesammelt. Derzeit war es Sabine, die immer mit einem Briefumschlag und »XY hat Geburtstag, wir sammeln, gibst du auch was?« piepsend durch die Filiale schlich. Durch diese moralische Erpressung – denn wer sagte schon *interessiert mich einen Scheiß, ich gebe nichts* – ging pro Monat also pro Mitarbeiter in diese Kasse ein Zehner, den man über Umwege dann am eigenen Geburtstag wiederbekam, allerdings nicht notwendigerweise in Form eines Geschenks, über das man sich genauso freute wie über die verflossenen hundertfünfzig Euro, die insgesamt für die jährliche Geschenke-Wegelagerei draufgingen. Das Problem war, dass die Treffergenauigkeit der Geschenke meist eher Glücksache war und den Vermögensverlust des Geldes in keiner Weise ausglich. Laura war auch einmal angesprochen worden, ob sie nicht »Geschenkebeauftragte« werden wollte, ähnlich wie es einen Ersthelfer, einen Pflanzenbeauftragten und einen Bausparbeauftragten gab. Sie hatte sofort abgelehnt, weil irgendetwas in ihr aufgeschrien hatte, dass solche HiWi-Jobs der beste Weg waren, dem Vorgesetzten klar zu sagen: »Ich bin 100 Prozent glücklich mit dem, was ich jetzt gerade tue, und ich will auf keinen Fall Karriere machen.« Sie hatte jedenfalls nicht gehört, dass Harding, Fenning oder Fischer jemals »Geschenkebeauftragter« gewesen wären. Auf derart bescheuerte Ideen, dachte sie, kamen ohnehin immer nur Frauen, genauso wie Frauen auch völlig damit einverstanden waren, dass sie weniger verdienten als Männer und sich sogar Jobs aussuchten, die möglichst schlecht bezahlt wurden. Der zynische Kommentar aus einer internationalen Wirtschaftszeitung, vielleicht war es die *Financial Times,* kam Laura in den Sinn, als sie mit Harding in den Pausenraum ging: *Der schnellste Weg, bei einem Job den Frauenanteil zu erhöhen, ist, das Gehalt zu reduzieren.*

Es waren noch zwei Brötchen da, eines mit Käse, eines mit Wurst.

Harding und Laura sahen sich an uns grinsten.

»Wollen Sie den Käse?«, fragte Harding. Er spielte wohl darauf an, dass Frauen ja eher gesünder leben, sie sah ihm aber an, dass er lieber die Wurst hätte. Warum nicht, dachte sie, vor allem, da die Wurst schon ein wenig glasig aussah, da sie seit heute Morgen 8 Uhr unter der Neonlampe lag.

Sie nickte und beide aßen schweigend und andächtig ihr Brötchen. Ein paar Essiggurken und ein paar Minizwiebeln lagen auch noch rechts und links auf den Tellern verstreut.

Mittlerweile war es später Nachmittag geworden. Die Filiale war geschlossen, die Kollegen mühten sich an der Kasse wieder redlich mit einer Kassendifferenz ab, Sandra war schon gegangen, da sie »noch einiges organisieren musste«, und Laura war siedend heiß eingefallen, dass sie noch gar nicht in das Konto von Frau Wilmer geschaut hatte. Sie hatte ihren neuen Laptop bereits an die Dockingstation angeschlossen und zu ihrer Freude festgestellt, dass alles funktionierte, was in der IT der Bank nicht selbstverständlich war. Sie gab den Nachnamen in den Kontaktmanager ein, bekam die Konto- und Stammnummer und gab die Ziffern in die Banksoftware ein.

Sie öffnete die Übersicht der Konten von Margaret Wilmer, Stammnummer und Unterkonten – und stutzte.

KAPITEL 29

BWG BANK, FILIALE KOPPENSTRASSE, BERLIN

Das Festgeldkonto von Margaret Wilmer, oder »Geldmarktkonto«, wie man es in der BWG nannte, war fast komplett leer!

Auf dem Girokonto waren noch zweitausendsechshundert Euro, aber auf dem Geldmarktkonto nur noch zwölf Euro. Laura blinzelte, aber der Betrag blieb der gleiche. Stolze zwölf Euro, für jeden Monat des Jahres einen. Laura schaute zur Decke und dann wieder auf den Monitor. Hatte die alte Dame ihr nicht gesagt, dass sie so gut wie nichts auf dem Girokonto und fast alles, was sie hatte, auf dem Festgeldkonto hatte? Hatte sie vielleicht noch ein Konto bei einer anderen Bank? Aber davon hatte sie nichts erwähnt. Oder, dachte Laura kurz, hatte sie vielleicht auch einen Partner, der auf einmal das Trading für sich entdeckt und alles verzockt hatte? Aber das konnte doch nicht sein! Sie wusste, dass Wilmer von Aktien und Fonds nichts hielt und alles Bargeld auf ihrem Festgeldkonto hatte, ohne jemals irgendetwas in Fonds zu stecken, was Harding und auch die weitere Managementriege der BWG natürlich nicht gut fanden. Laura wusste zudem, dass Wilmer, auch durch das Erbe ihres verstorbenen Mannes, alles andere als arm war. Der Betrag, der eigentlich auf diesem Konto sein sollte, musste mindestens fünfstellig, viel wahrscheinlicher sogar sechsstellig sein.

Wie konnte das sein, fragte sich Laura. Hatte Frau Wilmer womöglich schon eine Überweisung auf ihr Girokonto veranlasst und sich dabei vielleicht in der Kontonummer geirrt? Laura hatte schon von solchen Fällen gehört und wusste, dass es sehr schwer sein konnte, Geld zurückzubekommen, wenn es aus Versehen auf ein falsches Konto überwiesen worden war. Die Überweisung galt dann juristisch als Schenkung und da galt dann oft der blöde Kinderreim: *Geschenkt ist geschenkt, wiederholen ist gestohlen.*

Laura klickte in die Umsätze.

Die Lösung kam sofort.

Zweihundertfünfzigtausend Euro waren vor einer Woche überwiesen worden. Auf ein Konto mit dem Namen »999«. Hatte das die alte Dame verantwortet? Sollte Laura sie anrufen?

Das Kürzel »999« klang Laura aber ein wenig zu sehr nach internem Konto.

Sie überlegte ein paar Sekunden, dann nahm sie ihr Handy, loggte sich aus, nickte den Damen an der Kasse zu und ging nach draußen.

Draußen wählte sie die Nummer von Marc. Sie wusste nicht, warum, aber sie wollte nicht, dass irgendjemand das Gespräch mitbekam. Vor allem wusste sie nicht, ob irgendjemand Marc kannte und wie gut sein Name in der Bank noch gelitten war, nachdem er mit einem seltsamen Vorwand, der auch mit der Siedlung und dem Immobilienfonds zu tun hatte, gefeuert worden war.

Marc nahm nach dreimal Klingeln ab. »Hallo, Laura«, sagte er. »Sind dir die Caipis gut bekommen?«

»Die was?« Laura merkte, dass sie mit den Gedanken ganz woanders war als bei den Cocktails letzte Woche in Marcs Wohnung. »Ach so, ja, die waren super. Ich hab kaum was gemerkt am nächsten Tag.«

»Und das Seminar?«

»Auch gut. War aber eine harte Woche.«

»Das glaube ich.« Marc wollte schon zu den bei solchen Gesprächen üblichen Floskeln *Was gibt es?* oder *Was kann ich für dich tun?* überleiten, als es aus Laura herausplatzte.

»Mein Mann hat tatsächlich mit Trading angefangen.« Der erste Teil war draußen.

»Wirklich? Da hatten wir ja von gesprochen. Wie ist es gelaufen?«

»Sehr schlecht. Er hat …«, sie zögerte, denn für Laura war das Versagen ihres Mannes auch ihr eigenes Versagen und wer gab schon gerne Versagen zu, »… er hat … dreißigtausend Euro in den Sand gesetzt.« Jetzt war auch der zweite und letzte Teil draußen.

Stille.

»Dreißigtausend in einer knappen Woche?«, fragte Marc. »Er hat doch erst Mittwoch oder Donnerstag damit angefangen?«

»In zwei Tagen sogar. Donnerstag und Freitag haben gereicht.«

»Ach du Scheiße. Und womit?«

»Alles. Krypto, Optionen, Währungen. Und völlig kenntnisfrei.«

»Aha, das ganze Gruselkabinett. Hat er angekreuzt, dass er der große Termingeschäftsexperte ist?«

»Natürlich.« Marc, dachte Laura, schien gleich zu wissen, woher der Wind wehte. Ihm wäre das sicher nicht passiert.

»Schick mir das mal, was er da gemacht hat. Ich check das, ob er da vielleicht wieder rauskommt, aber ich sage gleich, die Chance ist gering. Sehr gering.«

»Mache ich gern. Habe ich heute schon an unseren Anwalt losgeschickt, kann ich dir gern weiterleiten, aber nur, wenn es für dich okay ist.«

»Passt schon. Kommt ihr denn klar oder fehlt das Geld jetzt?«

»Na ja, wir kommen klar, aber dreißigtausend fehlen immer. Vor allem, da wir die Möglichkeit hätten, der Bank die Häuser abzukaufen, sodass wir unser altes Haus behalten können.«

»Das geht?«

»Vorkaufsrecht. Steht im Mietvertrag. Auch schon anwaltlich geprüft.«

»Super. Dann könnt ihr es auch gleich wieder teuer an die Bank zurückverkaufen und noch eine Menge Geld machen. Die Bank muss ja zurückkaufen und das Grundstück leer kriegen. Ein todsicherer Gewinn. Der Bank sitzt schließlich Xenotech im Nacken und die wollen bauen. Das hat man den Aktionären versprochen, die wiederum Xenotech im Nacken sitzen.«

Alles in Laura sträubte sich dagegen, das Haus wieder zu verkaufen. »Wir wollen aber das Haus behalten«, sagte sie, »darum kaufen wir es ja. Wir haben so viel daran gemacht ...«

»Reine Emotionen«, sagte Marc. »Wenn die Bank ordentlich zahlt, kriegt ihr was tolles Neues.«

»Ich weiß nicht, wir sind dort sehr glücklich«, sagte Laura. »Aber derzeit stellt sich die Frage ja gar nicht. Denn um das Haus zu kaufen, brauchen wir natürlich Eigenkapital. Sonst kriegen wir keinen Kredit.«

»Wäre doof, wenn das deswegen nicht klappt.« Marc schien einen Moment zu überlegen. »Wenn ihr kauft, die Bank aber die Grundstücke unbedingt will, was ja der Fall ist, und euch das Haus dann wieder teuer abkauft, hättet ihr in jedem Fall einen Gewinn. Jeder Kredit wäre doch eigentlich risikolos. Eigentlich nicht einmal ein Kredit, sondern nur eine Zwischenfinanzierung?«

»Wie es aussieht, ja.« Laura sah sich selbst in der Glasscheibe der Filiale. Das Kostüm saß gut, fand sie. Sie wollte, dachte sie, das Haus unbedingt behalten und nur im äußersten Notfall verkaufen. Wenn aber die Alternativen waren, *Haus weg* oder *Haus weg mit Gewinn,* dann war recht klar, für was sich Timo und Laura entscheiden würden.

Sie sprach weiter. »Nur dafür brauchen wir eine Baufinanzierung und ohne Eigenkapital kein Kredit. Wir haben jetzt nur noch zwanzigtausend. Eigentlich waren es fünfzig, aber davon sind dreißig weg.«

»Weg nicht. Das Geld haben andere. Was der eine gewinnt, muss der andere verlieren. Aber warte mal ...« Wieder Stille. »Einige meiner Kunden bieten Margin-Konten an, auch für erfahrene Privatanleger.«

»Aktienkauf auf Kredit?«

»Genau.«

»Du willst ja wohl nicht, dass Timo, also mein Mann, nachdem er dreißigtausend so verzockt hat, jetzt auch noch auf Kredit weiterzockt?«

»Nein, natürlich nicht, aber wenn du dort ein Konto eröffnest, dann kriegst du dafür eine Kreditlinie zu fast null Prozent. Als würdest du das Geld bei der Zentralbank parken. So, als wärst du ein institutioneller Investor.«

»Damit muss ich dann aber Aktien kaufen?«

»Eben nicht. Du kannst damit machen, was du willst. Musst halt nur die geringen Zinsen zahlen. Und irgendwann wieder zurückzahlen.«

»Ich bin aber kein institutioneller Investor«, sagte Laura. Im selben Moment fiel ihr ein, dass eigentlich nur Frauen immer nach Gründen suchten, warum etwas *nicht* ging. Wenn eine Frau von einer Stellenausschreibung vier von fünf Kriterien erfüllte, sagte sie: »Ich erfülle die Bedingungen nicht, ich bewerbe mich nicht!« Der Mann, der nur eine von fünf Bedingungen erfüllte, sagte hingegen: »Toll, ich bewerbe mich, ich erfülle sogar eine der Kriterien!« Hier war es genauso. Ein Mann würde sicherlich sagen: *Klar bin ich institutioneller Investor. Ich arbeite ja in einer Bank.*

Und Marc sagte tatsächlich: »Du bist zertifizierte Wertpapierberaterin in der BWG Bank, einer Großbank, richtig?«

»Richtig.«

»Und bald stellvertretende Filialleiterin. Dann hast du sogar Prokura. Bist also Geschäftsführerin.«

»Auch richtig.« Laura lächelte.

»Na also, dann bist du institutioneller Investor. Beziehungsweise das biege ich schon so hin.«

»Wie ... äh ... wie hoch ist denn der Kredit?«

»Maximal hunderttausend Euro. Mehr geht nicht, jedenfalls nicht gleich zu Beginn, aber hundert kriegen wir hin.«

Lauras Augen leuchteten. »Das ist mehr als genug. Was, äh, was brauchst du dafür?«

»Das übliche. Persönliche Daten, Perso-Kopie, dann kommt noch ein PDF, das musst du unterschreiben, dann noch ein Video Call zur Identifikation, zwei Faktoren Authentifizierung, ähm ... du hast ein iPhone, oder?«

»Ja.«

»War mir so am letzten Mittwoch. Dann klappt das auch. Also den ganzen Kram. So ähnlich wie dein Mann bei seiner Trading-App.«

»Hör bloß auf. Aber das Ding kauft dann nicht automatisch Aktien und nicht nur mein Mann, sondern auch ich produzieren damit einen Riesenverlust?«

»Nein, wenn du keine Order eingibst, passiert gar nichts. Du gibst einfach Kenntnisse bei Aktien und Anleihen an, alles andere nicht, also nicht unbedingt gehebelte Benzin Futures oder solche Kamikaze-Papiere. Vielleicht kaufst du mal zehn Siemens-Aktien, damit die Typen merken, dass in dem Depot auch was passiert. Aber ansonsten kannst du mit den hunderttausend machen, was du willst.«

Laura fiel ein Stein vom Herzen. »Super, du bist ein Schatz. Wie kann ich …?«

»Einladung zum Essen zum Beispiel?«

»Bin aber leider die nächste Zeit nicht in Frankfurt.«

Die Antwort kam, als hätte er darauf gewartet. »Aber ich in Berlin.«

»Echt?«

»Ja, Super Return Konferenz. Die Private Equity Branche trifft sich. Alle großen sind da. Carl Icahn, Kravis und Roberts von KKR, Carlyle und wie sie alle heißen. Eventuell sogar Schwarzman von Blackstone.«

»Wo kommst du unter?«

»Wahrscheinlich im Hilton am Gendarmenmarkt.«

Laura hätte Marc auch angeboten, bei ihnen zu Hause zu übernachten, aber Marc schien ihr nicht wie einer, der zwischen Wäscheständer und unbenutztem Heimtrainer im Gästezimmer oder noch schlimmer auf der Isomatte mit Schlafsack übernachtete.

»Sehr hübsch«, sagte sie. »Ich war in Frankfurt ja auch im Hilton. Ab wann?«

»Komme Mittwochabend an. Wir könnten gleich Mittwoch nehmen. Also übermorgen. Wenn das passt?«

»Das mache ich passend«, sagte Laura. »Ich reserviere was in der Nähe. Bist du Vegetarier oder so?«

»Ich esse alles. Na gut, keinen Kohl und keine Quiche und so ein Auflauf-Mist.«

»Mag ich auch nicht.« Laura mochte wirklich keinen Auflauf. Meist war oben auf dem Auflauf eine panzerharte Käse-

oder Sonst-was-Schicht, die man kaum zerschnitten bekam und auf die die Erfinder des Stahldeckels von Tschernobyl stolz wären. Und darunter dann, als Kontrastprogramm, eine wässrige, kochendheiße Pampe, die man nicht mal richtig würzen konnte, da durch die Panzerschicht nichts durchdrang. »Da finden wir schon was.«

Womöglich, dachte sie, sah es etwas seltsam aus, dass sie sich mit einem fremden Mann zum Abendessen traf, aber zum einen war Marc gar nicht fremd, zum anderen hatte er ihr geholfen und von ihrem existierenden Mann brauchte sie außerdem nach wie vor Abstand, so wütend wie sie auf ihn war. Der hockte wahrscheinlich wieder zu Hause, schraubte am Lego-Roboter herum und überließ Laura die Arbeit, die Sache mit den dreißigtausend auszuputzen.

In dem Moment fiel ihr ein, warum sie Marc ursprünglich angerufen hatte.

»Da gibt es noch was«, sagte sie, »hat auch mit der Bank zu tun.«

»Immer raus damit. Klatsch und Tratsch zur BWG höre ich als Ex-BWGler nur zu gern.«

Laura erläuterte ihm den Sachverhalt mit dem Konto von Frau Wilmer. Beziehungsweise dem leeren Konto.

»Einfach weg?«, sagte er dann. »Zweihundertfünfzigtausend Euro?«

»Sieht so aus.«

»Das ganze Konto ist leer?«

»Na ja, zwölf Euro sind noch drauf.«

»Reicht für einen Caipi in der Bar.« Marc atmete aus. »Aber Spaß beiseite. Es gibt angeblich Milliarden von Euro auf irgendwelchen deutschen Bankkonten, wo die Kunden schon längst tot sind.«

»Erbfolge nicht geklärt?«

»Richtig. Die Erbfolge ist nicht geklärt oder was auch immer. Aber diese Frau Wilmer lebt noch?«

»Samstag lebte sie noch. Jetzt wahrscheinlich auch noch. Können das Hacker sein? Cybercrime?«

»Das gibt es«, sagte Marc. »In den USA kannst du im Dark Web auf ToRReZ, so eine Art eBay für Kriminelle, US-Führerscheine kaufen, mit denen du dann als Ausweisdokument Bankkonten eröffnen kannst. Auf die dann das Geld von Phishingattacken überwiesen wird. Dann gibt es Syndikate wie Carbanak, die professionell Konten leer räumen und oft von Regimen wie Nordkorea gesteuert werden, die auf diese Art und Weise an Devisen kommen wollen. Dann gibt es noch diese sogenannte Jackpotting Malware, die manipuliert die Geldautomaten, denen man dann mit falschen EC-Karten große Beträge entlockt.«

»Aber?«

»Die Phishingmails, weißt ja, steht für *Passwort Fishing*, bringen den Nutzer eher dazu, dass er irgendwo an falscher Stelle seine PIN eingibt. Im Dark Web gibt es Programmier-Tutorials, wie man zum Beispiel den Online-Auftritt von Barclays professionell nachbauen kann.«

»Aber da sorgt der Kunde dafür, dass die Verbrecher die Passwörter kriegen. Weil er sie selbst an falscher Stelle eingibt.«

»Exakt.« Marc machte eine Pause. »Dass von außen mal jemand zweihundertfünfzigtausend einfach so woanders hin überweist, ist sehr ungewöhnlich. Abgesehen davon sind die meisten Konten nicht dafür ausgelegt, dass so ein großer Betrag in einem Schwung überwiesen wird. Das war hier aber so, oder?«

»Das war hier so. Das Ganze ging in einem Schwung weg.«

»Das ist viel. Jedenfalls im Privatkundenbereich. Meistens

ist die Grenze für Überweisungen bei fünftausend oder zehntausend. Selbst ich habe maximal zehntausend Euro Limit, manchmal nur fünftausend. Stand noch irgendetwas dabei?«

»Ja ... ja, klar!« Laura war es wieder eingefallen. »999.«

»Konto 999?«, fragte Marc. »Erinnert mich irgendwie an diese alten Buchhalter-Witze. Wenn man nicht weiß, wo man irgendetwas hin überweisen soll, dann nimmt man immer Konto 999. *999 is fine,* wie man so schön sagt.«

»999 ist fein«, wiederholte Laura, »ist es aber nicht, denn das Geld ist weg. Aber wenn Konto 999 so ein typisches Unterkonto ist, dann ...«

Marc beendete den Satz. »Dann kann es eigentlich nur ein bankinternes Konto sein. Und zwar kein Kundenkonto. Die Überweisung muss innerhalb der Bank stattgefunden haben.«

KAPITEL 30

BWG BANK, FILIALE KOPPENSTRASSE, BERLIN

Laura blickte durch das Fenster nach drinnen in die Filiale. Die Kolleginnen mühten sich noch immer redlich mit der Kasse und der Kassendifferenz ab. Lauras Gedanken kreisten. Sie musste irgendwie an jemanden herankommen, der mit den internen Konten zu tun hatte, aber wer konnte das sein? Laura war zwar schon lange in der Bank, aber sie hatte die meiste Zeit mit dem Wertpapiergeschäft zu tun gehabt und da ging es eher um lange Listen mit Kunden, die man anrufen sollte. Ebenso gab sie natürlich häufig Orders über die Wertpapierordermaske ein, eine noch aus den Siebziger- oder Achtzigerjahren stammende MS-DOS Oberfläche, die seitdem niemals aktualisiert worden war. Erst hielt man es nicht für nötig, dann war der Erfinder, der die Programmierung kannte, im Ruhestand, und man wollte ihn nicht mehr fragen, und dann war er plötzlich tot. So blieb der Bank nur übrig, das Ganze auf die lange – oder unendliche – Bank zu schieben und zu hoffen, dass die alte Wertpapierordermaske oder »WPO« noch eine Zeit lang funktionieren würde. Gemäß dem schönen IT-Spruch: »Wenn es nicht kaputt ist, reparier es nicht«, ließ man Gebilde lieber in Ruhe. Sollte das Ding nämlich einmal ausfallen, konnte das Privatkundengeschäft keine Wertpapierorders mehr eingeben und auch keine fünf Prozent Ausgabeaufschlag pro Investmentfonds kassieren.

Da fiel ihr ein Name ein. Sie hob noch einmal das Handy und wählte die Nummer von Martin. Martin Schubert, Leiter des Private Bankings.

Der meldete sich auch sofort. Warteten heute alle auf ihren Anruf? Oder wussten alle schon, was Laura gerade gesehen hatte? Auch Marc schien eher von den Zockereien von Timo überrascht gewesen zu sein als von den zweihundertfünfzigtausend Euro, die einfach so intern umgebucht worden waren.

»Hi Martin, ich habe hier einen komischen Fall und frage mich, ob du vielleicht weiterweißt.«

»Nur raus damit!«

Laura erklärte Martin den Hintergrund.

»Frau Meyer«, sagte er, »Durchwahl 4350. Die ist für die internen Konten zuständig.«

»Und was macht die?«

»Ausbuchungen von Kunden, die plötzlich weg sind, oder wenn die Bank das Konto löscht, weil sie den Kunden loswerden will, aber das Konto noch im Minus ist. Dann muss die Bank die Differenz ausgleichen. Oder Kunden sind tot und der Testamentsvollstrecker ordnet an, dass das Depot verkauft wird und das Geld durch drei geteilt und an die Erben überwiesen wird. So was alles.«

»Warum kennst du sie so gut?«

»Na ja, meine Kunden und besonders Kundinnen sind, ähnlich wie deine Frau Wilmer, nicht mehr die jüngsten. Da muss ich immer viel Überzeugungsarbeit leisten, dass die Erben nicht alles auflösen und die Depots bei uns bleiben. Sonst geht uns zu viel Depotvolumen flöten.«

»Und dabei hilft Frau Meyer?«

»Darf sie natürlich nicht, aber ich ermuntere sie ab und zu mal, die Auszahlungen an die Erben etwas zu verlangsamen, bevor ich mit denen gesprochen habe.«

»Klappt das?«

»Nicht immer. Aber dann kann ich Dirty Harry immerhin sagen, ich hätte alles versucht.«

»Macht Sinn. Vielen Dank.« Klar, dachte Laura, Dirty Harry sitzt auch ihm im Nacken und wollte um alles in der Welt verhindern, dass Depots und Gelder die Bank verließen. Denn wenn das Geld erst einmal bei verzogenen Erben war, die das Geld nutzten, um auf Demos zu gehen oder nach Bali zu fliegen, war es weg. »Also Durchwahl 4350?«

»Richtig. Aber komm nicht auf die Idee, sie jetzt anzurufen«, sagte Martin.

Laura schaute auf die Uhr. Fast 17:30 Uhr. Drinnen waren die Kassenleute offenbar fertig. Heute war zum Glück kein »langer Tag«, bei dem die Bank bis 18 Uhr geöffnet war. Da konnte es schon mal sein, dass die Mitarbeiter an der Kasse bei einer Kassendifferenz bis 20 Uhr dort herumwerkelten.

»Die Meyer ist schon längst nicht mehr im Büro«, sagte Martin, »die macht um Punkt 15 Uhr Schluss. 15:01 siehst du von der nur noch die Staubwolke am Horizont.«

»Tja, Innendienst.«

»Innendienst, genau. Der ist auch völlig egal, wenn eine halbe Million Depotvolumen weggehen, die überweist das Geld einfach an die Erben und fertig. Darum habe ich, gerade wenn wieder viele alte Omis sterben, eigentlich eine Standleitung zu der Meyer.«

»Und ab wann ist sie morgens da?«

»Ab 7 Uhr bestimmt. Wie bei einer Behörde. Möglichst dann da sein, wenn niemand anruft. Typisch für den Innendienst. Die geistern da alle frühmorgens rum und trinken Kaffee.«

»Was sonst«, sagte Laura. »Du hast mir wirklich geholfen. Danke!«

»Immer gerne.«

Ihr Handy piepte. Heute kam sich Laura vor wie im Callcenter.

Eine SMS von Timo.
Sandra ist im Krankenhaus.
Sie schrieb zurück.
Unsere Sandra?
Timo antwortete. *Sandra Bullock ist es nicht.*
Sehr witzig, schrieb sie, *ich komme.*
Laura stürmte nach drinnen und dann in die Tiefgarage.

KAPITEL 31

ST.-JOSEPH-KRANKENHAUS, TEMPELHOF, BERLIN

Laura parkte ihren Tiguan vor dem St.-Joseph-Krankenhaus in Tempelhof. Mit Timo hatte sie unterwegs telefoniert. Er war gleich mit dem Kastenwagen der Firma ins Krankenhaus gefahren. Er hatte ihr erzählt, dass bei Sandra mitten am Tag eingebrochen worden sei, kaum dass sie zu Hause war, und dass der oder die Täter wohl irgendetwas sehr Schlimmes gemacht hätten. Sandra sei zwar nicht verletzt, aber komplett *neben der Spur,* wie Timo sagte. Sie wäre mehr oder weniger stabil, aber mental angeschlagen, sodass sich auch ein Psychiater um sie kümmerte.

Laura sprang aus dem Wagen und lief die Treppen des im Gründerzeitstil gebauten Gebäudes hinauf. Das St.-Joseph-Krankenhaus war nicht nur das größte katholische Krankenhaus in Berlin, sondern auch die geburtenstärkste Klinik in ganz Deutschland. Sandra, vermutete Laura, war aber wohl nur hier untergebracht worden, weil es am nächsten an Blankenfelde-Mahlow lag. Dass das Thema Gynäkologie, auf die das Krankenhaus durch die Entbindungsstation ebenfalls spezialisiert war, auch eine Rolle spielen würde, sollte Laura erst später erfahren.

Sandra lag in einem Zweibettzimmer. Das zweite Bett war leer, offenbar war der Patient heute entlassen worden, sodass sie in Ruhe reden konnten. Timo stand schon am Bett und setzte einen erleichterten Gesichtsausdruck auf, als Laura kam. Wahrscheinlich war ihm der Gesprächsstoff ausgegangen.

»Nur fünfzehn Minuten«, sagte eine Schwester, die nach Laura den Raum betreten hatte. »Was Frau Wichert jetzt vor allem braucht, ist viel Ruhe.«

»Hat sie …«, begann Laura.

»Ja, wir haben ihr ein Sedativum gegeben. Die Polizei war auch schon da und hat eine Menge Fragen gestellt, das hat sie natürlich erst mal wieder aufgewühlt.«

»Polizei?« Laura näherte sich Sandra und nahm ihre Hand. Sie hatten sich in der letzten Zeit etwas entfremdet, in den letzten Tagen ganz besonders, aber sie war immer noch Kollegin, Nachbarin und mehr oder weniger Freundin. Und jetzt sah sie furchtbar aus.

»Was ist denn passiert?«, fragte Laura. »Timo hat mir von einem Überfall erzählt.«

Sandras Augen füllten sich mit Tränen. »*Sie* waren es wieder. Besonders *er*.«

»Sie? Er? Was meinst du?«

»Der Überfall vor genau einer Woche. Sie waren wieder da.« Die letzten Worte flüsterte sie fast.

»Der Banküberfall? Meinst du die Typen von letzten Montag? Die waren bei dir?«

Sandra verzog das Gesicht und nickte nur. Sie zog den Mund zusammen und Tränen liefen ihr über die Wangen.

»Die müssten doch noch in U-Haft sein«, sagte Timo.

»Bist du sicher, dass die das waren?«, fragte Laura.

Sandra nickte nur. »Besonders der eine, der, der mich geschlagen hat!«

Laura hatte sich den Namen eingeprägt. »Ulf?«

»Jaaaa. Genau so hieß der.« Wieder Tränen.

»Was ist passiert?«

»Ich kam gerade nach Hause, da stand der in der Küche. Mit einem Hammer. Er hat die Glasscheibe an der kleinen

Küchentür eingeschlagen und ist so reingekommen. Ich habe nur noch geschrien.«

»War dein Freund nicht da, der …. Ralf, richtig?«

Sie presste den Mund zusammen und schüttelte den Kopf. »Ralf ist auf Montage, er ist aber schon auf dem Weg zurück nach Berlin. Ist halt in München, das dauert.«

»Okay«, sagte Laura, »hier bist du erst mal sicher. Und dann?«

»Hat er gesagt, dass er wieder da ist. Und dass er mich vermisst hat. Und dann hat er mich …«

Laura nahm Sandras Hand. Drückte sie fest.

»Er hat mir mit der Hand zwischen die Beine gefasst. Unter das Höschen. Ich …«, sie weinte wieder, »… ich konnte nichts machen!«

Wahrscheinlich war Sandra wieder eingefroren, wie man das nannte. So wie vor einer Woche an der Kasse, wo sie auch Ulf begegnet war. Laura wusste, dass der menschliche Körper bei Gefahr drei Dinge tat: Flight, Fight, Fright, wie man das international in der Medizin nannte: Flüchten, Kämpfen, Sich-tot-Stellen. Sandra hatte sich tot gestellt, wie das Kaninchen vor der Schlange.

Die Schwester stand noch immer hinter ihnen. »Wir haben Abstriche genommen«, sagte sie leise. »Die Polizei will sofort eine Analyse der DNA auf Fremdabstriche beauftragen und schauen , ob es im Intimbereich tatsächlich fremde DNA gibt.«

Die Polizei muss doch die DNA von diesem Ulf haben, der war doch in U-Haft? Es ratterte in Lauras Gehirn. *Das können die doch sofort abgleichen.*

»Weiß die Polizei das alles?«, fragte Laura. »Die Typen müssten doch eigentlich in U-Haft sein?«

»Die Bullen sagen, dass sie dazu nichts sagen können«, erklärte Timo, während Sandra weiter weinte. »Noch ist nicht gesichert, dass es wirklich dieser Ulf war, und solange können sie auch nicht sagen, wer in U-Haft ist und wer nicht. Und auch sonst sind sie da, glaube ich, eher wenig redselig.«

Sophie, dachte Laura, eventuell wollten sie sich morgen treffen. Sie musste auf diesem Weg mehr erfahren.

»Das ist leider noch nicht alles«, sagte Timo, der die Geschichte von Sandra offenbar eben schon gehört hatte.

»Sandra«, sagte Laura, »du musst nicht alles noch mal erzählen.«

»Doch, muss ich! Ich muss es erzählen, damit es alle wissen.« Sandra wischte sich die Tränen von den Wangen. »Der hat mir zwischen die Beine gegriffen. Ich habe geschrien. Und dann kam Moritz.«

»Eure Katze?«

»Ja. Moritz hat gemerkt, dass der Mann böse ist. Er hat ihn angesprungen, sich in seine Beine verkrallt. Und dann …« Sie weinte wieder und konnte eine Weile kein Wort hervorbringen. »… dann hat er den Hammer genommen und Moritz auf den Kopf geschlagen.«

»Moritz ist tot«, sagte Timo so leise, dass er eigentlich nur die Lippen bewegte.

Die Worte trafen auch Laura wie ein Vorschlaghammer. Sie schluckte und streichelte Sandra über den Kopf. »Das tut mir leid, das tut mir so leid!« Auch in Lauras Augen waren Tränen. »Was für ein kranker Sadist! Wir hatten auch lange eine Katze. Wenn das jemand mit unserem Morpheus gemacht hätte …« Sie nahm Sandra in den Arm und musste fast selbst weinen. Dann erhob sie sich wieder.

»Was war dann?«

»Dann habe ich ein Messer aus der Küchenschublade genommen und so laut geschrien, dass er geflüchtet ist.«

»Du hast ihn nicht verletzt?«

»Nein, nur geschrien. Und dann war er weg.«

»Hat die Polizei ihn nicht gefasst?«

Sandra zuckte schluchzend die Schultern. »Weiß ich nicht, aber glaube ich nicht. Die Bullen sind doch für alles zu blöd. Aber mein Moritz ist tot. Und der Kerl, er hat mich angefasst, hat mich da unten angefasst!« Sie weinte wieder. »Jedes Mal, wenn ich jetzt in die Küche gehe, muss ich daran denken, was dort heute geschehen ist! Ich weiß gar nicht, ob ich überhaupt noch einmal in die Küche gehen kann! In meine eigene Küche.« Sie schlug sich die Hände vors Gesicht und weinte wieder.

Ihre Worte hallten in Lauras Kopf wider, besonders die letzten.

Ich weiß gar nicht, ob ich überhaupt noch einmal in die Küche gehen kann.

Die Küche und vielleicht ihr ganzes Haus, dachte Laura, sind für Sandra nicht mehr bewohnbar.

Sandra, die sich am meisten dafür eingesetzt hatte, dass die Siedlung nicht verkauft werden sollte.

DIENSTAG

KAPITEL 32

BWG BANK, FILIALE KOPPENSTRASSE, BERLIN

Laura war heute für ihre Verhältnisse recht früh, schon um 08:30 Uhr, in der Bank. Sie musste diese Frau Meyer erreichen, so schnell es ging, und die geisterte ja, wie Martin sagte, immer ab 7 Uhr im Innendienst herum.

Mit dem furchtbaren Überfall auf Sandra war es gestern Abend noch nicht zu Ende gewesen. Laura hatte Timo im Auto die Sache mit dem Kredit erklärt und hatte den Antrag an Marc abgeschickt, um die hunderttausend zu bekommen. Ahnert, dem Anwalt, hatten sie auch kurz den aktuellen Stand gemeldet. Er hatte noch einmal bestätigt, dass beide das Recht hatten, das Haus zu kaufen. Sobald eine Finanzierungszusage der Bank vorlag, konnten sie rechtlich ihre Kaufabsicht gegenüber der Bank verkünden. Jetzt mussten sie nur noch eine Bank finden und Laura würde das Ganze heute schon einmal vorsorglich zur Prüfung an die Kreditabteilung der BWG in der Friedrichstraße schicken.

Als Timo und Laura dann am gestrigen Abend nach Hause gekommen waren und den Papierkram erledigt hatten, klingelte Jörg bei ihnen. »Das glaubt ihr nicht!«, sagte er.

»Was ist passiert?«, fragte Laura.

»Es war ein trockener Tag gewesen und viele der Nachbarn wollten ihren Rasen sprengen«, sagte Jörg. »Spätestens da fiel ihnen auf, dass bei fast allen Wasserhähnen die Schläuche abgeschnitten waren, sodass sie nicht mehr auf die Hähne passten.«

Laura und Timo hatten sofort ihren eigenen Wasserhahn kontrolliert.

Es war alles heil.

Der Schlauch, das Ventil, der Hahn.

»Da habt ihr ja Glück gehabt«, sagte Jörg.

Timo war erleichtert darüber, aber Laura dämmerte, worauf die Sache hinauslief. Irgendjemand wollte die Siedlung für die Einwohner unattraktiv machen, wollte, dass sie sich dort nicht mehr wohl und vor allem nicht mehr sicher fühlten. Sandra, die die Proteste geleitet hatte, war überfallen worden, vielleicht war es juristisch sogar eine Vergewaltigung. Laura hatte einmal irgendwo gelesen, dass auch eine Penetration mit dem Finger eine Vergewaltigung war, weil es sich eben um das Eindringen in eine Körperhöhle handelte. Was am Ende juristisch dabei herauskam, hing auch immer davon ab, wie Täter- oder Opfer-freundlich der Richter war.

Und nun hatte es fast alle mit den Gartenschläuchen erwischt. Außer Laura und Tom.

Warum?

Was war an ihnen anders? Was war an ihnen besonders? Ein Teil ihres Gehirn ahnte bereits die Antwort auf diese Frage, zog es aber vor, die Erwägung erst einmal noch in einem hinteren Teil versteckt zu lassen.

Laura hatte den Gedanken verdrängt, ihren Laptop hochgefahren und das Konto 999 geöffnet. Dann griff sie zum Hörer und wählte die 4350.

Es klingelte zweimal.

»Meyer.« Die weibliche Stimme klang derart emotionslos, dass sie auch von einem Roboter kommen könnte.

»Guten Morgen, Frau Meyer, Jacobs aus der Filiale Koppenstraße. Wertpapierberatung.«

»Morgen.«

»Ich rufe an wegen Konto Margaret Wilmer, soll ich Ihnen schnell die Stammnummer durchgeben?«

»Bitte.« Kurz und abgehackt.

Laura betete die Nummer herunter.

»Ja, und?«, fragte Frau Meyer.

»Sehen Sie das nicht?«, fragte Laura. »Da sind zweihundertfünfzigtausend Euro wegüberwiesen worden. Auf Konto 999.«

»Richtig«, sagte Meyer. »Aber warum fragen *Sie* mich das?«

Laura stutzte einen Moment. Die Frage an sie war so gestellt gewesen, als würde man Jesus fragen, ob er an Gott glaubte.

»Wieso nicht?«, fragte Laura.

»Na ja«, sagte Meyer und ihr Tonfall wurde mit einem Mal etwas weniger roboterhaft, dafür aber berlinerischer. »Dit ham Se doch in Auftrach jejeben.«

»Ich?«

»Na ja, bin ja nun keene Hellseherin, aber da steht Ihr Kürzel. Ihr Dispokürzel, meine ich.«

Das Dispokürzel war in der Bank sowohl ein Code als auch ein Stempel, mit dem Mitarbeiter ab dem Finanzberater aufwärts Zahlungen anweisen konnten. Je höher der Rang, desto höher der Betrag, der überwiesen werden konnte. Laura wusste nicht, dass ihr Dispo Zahlungen von zweihundertfünfzigtausend Euro ermöglichen konnte. Noch weniger aber wusste sie, dass sie, Laura Jacobs, das in Auftrag gegeben hatte. Oder besser: In Auftrag gegeben haben sollte.

»Das war ich aber nicht«, sagte sie.

»Dit müssen Se aber jewesen sein! Dit is Ihr Dispo!«

»Und wenn nicht?«

»Dann würde ich mir mal große Sorgen machen, denn dann hat jemand Ihren Dispo.«

Laura wühlte hektisch in ihrer Tasche. Der echte Dispo-Stempel war jedenfalls noch da, wo er hingehörte. Der Dispo war da, aber mit dem digitalen Stempel hatte irgendjemand irgendetwas angestellt. Laura merkte, wie ihr das Grauen den Rücken hochkroch. Was würde noch alles passieren? Nicht nur Sandra wurde überfallen, auch bei ihr kamen die Einschläge näher. Ihr Mann verzockte dreißigtausend Euro und auf einmal waren in ihrem Namen zweihundertfünfzigtausend Euro verschoben worden. Wie sollte sie das Frau Wilmer erklären?

»Wofür ist denn das Konto 999 da?«, fragte Laura.

»Wenn Se dahin überweisen, müssten Se dit eigentlich selbst wissen, aber dit is für Ausbuchungen und so was.«

»Also von Toten?«

»Zum Beispiel.«

»Frau Wilmer ist aber nicht tot. Ich habe sie Samstag erst gesprochen und Sie hat mich gebeten, zu schauen, ob auf dem Geldmarktkonto noch genug Geld ist.«

»Zwölf Euro sin noch druff.«

»Das weiß ich selbst.«

»Na, warum fragen Se denn?« Meyer schien zunehmend genervt. »Ick wollte Sie eh schon fragen, warum Sie da das ganze Geld weggenommen haben.«

»Ich war das nicht!«

»Ist aber Ihr Dispo!«

Laura atmete aus. Hier kam sie nicht weiter. »Wie kann ich das klären?«, fragte sie.

»Interne Revision, würde ich mal sagen.«

Interne Revision, dachte Laura. Mit denen hatte sie mal wegen Karriereoptionen gesprochen. Interessante Positionen.

Nicht so interessant und schön war es allerdings, wenn die Revision das Gefühl hatte, dass irgendwelche Dinge nicht richtig liefen oder sogar Betrug im Spiel war. Dann konnte man ganz schnell seinen Job verlieren und obendrein noch eine Anzeige und einen Prozess am Hals haben.

»Interne Revision? Die Kollegen in Frankfurt?«

»Würde ich sagen«, sagte Meyer. »Sie sind auch nicht die Einzige.«

»Nein?« Laura war hellwach.

»Det wissen Se jetzt nicht von mir, aber der Großkopferte, der jetzt im Ruhestand ist, der hat auf seine alten Tage auch noch Gelder hin und her bewegt. Ist wahrscheinlich etwas verwirrt im Kopf jetzt. Den wollte ich auch noch anrufen.«

»Althaus?«

»Ja, genau, Doktor Althaus. Bis letzte Woche unser Regionalvorstand.«

Laura verstand gar nichts mehr. Warum sollte Gerhard Althaus, der gar nicht mehr in der Bank war, irgendwelche Gelder hin und her schieben? Oder wollte er sich den Ruhestand versüßen und brauchte noch ein paar Euro mehr? Dass ein Bankmitarbeiter selbst einfach Konten leer räumt, war nichts Alltägliches, aber es kam gelegentlich vor. Der alte Spruch *Warum überfallen Sie Banken? Weil da das Geld ist,* galt nicht nur für Bankräuber, sondern auch für Mitarbeiter.

»Althaus«, sagte Laura leise, »der kann doch, von seinem Rang her, noch viel größere Summen bewegen.«

Meyer nickte. »Hat er auch.«

»Wie viel?«

»Dit kann ich Ihnen nicht sagen. Ick kann nur sagen: deutlich mehr als Sie!«

Deutlich mehr als Sie, dachte Laura. Dabei hatte sie überhaupt nichts überwiesen und überhaupt nichts bewegt. Aber

Moment, dachte sie. Vielleicht hat Althaus das auch nicht selbst gemacht? Vielleicht hatte jemand die Zeit genutzt, in der Althaus im Ruhestand und Laura auf dem Seminar war, um ... ja, um was zu tun? Und warum? In ihrem Kopf schwirrte es.

»Okay, danke Frau Meyer«, sagte Laura. »Frau Wilmer hätte natürlich gern ihr Geld wieder.«

»Soll Se ja auch«, sagte Meyer.

»Wie kriege ich das wieder zurück?«

»Jenau so, wie Se es dort hinjekricht haben. Von 999 zurücküberweisen.«

Laura verdrehte die Augen. *Ich habe es dort nicht hin überwiesen,* hätte sie am liebsten geschrien, aber bei Frau Meyer war nichts zu machen.

»Mache ich, Frau Meyer, sollten Sie dann morgen in der Liste sehen. Vielen Dank.«

»Da nicht für«, antwortete Frau Meyer, »und immer schön ufpassen, wat Se wo hin überweisen. Dit kann nämlich auch strafbar sein.«

Laura blickte eine Weile in die Tiefe des Raumes, hörte gedämpft die Gespräche der Kollegen und Kunden wie durch eine gedämmte Wand. *Das kann auch strafbar sein.*

Interne Revision am Hals und Anklage wegen Betrug, dachte Laura, *das hat mir gerade noch gefehlt.* Sie gab ihr Passwort ein und machte sich an die Überweisung.

KAPITEL 33

BWG BANK, FILIALE KOPPENSTRASSE, BERLIN

Das Geld war zurücküberwiesen. Mit Lauras Zugang und Disposchlüssel hatte alles funktioniert.

Als sie in das Konto 999 geschaut hatte, fiel ihr auf, dass dort tatsächlich noch andere Kürzel standen. Eines war das von Laura selbst, das andere, wenn sie es richtig erkannte, das von Althaus. Und dann noch ein Kürzel von einer Person, die sie nicht zuordnen konnte.

Was ihr auch auffiel: Es schien in der Bank noch weitere Unterkonten oder interne Konten zu geben. Es gab nicht nur Konto 999, sondern auch 991, 992, 993 und so weiter.

Andere Dinge zuerst, dachte Laura und rief die Kreditabteilung der Bank in der Friedrichstraße an. Die Filiale lag ganz in der Nähe der S-Bahn-Station und des Handelszentrums, wo auch Ahnert seine Kanzlei hatte. Frau Behrends meldete sich. Laura hatte sie auf irgendeiner Veranstaltung schon einmal kennengelernt, war mit ihr aber trotzdem noch beim »Sie«.

Sie fragte nach den Bedingungen einer Baufinanzierung über circa vierhunderttausend Euro.

»Was haben Sie denn an Eigenkapital?«, fragte Behrends. »Für Mitarbeiter ist das natürlich alles günstiger, aber ein bisschen brauchen wir schon.«

»Hunderttausend«, sagte Laura. Sie ging einfach mal davon aus, dass die Sache mit dem Margin-Konto klappen würde, und wollte die zwanzigtausend Euro, die sie noch hatte, gern als eiserne Reserve nutzen. Sie hoffte nur, dass niemand merkte, dass die hunderttausend Euro eigentlich kein Eigenkapital, sondern auch ein Kredit waren.

»Das ist perfekt. Das sind 25 Prozent, so viel brauchen wir gar nicht«, sagte Behrends. »Sollen wir die Immobilie mal durchrechnen?«

»Klar.« Irgendwann würde Laura sowieso erklären müssen, um welches Haus es sich handelte. Sie überlegte kurz, den gesamten Kredit woanders abzuschließen, um niemanden in der Bank aufzuscheuchen, aber warum sollte sie auf die wirklich guten Mitarbeiterkonditionen verzichten? Und normalerweise kommunizierten die Abteilungen nur sehr wenig miteinander. Sie gab Frau Behrends die Adresse.

»Ach, das ist die Banksiedlung, richtig?«, fragte Frau Behrends. »Haben Sie da ein Vorkaufsrecht?«

»Ja, laut Vertrag haben wir das.« Laura spürte kurz, wie ihr Herz schneller schlug.

»Na, das ist doch super. Hätten Sie mal früher kaufen sollen, die sind ordentlich im Preis gestiegen, die ganze Gegend überhaupt.«

Laura atmete auf. Scheinbar wusste Behrends gar nichts von dem geplanten Verkauf. »Tja, hinterher ist man immer schlauer.« Oder, wie hatte es Hermann im Seminar gesagt: *Der Zweite ist der erste Verlierer.*

»Kriegen wir hin«, sagte Behrends, »Zinsen sind ja noch schön niedrig. Ich rechne das mal durch und schicke Ihnen ein Angebot, okay?«

»Prima, vielen Dank!«

Ansonsten verlief der Tag unspektakulär. Kundentermine, Telefonate, irgendwann kam Post von dem Margin-Konto, das Marc ihr vermittelt hatte, mit einigen PDFs, die sie auch noch unterschreiben sollte.

Gleich würde sie ins Fitnessstudio gehen und sich danach mit Sophie treffen. Erst Zumba-Fitness und dann ein paar Drinks in der Nähe in Tempelhof. Ihre Sporttasche hatte Laura schon im Auto. Es war immer besser, Sportsachen morgens gleich mitzunehmen und dann direkt von der Arbeit zum Sport zu fahren. Wenn man nicht so diszipliniert war, dass man es sogar morgens vor der Arbeit noch schaffte. Aber derart diszipliniert war Laura nicht, da ihr mindestens sieben, am besten acht Stunden Schlaf noch wichtiger waren als Sport. Denn obwohl Sport langweilig, umständlich und immer mit Selbstüberwindung zu tun hatte, ging es für sie leider nicht ohne.

Laut einer Statistik starben die Menschen heutzutage nicht mehr an Hunger, sondern die meisten an zu viel Essen. Oder, wie es eine Statistik so schön sagte: *Es sterben mehr Menschen an Coca Cola als an Al-Qaida.* Dass sich Coca Cola über diesen Vergleich freute, bezweifelte Laura.

Es war 17 Uhr und Laura wollte gerade ihre Sachen packen, da klingelte ihr Telefon.

»Jacobs«, meldete sie sich.

»Meyer hier, hallo, Frau Jacobs.«

»Hallo, Frau Meyer.« Laura schluckte. Wieso war Frau Meyer um diese Uhrzeit noch im Büro? Und was wollte sie? Hatte ihre Überweisung nicht funktioniert? Andererseits war Frau Meyer ihr gegenüber nicht weisungsberechtigt, und sie musste sich doch nicht für etwas entschuldigen, was sie gar nicht getan hatte. »Ich habe das Geld gleich zurücküberwiesen.«

»Habe ich gesehen«, sagte Frau Meyer, »da wird sich die Frau Wilmer aber bestimmt freuen. Da ist nur eine andere Sache.«

»Was denn?«

»Sie sagen ja, dass Sie nichts von Frau Wilmers Konto auf das interne Konto 999 überwiesen haben?«, fragte Meyer. Jetzt sprach sie wieder mehr oder weniger Hochdeutsch und für Laura war das ein schlechtes Zeichen.

»Nein, auf gar keinen Fall. Ich kann mir das nach wie vor nicht erklären. Aber jetzt ist das Geld zurücküberwiesen.«

»Und andere Konten?«

»Andere?«

»Na ja, es gibt ja noch die anderen 900er-Konten.«

»Ja, ich weiß.« Laura hatte sie vorhin kurz angeschaut, hatte aber keinen Zugriff darauf. Sie konnte dort hin und zurücküberweisen, wobei das als Wertpapierberaterin natürlich nicht ihre Aufgabe war. In die Konten reinschauen konnte sie auch nicht, das konnte scheinbar nur Frau Meyer.

»Da haben Sie nicht zufällig was überwiesen?«, fragte Frau Meyer.

»Nein, warum sollte ich?«

»Dann«, sagte Frau Meyer, »sollten Sie wohl wirklich mit der Revision sprechen. Auch von anderen Konten ist eine Menge Geld auf die Konten 997 und 998 überwiesen worden.«

»Was für Konten?«

»Konten von … Toten.«

»Von Toten?«

»Ja, sag ich doch. Tote Kunden, bei denen die Erbfolge nicht klar ist. Wir müssen das jahrzehntelang behalten und dann wird es irgendwann ausgebucht, gespendet, geht an den Staat oder sonst was. Sie können aber nicht einfach so ausbuchen, ohne etwas zu sagen.«

»Das habe ich nicht.«

»Das steht hier aber so. Mit Ihrem …«

»Dispokürzel.« Laura hatte schon geahnt, um was es ging.

»Exakt.«

»Wie viele Konten?«

»Zehn, fünfzehn? Müsste ich mal genau zählen. Ich dachte nur, ich sag Ihnen das lieber gleich.«

»Zehn oder fünfzehn Konten? Alle mit meinem Kürzel?« Laura fuhr sich durch die Haare. Sie senkte ihre Stimme, weil einige Kollegen von der Kasse schon herüberschauten. »Ich war das nicht!«

»Sie müssen sich bei mir nicht entschuldigen«, sagte Meyer. »Aber Sie sollten jetzt was machen.«

»Wenn wir von zehn oder fünfzehn Konten sprechen, wie viel Geld ist denn da in etwa überwiesen worden?«

»Na, mindestens fünf Millionen!«

Laura senkte die Stimme noch weiter. »Fünf Millionen? Von mir überwiesen?«

»So steht es hier. Deswegen sag ick ja. Rufen Se die Revision an.« Meyer war wieder ins Berlinerische gefallen. »Und zurückbuchen sollten Se dit auch!«

»Klar. Danke für die Info.«

»Keine Ursache. Schönen Feierabend!«

Das Gespräch endete.

Laura atmete tief aus. Eigentlich hätte sie sich jetzt noch einen Kaffee geholt, aber die Uhr tickte. Sie wollte die Sache unbedingt heute noch erledigen. Sie öffnete Konto 998. Sie sah nicht den Kontostand von 998, aber die letzten Transaktionen. Vor einer Woche war der Gesamtbestand der Kundin auf ein internes Konto überwiesen worden:

Kundin: Meta Wilkens. Verstorben 30.10.1991 Erbfolge: ungeklärt. Bestand: 254.378 Euro.

Da waren noch mehr, einige Männer und viele Frauen.

Kunde: Ernst Bauer. Verstorben 02.09.1998, Erbfolge: ungeklärt. Bestand: 189.934 Euro.

Kundin: Martha Jischke. Verstorben 11.06.2000, Erbfolge: ungeklärt. Bestand: 89.478 Euro

Sie füllte die Überweisungsmaske aus. Drückte auf »ausführen«. Ein wenig erinnerten sie die internen Systeme an Onlinebanking. Nur nicht ganz so komfortabel. Dafür konnte man hier mal eben so Gelder verschwinden lassen, wie das offenbar irgendjemand getan hatte.

Dann plötzlich das Signal:

Sie haben nicht die Berechtigung! Bitte kontaktieren Sie die Infoline unter ...

Scheiß auf die Infoline, dachte Laura. Wieso habe ich nicht die Berechtigung, wenn ich das alles angeblich in Auftrag gegeben habe?

Sie drückte noch einmal auf »Ausführen«.

Es kam wieder: *Sie haben nicht die Berechtigung! Bitte kontaktieren Sie die Infoline unter ...*

Sie füllte noch einmal alles neu aus.

Drückte auf »Ausführen«.

Es kam, schon wieder: *Sie haben nicht die Berechtigung! Bitte kontaktieren Sie die Infoline unter ...*

Das konnte doch nicht sein, dachte sie.

Doch dann übernahm ein anderer Teil ihres Gehirns. Der Teil, der schneller und widerstandsfähiger als der Rest war. Irgendeiner, dachte sie, schien hier Gelder von Toten auf ein internes Konto zu überweisen. Vielleicht war ihm bei Wilmer ein Fehler unterlaufen, denn die Dame war ja noch sehr lebendig und Laura hatte ihr schon die Information gegeben, dass auf ihrem Konto alles in Ordnung war. Aber bei den anderen würde es niemals jemandem auffallen. Einige waren in den Neunzigerjahren gestorben. Würde Laura dann nicht, wenn sie alles zurücküberwies, nur diese unbekannte Person aufschrecken, die offensichtlich versuchte, ihr die Überweisungen anzuhängen, obwohl sie gar nicht die Berechtigungen dafür hatte? Vielleicht, dachte sie, war es ganz gut, dass die Überweisung nicht funktioniert hatte …

Heute konnte sie nichts mehr machen. *Du kannst dich noch so viel drehen,* sagte ihr Vater immer, *der Arsch bleibt hinten.* Damit hatte er, dachte Laura, ausnahmsweise mal recht gehabt. Sie packte ihre Sachen zusammen und verließ die Bank. Harding war schon gegangen.

Sollte sie den Termin mit Sophie verschieben und gleich zur Revision gehen? Oder mit Fischer sprechen? Aber Laura hatte das Gefühl, dass ein Gespräch mit Sophie ihr sogar helfen konnte. Denn irgendwie wurde das Ganze allmählich … kriminell. Und wenn sie mit der Revision sprach oder mit anderen, würde sie das ganze Thema damit gleichzeitig an die große Glocke hängen. Und dann wäre diese unheimliche Person, wer immer das war, ebenfalls aufgeschreckt. Sie fragte sich, ob viele ihrer Kollegen so plump waren, um einfach Konten leer zu räumen. Die Versuchung war natürlich immer da, auch an der Kasse, aber das Ganze war halt auch wieder derart vorhersehbar, dass es doch irgendwann auffallen musste. Oder vielleicht gerade nicht?

»Schönen Feierabend«, sagte sie zu den Kolleginnen an der Kasse.

»Tschüss«, sagten die an der Kasse, aber es klang irgendwie verhalten.

Laura ging nach unten in die Tiefgarage.

Als sie im Wagen saß, fiel ihr die Schrift an der Scheibe auf. Die Scheibe war etwas staubig und irgendjemand hatte dort etwas mit dem Finger hingemalt. Von drinnen sah sie alles nur in Spiegelschrift, also stieg sie aus und las die Buchstaben noch einmal.

Glaubst du, du bist etwas Besseres?

Wer konnte das sein? Hassten die Kollegen sie so sehr wegen ihrer Beförderung? Oder weil sie Fischer getroffen hatte? Oder weil sie letzte Woche auf dem Seminar und nicht auf der Demo war? Oder weil Sandra überfallen worden war und Laura nicht? Oder weil bei all den anderen Nachbarn die Schläuche abgeschnitten worden waren, aber nicht bei ihnen? Oder wussten etwa schon alle, das Laura Gelder überwiesen hatte (was sie ja gar nicht getan hatte)? Alle wussten irgendwelche dunklen Geheimnisse über Laura. Und die Einzige, die nicht wusste, dass jeder alles wusste, war Laura selbst?

Als sie wieder im Wagen saß, fühlte sie die Tränen in ihren Augen. Wütend aktivierte sie die den Scheibenwischer, um das neidische Geschmiere von der Windschutzscheibe zu bekommen. Sie hatte in ihrem Handy schon vor der Fahrt die Nummern von Timo, Sophie und noch ein paar andere Kontakte voreingestellt, die sie gleich anrufen wollte, um nicht während der Fahrt erst lange in den Kontakten suchen zu müssen. Dass Smartphones per Sprachanweisung die richtigen Menschen anrufen konnten, wurde zwar in Sonntagsreden von sogenannten »Tech-Experten« und in Werbespots immer wieder behauptet, aber die Realität, wenn es wirklich mal drauf ankam, war leider um einiges mühseliger.

Doch gerade als sie die Tiefgarage verließ, klingelte ihr Handy.

KAPITEL 34

IM AUTO

Laura erkannte die Nummer, es war eine interne Banknummer. Sie nahm den Anruf über die Freisprecheinrichtung an.

»Jacobs.«

»Hallo, Frau Jacobs, Behrends hier. Kreditabteilung Friedrichstraße.«

»Noch keinen Feierabend?«

Behrends lachte kurz. »Fast. Aber das hier wollte ich Ihnen noch schnell sagen.« Sie räusperte sich. »Ich mache es kurz: Ich habe leider schlechte Nachrichten.«

Was auch sonst an einem solchen Tag, dachte Laura. »Was gibt es?«

»Die Bank wird Ihnen für den Kauf des Hauses keinen Kredit geben können. Also Ihnen grundsätzlich schon, aber nicht für den Kauf des Hauses.«

»Warum?«, fragte Laura, obwohl sie es sich denken konnte.

»Ich weiß es leider auch nicht genau, aber die Bank hat strategische Pläne mit den Häusern in Blankenfelde-Mahlow. Und genau darum geht es ja. Und ein Kauf dieser Häuser durch die Bewohner passt leider nicht zu diesem strategischen Ziel.«

Aha, dachte Laura, *Behrends hatte den Antrag eingereicht und irgendwo schrillten daraufhin die Alarmglocken. Irgendjemand hat die Abteilung sofort zurückgepfiffen.*

»Aber ich habe laut Vertrag ein Vorkaufsrecht«, sagte Laura, »das steht so im Mietvertrag.«

»Das ist völlig richtig und den Vertrag haben Sie mir ja auch geschickt. Sie dürfen das Haus kaufen, wann immer Sie wollen.«

»Aber ...«

»Aber eben leider nicht mit einem Kredit der BWG.«

Da lag der Hase im Pfeffer, dachte Laura. Den Kauf verbieten konnte ihr die Bank nicht, den Kauf blockieren, das konnte sie schon. War es ein Fehler, dachte Laura, dass sie der Bank den Vertrag geschickt hatte?

»Sie sind auch nicht die Einzige«, sagte Behrends.

»Nein?«

»Nein, wir hatten einige Anträge für den Kauf der Häuser gekriegt. Früher wollte die nie jemand kaufen, jetzt auf einmal alle.«

»Tja, komisch«, antwortete Laura. Komisch, wusste sie, war das natürlich überhaupt nicht. Schließlich hatte sie die Kontaktdaten von Jan Ahnert fett und groß am Samstag auf das Flipchart im Betriebsratsraum gemalt. Wahrscheinlich standen sie da noch immer. Ob das auch ein Fehler gewesen war?

»Aber mal unter uns«, sprach Behrends weiter, »dann gehen Sie halt zur Interhyp oder sonst wem. So toll sind unsere Mitarbeiterkonditionen nun auch nicht.« Sie machte eine kurze Pause. »Aber das habe ich Ihnen natürlich nicht gesagt.«

»Alles klar, danke trotzdem!«

Laura beendete das Gespräch. Schöne Scheiße, dachte sie. Wenn die Bank mal immer so schnell wäre wie hier. Sie hoffte, dass jetzt nicht alle in der oberen Heeresleitung der Bank aufgeschreckt waren und mit dem Finger auf Laura zeigten. Aber was sollte sie machen? Sie hatte das Recht, das Haus zu kaufen, und sie würde das Haus kaufen. Sie war nicht da, wo sie jetzt war, weil sie sich immer alles gefallen ließ. Sie rief Timo an.

»Na?«, fragte er, statt einer Begrüßung. Er versuchte, freundlich zu sein, war aber immer noch vorsichtig, da er nicht wusste, wie wütend Laura noch auf ihn war. Laura war in der Tat noch ziemlich wütend, ließ es sich aber nicht immer anmerken.

»Timo, hör zu«, sagte sie, »wir kriegen keinen Kredit von der BWG.«

»Warum? Ich denke, du kriegst diese hundert Riesen Eigenkapital?«

»Daran lag es nicht. Ist eine politische Entscheidung. Die Bank will das Grundstück. Was sie aber nicht will, ist, dass Mieter ihr da mit einem Kauf reingrätschen, der für die Bank sehr unvorteilhaft wird. Denn entweder muss sie dann die Häuser zurückkaufen, das ist für die Bank schlecht. Oder sie muss vor dem Investor den Schwanz einziehen und sagen, dass es kein Grundstück gibt, weil die Besitzer nicht mitmachen. Das ist noch schlechter.« Sie atmete durch. »Vor allem, wenn das mehrere machen.«

»Machen das denn alle?«

»Zumindest wohl einige, die auch mit Ahnert gesprochen haben.«

»Der, den du Samstag im Betriebsratsraum vorgestellt hast?«

»Ja.«

»Okay, und nun? Andere Bank?«

»Andere Bank. Ich bin noch unterwegs, aber ich fahre gleich mal rechts ran und schicke dir die PDFs. Kannst du das bei Interhyp oder so einreichen? Wir müssen da nicht um einen halben Prozentpunkt Kreditzinsen feilschen, aber wir brauchen das Haus so schnell wie möglich. Und deswegen brauchen wir so schnell wie möglich eine Kreditzusage.«

»Alles klar. Schick es mir, dann schaue ich mir das an und

schicke es raus.« Normalerweise war Timo eher unwillig bei solchen Aufgaben, die mühsam waren und wenig Spaß versprachen. Aber ihm war offenbar völlig klar, dass er etwas gutzumachen hatte.

»Danke«, sagte Laura. »Bis später. Bin noch beim Sport und treffe dann Sophie.«

»Sophie?«

»Hatte ich doch erzählt. Die, die immer sagte, sie ist Ärztin. In Wirklichkeit ist sie Rechtsmedizinerin. Wir haben uns Mittwoch zufällig getroffen, als ich beim LKA ausgesagt habe.«

»Na ja, vielleicht hilft der Kontakt.«

»Das hoffe ich. Also, ich melde mich. Essen schaffe ich heute nicht.«

»Ich grill mir schon was selber.«

»Das dachte ich mir. Danke schon mal und bis später!«

Laura beendete das Gespräch, fuhr rechts ran und schickte Timo von ihrem Smartphone die Unterlagen. Dann fuhr sie weiter Richtung Tempelhof.

Das Telefon klingelte wieder.

Eine Handynummer, die sie nicht kannte. Nicht die Bank und sicher auch nicht das LKA. Die würden vom Festnetz anrufen. Und Sophie war es auch nicht. Ihre Nummer hatte Laura eingespeichert.

Was soll's, dachte sie und nahm den Anruf an.

»Jacobs.«

»Frau Jacobs«, sagte eine Stimme, die sie schon ein paarmal gehört hatte. »Gut, dass ich Sie erwische. Hier ist Althaus, Gerhard Althaus, Ihr alter Regionalvorstand.«

KAPITEL 35

AUTOBAHNAUSFAHRT NAHE BERLIN

Igor und Ivan sahen die Gestalt des Seniorpartners im Licht der Autoscheinwerfer vor seiner S-Klasse stehen. Seine Manschettenknöpfe blitzten. Ihre Limousine stand dahinter. Irgendwo, fünfzehn, zwanzig Meter entfernt, stand noch ein anderes Auto, in dem jemand am Steuer saß. Starr und groß. Er bewegte sich kaum, als wäre er eine Statue.

Sie standen an einer Autobahnausfahrt, die nicht zu Ende gebaut worden war. Wie so viele Bauprojekte in Deutschland und ganz besonders in Berlin. Irgendwo weit draußen jenseits der Großstadt, deren Lichter sie am Horizont sahen. Unter ihnen rasten die Autos entlang, über ihnen erstreckte sich der Nachthimmel. Hier würde sie keiner sehen. Und hören schon gar nicht. Wer weiß, dachte Igor, wie viele Leichen im Beton der Autobahnpfeiler verschwunden waren? Leichen einfach im Beton verschwinden zu lassen, war ein einfaches Geschäft, wenn man die richtigen Leute bei der Baufirma kannte.

»Wir müssen sehr vorsichtig sein«, sagte der Seniorpartner, »dass gewisse Dinge nicht auf uns zurückfallen. Wenn etwas passiert, muss es wirklich wie ein Unfall aussehen. Ihr kennt doch Edson Mitchell, damals Investmentbankchef der Deutschen Bank.«

Igor nickte. »Der ist doch 2000 mit seinem Flugzeug gegen einen Berg geflogen.«

»Ist er eben nicht. Es war kein Unfall, auch wenn er am Ende tot war. Aber alle denken, es war ein Unfall. So muss es auch hier sein.«

»Können denn Dinge auf uns zurückfallen?«

»Das können sie. Denken Sie an die Sache in der Siedlung. Sandra W. kann die Polizei verständigen, die kennen die Junkies und wissen, wer der Anwalt ist, der die drei rausgehauen hat. Und irgendwann sind sie dann bei uns.«

Igor und Ivan schauten etwas betreten drein.

»Dann haben wir noch die Entlassung aus dem Haftkrankenhaus. Sie haben die drei abgeholt?«, fragte der Seniorpartner.

»Abgeholt nicht so richtig. Eher in Empfang genommen.«

»Das ist kritisch«, sagte der Seniorpartner, »es gibt mittlerweile zu viele Dinge, die auf Sie zurückfallen können. Das können wir uns nicht leisten. Und unsere Auftraggeber, die uns allen viel Geld bezahlen, können sich das erst recht nicht leisten.«

Er machte eine kurze Pause. »Wer ist in Deutschland gefährlicher? Die Araber-Clans oder die Mafia?«

»Man sollte es nicht glauben«, sagte Igor, »aber ich würde sagen, die Mafia. Auch wenn das nach Krimi klingt.«

»Das klingt nicht nach Krimi«, die Stimme des Seniorpartners wurde schärfer, »das klingt nach Realität. Die Araber-Clan-Typen fahren mit Protzlimousinen die Sonnenallee runter, provozieren die Polizei, klauen Goldmünzen aus dem Museum und liefern sich Schießereien in irgendwelchen Hinterhöfen. Fällt das auf?«

»Ja.«

»Die Mafia aber, besonders die italienische, fällt nicht auf. Sie weiß, dass du in Deutschland alles machen kannst, solange du nicht auffällst. Du musst dich integrieren, keinen Krach machen, keine laute Musik im Autoradio hören und den Müll richtig trennen. Dann kannst du die schlimmsten Verbrechen begehen.«

»Das heißt?«, begann Ivan.

»Das heißt, Sie müssen in Zukunft weniger Araber-Clan-artig sein ...«

»Wir sind keine Araber ...«

»Sie sind Tschetschenen, das weiß ich. Trotzdem: weniger Araber-Clan-artig, mehr Mafia.« Er machte eine Pause. Unten bretterte ein Lkw über die Autobahn.

»Wir werden ein paar sehr gezielte Operationen durchführen müssen. Da brauchen wir jemanden, der mit den bisherigen Aktionen in keiner Weise in Kontakt steht. Sie sehen ihn heute zweimal.« Er machte eine kurze Pause. »Zum ersten und zum letzten Mal.« Er blickte nach hinten. »Also heute und dann nie wieder. Verstanden?«

»Verstanden, Boss«, sagten Igor und Ivan im Chor, wie zwei Kinder, die ein Adventsgedicht vortragen.

Der Seniorpartner gab ein Zeichen.

Eine große Gestalt schälte sich aus dem hinteren Auto. Der Mann näherte sich extrem leise, dann stand er vor Igor und Ivan, die er beide überragte. Igor blickte ihm kurz in die Augen. Es war dunkel, aber es war ihm, als würden sich die Pupillen des Mannes überhaupt nicht bewegen.

»Wer ist das?«, fragte Ivan.

»Wir nennen ihn so, wie das, was er uns bringt.«

»Und was bringt er uns?«

»Stille. *Silence.*«

KAPITEL 36

IM AUTO NACH TEMPELHOF

Laura hatte gedacht, sie habe nicht richtig gehört. Dr. Gerhard Althaus, Regionalvorstand Region Ost außer Dienst höchstpersönlich! Der hatte sie vorher noch nie angerufen und schon gar nicht auf ihrem Handy. Sie wiederholte den Namen, um sicher zu sein, dass sie sich nicht verhört hatte.

»Gerhard Althaus?«, fragte sie.

»Richtig«, antwortete Althaus, »verzeihen Sie den Überfall am frühen Abend. Es geht um eine sehr unerfreuliche Sache, von der Sie, soweit mein Eindruck, auch betroffen sind. Aber zunächst möchte ich Ihnen herzlich zu Ihrer neuen Position als stellvertretende Filialleiterin gratulieren. Ich wusste immer, dass Großes in Ihnen steckt.«

»Vielen Dank«, sagte Laura. Und dachte: *Du Arsch, wenn du schon wusstest, was alles Großes in mir steckt, warum hast du mich dann nicht befördert, als du es noch konntest? Wäre ja bis letzte Woche möglich gewesen.*

»Nun zur Sache«, sagte Althaus. »Ich habe einen Verdacht, den ich gern mit Ihnen teilen würde, da ich weiß, dass Sie auch damit zu tun haben. Kann uns jemand zuhören?«

»Ich sitze allein im Auto. Wenn also das Handy nicht abgehört wird, dürfte uns niemand zuhören können.«

»Dass Mobilfunkgespräche eher abgehört werden können als Festnetzgespräche, ist leider so. Wir sollten aber ohnehin den Hauptteil unseres Gesprächs auf ein persönliches Treffen legen.«

»Gern«, sagte Laura nur. »Was vermuten Sie denn?«

Althaus stellte eine Gegenfrage. »Sie hatten doch heute auch mit Frau Meyer gesprochen? Die Dame aus dem Innendienst, die für die gelöschten und noch offenen Konten zuständig ist?«

Werde ich hier von allen Seiten beschattet?, dachte Laura. Aber warum sollte sie lügen? Es war ja nicht verboten, sich mit Frau Meyer zu unterhalten.

»Das ist richtig«, sagte Laura.

»Sehen Sie. Ich auch. Frau Meyer ist dabei nämlich herausgerutscht, dass sie auch mit Ihnen gesprochen hat. In einer ähnlichen Angelegenheit, wegen der sie auch mit mir gesprochen hat.«

Laura durchfuhr Mariendorf und würde sich bald Tempelhof nähern. Das Fitnessstudio, in dessen Nähe sich auch ein schöner Mexikaner mit Bar befand, lag am Tempelhofer Damm, nahe dem alten Ullstein-Verlagsgebäude.

Althaus sprach weiter. »Wenn ein Mitarbeiter sich nach langer Zeit von der Bank verabschiedet, wie dies bei mir der Fall ist, werden offene Vorgänge analysiert und geschlossen. Frau Meyer fiel dabei auf, dass es von meiner Seite ungewöhnliche Überweisungen gegeben hat. Gesehen hat sie dies an …«

»… Ihrem Disposchlüssel«, ergänzte Laura.

»Richtig«, sagte Althaus. »Genau so an Ihrem, denn scheinbar war auch Ihr Disposchlüssel, Frau Jacobs, bei gewissen Transaktionen auf die 900er-Konten zu sehen.«

»Leider ja. Wobei ich keine dieser Überweisungen veranlasst habe, was ich Frau Meyer auch mehrfach gesagt habe.«

»Sie müssen sich bei mir nicht verteidigen«, sagte Althaus. Laura setzte die Sonnenbrille auf, da die Abendsonne frontal durch die Windschutzscheibe schien. Irgendwie fuhr man immer in die Richtung, aus der die Sonne knallte, dachte

Laura, ähnlich wie die Sache mit dem Funzelbeamer, der immer dafür sorgte, dass das Sonnenlicht in genau den Raum schien, in dem der Beamer stand. Althaus sprach weiter. »Genau das Gleiche hat sie mir natürlich auch gesagt: *Herr Dr. Althaus, Sie haben da scheinbar Überweisungen durchgeführt von Konten aus, auf denen die Rechtslage nicht geklärt ist.*«

»Ich habe Ihr Dispokürzel bei einigen 900er-Überweisungen ebenfalls gesehen«, sagte Laura. »Was kann das bedeuten?«

»Erst einmal muss ich Sie fragen, Frau Jacobs, wie es eigentlich dazu kam, dass Sie diese Überweisungen gesehen haben?«, fragte Althaus. »Man schaut ja nicht ständig in die 900er-Konten?«

»Durch eine Kollegin, die nach NRW zieht«, sagte Laura. Sie erläuterte Althaus kurz die Anfrage von Frau Wilmer und das zeitweilig leere Geldmarktkonto, das Laura gestern vorgefunden hatte. »Reiner Zufall also«, schloss Laura. »Hätte mich Frau Wilmer nicht gefragt, wäre mir das nie aufgefallen.«

»Zum Glück hat Frau Wilmer Sie gefragt. Wissen Sie, was ich glaube?«

»Was?«

»Irgendjemand hat versehentlich gedacht, Frau Wilmer wäre tot.«

»Ist sie nicht. Und Kinder hat sie auch, und Enkelkinder. Die Erbfolge ist also klar.«

»Das mal beiseite. Aber diese Person, wer immer das war, wollte das Geld ausbuchen.«

»Auf Konto 999.«

»Richtig.«

»Und dann?«, fragte Laura. Sie näherte sich Tempelhof

und sah in der Entfernung schon die riesige Silhouette des Ullsteinhauses. Ullstein war zu Beginn des 20. Jahrhunderts der größte Verlag Europas, wenn nicht einer der größten Verlage der Welt gewesen. Der gesamte Verlag, inklusive Druckereien, war damals in dem titanischen Bauwerk, erbaut im sogenannten Backsteinexpressionismus, untergebracht.

»Dann sollte es wahrscheinlich woanders hingehen.«

Laura schwieg kurz. »Glauben Sie wirklich, dass jemand das Geld von den 900er-Konten aus für seine eigenen Zwecke abzweigen wollte?«

»Das denke ich, ja. Denn Frau Meyer hat mir noch eine Sache gesagt.«

»Welche?«

»Die Überweisungen fanden nachts statt. Nicht in den Filialen tagsüber, wo es auffallen könnte. Sondern nachts. In den Räumen des Transaction Banking.«

»Das ist doch in der Koppenstraße!«

»Ganz genau. Genau über Ihrer Filiale.«

»Dann geht da jemand hin«, begann Laura, »und überweist Gelder auf das 900er-Konto, um es dann irgendwie auf sein eigenes Konto zu bekommen?«

»Was würden Sie glauben? Denn …« Althaus machte eine bedeutungsvolle Pause, »… warum sonst sollte diese Person dann nicht ihr eigenes Dispokürzel nutzen, sondern … unsere?«

Laura schluckte. Das, was sie befürchtet hatte, hatte Althaus ihr gerade bestätigt. Die Frage war nur, wie diese Person ihre eigenen Überweisungen mit fremden Dispokürzeln machen konnte? Aber wenn man schon Ende der Sechzigerjahre auf den Mond fliegen konnte, dachte Laura, sollte so etwas auch möglich sein.

Althaus sprach weiter: »Wenn alles klappt und keiner etwas merkt, hat diese Person das Geld«, fuhr er fort. »Und wir den Schwarzen Peter!«

»Ich konnte heute den Betrag von Frau Wilmer auf ihr Konto zurücküberweisen«, sagte Laura.

»Das ist gut«, sagte Althaus, »aber normalerweise haben Sie diese Berechtigung nicht.«

Laura schluckte. »Warum hatte ich sie dann plötzlich?«

»Vielleicht, um Ihnen auch das unterzuschieben?«

»Aber das Geld geht ja legal zu Frau Wilmer zurück«, sagte sie. »Das ist doch gut.«

»Es kann gut sein«, sagte Althaus, »nur wenn es schiefgeht, hängen wir am Fliegenfänger.«

Am Fliegenfänger hängen war ein Lieblingsausdruck von Althaus. Er hatte diesen Spruch sehr oft in Motivationsreden für das Managementteam und die Belegschaft gebracht: *Wenn wir die Direktbanken nicht ernst nehmen, hängen wir am Fliegenfänger. Wenn wir die Kostenproblematik nicht in den Griff kriegen, hängen wir am Fliegenfänger. Wenn wir die Stammkunden vergraulen, ohne Neukunden zu gewinnen, hängen wir am Fliegenfänger.* Gebracht hatte das alles leider nichts, in gewisser Weise hing die Bank mehr als je zuvor »am Fliegenfänger«.

»Wir sind also rechtlich in Gefahr?«

»Das ist niedlich formuliert, Frau Kollegin. Wir sind mit einem Bein im Gefängnis.«

Laura spürte einen Stich im Magen. »Was schlagen Sie vor?«

Althaus räusperte sich. »Ich bin gleich beim Abschiedsevent des Private Banking am Pariser Platz. Wenn man in den Ruhestand geht, wird man immer mehrfach verabschiedet. So ähnlich wie bei einem Vampir, der zehnmal bestattet wird, um sicherzugehen, dass er auch wirklich tot ist.« Er räusperte sich wieder. »Ich hoffe, dass ich gegen 22 Uhr damit durch bin. Hören Sie, könnten wir uns an der Koppenstraße treffen? Meine Schlüsselkarte funktioniert seit letzter Woche nachvollziehbarerweise nicht mehr, aber wir könnten Ihre Karte nehmen und ich könnte Ihnen dann die Terminals zeigen. Wir …«, er machte eine Pause, »… wir müssen alles tun, um diesen Verdacht von uns abzuwenden.«

Laura hatte Althaus und seinen salbungsvollen Reden in der Vergangenheit nicht immer zugehört, aber sie nickte eifrig, obwohl er sie gar nicht sah. Denn er hatte recht! Das ganze musste in der Tat unbedingt aus der Welt geschafft werden. Wenn sie nicht beweisen konnte, dass sie die Transaktionen nicht durchgeführt hatte, dann wäre sie nicht nur ihr Haus los. Oder ihr Geld, das Timo verzockt hatte. Oder ihren Job. Wenn sie, wie Althaus sagte, mit einem Bein im Gefängnis stand, würde sie auch noch ihre Freiheit verlieren.

»Okay«, sagte sie, »dann halb elf vor der Koppenstraße?«

»Das sollte ich schaffen«, sagte Althaus. »Falls etwas dazwischenkommt, melde ich mich!«

KAPITEL 37

ULLSTEINHAUS, BERLIN

Laura und Sophie waren gerade noch in einen Zumba-Fitnesskurs als Nachrücker reingekommen, für den man sich normalerweise umständlich telefonisch anmelden musste. Und zwar grundsätzlich eine halbe Stunde vorher. In dieser Hinsicht waren viele Fitnessketten noch schlimmer als Behörden.

Nach dem Zumba waren sie in der Sauna gewesen. Laura mochte nichts lieber, als nach einem anstrengenden Tag in die Sauna zu gehen. Es war in der Tat so, als würde man die ganze Anstrengung des Tages herausschwitzen. Das kalte Bad oder die kalte Dusche hinterher waren dann immer noch eine Art abschließende Seelenreinigung.

Jetzt saßen sie draußen vor der Bar neben dem Fitnessstudio im Ullsteinhaus und blickten auf den Hafen von Tempelhof, der zwar kein riesiger Hafen war, in dem aber sogar ein paar kleine Schiffe vor Anker lagen. Zwei Männer bugsierten eine schwere Kiste auf ein Schiff und einer der beiden ließ die Kiste fast ins Wasser fallen. *Pass doch auf, du Idiot,* meckerte der andere. Die Musik aus dem Inneren der Bar war zu hören, während draußen noch ein laues Spätsommerlüftchen wehte. Sophie trank einen Caipirinha – Dinge wiederholen sich doch, dachte Laura –, während sie selbst einen Ipanema trank. Das mögliche Treffen mit Althaus gegen 22:30 Uhr saß ihr im Nacken und sie wollte auf keinen Fall zu spät oder mit Alkohol im Blut dort auftauchen. Sie ärgerte sich, dass ihr schöner Abend mit Sophie nun eine »harte Deadline« hatte, wie man es im Banking immer nannte, aber sie musste Althaus in jedem Fall treffen.

Sophie hatte auf Lauras Drängen sogar eine Anekdote aus der Rechtsmedizin erzählt. Ein kleiner, dünner Typ hatte einen großen Dicken erstochen. Der Dicke war auf ihn gefallen, gestorben und der Kleine konnte sich nicht mehr unter dem Dicken wegbewegen und musste die Polizei rufen – was gerade noch ging, denn an sein Handy kam er heran.

»Woher wissen Sie, dass der Mann tot ist?«, hatte die Polizei gefragt.

»Weil ich ihn erstochen habe«, hatte der Mann gesagt.

»Dann bleiben Sie bitte, wo Sie sind«, hatte die Polizei angeordnet.

»Ich komm hier allein gar nicht weg«, hatte der Mann gesagt, »darum habe ich Sie ja angerufen.«

Sophie und Laura hatten sich dann über Geldanlage unterhalten und erst einmal die alten Witze gemacht, zum Beispiel den von Woody Allen:

Ein Anlageberater ist ein Mensch, der Ihr Geld so lange neu anlegt, bis es weg ist.

Oder die *AUA-Praxis* im Finanzvertrieb: *Anhauen, Umhauen, Abhauen.*

Sie redeten über die richtige Aktienquote, die normalerweise 100 minus Lebensalter betrug, und über Sinn und Unsinn von vielen Versicherungen. Laura versprach, für Sophie und Deckhard bei Gelegenheit eine Ausarbeitung zu machen.

»Deckhards Bruder hat sich mal mit Aktien verzockt«, sagte Sophie, »seitdem ist er da sehr vorsichtig.«

Wäre schön, wenn gewisse Leute von vornherein vorsichtig wären, dachte Laura. Sie sagte: »Ja, viele fallen auf diese Versprechungen rein, dass man mit Aktien sofort reich wird.«

»Wird man nicht?«, fragte Sophie.

»Wird man schon, aber nicht sofort. Zehn Jahre oder mehr muss man schon mitbringen.«

Sophie hatte sich ein paar Notizen gemacht. »Okay, und dann Sparpläne, diese sogenannten ETFs ... klingt wie eine Spezialeinheit der Polizei oder ein französischer Hochgeschwindigkeitszug.«

»Sind eigentlich nur so eine Art Indexfonds, die viel weniger Geld kosten als aktiv gemanagte Fonds.«

»Und warum gibt es dann die sogenannten aktiv gemanagten Fonds?«

»Weil sie angeblich den Markt schlagen.«

»Und? Tun sie das?«

»Nein. Es gibt zahllose Experimente, bei denen man irgendwelche Affen dazu gebracht hat, Farbbeutel auf eine Wand mit Aktiennamen zu werfen, und diese Aktien wurden dann gekauft.«

»Lass mich raten«, sagte Sophie, »die Affen haben dabei ...«

»Sagen wir mal so: Die Affen haben dabei nicht unbedingt schlechter abgeschnitten als die Fondsmanager.«

Laura sah auf die Uhr.

»Hilft dir denn die Info erst einmal?«, fragte sie. »Ich schicke euch dazu ein paar Vorschläge, Adresse habe ich ja jetzt, und dann treffen wir uns noch mal.«

»Musst du los?«, fragte Sophie.

»Demnächst. Leider.« Laura rückte auf dem Stuhl hin und her. Sie wusste nicht so recht, wie sie das formulieren sollte. »Es gibt da gerade ein paar Dinge in der Bank, die etwas komisch laufen.«

»Haben die mit dem Überfall zu tun?«, fragte Sophie.

»Ja. Soll ich es dir erzählen?«

»Gern. Ich kann aber direkt nichts machen, das müsstest

du der Polizei oder Frank, also Frank Deckhard, noch einmal erzählen. Aber der weiß ja eigentlich schon Bescheid über den Überfall und das alles.«

»Er weiß leider nicht über alles Bescheid.«

Laura erzählte Sophie mit knappen Worten all das, was die noch nicht wissen konnte. Die Sache mit den abgeschnittenen Gartenschläuchen in der Siedlung, der Einbruch bei Sandra und die sexuelle Belästigung, die ein harter Staatsanwalt sogar als Vergewaltigung durchgehen lassen würde. Und die Beschreibung von Ulf.

»Das, was ich sage, hast du nicht von mir gehört«, sagte Sophie. »Ich darf mich als Rechtsmedizinerin nicht zu solchen Dingen äußern, das ist Sache der Polizei.«

»Na ja, hier sprechen doch nur zwei True Crime Fans nach dem Sport über True Crime.«

Sophie grinste. »Auch wieder wahr. Dann meine Meinung: Es klingt tatsächlich so, als hätte jemand ein Interesse daran, das Leben gerade für die Bewohner der Siedlung möglichst schwer zu machen, jedenfalls solange sie noch in den Häusern wohnen.«

»Und es ist doch sehr komisch, dass der gleiche Typ, dieser Ulf«, meinte Laura, »genau bei der besagten Sandra, die er an der Kasse gesehen hat, in der Wohnung auftaucht. Woher sollte er wissen, wo sie wohnt?«

»Hat er nicht ihre Tasche geklaut?«

»Die hat er aber im Wagen liegen gelassen.«

»Aber er hätte doch in der Zwischenzeit in ihrem Perso nachschauen können, wo sie wohnt?«

»Stimmt.« Laura kniff die Lippen zusammen. Ihr schöner Verschwörungsplan, dass mehr dahintersteckte, fiel in sich zusammen. Vielleicht war dieser Ulf wirklich einfach nur scharf auf Sandra, er hatte ja schon an der Kasse den Eindruck gemacht, hatte sich die Adresse gemerkt und war dann in die Siedlung gegangen.

»Dann muss er sich die Adresse aufgeschrieben oder gemerkt haben«, sagte Laura, »denn der Ausweis und alles waren in der Tasche, als Sandra sie wiederbekommen hatte. Sie hat jedenfalls nichts vermisst. Machen Junkies so was?«

Sophie zuckte die Schultern. »Na ja, wenn sie dadurch das bekommen, was sie wollen, machen sie so ziemlich alles. Diese Sandra konnte er sich zwar nicht einspritzen, aber wenn er sie irgendwie attraktiv fand, warum nicht? Einer Frau zwischen die Beine zu greifen und ihre Katze totzuschlagen ist aber vielleicht nicht der beste Weg, um ein Date vorzubereiten.«

»Das hast du schön gesagt.«

»Wo ist sie jetzt?«

»Ich glaube, noch im St.-Joseph-Krankenhaus.«

»Ich kann sie gern besuchen«, sagte Sophie, »dann machen wir wegen der versuchten Vergewaltigung noch eine Geschädigtenuntersuchung.«

»Die haben wohl im St. Joseph damit schon angefangen«, sagte Laura, »jedenfalls haben sie dort DNA-Spuren gesichert.«

»Dann müssen die ja nur noch mit der DNA von diesem Ulf abgeglichen werden«, sagte Sophie, »und dann ist er sofort wieder im Knast. Zumindest wenn seine DNA gespeichert wurde.«

»Erfolgt das nicht automatisch?«

»Kann sein, dass irgendwelche Proben genommen wurden«, meinte Sophie, »ich frage Frank mal.«

Laura trank von ihrem Ipanema und hielt einen Moment inne. »Wieso sind sie eigentlich wieder so schnell rausgekommen? Die Beweislage war doch klar.«

Laura zuckte die Schultern. »Keine Ahnung, ich weiß ja nicht mal, wo sie waren. In U-Haft, oder?«

»Ja, aber wahrscheinlich nicht in der JVA, sondern im Haftkrankenhaus.«

»Die machten mir aber nicht den Eindruck, als ob sie einen tollen Anwalt hätten, der sie raushaut.«

»Tja, komisch.« Sophie lehnte sich zurück. »Was denkst du?«

»Ich denke, dass irgendein größerer Plan dahintersteckt. Und dieser jemand hinter dem Plan bezahlt auch Anwälte, um gewisse Leute wieder aus dem Knast zu holen. Vor allem gibt es da noch eine Sache, die ich unbedingt klären muss, weil ansonsten ich selbst in Gefahr gerate, im Knast zu landen.«

»Ach du Schreck«, sagte Sophie, »was denn?«

Laura überlegte einen Moment, ob es schlau war, Sophie alles zu erzählen, aber was würde passieren, wenn sie es nicht tat? Sophie würde sie schon nicht anzeigen, und je eher sie proaktiv Verbindungen zu den Ermittlungsbehörden knüpfte, desto besser.

Laura erzählte ihr also auch die Geschichte mit den Überweisungen und ihrem Dispokürzel.

»Das ist ja eine ganz komische Geschichte«, sagte Sophie, als Laura fertig war. »Da solltest du in der Tat was machen. Du triffst dann gleich den alten Regionalvorstand?«

»Ja, 22:30 Uhr. Koppenstraße.«

»Mach erst mal alles wie geplant«, sagte Sophie, »und dann sprechen wir noch mal.« Sie kniff die Augen zu und überlegte. »Wir müssen irgendwie Frank mit reinbekommen, aber so ein bisschen hintenrum, damit er es nicht an andere delegiert.«

»Kannst du das machen?«

»Das geht, aber da muss ich sehr vorsichtig sein. Viele in der Behörde sind sowieso schon nicht begeistert, dass Frank und ich zusammen sind und erwarten Kungelei. Wenn es dann so aussieht, als ob Frank Fälle, von denen ich ihm erzähle, präferiert behandelt, kriegen wir beide richtig Ärger.«

»Verstehe. Also auf gar keinen Fall Kungelei?«

»Können wir uns gar nicht leisten. Aber wir müssten einen Grund finden, dich mit Frank ...« Sie hielt kurz inne. »Jetzt weiß ich es! Wenn alles gut geht, wird Frank diese Woche befördert. Zum Hauptkommissar.«

»Das ist doch super!«

»Wenn das so ist, machen wir eine kleine Party bei uns. Und würden dich spontan einladen. Dann mache ich noch mal ein Intro, er wird dich ja wiedererkennen, und dann geht hoffentlich alles seine Wege.«

Laura stand auf und legte einen Zwanzigeuroschein auf den Tisch. »Ich muss los. Vielen Dank für das Gespräch und wir hören uns wieder.«

»Mach's gut, Laura, und wir hören uns! Danke für den Drink!«

»Da nicht für. Nächstes Mal gehen wir essen. Das kann ich sogar als Geschäftsanbahnungskosten einreichen.« Sie zwinkerte mit einem Auge, ging zum Parkplatz, wuchtete die Sporttasche mit den Zumba-Klamotten und den Handtüchern in den Kofferraum und startete den Wagen.

22:10 Uhr.

Wenn alles glattging, wäre sie um 22:30 Uhr da. Sie rief Althaus an. Zur Sicherheit.

Es klingelte. Fünfmal. Zehnmal.

Sie legte auf. Wahrscheinlich war er gerade mit der Verabschiedung auf dem Private-Banking-Empfang beschäftigt und hatte sein Handy noch ausgeschaltet.

Sie blinkte und fuhr auf den Tempelhofer Damm.

Das Handy klingelte.

»Jacobs!« Das musste Althaus sein.

»Fischer hier«, sagte die Stimme, »entschuldigen Sie die späte Störung. Haben Sie kurz Zeit?«

KAPITEL 38

IM AUTO NACH FRIEDRICHSHAIN

Lauras Herz schlug schneller. »Ja, passt«, antwortete sie, »war gerade beim Sport und bin im Auto.«

»Okay. Müsste ich auch wieder mehr machen. Sport meine ich, nicht Autofahren.« Fischer machte eine Pause. Dann war der Smalltalk beendet und er kam zur Sache. »Sie haben das Haus kaufen wollen, habe ich gehört?«

Woher wusste er das schon wieder? Na klar, von der Kredit-Kollegin aus der Friedrichstraße. Vielleicht war er es auch, der sie zurückgepfiffen hatte?

»Ja, das ist wahr«, sagte Laura zerknirscht. »Wir wollen das Haus behalten. Das verstehen Sie doch.«

»Das verstehe ich und das habe ich Ihnen auch gesagt. Darum wären wir ja bereit, Sie zwischenzeitlich auf Bankkosten in einem Hotel unterzubringen, bis Sie wieder etwas gefunden haben. Sie erinnern sich?«

»Ja, ich erinnere mich.« Wie sollte sie sich daran nicht erinnern?

»Da hilft es leider nicht, wenn Sie, ich muss es mal so sagen, in die Strategie der Bank reingrätschen und auch noch möglichst viele andere motivieren, es genau so zu machen, indem sie die Häuser kaufen.«

»Das verstehe ich«, sagte Laura, »aber es ist doch legal?«

»Legal«, sagte Fischer und seine Stimme wurde etwas kälter, »ist vieles. Nur das Geld, das Sie und Ihre Kollegen durch Kauf und teuren Verkauf verdienen, verdienen Sie auf Kosten der Bank.«

»Wir wollen das Haus ja nicht verkaufen«, sagte Laura. »Wir wollen dort bleiben.«

Das, merkte Laura als Nächstes, war nicht die gewünschte Antwort.

»Hören Sie, Frau Jacobs«, sagte Fischer, »das wird nicht funktionieren! Wenn Sie uns Ihr Haus teuer verkaufen, haben wir ein Problem. Wenn Sie das Haus gar nicht freigeben, haben wir ein noch größeres. Für die Bank gibt es leider keine Alternative als den Kauf des Grundstücks. Wir müssen das leere Grundstück abgeben, komme, was da wolle. Sie alle verdienen dabei nur auf unsere Kosten.«

Laura verzog das Gesicht. Das war ja eine tolle Situation, dachte sie. Mit Gewinn verkaufen kam nicht in Frage und im Haus bleiben kam erst recht nicht in Frage. Sie konnte nicht einmal erwidern, dass die Bank mit den besser ausgestatteten Häusern einen Gewinn machte. Denn die wurden ja alle abgerissen, egal wie schäbig oder gut ausgestattet sie waren.

»Sie kennen vielleicht nicht unsere spezielle Problematik«, sagte Laura, »wir haben extrem viel gemacht in dem Haus. Mein Mann ist Handwerker. All das würde verpuffen, wenn wir das Haus laut Mietvertrag, zum Wert des damaligen Zustands mit hohem Verlust abgeben.«

»Frau Jacobs«, sagte Fischer, »ich dachte, wir wären auf der gleichen Seite? Sie sind bald Führungskraft, sehr bald dann auch komplett Filialleiterin, denn wir haben nicht vor, dass Sie für immer nur Stellvertreterin bleiben. Dann vielleicht noch viel mehr. Wir, als Bank, und auch ich müssen uns darauf verlassen können, dass Sie unsere Strategie mittragen.« Er machte eine Pause. Die Scheinwerfer des Autos zerschnitten die Nacht, als Laura den Mehringdamm entlangfuhr. »Und das heißt«, sprach er weiter, »dass Sie die Kollegen für unsere Sache einnehmen und sie nicht dagegen aufwiegeln.«

»Aufwiegeln?«, fragte Laura.

»Den Kollegen im Betriebsratsraum die Kontaktdaten eines Anwalts mitteilen?«, fragte Fischer. »Wie würden Sie das nennen?«

Verdammt, dachte Laura, der wusste alles. Sie aber wusste nicht, was sie erwidern sollte. Es war klar: wir oder die. Sie war entweder für die Bank und Fischer oder dagegen.

Fischer machte eine Pause.

»Was wird es sein?«, fragte er dann.

»Die Bank natürlich.«

»Gut.«

»Abgesehen davon«, sagte Laura und wusste nicht, ob das einer der Sätze war, die man lieber nicht sagen sollte, »ist ein Kredit über die Bank ja gar nicht möglich. Das hat mir die Kollegin aus der Friedrichstraße gesagt.«

»Das«, sagte Fischer, »sollte dann aber auch für andere Kredite gelten.«

Toll, dachte Laura, er war der berühmte Satz gewesen, der ein Satz zu viel war. Vielleicht half es, sich dumm zu stellen.

»Wie bitte?«

»Der Kredit bei der Interhyp, den Sie danach abgeschlossen haben«, sagte Fischer. »Der ist unserer Sache natürlich auch im Weg. Das Ganze wird nicht besser, wenn Sie den Kredit woanders abschließen!«

»Interhyp?«

»Stellen Sie sich nicht dumm, Frau Fischer, wir wissen beide, dass Sie das nicht sind. Ihr Mann hat einen Antrag bei der Interhyp eingereicht.«

»Woher wissen …«, begann Laura, verbiss sich aber den Rest der Frage. Da war Timo mal deutlich schneller gewesen, als er es normalerweise war. Ihr Gespräch war doch keine drei Stunden her.

»Schufa-Eintrag«, sagte Fischer. »Sobald Sie oder Ihr Mann eine große Summe beantragen, können auch wir das in der Schufa sehen. Das ist Ihnen als Bankerin doch nicht neu?«

»Nein, natürlich nicht.« Laura spürte ein Pochen in ihrem Kopf.

»Dann können wir davon ausgehen, dass sich dieser Kredit auch erledigen wird?«

»Ja«, sagte Laura, »können Sie.« Was sollte sie auch sonst sagen?

»Das freut mich«, sagte Fischer. Er ließ die Stille nachhallen. »Wissen Sie, ich würde Sie nämlich ungern als Kollegin in Frage stellen, vor allem, da ich Sie bisher eher als Freund gesehen habe.«

Die Stille, nachdem er aufgelegt hatte, schmerzte in Lauras Ohren.

KAPITEL 39

BWG BANK, FILIALE KOPPENSTRASSE, BERLIN

Er hatte *Freund* gesagt. Freundin hätte zu anstößig geklungen. Freund hieß das, was es heißen sollte: Laura musste die Seiten wählen. Sie war entweder für die Bank. Oder dagegen.

Ich würde Sie nämlich ungern als Kollegin in Frage stellen, vor allem da ich sie bisher eher als Freund gesehen habe. Die Worte wiederholten sich während der ganzen Fahrt in Lauras Kopf, wie in einer perversen Endlosschleife.

Sie hatte die Koppenstraße erreicht. Sie überlegte kurz, ob sie lieber nicht in die Tiefgarage fahren sollte, entschied sich dann aber doch dafür. Wenn sie jetzt nachts durch die Vordertür in die Filiale ging und jemand sie sah, würde das wahrscheinlich noch mehr Rückfragen erzeugen. Doch dann fiel ihr ein, dass sie sich ja mit Althaus vor der Filiale treffen musste, weil der keine Schlüsselkarte mehr hatte. Sie stieg also aus dem Wagen, fuhr mit dem Aufzug ins Erdgeschoss und verließ das Gebäude durch den Haupteingang.

Sie blickte sich um.

Keine Spur von Althaus. Überhaupt, keine Spur von niemandem. Aber wer sollte sich auch jetzt in der Bank oder vor der Bank aufhalten? Am nahen Ostbahnhof hörte sie das Kreischen von Stahlrädern auf Schienen.

Sie rief noch einmal Althaus an.

Es klingelte zehnmal, dann kam die Mailbox. »Dies ist der automatische Anrufbeantworter von ...« Gesprochen in einem gravitätischen Ton, als würden alle noch in den Neunzigern leben und Althaus hätte gerade sein erstes Autotelefon mit Anrufbeantworter bekommen.

Sie blickte sich um. Wartete er irgendwo? Aber er würde ja wohl sein Handy angeschaltet haben? Sie schickte eine SMS an die Nummer, mit der Althaus sie vorhin angerufen hatte.

Bin da. Wo sind Sie? Rufen Sie an, wenn Sie da sind? Grüße Laura Jacobs.

Die SMS verschwand.

Das war auch alles.

Niemand zu sehen.

Keine Antwort.

Vielleicht, dachte sie, hat er doch noch eine Schlüsselkarte und wartet oben? Laura wusste, dass das Gebäude in der Koppenstraße eine Art Faradaykäfig war, in dem man nur sehr selten Handyempfang hatte. Daran, dass in Zukunft alle mit einem Mobiltelefon unterwegs sein würden, hatte in den Neunzigern, als all diese Gebäude aus dem Boden gestampft wurden, niemand gedacht. Das war in der Tat eher die Zeit der Autotelefone gewesen, die damals nur einige sehr wenige Auserwählte hatten. Und eines mit Anrufbeantworter hatte fast niemand.

Sie ging durch den Haupteingang. Hier gab es, anders als am Pariser Platz, zum Glück keinen Empfang mit einem Nachtportier, der sie sehen und womöglich dumme Fragen stellen würde. Sie spurtete die Treppe in den ersten Stock hinauf. Irgendetwas in ihr sträubte sich dagegen, mit dem Aufzug zu fahren. Was war, wenn der stecken blieb, sie den Notfallknopf betätigen musste, der Sicherheitsdienst kam und sie befreien musste? Was würde sie dann sagen?

Sie war oben angekommen. Im ersten Stock befand sich das Transaction Banking der Bank. Zahlungsverkehr, große

Überweisungen und dergleichen wurden von hier aus erledigt. Ebenso das Parken von Geldern bei der Bundesbank. Vielleicht, überlegte sie, saß Frau Meyer auch hier? Aber das wusste sie nicht. Ansonsten hätte sie einfach zu ihr nach oben gehen können, anstatt ständig bei ihr anzurufen.

Ein bläuliches Licht erfüllte den Raum. Monitore, Schreibtische, Bürostühle. Die Bildschirmschoner liefen in einem kalten Blau über die Monitore.

Keine Spur von Althaus.

Dann erstarrte sie.

An einem der Tische – saß jemand.

»Herr Althaus?«, fragte sie leise. Und sie erschrak, als sie ihre eigene Stimme hörte.

Die Gestalt sprang auf. Dann ein greller Blitz.

Laura sah Sterne vor ihren Augen tanzen.

Eine Tür wurde aufgerissen, knallte zu.

Laura sprang hinterher. War das ein Einbrecher?

Bist du wahnsinnig, den zu verfolgen?, sagte ihr eine innere Stimme. Doch sie verfolgte die Gestalt bereits.

Die Tür zum Treppenhaus war geschlossen. Sie hielt die Schlüsselkarte an das Lesegerät. Es summte. Die Tür öffnete sich.

Sie blickte in die dunkle Leere des zweiten Treppenhauses. Nichts.

Der Typ war verschwunden. Laura hatte den Lichtblitz gesehen und dann nichts mehr. Das grelle Licht in der Dunkelheit hatte dazu geführt, dass Laura kurz gar nichts sah. Als sich ihre Augen wieder an die Dunkelheit gewöhnt hatten, war niemand mehr zu sehen. Wie ein Ninja, dachte sie kurz, der seine Gegner mit grellem Licht ablenkt.

Sollte sie die Treppe hinuntergehen?

Nein, entschied sie, das würde sie nicht tun.

Ihr Herz klopfte bis zur Schädeldecke.

Wer, zur Hölle, saß dort mitten in der Nacht in der Bank?

Sie merkte, wie sie vorsichtig einen Fuß vor den anderen setzte, um nur ja keinen Lärm zu machen. So als wäre nicht sie die Mitarbeiterin der Bank, sondern der Einbrecher, der eben geflüchtet war.

Und was wäre, sagte die Stimme in ihrem Kopf, *wenn die Gestalt wiederkommt? Wenn sie dir auflauert?*

Laura wurde vor Angst fast wahnsinnig, als sie leise die Treppe hinunterschlich.

Irgendwann war sie in der Tiefgarage.

Irgendwann endlich im Auto.

Sie verriegelte sofort die Autotüren.

Fuhr aus der Tiefgarage.

Draußen auf der Frankfurter Allee hatte sie die Welt aus Licht wieder. Es waren nur die gelblichen, riesigen Straßenlaternen, aber jetzt, das erste Mal, atmete sie tief ein und aus.

Sie schaute kurz auf ihr Handy.

Die letzte SMS war ihre eigene.

Bin da. Wo sind Sie? Rufen Sie an, wenn Sie da sind? Grüße Laura Jacobs.

Von Althaus keine Spur.

MITTWOCH

KAPITEL 40

BWG BANK, FILIALE KOPPENSTRASSE, BERLIN

Laura hatte am Abend nicht mehr mit Timo über den Kredit bei der Interhyp gesprochen. Sollte sie die Anfrage stornieren, wie es Fischer wollte? Sie wusste es nicht.

Sie hatte leichte Kopfschmerzen, als sie sich am Morgen in ihr Bankterminal in der Filiale einloggte. Beziehungsweise versuchte, sich einzuloggen. Denn der Zugang war gesperrt.

Harding kam auf sie zu. Er trug heute wieder eine grelle Krawatte, an der die Verkehrswacht ihre helle Freude gehabt hätte. Dazu einen Nadelstreifenanzug und Hosenträger. Das Hemd im klassischen Wall-Street-Stil in Hellblau mit weißem Kragen und weißen Manschetten. Er hatte eben versucht, einem jungen Mann eine Art kombinierte Anleihe zu verkaufen, die sich irgendwann in eine Aktie verwandelte. Dumm nur, dass der Mann das Konstrukt dahinter durchschaut hatte. »Wenn es gut läuft, macht ihr Banker Geld, wenn es schlecht läuft, habe ich den Schwarzen Peter«, hatte er gesagt. Laura musste ihm zustimmen. Das galt für Bankkunden aber nicht nur bei diesem Anlageinstrument, sondern generell.

Harding setzte sich auf den Kundenplatz gegenüber von Lauras Pult, eine seiner Techniken, wenn er in Ruhe sprechen wollte, ohne dass irgendein Laufkunde dazwischenfunkte, der lediglich seinen Kontoauszug nicht verstand, aber ganz sicher keinen Wertpapierertrag brachte. Er legte ein Blatt Papier auf den Tisch, mit der leeren Seite nach oben. Laura fiel auf, dass er zu seiner protzigen Uhr noch Manschettenknöpfe trug, die ebenfalls Uhren waren. Eine, so erkannte sie sofort, zeigte die Zeit von New York, die andere die in Tokio. Am Pult gegenüber saß Bissier und redete wieder unaufhörlich auf einen Kunden am Telefon ein.

»Frau Jacobs, wir haben ein großes Problem«, sagte Harding.

Laura spürte einen Stich in ihrem Magen. Sie ahnte, worum es ging.

»Sie meinen die Sache mit den 900er-Konten?«

Harding nickte. »Die Bank hat die berechtigte Vermutung, dass Sie von den Konten von verstorbenen Kunden Gelder auf die 900er-Konten überwiesen haben.«

»Das war ich aber nicht. Mir ist es nur aufgefallen, als ich das Konto von Frau Wilmer überprüft habe.«

»Das ist aber Ihr Dispokürzel gewesen.«

»Ja, und das Kürzel von Herrn Althaus. Meinen Sie, der geht in den Ruhestand, indem er vorher Konten leer räumt?«

»Sieht ja fast so aus. Denn in der Tat, sein Dispokürzel war dort auch zu sehen.«

»Warum sollte er das machen? Sich vor dem Ruhestand so einen Ärger einzuhandeln?«, fragte Laura. »Und vor allem: Warum sollte ich das machen? Ich werde befördert und dann so etwas?«

»Noch sind Sie nicht stellvertretende Filialleiterin, das ist erst ab Oktober der Fall.«

So wie Harding das aussprach, dachte Laura, klang es so, als würde sie es nie werden. Und dass ihm das auch ganz recht wäre.

»Und außerdem haben die Überweisungen vor Ihrem Gespräch mit Fischer zu der Filialleiter-Position stattgefunden.«

»Dann glauben Sie«, Laura wurde etwas lauter, »dass ich das vorher ohne Weiteres gemacht hätte, aber jetzt, wo ich stellvertretende Filialleiterin werde, nicht mehr? Das glauben Sie doch selber nicht. Wie plump wäre das denn?«

»Ziemlich plump«, gab Harding zu, »mir fällt es auch sehr schwer, das zu glauben.«

»Dann hat jemand den Disposchlüssel manipuliert. Und den von Althaus auch.«

»Das«, sagte Harding, »werden wir prüfen müssen. Herr Fischer möchte sie morgen sofort dazu sprechen. Heute ist er den ganzen Tag in Meetings, aber gleich morgen früh erwartet er Sie am Pariser Platz.«

»Okay. Und dann?«

»Dann müssen wir sehen, was wir mit Ihnen machen. Bis dahin bleibt Ihr Zugang gesperrt.«

»Ich muss nicht noch einmal wiederholen, dass ich das nicht war?«, sagte Laura.

»Das habe ich verstanden, aber die Beweise sprechen leider gegen Sie.«

»Was ist, wenn alles schiefläuft?«

»Dann müssen wir uns leider mit sofortiger Wirkung von Ihnen trennen. Darüber hinaus«, er drehte das Blatt Papier um, »ist so etwas natürlich strafbar.«

»Selbst wenn ich das getan hätte, was ich nicht habe, ich habe doch nichts von dem 900er-Konto weiterüberwiesen. Also auch nicht auf mein eigenes Konto, denn das ist es ja, was mir anscheinend vorgeworfen wird.«

»Noch nicht. Weil alles vorher aufgeflogen ist.«

Harding zeigte ihr den Text. Es war ein Zeitungsartikel. Ungefähr einen Monat alt. Laura las den Text:

Weil sie über Jahre Sparkonten von Kundinnen leer geräumt hatte, ist eine Bankangestellte zu einer Gefängnisstrafe von zwei Jahren und neun Monaten verurteilt worden. Die An-

geklagte habe die Konten von älteren Kundinnen leer geräumt, sagte die Vorsitzende Richterin am Montag im Landgericht Lüneburg. Eine Bewährungsstrafe komme bei 40 Taten über einen sehr langen Zeitraum und einer Schadenssumme von 280.300 Euro nicht mehr in Frage. Die Angestellte hatte die Diebstahlserie in zwei Filialen gestanden und mit finanziellen Problemen wegen der Renovierung eines Hauses begründet.

Harding hob eine Augenbraue. »Renovierung eines Hauses?«, fragte er. »Ist ein Haus nicht auch bei Ihnen das Problem? Dass die Bank die Häuser verkaufen will und sie dort extrem viel Geld reingesteckt haben?«

Laura fühlte die Tränen in ihren Augen. Die Geschichte, das musste Laura zugeben, machte absolut Sinn: Sie wollte das Haus kaufen, da sie sonst geräumt wurden. Dafür brauchte sie Geld. Und wo gab es Geld? Auf den Konten der Bank. Wenn Harding jetzt auch noch wusste, dass Timo dreißigtausend Euro verzockt hatte, wurde die Geschichte wirklich glaubwürdig. Andererseits war das Geld vor anderthalb Wochen überwiesen worden, die Zockerei von Timo war erst ein paar Tage her.

Dennoch schnürte sich ihr die Kehle zu: Das Haus war weg, das Geld war weg, der Job war als Nächstes weg und dann auch noch ihre Freiheit, wenn sie für drei Jahre in den Bau musste.

»Bei dieser Dame waren es gut zwei Jahre Gefängnis für den Diebstahl von knapp dreihunderttausend Euro. Nur bei Ihnen«, fuhr Harding fort, »waren es über fünf Millionen Euro. Das ist allerdings deutlich mehr als dreihunderttausend wie in diesem Fall.« Er tippte auf den Artikel. »Es ist sogar knapp zwanzigmal so viel!«

Laura schluchzte. Einige Kunden schauten sie betreten an. Sie wusste nicht, was sie sagen sollte.

Harding wurde etwas freundlicher. »Hören Sie, ich will Ihnen gern glauben. Wir alle wollen Ihnen glauben. Und Sie erhalten natürlich Gehalt und alles weiter, bis der Fall geklärt ist. Auch die Beförderung ist nicht vom Tisch.«

Laura wusste, dass gleich das große *Aber* kommen würde. Es kam.

»*Aber*«, sagte Harding, »Sie wissen vielleicht, dass sich eine Etage über uns das Transaction Banking befindet. Dort sind auch die Terminals, mit denen Sie von den 900er-Konten Geld überweisen können. Wohin immer Sie wollen. Von diesen Terminals hier geht das nicht.« Er tippte auf den Tisch.

Laura nickte. Darum hatte es gestern auch nicht geklappt, das Geld wieder zurückzuüberweisen. Nur bei dem Wilmer-Konto hatte es seltsamerweise funktioniert.

»Hinzu kommt«, sagte Harding, »dass es manchmal Notfälle gibt, bei denen auch die Berater aus der Filiale auf die 900er-Konten oder davon weg überweisen müssen. Natürlich nur mit Zustimmung des Vorgesetzten, aber es ist möglich.«

»Ich könnte mit meiner Kennung dort oben überweisen, aber hier unten nicht?«, fragte Laura. »Das wusste ich nicht.«

»Nicht wissen schützt vor Strafe nicht«, sagte Harding und wischte das Argument mit der Hand weg wie eine lästige Fliege, »und was Sie wissen oder nicht, werden wir noch sehen. Aber: Wenn also jemand dort etwas heimlich machen will«, fuhr Harding fort, »dann macht er es vielleicht nachts, nicht am Tag, oder?«

Laura wackelte mit dem Kopf. »Könnte sein.«

Harding zog sein Handy hervor. »Wie gesagt, wir wollen Ihnen gern glauben. Aber wie leicht machen Sie es uns, Ihnen Vertrauen zu schenken, wenn wir solche Fotos sehen, aufgenommen vom Pförtner um 22:45 Uhr am gestrigen Tag, im Transaction Banking, von … Ihnen!«

Er zeigte Laura sein Smartphone und das Foto darauf.

Es zeigte Laura, die Augen aufgerissen von dem Lichtblitz, gestern Abend. Im Transaction Banking. Es war hundertprozentig klar, wer auf dem Foto war: Laura Jacobs. Niemand sonst.

Der Lichtblitz, dachte Laura.

Es war keine Ablenkung, wie bei einem Ninja, damit sich Lauras Augen wieder an die Dunkelheit gewöhnen mussten und der Eindringling verschwinden konnte.

Mein Gott, bist du dämlich, dachte sie.

Es war der Blitz – einer Kamera!

KAPITEL 41

FRIEDRICHSHAIN, SPREEUFER

Laura lief die Koppenstraße herunter, bis sie, am Ostbahnhof vorbei und über die Kreuzung am Stralauer Platz, an der Spree stand. Die Sonne des Spätsommers glitzerte auf dem Wasser. Es war ein schöner Tag, wie sie ihn liebte. Sie liebte den Spätsommer und den frühen Herbst. Ein Stück weiter links die Eastside Gallery, gegenüber ein riesiges Zalando Outlet-Zentrum. Überall wurden neue Gebäude, Start-up-Zentralen und teure Luxusappartements hochgezogen. Dass hier die Bezirksregierung gemäß eigener Parteipropaganda eher investorenfeindlich war, sah man an den vielen Baustellen nicht. Man hätte eher glauben können, ein Ökonom der Chicagoer Schule hätte hier das Sagen.

Wer hatte dieses Foto gemacht?, fragte sich Laura. Sie hatte keinen Pförtner gesehen und die Person am Terminal, die sie ertappt hatte, war sicher auch kein Pförtner gewesen. Die Pförtner konnten sich nicht an den Bankrechnern einloggen und warum sonst sollte irgendjemand dort an dem Terminals sitzen? Es musste jemand mit einer Mitarbeiter-Karte der Bank gewesen sein. Jemand, der geistesgegenwärtig genug gewesen war, sie sofort mit Blitz zu fotografieren. Damit hatte er in der Tat genug Zeit, um Laura zu verwirren, ihre Sicht kurz zu vernebeln und zu flüchten, und er hatte ein Foto, mit dem er den Verdacht komplett von sich ablenken und auf Laura schieben konnte. Denn wenn Laura nachts im Transaction Banking herumlief, wo sie eigentlich auch am Tag nichts zu suchen hatte, machte das doch auch dem größten Idioten klar, dass da irgendwas faul war.

Und von Laura gab es eben ein Foto.

Von dem mysteriösen Typen, der dort gesessen hatte (war es überhaupt ein Mann gewesen?) gab es keins.

Sie schaute über den Fluss und musste zugeben, dass sie nicht weiterwusste. Dass sie verzweifelt war. Dass vor einer Woche die Welt noch in Ordnung gewesen war, bis dann dieser Brief kam und das ganze Unheil seinen Lauf nahm.

Sie griff zum Handy. Scrollte durch die angerufenen Nummern. Rief Gerhard Althaus an.

Es klingelte.

Fünfmal, zehnmal.

Dann wieder der Anrufbeantworter.

Sie ließ das Handy sinken.

Schaute auf den Fluss. Ganz kurz überlegte sie, einfach in die Spree zu springen. Aber sie konnte schwimmen, wäre dann irgendwann wieder draußen, völlig durchnässt, vielleicht noch erkältet, musste sich umziehen und hatte danach genau die gleichen Probleme wie vorher.

Sekunden später klingelte Lauras Handy. Sie spürte einen Stich im Herzen. War das wieder Fischer? So wie gestern? Sie hatte die Mobilnummer von Fischer gestern gleich eingespeichert. Die war es aber nicht. Es war eine Berliner Festnetznummer.

»Jacobs«, sagte sie.

»Brinkhaus«, sagte eine männliche Stimme, »Justizvollzugsanstalt. Sie haben gerade versucht, Dr. Gerhard Althaus telefonisch zu erreichen?«

»Ja«, sagte Laura. Was sollte sie sonst sagen? In ihrem Kopf aber rotierte es. Hatten sie Althaus schon eingebuchtet und jetzt nahmen sie bei Laura die Verfolgung auf? Aber was würde es bringen zu lügen? Ihre Nummer war ja soeben auf Althaus' Display angezeigt worden und auch die Anrufe bei ihm gestern würden die Ermittler erkennen, wenn man die Telefonverbindungen überprüfen würde.

»Herr Dr. Althaus ist bei uns in Untersuchungshaft.«

Sie merkte, wie sich ihre Hand verkrampfte. *So schnell geht das? So schnell ... Und jetzt war sie dran?*

Sie sagte nichts.

KAPITEL 42

FRIEDRICHSHAIN, SPREEUFER

»Frau Jacobs«, sagte die Stimme, »sind Sie noch dran?«

»Ja, bin ich«, sagte Laura und versuchte, ihre Stimme fest klingen zu lassen. »Was passiert jetzt mit mir?«, fragte sie dann. Sie war hundertprozentig überzeugt, dass sie in Kürze ebenfalls in Untersuchungshaft kam.

Doch der Mann sagte: »Wir haben eben gesehen, dass von Ihrem Telefon ein Anruf auf seinem Handy einging. Wir hatten ohnehin nach Ihrer Nummer gesucht und jetzt sind Sie uns zuvorgekommen.«

»Aha.« Laura wusste beim besten Willen nicht, was sie sagen sollte.

Der Vollzugsbeamte sprach weiter. »Sein Anwalt wird sich gleich bei Ihnen melden. Er möchte mit Ihnen sprechen.«

»Okay«, sagte Laura zögerlich. Wenn Althaus' Anwalt mit Laura sprechen wollte, klang das nicht so, als ob Laura in Untersuchungshaft sollte. »Warum …«, fragte sie dann, »… warum ist Herr Althaus denn in Untersuchungshaft? Hat es irgendwas mit der Bank zu tun?«

»Das darf ich Ihnen natürlich nicht sagen«, sagte Brinkhaus, »das müssen Sie seinen Anwalt fragen.«

»Hat es …«, Laura überwand sich, die Frage zu stellen, »hat es irgendetwas mit irgendwelchen falschen Überweisungen zu tun?« Sie musste wissen, ob Althaus deswegen aufgeflogen war und ob ihr als Nächstes das gleiche Schicksal drohen würde. Doch die Antwort des Justizbeamten trug nichts dazu bei, um sie zu beruhigen.

»Von Überweisungen weiß ich nichts«, sagte Brinkhaus. »Ich kann nur sagen: Das, was gegen Herrn Dr. Althaus vorliegt, ist leider schlimmer. Viel schlimmer.«

KAPITEL 43

FRIEDRICHSHAIN, SPREEUFER

Das Telefon klingelte wieder. Es war eine Mobilnummer. Am anderen Ende meldete sich ein gewisser Herr Frehse.

»Ich vertrete als Anwalt die Rechte von Herrn Dr. Gerhard Althaus. Herr Brinkhaus von der JVA hat mich eben informiert.«

»Was ist mit Herrn Althaus?«

»Es werden schwere Vorwürfe gegen ihn erhoben. Er möchte deswegen mit Ihnen sprechen.«

Laura war verwundert, dass sie scheinbar geradewegs in die Untersuchungshaft spazieren sollte. »Geht das denn einfach so?«

»Nun ja, Sie sind ja seine Verlobte, und da ist es möglich, dass Herr Althaus Sie in einem Familienzimmer trifft. Ansonsten sind Besuche in der U-Haft natürlich nicht gestattet. Könnten Sie vorbeikommen? Jetzt gleich? Es ist meinem Mandanten sehr wichtig.«

Lauras Synapsen arbeiteten zum Glück schnell und gut genug, um jetzt keinen Fehler zu machen und nicht damit herauszuplatzen, dass sie ja gar nicht Althaus' Verlobte war. Das war sie natürlich nicht, aber nur eine Verlobte konnte einen Gefangenen in Untersuchungshaft im Familienzimmer besuchen, wo beide für eine gewisse Zeit ungestört waren. Das wusste Lauras aus den Krimis, die sie so gern las. Unabhängig davon, was Althaus Schreckliches passiert war: Nach den Ereignissen der letzten Nacht musste sie unbedingt mit ihm sprechen. Und darum musste sie Althaus' Trick mit der Verlobten dankbar annehmen und deswegen tatsächlich, jedenfalls für den Anwalt und für das Gefängnispersonal, bei der Story mitspielen. Dem Anwalt war zum Glück nicht aufgefallen, dass Laura eben *Was ist mit Herrn Althaus?* gesagt hatte. Normal wäre ja als Verlobte gewesen: *Was ist mit Gerhard? Oder Gerd?* Andererseits erwartete man ja von einer Bankerin Umfangsformen und formal den richtigen Ton zu treffen, insbesondere in einer heiklen und ungewöhnlichen Situation.

»Selbstverständlich. Ich bin gleich bei Gerhard«, sagte Laura und hob die Stimme. »Oh Gott, was hat er denn getan? Das kann doch alles nicht sein! Er ist jetzt im Ruhestand und wir wollten im Herbst, also in einem Monat, eine Weltreise machen.«

»Daraus wird vielleicht nichts«, entgegnete Frehse, »aber kommen Sie so schnell wie möglich. JVA Moabit. Tor 1. Sie kennen die Adresse?«

»Ich habe ein Navi. Und da wird ja sicher jemand sein, den ich fragen kann.«

»Selbstverständlich. Wäre ein komisches Gefängnis ohne Wachen. Ansonsten rufen Sie mich oder Herrn Brinkhaus an. Nummern haben Sie ja im Display?«

»Habe ich«, sagte Laura.

Sie beendete den Anruf und ging mit schnellen Schritten zurück zur Koppenstraße. Wenn ihr Zugang sowieso gesperrt und sie für heute mehr oder weniger freigestellt war, konnte sie auch heimlich in die Tiefgarage gehen und nach Moabit fahren.

Vor der Filiale stand Herr Bissier und rauchte. Allerdings keine Gitanes oder Gauloises, wie man es bei einem Franzosen erwarten würde, sondern Marlboro. Laura war zu der Zeit aufgewachsen, als es die Cowboy-Werbung von Marlboro gab, sodass auch noch Jahre später die Menschen mit Cowboys immer die Marke Marlboro verbanden. Das Interessante daran war vor allem, dass in der Werbung nur Cowboys auftauchten, aber natürlich zum größten Teil Nicht-Cowboys Marlboro rauchten. Frauen auch, die man in der Werbung überhaupt nicht sah. Genial gemacht, dachte sie. Womit verbanden die Menschen wohl die BWG?

»Frau Jacobs«, grüßte Bissier und zog an seiner Zigarette. »*Ça va?*«

»*Un peu*«, sagte Laura, »ein bisschen.« Sagte man das überhaupt so? Egal, so richtig lief gar nichts. »Ich habe ein bisschen Ärger«, ergänzte sie dann, »und muss jetzt schnell los.«

»*Bien sûr*«, sagte Bissier, »natürlich. Ich wollte Ihnen nur eine Sache sagen. Vielleicht hilfreich. Ich wohne ja hier in der Nähe.«

Das wusste Laura. Und Bissier war, als Betriebsreserve oder Vertriebsreserve, wie es neuerdings hieß, alles andere als unglücklich, dass er jetzt in die Koppenstraße versetzt wurde, die nur fünf Minuten zu Fuß von seinem Wohnort in der Frankfurter Allee entfernt war. Auch wenn ihm das penetrante Anrufen der Kunden mächtig auf den Geist ging.

»Was denn?«

»Ich hoffe, Sie verzeihen mir, dass ich ein paar Worte mitgehört habe.« Er senkte die Stimme. »Sie waren angeblich im … Transaction Banking. In der Nacht?«

Laura zuckte die Schultern. »So hat es Harding gesagt.«

»Wenn das so war«, sagte Bissier, »waren Sie nicht die Einzige.«

»Nein?«

»*Non.*« Bissier schüttelte den Kopf. »Ich war gestern Nacht noch mit Napoleon draußen. Meinem Mops«, ergänzte er, als sie Lauras erstaunten Blick sah. Sie musste kurz an die Aussagen von Loriot denken. *Ein Leben ohne Mops ist möglich, aber sinnlos.*

»Und?«

»Da habe ich jemanden aus einem Taxi steigen sehen. Im Taxi hat er bar bezahlt, so wie das die machen, die nicht durch Apps und so was zurückverfolgt werden wollen. Dann ist der Mann ins Gebäude gegangen.«

»Das haben Sie so genau gesehen?«

»Na ja«, antwortete Bissier, als wollte er sich rechtfertigen, weil es so wirken könnte, als habe er herumspioniert, »mein Napoleon, also der Mops, hat durch die Züchtung leider eine sehr kurze Nase, wie viele Möpse. Daher ist er nicht der schnellste, weil er schlecht Luft kriegt, und muss ab und zu mal Pause machen.«

»Ich verstehe.« Laura nickte. »Und wann haben Sie den Mann gesehen?«

Bissier zuckte die Schultern. »Ich habe eine Kirchenuhr gehört, daher muss es ungefähr 22:00 Uhr gewesen sein.«

»Konnten Sie den Mann erkennen?«

»Ich glaube schon. Ich habe ihn nur einmal gesehen bisher. Auf der Betriebsversammlung letzte Woche. Ich glaube, Sie waren auch dort?«

»Das war ich. Wer ist es?«

Bissier rückte ein Stück an sie heran und sie roch den Zigarettenatem. Er flüsterte den Namen so leise, das Laura ihn kaum hörte. Aber sie hörte und verstand ihn.

»*Comprenez vous?*«, fragte Bissier und kniff ein Auge zu. »Verstehen Sie? Was macht der so spät da? Aber behalten Sie für sich, dass Sie das von mir wissen?«

Laura nickte. »Danke, Kollege, *merci beaucoup!*« Sie verbeugte sich leicht. »Jetzt muss ich umso schneller los.«

Sie ließ Bissier am Eingang stehen und spurtete die Treppe zur Tiefgarage hinunter. Bissiers Worte hallten in ihrem Kopf.

Fischer. Thomas Fischer.

KAPITEL 44

JUSTIZVOLLZUGSANSTALT MOABIT, BERLIN

Laura hatte sofort einen Parkplatz in der Straße Alt-Moabit gegenüber der JVA gefunden und war zur Besucherpforte gegangen. Einer der Justizbeamten hatte sie durchsucht und ihr das Handy abgenommen. Dann waren sie durch die erste Metalltür gegangen, hinter der sie warten musste, bis die Tür geschlossen war, bevor die nächste Tür aufgeschlossen werden konnte. Das ist also die Schleuse, dachte Laura.

Als Laura durch das Tor ging, beschlich sie ein Gefühl, als würde sie nicht jemanden besuchen, sondern selbst Insassin werden. In einem ihrer Thriller hatte sie gelesen, dass es für die Gefangenen oft ein Zugangsbündel gab, darunter Besteck, Teller, Schüssel, Einwegrasierer, Rasierschaum, Pinsel mit wenigen, weichen Borsten, Bettlaken, Handtuch, Zahnbürste, Zahncreme, Shampoo und noch ein paar andere Sachen für die neun Quadratmeter Zelle, die auf sie wartete. Name, Vorname, Datum und Uhrzeit wurden festgehalten, und dann öffnete sich die Stahltür. Ab dann wurde die Haftzeit gezählt.

Wer eine dieser Schleusen durchschritt, dachte sie, und nicht nur zu Besuch war, der hatte sein Leben abgegeben. Jetzt war der Staat dran. Er zerlegte im Gefängnis die Zeit der Insassen und bestimmte exakt, was innerhalb dieser Zeiteinheiten passierte und wann.

»Okay, weiter«, sagte der Beamte und öffnete die zweite Tür. Sie durchschritten einen langen Korridor.

Allein konnte man sich als Besucher hier nicht bewegen.

Und als permanenter Besucher, also als Insasse, erst recht nicht.

Wann immer eine Tür vor einem aufgeschlossen wurde, wurde vorher die Tür hinter einem zugeschlossen. Die Tür wurde immer erst aufgeschlossen, wenn die andere zugeschlossen war.

Zu, auf, vorwärts. Zu, auf, vorwärts. So ging es drei- oder viermal.

Auf der rechten Seite die Türen, hinter denen wohl die Zellen lagen. Murren war zu hören, gedämpfte Gespräche, Fernseher.

Am Ende des Ganges öffnete der Beamte eine Tür. Darin ein Mann im dunkelblauen Anzug, blauer Krawatte, blütenweißem Hemd und Aktentasche. Alles an ihm sah teuer aus und passte überhaupt nicht zur kargen Atmosphäre des Gefängnisses. Das war wahrscheinlich genau so beabsichtigt, denn es zeigte dem Gegenüber: *Sei freundlich zu mir und kooperiere, sonst ...* Sie musste an den Spruch von Don Corleone aus *Der Pate* denken, einem Lieblingsfilm von Timo: Ein Anwalt kann mit seinem Aktenkoffer mehr stehlen als hundert Männer mit Kanonen.

»Frehse«, sagte der Mann und erhob sich, »der Anwalt von Herrn Dr. Althaus.« Er reichte Laura eine Visitenkarte, die sie kurz überflog.

Niels Frehse, Fachanwalt für Strafrecht, LLM, Weber und Venturas Berlin, Kurfürstendamm ...

»Angenehm, Frau Jacobs«, sagte Frehse. Er blickte zu dem Beamten auf. »Wenn es passt, können Sie Herrn Dr. Althaus gern zu uns schicken.«

Der Mann nickte. Sein Kollege schloss die Tür und blieb vor der Tür stehen.

Laura sah sich um. Es gab eine Couch, einen Tisch und

zwei Stühle. Ein vergittertes Milchglasfenster ging wohl Richtung Hof, jedenfalls war von dort kaum Straßenlärm oder Ähnliches zu hören.

»Können wir sprechen?«, fragte Laura.

»Natürlich«, sagte Frehse. »Schön, dass Sie so schnell als *seine Verlobte* gekommen sind.« Er kniff ein Auge zu und senkte die Stimme noch weiter. »Wir sollten allerdings nur so leise wie möglich sprechen. Es kann zwar keiner widerlegen, dass Sie seine Verlobte sind, aber wir sollten uns nicht angreifbar machen.« Er räusperte sich. »Es würde sehr helfen, wenn ich als Dr. Althaus' Anwalt auch bei Ihrem Gespräch dabei wäre. Wäre das für Sie in Ordnung?«

Laura nickte. »Natürlich.« Warum sollte sie etwas dagegen haben? Allzu privat würden die Gespräche schon nicht werden, schließlich war sie nicht Althaus' Verlobte.

»Was ist denn passiert?« Laura setzte sich ebenfalls. »Ich war gestern wegen einer internen Angelegenheit mit Herrn Althaus verabredet, aber er kam nicht.«

»Das hat er mir gesagt. Er war auf einem Empfang des Private Banking am Pariser Platz.«

»Das hat er mir auch gesagt«, sagte Laura. »Und dann?«

»Dann wachte er auf«, sagte Frehse. »Im Adlon.«

»Da ist er ja öfter gewesen.«

»Ja«, Frehses Stimme wurde kalt und förmlich, »aber nicht in einer Suite in einem Bett und neben ihm – eine blutüberströmte, tote Prostituierte!«

»Was?«, flüsterte Laura.

Frehse nickte. »So hat ihn die Polizei gefunden.«

»Sie glauben doch nicht, dass Althaus …?«

»Bitte sagen Sie, wenn möglich, Gerhard.«

»Sie glauben doch nicht, dass Gerhard so etwas …«

»Was ich glaube, ist völlig egal. Mein Job ist es, den Klienten aus der U-Haft zu kriegen und den Richter dazu zu bringen, den Klienten mit einer möglichst geringen oder am besten gar keiner Haftstrafe aus dem Prozess zu entlassen. Dafür zahlen mir meine Klienten siebenhundert Euro die Stunde.«

»Dann sind Sie einer der besseren Anwälte für Strafrecht?«

»Unsere Kanzlei«, erklärte Frehse, »ist eigentlich auf Kapitalmarktrecht spezialisiert, aber sie haben mit mir die Abteilung für Strafrecht aufgebaut, um unsere Klienten umfassend beraten zu können. Sie sehen ja, dass das leider nötig ist.«

»Läuft es gut?«

»Bisher ja. Am Landgericht drüben«, er zeigte mit der Hand nach draußen, »nennen sie mich *Freispruch Frehse*. Ob es aber diesmal klappt, da bin selbst ich mir nicht sicher.«

Laura ließ die Aussage sacken. Im Bett neben einer blutüberströmten, toten Prostituierten? Das sollte Gerhard Althaus sein? Sie kannte die Vorurteile in der Bank gegen ihn und einige würde sie auch sofort unterschreiben. *Sonntagsredner, Frühstücksdirektor, Schönwetterkapitän, Sugar Daddy* oder *Fat Cat*. *Fat Cats* oder *fette Katzen* waren Topmanager, die sehr viel verdienten, aber nicht viel bewegten. Eine derart schreckliche Tat, der Mord an einer Prostituierten, war indessen eine völlig andere Dimension.

»Was sagt Gerhard?«

»Er weiß nichts davon. Er ist neben der Frau aufgewacht, alles war blutüberströmt, und dann war schon die Polizei da.« Er schob ihr zwei Fotos über den Tisch.

Darauf Althaus. Nackt bis auf die Unterhose, seine Kleidung lag auf dem Boden verstreut. Daneben ein nackter Körper, der zum größten Teil rot war. Dutzende von Einstichen, wahrscheinlich von einem Messer. Das einstmals weiße Bettzeug rot von Blut. »Arterielle Spritzer«, erklärte Frehse, »auf dem Teppich und an den Wänden.«

»Mein Gott«, sagte Laura.

»Ja«, sagte Frehse. »Der Traum eines jeden Hotels. Dass in solchen Fünf-Sterne-Läden öfter mal Orgien auf den Zimmern mit Callgirls stattfinden, weiß man ja, seitdem einige Promis damit in den Schlagzeilen waren. All das weiß und akzeptiert ein Hoteldirektor auch. Was er aber gar nicht mag, sind Morde.«

Laura nickte. Sie kannte den Thriller *Shining* von Stephen King: In einem großen Hotel geschahen nicht nur Morde, sondern auch Geister trieben ihr Unwesen. Alles nicht gut für das Marketing.

»Die Polizei war sofort dort?«

»Laut meinem Klienten ist er aufgewacht und dann leuchteten ihm schon die Taschenlampen der Einsatzkräfte ins Gesicht.«

»Das klingt ja ein bisschen abgesprochen.«

Frehse kniff die Lippen zusammen und nickte.

»Wenn er es nicht war«, sagte Laura, »wovon ich ausgehe …«

»Ich übrigens auch«, unterbrach Frehse sie, »wobei es immer mein Job ist, den Mandanten rauszuhauen, egal, was ich glaube, und egal, was er getan hat. Aber in diesem Fall glaube ich ihm wirklich, dass er es nicht gewesen ist.«

»Richtig«, sagte Laura, »aber wenn er es nicht war, dann muss doch irgendeiner ein Interesse daran haben, ihn aus dem Weg zu räumen?«

»Zum Schweigen zu bringen, ja«, sagte Frehse. »Ich hatte nur kurz Zeit, um mit Dr. Althaus zu sprechen, aber es scheint, als hätte man ihn darauf hingewiesen, sich zurückzuhalten.«

»Zurückzuhalten im Hinblick auf was?«

»Das wird er Ihnen gleich erzählen. Aber er hat wohl

nicht darauf gehört. Und dann musste man andere Seiten aufziehen.«

Laura dachte an den Spruch von Al Capone: *Man erreicht mehr mit freundlichen Worten und einer Waffe als nur mit freundlichen Worten.*

»Aber was soll er denn …?«, begann Laura.

In dem Moment öffnete sich die Tür.

KAPITEL 45

JUSTIZVOLLZUGSANSTALT MOABIT, BERLIN

Der Beamte, der auch Laura in das Zimmer begleitet hatte, öffnete die Tür. Vor ihm Gerhard Althaus. Er trug noch seine Anzugshose und sein Hemd, offenbar hatte ihm noch niemand frische Kleidung gebracht. Da es in Deutschland keine Gefangenenkleidung gab, würde er, wenn niemand kam und ihm Kleidung brachte, irgendwelche Klamotten aus der Kleiderkammer erhalten.

Sein Gesicht war blass und eingefallen, die Augen gerötet. Man sah, dass es ihm sehr schlecht ging. Der Beamte nahm ihm die Handschellen ab.

»Laura«, sagte Althaus.

»Gerhard«, sagte sie, ging auf das Spiel ein. Sie umarmten sich. »Was ist denn passiert?«

Althaus sah sich um. Frehse stand auf und wandte sich an den Beamten. »Ich denke«, sagte Frehse, »Sie können uns jetzt allein lassen.«

»Gut«, sagte der Mann knapp und schloss die Tür. »Fünfzehn Minuten.«

»Ich habe bereits mit Laura Jacobs zu dem Fall gesprochen«, sagte Frehse. »Aber vielleicht wiederholen Sie es noch mal in Ihren eigenen Worten?«

»Wie oft soll ich das denn noch sagen?« Althaus hatte Tränen in den Augen. »Es ist doch völlig klar, wer dahintersteckt!«

»Wer?«

»Fischer«, rief Althaus, »Thomas Fischer!«

»Thomas Fischer?«, fragte Laura. Sie ließ den Bericht von Herrn Bissier, der Fischer angeblich nachts im Transaction Banking gesehen hatte, außer Acht. »Aber der Reihe nach. Wie kam es, dass Sie auf diese Art und Weise im Adlon aufwachten? Mit einer ... Leiche?«

»Ich war zuerst auf dem Private-Banking-Empfang«, sagte Althaus, »das hatte ich Ihnen ja gesagt. Es gab bei mir, genauso wie bei Ihnen ...«, er räusperte sich, »... wie bei dir ...«

Frehse nickte ihm beruhigend zu. »Im Moment hört uns keiner. Aber bleiben Sie ruhig beim *Du*.«

»... wie bei dir gab es bei mir auch diese komischen Überweisungen.« Er nickte Frehse zu. »Hatte ich Ihnen ja kurz erläutert.«

»Ja, als ob man Ihnen irgendeine Schuld in die Schuhe schieben wollte. Oder ein Vorwand, um Sie kaltzustellen.« Frehse machte sich eine Notiz. »Das werden wir prüfen.«

»Und dann?«, fragte Laura.

»Dann war ich auf der Toilette. Ich weiß noch, dass ich mich im Spiegel gesehen habe und mich gewundert habe, wie blass ich war. Ich sah aus wie ein Toter. Außerdem wurde ich plötzlich so müde. Ich dachte: So viel hast du doch gar nicht getrunken. War nur ein Weißwein.« Er schaute Laura an. »Wir wollten uns ja noch an der Koppenstraße treffen und da wollte ich selbst hinfahren. Ohne Fahrer. Auf den hätte ich sogar diese Woche noch Anspruch. Na, egal.« Er rieb sich die Hände. »Dann kamen zwei Männer dazu. Ich habe ihre Gesichter aber nur ganz kurz gesehen. Und das Nächste, an das ich mich erinnere, ist das blutige Bett im Adlon. Und dann kam auch schon die Polizei.«

»Wie gerufen«, sagte Frehse.

»Vielleicht hat man Ihnen, ich meine dir, etwas ins Getränk gemischt«, sagte Laura.

»Was?«, fragte Althaus.

Frehse nickte. Er schien zu ahnen, was sie meinte.

»Gibt es nicht K.-o.-Tropfen, die einen völlig ausschalten?«, fragte Laura.

»Das«, sagte Frehse, »ist auch meine Befürchtung. Ich habe bereits angemahnt, dass sofort Ihr Blut untersucht wird. Es kann aber sein, dass es dafür schon zu spät ist und die Reste der Substanzen im Blut bereits nicht mehr nachzuweisen sind.« Er schaute Althaus mit dem typischen Anwalts-Gesichtsausdruck *Sie hätten mich schon gestern Nacht anrufen sollen* an.

»Dann kann es doch sein, dass diese Männer, wer immer das war, auf der Toilette gewartet haben, bis Sie zusammenklappen, und Sie dann über irgendeine Hintertür auf dem Pariser Platz hinaus...«

»... und ins Adlon hineinbugsiert haben«, ergänzte Frehse. »Richtig.«

»Das kann sein«, sagte Althaus, »ja, wie denn sonst? Ich habe die Frau nicht umgebracht. Ich kenne sie gar nicht! Ich hatte auch nichts reserviert im Adlon. Was macht denn die Polizei? Glauben die, ich war das alles, der Fall ist gelöst und die legen die Füße hoch?«

»Das werde ich auch sofort klären«, sagte Frehse. »Ich hoffe sehr, dass sie den Fall nicht als erledigt ansehen. Sonst kann ich sehr unangenehm werden.«

Laura schoss ein Name in den Kopf: Sophie! Sie musste sich baldmöglichst bei ihr melden.

»Es kann also sein«, sagte sie, »dass du K.-o.-Tropfen bekommen hast.« Sie schaute Frehse an. »Was kann das sein?«

Der zuckte die Schultern. »GHB, Gammahydroxybuttersäure. Die typischen K.-o.-Tropfen oder Vergewaltigungsdrogen. Das Tückische an denen ist, dass man jegliche Erinnerung verliert und vollkommen wehrlos ist. Leider werden diese Tropfen vom Körper sehr schnell wieder abgebaut, sodass der Nachweis im Blut oft nicht mehr gelingt.«

»Und dann hat man dich …«, sagte Laura, »… wahrscheinlich gestützt, aus dem Gebäude gebracht und dann ins Adlon geführt, sodass alle denken, dass da jemand, der vielleicht zu tief ins Glas geschaut hat, von Freunden begleitet wird.«

Frehse nickte. »Das ist durchaus möglich. Man kann unter GHB sogar noch etwas laufen, aber man erinnert sich nicht daran. Alle denken wirklich, *ach, die helfen dem armen Herrn, der einen über den Durst getrunken hat, und bringen ihn im Hotel ins Bett.* Und da dem Herrn ja schon geholfen wird, sind alle erleichtert, dass sie nicht selbst helfen müssen, und vergessen die ganze Sache schnell.

Laura fixierte Althaus. »Du erinnerst dich wirklich an gar nichts mehr?«

Althaus hatte Tränen in den Augen. »Ich erinnere mich an überhaupt nichts mehr, nachdem ich auf der Toilette in den Spiegel geblickt habe.«

Frehse machte sich eilig Notizen. »Das muss sofort zur Aussage gebracht werden«, sagte er. »Wer waren diese Männer auf der Toilette? Wie sahen sie aus? Wissen Sie davon noch etwas?«

»Zwei Männer.« Althaus weinte inzwischen. »Ich habe sie nie zuvor gesehen. Aber ich erinnere mich auch nicht richtig. Diese verdammten K.-o.-Tropfen. Einer war größer als der andere. Der schien der Boss zu sein. Dieses Gesicht. Wie eine Maschine. Ich werde es nie vergessen!«

»Würden Sie den Mann wiedererkennen?«, fragte Frehse. »Vielleicht gibt es Videoaufnahmen aus dem Adlon?«

Althaus schluchzte und nickte. »Ja. Ich glaube ja.«

Frehse blickte Laura an. »Perfide.« Er machte sich eine weitere Notiz. »Ich werde den Ermittlern dermaßen Druck machen, dass sie nicht mehr wissen, wie sie heißen.«

Laura hörte Schritte an der Tür.

»Gerhard«, sagte sie, »was ist mit Fischer? Du sagst, er steckt dahinter?«

»Er steckt dahinter«, sagte er. »Und ich war ihm im Weg!«

»Fischer ist gestern angeblich gesehen worden«, sagte Laura. »Im Transaction Banking.«

»Sie waren dort?«, fragte Althaus. »Ich wollte auch kommen, aber Sie ... du verstehst sicher, dass ...«

»Klar. Ich war dort und wurde fotografiert. Das will die Bank jetzt gegen mich nutzen.«

Althaus schluckte und sagte ein paar Sekunden nichts. Dann brach es aus ihm heraus: »Wir beide sind gegen den Verkauf. Du bist bald stellvertretende Filialleiterin, dir versuchen sie Untreue anzuhängen. Ich war Regionalvorstand. Bei mir müssen sie ... Mord nehmen!«

»Wer sind *sie*?«, fragte Laura. »Und warum Fischer? Was hat er davon?«

Die ganze Situation war absurd, dachte sie. Hätte ihr vor einer Woche jemand gesagt, dass sie Althaus duzen würde, sie über Mord sprachen und Althaus dabei schluchzend im Gefängnis saß, hätte sie nach der versteckten Kamera gesucht.

Die Tür ging auf.

Der Justizbeamte stand in der Tür. »Das war es, Frau Jacobs, Sie können morgen noch mal wiederkommen.«

Laura wusste, dass Diskussionen zwecklos waren.

»Ich hingegen«, sagte Frehse, »muss noch zehn Minuten mit meinem Mandanten sprechen.«

»Klar«, sagte der Beamte. »Sie, Fräulein, müssen jetzt allerdings gehen.«

Laura nickte. Er nannte sie altmodisch *Fräulein*. Klar, weil eine Verlobte natürlich noch nicht verheiratet war.

»Gerhard«, sagte sie noch einmal und senkte die Stimme. »Warum Fischer?«

Althaus wischte sich die Tränen ab und schüttelte den Kopf. »Er plant noch viel mehr, als nur die Region Ost wieder in Schwung zu bringen.«

KAPITEL 46

JUSTIZVOLLZUGSANSTALT MOABIT, BERLIN

Der große Mann mit dem kantigen Gesicht lief über die Gänge der Justizvollzugsanstalt Moabit, zielgerichtet, wie jemand, der es nicht gewohnt ist, dass irgendjemand versuchte, ihn aufzuhalten. Die Wachen hatten es schon einmal nicht getan, der Beamte, der ihn begleitete, auch nicht.

Seine Daten stimmten. Er war ein Kollege von der Kanzlei Weber und Venturas, auch wenn die Justizbeamten sich vielleicht wunderten, wie ein Mann mit derart ausdruckslosen Augen Anwalt werden konnte, wo es doch darum ging, zuzuhören, zu überzeugen und mit Argumenten zu gewinnen. Körpersprache geschah durch Mimik, Augen und Hände und dieser Mann bewegte sich, als würde sich eine Statue bewegen.

Er kannte die Kanzlei. Seine Auftraggeber kannten die Kanzlei auch. Das Problem dabei war nur, dass es für einige Manager der Bank unangenehm werden konnte, wenn die große Bank ein großer Mandant war und ein einzelner Manager nur ein kleiner Mandant. Und wenn beide Interessen nicht zusammenpassten. So wie hier.

Was aber kein Problem war: die Visitenkarten nachzumachen und die richtigen Worte zu sagen:

»*Herr Frehse, der Anwalt von Dr. Althaus, schickt mich. Mein Name ist Gerling, ein Kollege von Herrn Frehse bei Weber und Venturas. Ich soll Dr. Althaus ein paar Kleidungsstücke bringen. Herr Frehse hat leider einen wichtigen Gerichtstermin und schafft es nicht selbst.*«

Der Mann hatte einen Koffer dabei. Mit einer Hose, zwei

Hemden, fünf Unterhosen, fünf Paar Socken und fünf Unterhemden. Dazu Deo, Duschgel und Bodylotion.

Der Beamte an der Kontrolle hatte nur die Schultern gezuckt und genickt.

Wäschelieferungen von Angehörigen waren im Knast in etwa so normal wie die Tatsache, dass morgen wieder die Sonne aufgehen würde.

Der Mann ging den Gang entlang.

An einer Tür am Ende des Ganges machten beide halt.

»Bitte«, sagte der Beamte.

Der Mann trat ein.

Althaus saß dort, blass und ängstlich und blickte den großen Mann voller Furcht an.

Der Beamte schloss die Tür.

Wenn alles gut ging, dachte der Mann, würden die Erinnerungen vor seinen Augen aufblitzen. Dann würde er ihn vielleicht wiedererkennen als einen der zwei Männer auf der Toilette. Dann musste er aktiv werden. Aber der Mann kannte die Krankenakte von Althaus. Die Herzrhythmusstörungen, die er schon vorher gehabt hatte. Wenn die Szenen der Nacht vor seinem inneren Auge auftauchten, wenn er ihn, den Mann, erkannte, dann würde er vielleicht einen Anfall bekommen, den sein Herz nicht mitmachte. Wenn nicht, würde er nachhelfen.

Althaus blickte ihn mit großen Augen an.

Knirschte mit den Zähnen.

Dann blitzte Erkennen in seinen Augen auf.

Er hatte den Mann schon einmal gesehen.

Dann Schwärze.

Althaus hing halb auf dem Tisch, halb auf dem Stuhl.

Den Kopf zur Seite gelegt.

Ein Speichelfaden kam aus seinem Mund und fand seinen Weg nach unten, wie ein Spinne, die ihr Netz baut.

Sein Netz, dachte der Mann, hatte funktioniert.

Er verließ mit schnellen Schritten die Zelle.

Am Ende des Ganges stand der Beamte.

»Alles erledigt?«, fragte er.

Der Mann nickte. »Habe ja nur kurz den Koffer hingebracht.«

Der Beamte würde gleich den Koffer in dem Familienzimmer sehen.

Er würde auch Althaus sehen, den Alarm auslösen und einen Notarzt rufen. Doch der würde zu spät kommen.

Dann würde er den Mann verfolgen und die Kanzlei anrufen.

Dort würde niemand irgendetwas wissen.

Der Mann wäre dann längst weg. Würde nie mehr nach Moabit kommen. Auch vielleicht nie mehr nach Berlin.

Er hatte getan, was er tun musste.

Er hatte für *Stille* gesorgt.

KAPITEL 47

BLANKENFELDE-MAHLOW, BEI BERLIN

Laura war kurz nach Hause gekommen. Timos Kastenwagen von *Wasser & Gas* stand vor der Tür. Timo wunderte sich, dass Laura schon so früh zu Hause war. Laura wusste, dass es Timo oft nicht passte, wenn er glaubte, er hätte das Haus für sich, und Laura kam überraschend. Er freute sich dann nämlich nicht, sondern fühlte sich eher beim Bau seiner Lego-Roboter oder beim Programmieren von automatischen Lichtschaltern, mit denen man alles in Haus und Terrasse und Garten an- und wieder ausschalten konnte, gestört. Er wusste nun einmal, dass Laura seine große Begeisterung für diese Dinge nicht nur nicht teilte, sondern sie vielmehr komplett überflüssig fand.

»Du schon hier?«, fragte er.

Laura atmete aus. Schaute auf die Uhr. Sie musste irgendwie mit Sophie sprechen. Vielleicht sollte sie vorher Frehse anrufen, um einen bestmöglichen Plan abzustimmen. Andererseits sollte ja Deckhard befördert werden und dann sollte es eine Party geben. Vielleicht würde sie ihn dort treffen. Aber wann würde das sein?

»Es ist alles katastrophal«, sagte sie. Und sie merkte, dass sie sich zwar Selbstbewusstsein einredete, aber zugeben musste, dass sie noch niemals im Leben dermaßen verzweifelt gewesen war. »Ich dachte erst, die Sache mit dem Haus wäre schlimm, dann dachte ich, es wären deine Verluste. Aber jetzt ...«, ihr kamen die Tränen, »... scheint es mir, als würde mir der gesamte Boden unter den Füßen weggezogen.«

»Na, komm mal her.« Timo nahm sie in den Arm und sie hielt sich an ihm fest. So standen sie eine Weile, schluchzend und traurig in der Mitte des Wohnzimmers. Hätte Morpheus noch gelebt, wäre er beiden um die Beine gestrichen, um ihnen zu sagen: *Schaut doch mal her, solange ich da bin, gibt es keinen Grund, traurig zu sein...* Aber genau das war erst recht das Traurige: Selbst Morpheus war nicht mehr da. Und alles andere auch nicht.

»Was ist denn passiert?«, fragte Timo.

»Was soll's, setzen wir uns«, sagte Laura.

»Willst du ein Bier? Ist zwar erst 16 Uhr, aber wenn es nicht anders geht. Und du weißt ja, was die Handwerker sagen?«

»Ja, *Trink dein erstes Bier vor vier.* Wobei auf dem Bau und im Handwerk doch tagsüber gar nicht mehr so viel gesoffen wird?«

Timo schüttelte den Kopf. »Nein, die fahren ja alle Auto.«

»Muss ich auch gleich noch«, sagte Laura, der eine Stimme in ihrem Kopf recht deutlich sagte, dass der heutige Tag noch nicht vorbei war. »Bringst du mir eine Cola light?«

»Klar, ich nehme auch eine.«

Er füllte zwei Gläser, warf in jedes einen Eiswürfel und stellte sie auf den Wohnzimmertisch. Laura stellte demonstrativ zwei Untersetzer unter die Gläser, da kalte Gläser mit Eiswürfeln ansonsten sofort Wasserspuren auf der Glasplatte hinterließen. Timo sagte nichts.

Dann begann Laura zu erzählen: Nicht nur Sandra war im Krankenhaus, nicht nur die Junkies waren unterwegs, was Timo wusste. Laura erzählte ihm, was seit gestern passiert war. Dass man ihr unterstellte, Gelder veruntreut zu haben. Dass sie deswegen erst einmal freigestellt war. Dass Althaus im Gefängnis war, weil ihm scheinbar der Mord an einer Prostituierten angehängt werden sollte.

»Wer sagt denn, dass er es nicht doch war?«, gab Timo zu bedenken.

»Bitte?«

»Na ja, du liest doch immer diese Mord-und-Totschlag-Thriller, die Heike dir bringt. Da sind doch auch immer diejenigen die Schlimmsten, bei denen man es nie erwarten würde. Die Typen, die immer nett grüßen, für Ärzte ohne Grenzen spenden und das Kinderadventssingen organisieren.«

»Ja, schon, aber hier ist es ganz anders. Das würde ja auch heißen, ich hätte das Geld auf die 900er-Konten überwiesen, um da ranzukommen.«

»Das hast du nicht, richtig? Du wolltest nicht etwa den Schlamassel ausbügeln, den ich mit dem Trading angerichtet habe?«

Laura blickte Timo mit großen Augen an und wollte gerade losschimpfen, was er ihr denn hier unterstellte. Aber sie verstand, warum er ihr diese Frage stellte. Denn wenn man dachte wie Timo, war das vielleicht gar nicht so sehr an den Haaren herbeigezogen. Timo hatte schnell Geld verdienen wollen, reich werden auf dem kurzen Dienstweg und er hatte sich verzockt. Laura wollte daraufhin das verzockte Geld und noch mehr Geld auf dem kurzen Dienstweg holen – und hatte sich in gewisser Weise auch verzockt. Da Laura schon oft seine Schlamassel für Timo wieder geradegebogen hatte, erschien dieser Gedankengang für ihn fast logisch.

»Timo«, sagte sie und klopfte auf den Tisch, »das würde ich nie machen. Klar ist, dass bei manchen Konten die Gelder auch in zehn Jahren nicht vermisst würden, weil die möglichen Erben auch schon alle tot sind. Und dass sonst der Staat alles kriegt, der ja nun von allen Akteuren am allerwenigsten mit Geld umgehen kann. Bevor der es kriegt, ist es woanders überall besser aufgehoben, bei uns sowieso. Aber trotzdem würde ich so etwas nie machen!« Sie trank von ihrer Cola. »Zudem war das mit den Überweisungen vor anderthalb Wochen. Also bevor du das Geld verzockt hast.«

»Okay, verstanden.« Er überlegte einen Moment. »Du erinnerst mich an Ned Stark.«

»An wen?«

»Der aus *Game of Thrones*. Ich hatte doch letzte Woche die letzte Folge gesehen.«

»Ja, und? Der taucht doch nur in der ersten Folge auf, oder?«

»Genau. Erste Folge und erste Staffel. Der Ned Stark wird von dem gespielt, der auch Boromir in *Herr der Ringe* spielt. Hab den Namen vergessen. Der überlebt leider nur die erste Staffel. Aber egal, Boromir überlebt auch nur den ersten Band. Der Schauspieler hat immer recht kurze Auftritte. Ich glaube, in *Ronin* ist er auch nur am Anfang dabei.«

Laura verdrehte irritiert die Augen. »Timo, was willst du mir jetzt damit sagen?«

»Ned muss am Ende der ersten Staffel sterben, weil er angeblich am Tod des alten Königs schuld ist. Dabei war er immer absolut loyal.«

»So wie ich?«, fragte Laura.

»Genau. Wenn sie dir schon nichts anhängen können, dann müssen sie eine Angriffsfläche bieten.«

»Aber warum?«

»Na ja, wenn du im Knast sitzt, können Sie dich nicht mehr kontrollieren. Auch durch die Beförderung. Wenn du aber frei bist, allerdings in den Knast könntest, wenn die anderen den Mund aufmachen, dann können sie dich kontrollieren. Du wirst zu ihrer Marionette. Und sollst wahrscheinlich für die Räumung der Siedlung gut Wetter machen. Bei dir versuchen sie es immerhin hintenrum. Wäre es dir lieber, sie würden so etwas wie bei Sandra machen? Oder sogar so was wie bei Althaus?«

»Nein. Natürlich nicht! Meinst du, sie würden so weit gehen?«

»Dann können Sie dich ja nicht mehr manipulativ einsetzen.« Timo schüttelte den Kopf. »Nein, das glaube ich nicht.«

»Vielleicht«, dachte Laura, »sollte ich eher so sein, wie bei *Game of Thrones* dieser Anführer von diesem Volk, bei dem es kein Wort für *Danke* gibt. Wie heißt der noch?«

»Khal Drogo«, kam es wie aus der Pistole geschossen von Timo, »der Anführer der Dothraki. Und ob du der werden willst, würde ich mir gut überlegen.«

»Ach ja?«

»Ja. Der besiegt zwar alle Gegner, wird aber in einem Zweikampf von einer Klinge verletzt, nur leicht, jedoch entzündet sich die Wunde und er stirbt wenige Tage später.«

»Das passt ja noch mehr zu mir«, sagte Laura, »mit Beförderung und Kuscheln mit neuem Regionalvorstand wirke ich unbesiegbar, aber eine kleine Sache, wie das mit dem Disposchlüssel, bringt mir den Untergang.«

»Trotzdem«, sagte Timo, »die Bank braucht dich. Im Knast hilfst du ihnen viel weniger als in Freiheit.«

Laura zuckte die Schultern. Und hoffte, dass Timo recht hatte. Das war der Vorteil von Timos hohem Konsum von irgendwelchen Fantasy- und Intrigenfilmen. Er hatte immer recht schnell eine plausible Begründung, warum bestimmte Menschen bestimmte böse Ziele hatten. Warum er aber diese Machiavelli-artige Fähigkeit nie anwandte, um mehr aus seinen Zielen zu machen, das blieb wohl sein Geheimnis.

»Althaus und Bissier glauben also, dass Fischer dahintersteckt?«, fragte Timo.

Laura nickte. »Ich selbst glaube es allmählich auch.«

»Aber hat er dann auch das Geld überwiesen?«

»Ich weiß nicht, was ich glauben soll. Aber Fischer hätte den Zugang zu den Terminals und kennt sich mit der Software aus.« Laura zuckte die Schultern. »Die Überweisungen erfolgten ja mit unseren Kürzeln. Also von Althaus und mir. Um uns das in die Schuhe zu schieben, Althaus kaltzustellen, mich am Haken zu haben und sich das Geld dann selbst auszuzahlen.«

»Geht das denn so einfach? Man weiß doch, wo das Geld hingegangen ist. Der würde doch nicht so blöd sein und das auf sein Konto überweisen.«

Laura zuckte die Schultern. »Wohl nicht. Das müssten wir irgendwie rausfinden.« Ihr fiel ein Name ein. Marc! War der nicht ab Mittwoch in Berlin? Hatte der nicht gesagt, er wollte sich abends mit ihr treffen im Hilton?

»Ich weiß, wen ich fragen kann«, sagte Laura und griff ihr Handy. Dann schrieb sie eine SMS an Marc. *Bist du heute in Berlin? Hätte Zeit.*

Die SMS rauschte nach draußen.

Ihr Telefon klingelte. Es war aber nicht Marc. Es war die Berliner Nummer, die sie schon kannte.

Sie hörte zu. Timo stand neben ihr, unschlüssig, was er machen sollte, denn er sah, dass es seiner Frau nicht gut ging bei dem, was sie hörte. Noch viel schlechter als vor einer Woche, als er ihr von den Tradingverlusten erzählt hatte.

Laura hörte zu. Schluckte. Sagte nichts.

Dann ließ sie das Handy sinken.

»Wer war das?«, fragte Timo.

»Die Gefängnisleitung. JVA Moabit.«

»Wieso rufen die dich an?«

»Weil sie glauben, ich sei Althaus' Verlobte.«

»Was?« Timo entglitten die Gesichtszüge. Man sah ihm an, dass er sich fragte, ob Laura wegen der Verluste so sauer auf ihn war, dass sie jetzt mit dem alten Regionalvorstand ausging. Er sagte aber nichts.

»Tarnung«, sagte Laura, »damit ich mit ihm sprechen konnte.«

»Ach so.« Timo atmete erleichtert aus. »Und was hat die Gefängnisleitung gesagt?«

»Althaus ist tot.«

KAPITEL 48

HILTON HOTEL, GENDARMENMARKT, BERLIN

Marc war vor einer Stunde angekommen und ließ es sich nicht nehmen, Laura die Suite zu zeigen, die er »per Upgrade« bekommen hatte. Ein wunderbarer Blick auf den Gendarmenmarkt, der tatsächlich einer der schönsten Plätze Europas war. Morgen würde die SuperReturn beginnen mit einigen Schwergewichten aus der Investmentszene. Marc hatte bereits sein Laptop auf dem Schreibtisch aufgeklappt und Koffer, Tasche und auch Sportsachen lagen im Zimmer verstreut herum. *Männer,* dachte Laura, *irgendwie kriegen die es immer hin, ein Zimmer in kürzester Zeit unaufgeräumt aussehen zu lassen.*

Die Nachricht von Althaus' Tod hatte Laura zunächst in Schockstarre versetzt. Sie hatte zunächst versucht, Sophie zu erreichen, die aber kaum Zeit hatte, weil sie stundenlang als Gutachterin in einem Gerichtsprozess saß und dort weder telefonieren noch SMS verschicken konnte. Sie versprach aber, Deckhard sofort Bescheid zu geben. Laura hatte auch mit Herrn Brinkhaus von der Justizvollzugsanstalt gesprochen, aber da war nichts zu machen. Sie, Laura, durfte nicht kommen, jetzt wären die Ermittler dran, und da Althaus in der JVA gestorben war, würde nun sicher eine Obduktion erfolgen, wie bei jedem Todesfall in einer Berliner Haftanstalt.

Mehr konnte Laura erst einmal nicht tun, auch wenn sie wie auf Kohlen auf der Couch in Marcs Suite saß.

»Was ist denn los?«, fragte Marc. »Du machst nicht gerade einen entspannten Eindruck?«

»Bin ich auch nicht«, antwortete Laura, »seitdem wir uns das letzte Mal gesehen haben, ist echt die Hölle über mir zusammengebrochen.«

»Wegen der Häuser?«

»Nicht nur.«

Marc schien zu merken, dass Laura mit der ganzen Wahrheit nur unwillig herausrückte. »Mir kannst du alles erzählen«, sagte er, »aber ich hab übrigens auch ein bisschen nachgeforscht. Besonders zu Xenotech.«

»Wirklich?«, fragte Laura, »dann bin ich gespannt! Ich bring meine Story zuerst hinter mich; die habe ich heute schon ein paarmal erzählt, und alle schauen mich an, als würde ich gerade die Existenz des Osterhasen beweisen wollen. Vielleicht hilft mir deine Story nachher, ein paar Dinge besser zu verstehen.«

»Nimm den Weihnachtsmann«, sagte Marc, »daran glauben die Leute eher. Also, ich bin ganz Ohr!« Er grinste und öffnete eine Flasche Champagner, die es, auf Eis, ebenfalls zu der Suite dazu gab. »Auch einen? Es klingt ja nach einer längeren Geschichte.«

»Einen ganz kleinen«, sagte Laura, »ich glaube, ich bin heute mit dem Herumirren noch nicht fertig.«

Marc sah ein wenig enttäuscht aus, so als hätte er sich auf einen tollen Abend gefreut. Er schenkte zwei Gläser ein und sie setzten sich auf die Couch mit Blick auf den Platz und das Konzerthaus. Unten lief die übliche Berliner Mischung aus wenigen Geschäftsleuten und sehr vielen orientierungslosen Touristen über das Pflaster.

»Zum Wohl«, sagte Marc, »hoffen wir, dass wir Licht ins Dunkel bringen.«

»Zum Wohl«, sagte Laura und nippte an dem Glas. »Ich fange dann also mal an.«

Marc hörte sich alles sehr ruhig an. Er trank nachdenklich von seinem Champagner. »Krass«, sagte er, »ganz krass. Mit so einer Story kann ich nicht mithalten.«

»Versuch es doch.«

»Okay. Xenotech«, begann Marc, »rechnet sicher damit, dass sie die Grundstücke kriegen und dann sofort die Siedlung abreißen und bauen. Viele Analysten haben schon Vorhersagen erstellt, wie stark die neue Fabrik die Umsätze erhöht. Nicht nur für das Deutschlandgeschäft sondern insgesamt.«

»Das ist also relevant für den Gesamtkonzern?«

»Definitiv. Die Aktie ist seit unserem letzten Gespräch noch einmal um fünf Prozent gestiegen.« Laura erinnerte sich an den Chart auf Marcs Monitor in seiner Wohnung in Frankfurt. Die Aktie kletterte schon damals nach oben. Langsam aber sicher. Fast zu sicher.

»Diese riesige Produktionsstätte hat massive Auswirkung auf den Gewinn, damit auf den Gewinn pro Aktie und damit auf den Aktienkurs«, sagte Marc. »Derzeit weiß aber keiner, wann der Bau beginnen kann, und demnach weiß keiner genau, wann die Fabrik fertig wird und die neuen Gewinne in den Kurs eingepreist werden.«

»Wer also diese Zeit richtig vorhersagt, macht noch mal extra Geld?«

»Noch viel mehr«, sagte Marc. »Xenotech plant einen Aktiensplit.«

»Sie machen aus einer Aktie zwei oder mehr?«

»Richtig. Sogar vier aus einer. Der Kurs ist mit vierhundert Dollar einfach zu hoch für Kleinanleger. Die Aktie wird geteilt. Wer dann schon Aktien hat, bekommt viele neue Aktien zum Schnäppchenpreis. Wenn die dann auch noch steigen, was sie wahrscheinlich tun werden, ist das fast ein Selbstläufer.«

Laura überlegte. »Und je mehr Geld jemand hat, desto mehr Aktien kann er jetzt kaufen ...«

»... und desto mehr Aktien werden ihm dann zugeteilt.«

Sie blickten sich an und nannten einen Namen: »Fischer!«

»Du glaubst es auch?«, fragte Laura. »Fischer sammelt Aktien?«

Marc nickte. »Fischer weiß, wie sich die Aktie entwickeln wird. Nämlich nach oben. Das ist schon mal Insiderhandel. Und dann ist er so gierig, dass er nicht nur von seinem eigenen Geld Aktien kauft, sondern, na ja, man könnte sagen, mit fremdem Geld.«

»Und das Geld hat er von der Bank?«, fragte Laura. »Von den 900er-Konten?«

Marc zuckte die Schultern. »Möglich. Und damit das niemand mit ihm in Verbindung bringen kann, hat er deine Kürzel und die von diesem Althaus genommen.«

»Althaus sagt, man könnte das fälschen«, sagte Laura, »mit fremdem Dispo für sich selbst Geld überweisen. Wenn man in den Sechzigern auf den Mond fliegen konnte, dann müsste das jetzt auch gehen, hab ich mir gedacht.«

»Das geht definitiv.«

»Also der Reihe nach«, sagte Laura. »Fischer – wir gehen jetzt mal davon aus, dass er das war –, kann mit einer Manipulation der Dispokürzel von den Konten irgendwelcher Toten Geld auf die 900er-Konten überweisen. Besonders auf Konto 999?«

»999 is fine«, wiederholte Marc den Spruch, den er neulich schon aus dem Buchhalter-Witz zitiert hatte. »Ja, das klingt für mich plausibel.«

»Und mit diesem Geld kauft er Aktien, um dann beim Aktiensplit noch mal richtig zuschlagen zu können?«

Marc nickte.

»Aber wie«, fragte Laura, »kriegt er das Geld vom den 900er-Konten auf sein Konto, ohne dass das auffällt?«

Marc grinste. »Ich habe mir in den letzten Tagen, ohne dass ich von dem Fall wusste, einmal ein paar Kontobewegungen der BWG Bank in Kanäle hinein angeschaut, wo sie eigentlich nicht hingehören.«

»Warum hast du das gemacht?«

»Weil mir meine Abfindung nicht hoch genug ist. Und weil mich unser Gespräch inspiriert hat. Je mehr ich gegen die Bank in der Hand habe, desto eher kann ich sie zu einer höheren Abfindung zwingen.«

Laura nickte. Es könnte sein, dachte sie, dass das bei ihr auch nötig wurde.

»Und wo geht das Geld hin?«

Marc stand auf, ging zum Schreibtisch und holte seinen Laptop.

»Schon mal was von Dark Pools gehört?«

KAPITEL 49

HILTON HOTEL, GENDARMENMARKT, BERLIN

»Dark Pools«, fragte Laura, »sind das nicht solche Sammelstellen, wo man anonym Geld ein- und auszahlen kann?«

Marc nickte. »Richtig. Meistens im Dark Web, dem versteckten Internet.«

»Das nutzt du auch?«

Marc wand sich. »Ab und zu. Es gibt viele Tauschbörsen von Kryptowährungen. Die Kryptowährungen selbst kennst du ja oder? Bitcoin, Ethereum und so weiter?«

»Schon mal gehört.«

»Das Interessante an diesen Kryptos ist«, sprach Marc weiter, »dass man damit, noch jedenfalls, relativ anonym bezahlen kann. Darum werden sie auch oft im Dark Web verwendet, wenn Leute Drogen oder Waffen oder was auch immer kaufen wollen.«

»Aber ich muss doch wissen, wem welche Bitcoin gehört? Dann kann es ja nicht anonym sein. Sonst gehört allen alles wie in der DDR.«

»Da gehörte das meiste aber irgendwelchen Bonzen.«

»Ja, aber du weißt, was ich meine. Der Besitz muss zuzuordnen sein.«

»Richtig«, sagte Marc. »Und das funktioniert über die sogenannte Blockchain-Technologie. Das musst du dir wie einen Kontostand auf einem Kontoauszug vorstellen. Was passiert aber, wenn du dort die Zahl änderst? Also im System, nicht mit Kugelschreiber?«

»Dann habe ich dort eine andere Zahl.«

»Genau. Und je nachdem, welche Zahl du eingegeben hast, ist dein Kontostand höher oder geringer.«

»Das geht aber bei Blockchain nicht so leicht?«

»Nein. Bei Blockchain ist dieser sogenannte Block von Zahlen und Daten auf Millionen von Computern gespeichert. Wolltest du an der einen Zahl etwas ändern, müsstest du die auf allen möglichen Computern ändern, wo diese Blockchain gespeichert ist.«

Laura schwirrte ein wenig der Kopf, allerdings nicht nur vom Champagner.

»Okay, und das heißt?«

»Das heißt, dass ich, ohne jetzt noch zu sehr ins Detail zu gehen, in diesen Kryptowährungen, besonders wenn ich das im Dark Web mache, mein reales Geld, das man mir zuordnen kann, in Kryptogeld umwandeln kann. Und das kann man mir nicht mehr zuordnen.«

»Aber es gehört mir noch?«

»So ist es. Dafür sorgt die Blockchain-Technologie. Das Geld gehört dir, aber keiner weiß es. Es ist dann nicht mehr möglich, dir das Geld im normalen Geldkreislauf zuzuordnen.«

»Also ideal, um Geld aus der wirklichen Welt in die Dark-Web-Welt und Krypto-Welt zu kriegen?«

»Dafür ist es erfunden worden.«

»Und was bringt mir das Geld dann dort? Denn Fischer will doch keine Drogen oder Waffen, sondern Xenotech-Aktien kaufen, um groß abzusahnen. Und das Geld will er in der wirklichen Welt haben und ausgeben, nicht irgendwo im Dark Web!« Laura hielt kurz inne. Sie wusste ja noch nicht hundertprozentig, ob Fischer das wirklich plante. »Jedenfalls vermuten wir das doch.«

»Ja, das kann durchaus so sein«, sagte Marc, »und ich zeige

dir gleich etwas, was unsere Vermutung nicht gerade entkräften wird. Genau da kommen diese Dark Pools ins Spiel.«

»Dark Pools im Dark Web?«, sagte Laura, »also alles *Dark*?«

Marc grinste. »Für dunkle Machenschaften sehr gut geeignet, genau!« Er zog seinen Laptop heran. »Aus diesen Dark Pools heraus kann man Aktienpakete kaufen, und zwar in der Weise, dass zwar registriert wird, wie viele Aktien gekauft werden, aber nicht von wem.«

»Ist das legal?«

»Na ja, so halb. Manche Hedgefonds machen das, wenn sie von den Händlern an der Börse nicht erkannt werden wollen. Denn wenn bekannt ist, dass ein sehr guter Hedgefonds irgendwo einsteigt, dann steigen viele, die davon Wind bekommen, auch ein. Dann steigt der Kurs und dann kann der Hedgefonds nicht mehr so billig kaufen wie vorher.«

»Der Hedgefonds will, dass der Kurs steigt, aber nicht sofort?«

»Ja, wie beim Schlussverkauf. Wenn der Preis so gering ist, dass die Kunden dem Händler die Bude einrennen, wird er den Preis vielleicht erhöhen. Die, die als Erste kommen, kriegen noch den günstigen Preis. Oder wie beim Häuserkauf. Du willst, dass deine günstig gekaufte Immobilie im Preis steigt und du sie dann teuer verkaufen kannst. Du willst nicht der Trottel sein, der als Letzter zum teuersten Preis gekauft hat.«

»Hör bloß auf mit Immobilien.«

»Ach ja, sorry. Hatte ich nicht dran gedacht. Aber wie hieß es bei der BWG immer im Vertrieb: *Es ist leichter, etwas teurer zu kaufen als etwas teurer zu verkaufen.*«

»Gut«, sagte Laura, »aber weiter im Text: Fischer verwandelt im Dark Web erst einmal seine Gelder in Krypto, dann in dem Dark Pool von Krypto wieder in echtes Geld und damit kauft er Aktien, die dann ihm gehören, von dem aber keiner weiß, dass sie ihm gehören.«

»Richtig.«

»Aber irgendwo muss er dann doch ein Konto haben?«

»Hat er auch. Oder mehrere. Das kann ein normales Konto sein, irgendwo in den Steueroasen, die keine Kontostände melden, die ›Dirty Thirty‹ oder wie diese dreißig *schmutzigen* Steueroasen heißen. Oder gleich in einer Kryptobörse im Dark Web.«

»Und wenn die Aktie schön gestiegen ist, macht er das Ganze genau so, aber rückwärts, sodass irgendwann wieder Geld auf seinen normalen Konten ist?«

»Ja, aber ganz langsam«, sagte Marc, »damit es nicht auffällt. Aber glaub mir: Fischer war jahrelang im globalen Trading im Investmentbanking. Einige Tricks wird der schon kennen.«

»Ist das denn legal?«

»Ist es legal, irgendwelchen Leuten einen Mord unterzujubeln und dafür eine Prostituierte zu töten? Da ist so was mit den Kryptos ja noch Kindergeburtstag gegen.«

»Trotzdem Insiderhandel«, sagte Laura. »Haben wir denn Beweise dafür?«

»Hier«, Marc zeigte ihr den Laptop. »Man sagte in der Bank doch immer, dass du so ein gutes Auge für Strukturen hast. Sagen dir diese Zahlungsströme etwas?«

Laura blinzelte den Monitor an. Das Bild war in grüner Schrift auf schwarzem Hintergrund, so wie die Computergrafiken in den Achtzigern aussahen. Ein wenig wie in dem Film *Matrix*. »Ist das das Dark Web?«, fragte sie.

Marc nickte.

»Und da darf man einfach so rein?«

»Rein schon. Es gibt gewisse Seiten wie Kinderpornografie, die man sich gar nicht erst anschauen darf und die sich hoffentlich auch die meisten normalen Menschen gar nicht anschauen wollen. Man darf natürlich auch keine Waffen oder Drogen bestellen. Oder sich wenigstens nicht dabei erwischen lassen. Aber rein darf man.«

Ein paar Sekunden vergingen. »Diese Zahlungsströme«, sagte Marc dann und zeigte auf den Bildschirm, »kommen die dir bekannt vor?«

Laura blickte auf die Zahlenreihen. Ihr Gehirn fing an zu arbeiten. Irgendein Teil in ihrem Bewusstsein erkannte die Strukturen und Zahlenreihen wieder. Und ihr fiel noch eine andere Sache auf. Sie hatte diese Zahlen gesehen. Einige dieser Zahlen. Hier aber waren es noch viel mehr.

»Kennst du sie?«, fragte Marc.

»Verflucht«, sagte sie, »das ist genau die Reihenfolge der drei Konten. 997, 998 und 999. Hier sind sogar die zweihundertfünfzigtausend, die wieder zurücküberwiesen werden mussten.«

»Weil die Kundin doch nicht so tot war wie angenommen?«

»Sie ist sogar noch so lebendig, dass sie demnächst umzieht. Genau. Aber …« Sie blinzelte. »Ich sehe hier einen Bereich, den ich kenne. Bei diesen Volumina«, sie tippte auf die Charts, »hat man mir unterstellt, ich hätte die Transaktionen vorgenommen.«

»Wenn ich das richtig sehe«, sagte Marc, »sind das insgesamt fünf Millionen.«

Lauras Augen weiteten sich. »Genau der Betrag, den man mir vorwirft. Aber …«, sie beugte sich nach vorn, »… da ist doch noch mehr?«

»Noch einiges! Hier ist ein ganzer Block über acht Millionen, der von den 900er-Konten abgegangen ist.«

»Könnte das der Betrag sein, den man Althaus unterstellt?«

»Möglich«, sagte Marc. »Das wären dann insgesamt dreizehn Millionen. Wenn ich aber alles, was wir hier haben, zusammenaddiere ...«

»Das ist noch nicht alles?«

»Das ist noch längst nicht alles.«

»Wie viel hätten wir dann?«

Marc kniff die Lippen zusammen und wiegte den Kopf, so als würde er eine Zahl abschätzen. »In jedem Fall fünfzig, im schlimmsten Fall sogar hundert Millionen!«

»Mein Gott! So viel Geld?«

Marc nickte. »Damit kann man schon einen großen Anteil an Aktien kaufen.«

Laura ließ die ganze Information eine Weile sacken. Die ganze Angelegenheit war um einiges größer, als sie dachte. War ihr das tatsächlich nur deswegen aufgefallen, weil Frau Wilmer sie gebeten hatte, in ihr Konto zu schauen?

»Marc«, sagte sie dann, »wie kommst du an diese Info? Das fliegt einem doch nicht einfach so zu.«

»Mir schon.«

»Nun mal ehrlich.«

»Ukrainische Hacker. Kooperieren auch mit den Troll-Fabriken in St. Petersburg. Haben auch den Hillary-Clinton-Wahlkampf in den USA manipuliert. Sind super darin, Dinge zu finden, die verborgen bleiben sollen.«

»*Shit stirrer*, oder wie nennt man die?«, fragte Laura. »Scheiße-Rührer?«

»Ja, die finden alles!«

»Und wie bezahlst du die?«

»Wie wohl? In Kryptos!«

»Na klar«, sagte Laura, »was für eine blöde Frage von mir.«

»Also«, fuhr Marc fort, »ich habe sie beauftragt, mal zu

schauen, ob es Spuren von BWG-Transaktionen im Dark Web gibt.«

»Aber warum fällt dir das gerade jetzt ein?«

»Eigentlich schon immer. Und die Abfindung sollte auch möglichst hoch sein, wie gesagt. Aber das Gespräch mit dir hat mich motiviert, da noch mal etwas Energie reinzustecken. Nicht, dass ich über die Kündigung traurig wäre, ich konnte diese Muffbude sowieso nicht mehr sehen, aber mir war immer klar, dass ich dafür noch einmal zurückschlage.«

»Aber nicht sofort?«

»Natürlich nicht. Du kennst doch das alte klingonische Sprichwort: *Rache ist ein Gericht, das am besten kalt serviert wird.*«

»Du willst die Bank verklagen?«

»Nicht unbedingt. Eine außergerichtliche Einigung mit viel Geld reicht mir. Reicht das hier als Beweismittel?«

Laura zuckte die Schultern. »Es würde mir jedenfalls auch sehr helfen. Bei dir ist es Rache und Abfindung, bei mir geht es darum, ob ich in den Knast wandere oder nicht.«

Marc stand auf. »Dann bündeln wir doch unsere Kräfte, oder?«

»Gern.«

Laura überlegte einen Moment. »Marc«, sagte sie dann, »eine Sache ist mir nicht ganz klar.«

»Was denn?«

»Als ehemaliger Investmentbanker, Head of Trading und was der Fischer sonst noch war, hat der doch einen Haufen Geld verdient.«

Marc nickte. »Zweistellig sollte der Millionenbetrag, den er hat, schon sein. Es sei denn, er hat alles irgendwo verzockt. Aber das glaube ich nicht.«

»Wieso«, fragte Laura und blickte aus dem Fenster, »tut er

sich dann den ganzen Stress an mit den Dark Pools, den Konten und so weiter? Er kann doch einfach so Xenotech-Aktien kaufen.«

»Aber so kann er mehr kaufen. Und wer viel hat, will immer mehr.« Marc nickte nachdenklich. »Alte Investmentbanker-Weisheit: Millionen verdienen ist wie gesalzene Erdnüsse essen: Man kann nicht aufhören.«

Laura schaute auf den deutschen Dom und das Konzerthaus dahinter. Dahinter wiederum stand der französische Dom. *Da musste doch noch mehr sein,* dachte sie.

»Marc«, sagte sie, »es muss doch irgendeinen Grund dafür geben, dass Fischer die zweistelligen Millionen nicht reichen, sondern er noch mehr investieren will und sogar bereit ist, Geld dafür zu stehlen?«

»Du meinst, es gibt da irgendeine Story, die wir nicht kennen? Irgendwas jenseits des Geldes?«

Laura biss sich auf die Lippe. »Vielleicht? Sind nicht die meisten Wünsche gar nicht monetär, sondern es geht um ganz andere Dinge und Geld ist nur ein Weg, um sie zu erfüllen?«

»Du meinst, Fischer hat da noch eine Leiche im Keller?«

»Wer weiß?« Sie wandte sich vom Fenster. »Vielleicht wissen das ja auch deine ukrainischen Freunde?«

Marc grinste und schob sich sein Portemonnaie in die Hosentasche. »Vielleicht?«, bestätigte er. Dann richtete er sich auf. »Gehen wir was essen, oder? Dann reden wir weiter.« Man sah Marc an, dass er sich auf einen Abend freute, aus dem eventuell auch mehr werden könnte. Ganz kurz überlegte Laura, ob sie sich darauf einlassen sollte. Sie würde noch eine Menge erfahren, Marc war ein angenehmer Zeitgenosse und gegenüber Timo fühlte sie sich nicht schlecht, auch wenn ihre Tochter-Erziehung ihr natürlich sagte, dass sie sich schlecht fühlen sollte, aber das erzählte man Frauen ja immer. Timo hatte Laura mit der Trading App betrogen, dann konnte Laura ihn auch mit einem Trader betrügen. Aber sie wusste schon, dass sie es nicht tun würde und das war wahrscheinlich auch das Beste. Timo war zwar bei seinen Trading-Aktionen ein absoluter Trottel gewesen, aber er war auch ihr Ehemann.

»Klar«, sagte sie.

»Super«, freute sich Marc. »Unten scheint ein schönes Restaurant zu sein, bei dem man auch draußen sitzen kann. Ist ja noch recht warm.«

»Machen wir«, sagte Laura. Dann fiel es ihr ein. »Mist, habe vergessen zu reservieren.«

»Kein Wunder bei dem Stress«, sagte Marc, »aber ich glaube, wenn man hier im Hotel Gast ist, kriegt man da unten schon irgendwas. Wir gehen einfach mal runter.«

Lauras Handy piepte. Sie las aufmerksam die SMS.

Marc war ihr Gesichtsausdruck nicht entgangen. »Irgendwas Schlimmes?«

Laura schüttelte den Kopf. »Sogar mal was Angenehmes«, sagte sie. »Hat nur den Nachteil, dass wir unser Essen etwas nach hinten schieben müssen. Aber da muss ich jetzt ganz schnell hin.«

Sie sah die Enttäuschung in Marcs Gesicht. »Hat es was mit unserem ...«, begann er und nickte Richtung Laptop, so als wollte er sagen: »... mit unserem Fall zu tun?«

»Hat es. Die SMS ist von Sophie, der Rechtsmedizinerin, von der ich dir vorhin erzählt habe. Und ihr Freund ist heute zum Hauptkommissar befördert worden. Die machen eine kleine Party. An diesen Kommissar muss ich unbedingt rankommen, genau wegen dieser Sache hier.«

»Rechtsmedizin«, sagte Marc, »so wie bei CSI?«

»Ja, fast genau so.«

»Da kann ich als langweiliger Quant und Trader natürlich nicht mithalten.«

»Na ja, mir geht es eher um den Kommissar«, sagte Laura. »Ich möchte auf dem kurzen Dienstweg rausfinden, was wir an Beweisen brauchen, um gegen Fischer ein großes Fass aufzumachen. Vielleicht hilft dir ja einiges, was dabei herauskommt, auch bei deinen Abfindungsverhandlungen mit der Bank.«

Marc lächelte. »Guter Plan. Dann mal los. Taxis gibt es unten.«

»Perfekt«, sagte Laura. »Vielleicht landet dann ein Teil der 900er-Konten als Abfindung auf deinem Konto. Aber dann völlig legal und ohne Dark Pools.«

»Na klar«, Marc zwinkerte, »ich würde auch nie etwas Verbotenes machen.«

KAPITEL 50

MITTE-TIERGARTEN, BERLIN

Sophie und Frank Deckhard wohnten am Lützowplatz, genau in der richtigen Distanz zum LKA in der Keithstraße, zu dem Deckhard meistens zu Fuß ging, und zur Rechtsmedizin nach Moabit, wohin Sophie immer über den Stern oder durch den Tiergartentunnel fuhr. Laura hatte sich am Hilton, wie von Marc vorgeschlagen, ein Taxi genommen, da sie keine Zeit mit Parkplatzsuche vergeuden wollte. Ihr Wagen stand jetzt halt in der Tiefgarage im Hilton, und wenn sie bis morgen eine Parkrechnung über fünfundzwanzig Euro hatte, dann war das eben so, dachte sie. Da waren die anderen Probleme, die sie hatte, von einer strammeren Dimensionen.

Die Party war schon in vollem Gange.

Sophie führte Laura ein bisschen herum. Die meisten Gäste waren Polizisten.

»Gerade Cops«, sagte Sophie, »lassen es manchmal richtig krachen. Wir haben schon extra die Nachbarn eingeladen, damit sich keiner beschwert. Hier. Auch eins?«

Sie gab Laura ein Bier.

»Na gut, eins geht«, sagte sie, »und falls jemand wegen Lärmbelästigung die Polizei ruft, dauert es ja nicht lange, bis ihr da seid.«

»So schnell ging's noch nie«, sagte Sophie und grinste. »Wir gehen mal zu Frank.«

Deckhard stand inmitten von drei Männern und zwei Frauen. Sie hatten ihm eine US-Polizeimütze geschenkt, ein

T-Shirt vom New York Police Department und eine Polizeimarke, wie es sie nur in den US-Serien gab. Ein anderer Witzbold hatte ihm ein paar Stiefel mit Stahlkappen geschenkt. *Zum Arschtreten,* stand auf einem Schild daneben.

»Passt das T-Shirt?«, fragte Sophie.

Deckhard schaute an sich runter. »Ja. Ich bin zwar nicht beim NYPD, aber in den USA sind die Amis sogar stolz auf ihre Polizei. Da werden NYPD-T-Shirts, Kappen und Kaffeebecher verkauft. Nicht so wie hier, wo alle die Polizei hassen.«

»Ja«, sagte einer mit Kapuzenpulli und Bärtchen, »aber kaum kackt der Nachbarhund in den Garten, werden gleich die Cops gerufen. Und die ganzen Scheißdemos hier in Berlin bewachen auch nicht die Scheißpolitiker, die diese ganzen Demos wollen.«

»Der Klassiker ist Demos gegen die Polizei«, sagte eine der Frauen, »bewacht von Polizisten natürlich.«

»Ich muss ihn euch mal kurz entführen«, sagte Sophie. Und dann zu Frank: »Kommst du mal kurz mit?«

»Klar.« Er trank sein Bier aus und drückte es dem Mann mit dem Kapuzenpulli in die Hand. »Wenn die Chefin ruft, muss ich kommen. Kannst du das irgendwo abstellen?«

»Klar.«

Sophie, Frank und Laura gingen zum Balkon. »Scheißberlin, das Venezuela Deutschlands«, hörte sie noch von dem Gespräch, dann waren sie auf dem Balkon.

»Ich sagte es bereits und als frischgebackener Hauptkommissar sage ich es noch einmal.« Deckhard blickte Sophie und Laura eindringlich an. »Dieses Gespräch hat in dieser Form nie stattgefunden.«

Laura nickte. »Klar. Ich gehe in Vorleistung und erzähle euch, was ich weiß. Okay?«

»Machen wir«, sagte Deckhard, »ist natürlich keine offizielle Aussage, hier so mit Bier auf dem Balkon. Wenn du das formal wiederholen willst, musst du noch mal ins LKA kommen.«

Laura nickte und erzählte alles, was sie wusste.

Sophie kannte einiges schon, aber gerade Deckhard hatte sehr aufmerksam zugehört. »Und jetzt tickt ziemlich die Uhr, richtig?«, fragte er.

Sophie nickte. »Ziemlich ist hart untertrieben! Die Sache ist die«, sagte sie, »dass Laura tief in der Scheiße steckt, wenn wir jetzt nichts machen.« Sie blickte Deckhard an. »Wer hat denn bei euch den Althaus-Fall gekriegt?«

»Kommissar Jürgens ist da dran. Er war gerade vor Ort, als die Meldung vom Knast einging. Aber wir müssen die Obduktion abwarten. Oder war die schon?«

»Die war schon«, sagte Sophie. »Ich war leider den ganzen Tag beim Gericht.«

»Und?«, fragte Deckhard.

»Verdacht auf frischen Herzinfarkt«, sagte Sophie.

»Also ein natürlicher Tod?«, fragte Deckhard.

»Es sieht so aus«, sagte Sophie. »Althaus litt seit Jahren unter Herzrhythmusstörungen aufgrund eines alten Herzinfarktes. Bei der Sektion zeigten sich weißliche Vernarbungen des Herzmuskels, die die Angaben in seinen Krankenunterlagen bestätigten. Ursache waren Einengungen in allen drei Herzkranzschlagadern, sodass er ein *allzeit versagensbereites Herz* hatte, wie wir es nennen. Wahrscheinlich war das alles zu viel Aufregung für sein schwer krankes Herz.« Sie wandte sich an Laura. »Du kanntest ihn ja schon seit Jahren. Weißt du, wann er seinen ersten Herzinfarkt hatte?«

Laura zuckte die Schultern. »So gut kannte ich ihn nicht.« Ein böserer Teil ihres Gehirns fragte sich gerade, wobei Althaus bei seiner recht beschaulichen Tätigkeit einen Herzinfarkt erlitten haben sollte.

»Also habt ihr sowohl einen frischen als auch einen alten Herzinfarkt bei der Sektion gesehen?«, fragte Deckhard.

»Nein.« Sophie schüttelte den Kopf. »Einen akuten Herzinfarkt sieht man erst, wenn er sechs bis acht Stunden überlebt wird, das war hier nicht der Fall. Wir haben nur die alten Narben gefunden. Der plötzliche Tod von Althaus spricht aber für akutes Herzversagen. Deshalb haben die Kollegen feingewebliche Untersuchungen eingeleitet und dann unterm Mikroskop einzelne abgestorbene Herzmuskelzellen gefunden.«

»Das heißt?«, fragte Laura.

»Er hatte einen frischen Herzinfarkt, der wahrscheinlich zu Herzrhythmusstörungen geführt hat, die ihn sofort getötet haben.« Sie machte eine Pause und wandte sich an Deckhard. »Hast du schon den Sektionsbericht der Prostituierten bekommen?«

»Die war auch bei euch?«, fragte Laura. Und ärgerte sich kurz darauf für diese dumme Frage.

»Natürlich«, sagte Deckhard, »da habe ich als Erstes reingeschaut. Wie immer fand ich ihn deutlich zu lang und ich habe mich mal wieder gefragt, warum ihr euch nicht auf die wesentlichen Punkte beschränkt.«

Sophie lachte. »Da bist du nicht der Einzige, der sich das fragt. Deshalb lesen die Staatsanwälte die Sektionsberichte in der Regel von hinten nach vorne und beginnen mit dem Teil C, in dem alles noch einmal zusammengefasst wird. Oder man bittet seine Freundin um eine kurze Zusammenfassung.« Deckhard grinste.

»Zum Lachen ist es mit der Dame eigentlich nicht«, sagte Sophie. »Fast alle wichtigen Organe waren verletzt, insgesamt waren es zweiundzwanzig Stiche. Deshalb kommen sowohl die diversen Organverletzungen als auch eine Luftembolie des Herzens und der massive Blutverlust als Todesursachen infrage.«

»Wie, äh ...«, fragte Laura, »... wie werdet ihr klären, woran sie genau gestorben ist?«

»Das kann man nicht klären, da man nicht weiß, welche dieser Ursachen als Erstes tödlich war. Durch die Stiche in den Brustkorb wurden die Lungen verletzt, die zusammengefallen sind, sodass eine beidseitige Blut-Luftbrust entstand. Einer der Stiche in den Bauch hat die Aorta eröffnet, sodass es zu einem massiven Blutverlust in den Bauchraum kam. Und durch einen Halsstich wurde die Halsvene eröffnet, wodurch Luft angesogen und ins Herz transportiert wurde, wir nennen das eine Luftembolie. Jede dieser Verletzungen ist schon einzeln für sich genommen tödlich, deshalb heißt die Todesursache »multiple Stichverletzungen«.

Laura versuchte, das Grauen nicht allzu sehr an sich heranzulassen.

»Ich habe noch eine Frage zu der Sektion von Althaus«, sagte sie dann. »Der Anwalt von Althaus glaubte, dass ihm wohl K.-o.-Tropfen am Pariser Platz verabreicht wurden«, sagte Laura. »Gab es davon Spuren?«

»Die Toxikologie ist noch nicht fertig, aber für den Nachweis ist es wahrscheinlich zu spät«, sagte Sophie, »K.-o.-Tropfen werden ja schnell abgebaut.«

Deckhards Augen weiteten sich. »So was Ähnliches hat uns sein Anwalt auch erzählt, dieser Frehse oder wie der heißt.«

»Freispruch-Frehse?«, fragte Sophie.

»Genau der«, knurrte Deckhard. Freispruch-Frehse schien in der Ermittlerszene bekannt und nicht sonderlich beliebt zu sein. »Jedenfalls sind die Kollegen auch dran, die Leute am Pariser Platz zu befragen. Da sitzt eure BWG Bank, richtig?«

Laura nickte. »Richtig. Das Hauptquartier für Berlin und Region Ost. Sie hat natürlich noch einen Haufen Filialen über das Land verstreut. Hat der Frehse noch was gesagt?«

Deckhard zuckte die Schultern. »Er war heute Nachmittag in der Keithstraße und hat mitgeteilt, dass der sogenannte Anwalt, der Althaus unmittelbar vor seinem Tod die Kleidung gebracht hat, niemand aus der Kanzlei war. Wir hatten in der Kanzlei eigentlich aus reiner Routine angefragt, da wir immer mit der Person reden wollen, die den Toten zuletzt lebend gesehen hat.«

»Und?«, fragte Laura.

»Das hat für ordentlich Aufruhr in der Kanzlei gesorgt und Frehse ist sofort vorbeigekommen, um sich die Überwachungsvideos aus der JVA anzuschauen.«

»Kannte er den Mann?«

»Nein, er hat ihn noch nie gesehen.«

»Wenn das kein Anwalt war«, überlegte Laura, »könnte das einer der zwei Männer gewesen sein, die Althaus auf der Toilette gesehen hat, bevor seine Erinnerung aussetzte und die Männer ihn ins Adlon gebracht haben?«

Deckhard nickte. »Gut kombiniert, Laura. Du könntest bei uns anfangen.« Laura lächelte. Jetzt waren sie wegen der Party auch alle per Du. Danach würde sie Deckhard lieber wieder siezen, es sei denn, er würde ihr das Du anbieten.

»Das überprüfen wir gerade«, kam Deckhard auf Lauras Frage zurück, »Frehse glaubt auch, dass es in der Tat einer der Männer war, die Althaus vom Pariser Platz ins Adlon gebracht haben.« Er schaute in die Nacht hinaus. Am Himmel war wieder dieser helle Stern, den Laura schon von Marcs Wohnung aus gesehen hatte. Antares, oder wie der hieß.

»Was wir vom Pariser Platz allerdings schon wissen«, sagte Deckhard, »ist, dass für einen bestimmten Zeitraum die Kameras auf den Gängen ausgeschaltet waren.«

»Wann?«

»Gegen 22 Uhr.«

»Verdammt«, sagte Laura, »das war die Zeit, wo ich eigentlich wegen dieser Überweisungen mit Althaus verabredet war. Sophie, kurz nachdem wir draußen bei der Amber Lounge am Ullsteinhaus saßen.« Sie schaute Deckhard an. »Und wie geht es weiter?«

»Wir sind gerade dabei«, sagte Deckhard, »herauszufinden, ob dieser Typ, der bei Althaus in der JVA war, auch im Adlon rumlief am Abend vorher und dort von Kameras gefilmt wurde.«

»Wer hat denn das Zimmer dort reserviert?«, fragte Laura.

»War sogar eine Suite. Wurde bar bezahlt. Adresse von irgendeiner Firma, die es aber gar nicht gibt. Sind schon die Kollegen aus der Wirtschaftskriminalität dran. Die Dame wurde auch im Voraus bezahlt. Lief über eine Hostessenagentur.«

»Wie lief das genau ab?«, fragte Laura.

»Die ganz teuren, und zu denen gehörte die wohl«, sagte Deckhard, »werden von ihrem Begleiter zur Location gebracht, also in diesem Fall dem Adlon. Meistens wartet die Begleitung draußen, bis die Dame wieder draußen ist.«

»Und wie lief die Bezahlung?«, fragte Laura.

»Auch im Voraus. Ein großer Mann hat dem Luden oder Wächter oder wie immer man den nennt, einen Umschlag mit tausendfünfhundert Euro überreicht. Zweihunderter- und Hunderter-Scheine.«

»Und das Aussehen?«

»Wohl ähnlich wie das von dem, der im Knast war.«

Sophie nickte. »Ich erinnere mich.« Sie schaute Deckhard an. »Dann war da vielleicht auch dieser unheimliche Typ involviert? Der, der das Zimmer reserviert, die Frau bestellt, Althaus entführt, die Frau zerhackt und dann auch noch Althaus im Knast derart erschreckt hat, dass er einen Herzinfarkt kriegt?«

»Gar nicht übel der Typ«, sagte Deckhard und nickte.

»Wie bitte?«, sagte Sophie.

»Ich meine, ganz schön fleißig, der Kerl. Schafft einiges weg. Und das alles in nicht mal vierundzwanzig Stunden.« Deckhard nickte noch einmal anerkennend. »Wenn wir im Abschnitt auch solche Typen hätten, müssten wir nicht immer Schichtpläne hin und her schieben.«

Einige Polizisten, dachte Laura, und zu denen gehörte Deckhard definitiv dazu, hatten einen eigenartigen Humor. Aber so was gab's in der Bank auch.

»Sehr witzig«, sagte Sophie, »es ist ja leider noch nicht geklärt, ob es wirklich immer die gleiche Person war.«

»Und wir«, sagte Laura, »wissen auch noch nicht, ob das auch der Typ im Hotelzimmer war?«

Deckhard schüttelte den Kopf. »Höchstwahrscheinlich war er das, aber Beweise haben wir keine. Noch nicht. Die, die wir hätten, also Aussagen von der Hostesse und Althaus, kriegen wir nur noch mit Geisterbeschwörern, weil beide tot sind.«

»Wenn Althaus noch leben würde«, sagte Laura, »wäre er dann immer noch verdächtig? Er scheint ja wirklich unschuldig zu sein.«

Deckhard kratzte sich am Adamsapfel und blickte kurz in die Nacht. »Na ja, wer im Bett neben einer blutüberströmten, toten Frau aufwacht, ist prinzipiell verdächtig. Und die Fingerabdrücke von Althaus waren an dem Messer.«

»Was kein Problem bei jemandem ist, der unter K.-o.-Tropfen steht und nicht handlungsfähig ist«, sagte Sophie, »wie wir alle wissen.«

Deckhard nickte. »Es sind aber trotzdem noch zu viele Zufälle und Fragezeichen in der ganzen Story.«

Laura ließ die ganzen Informationen kurz sacken und schloss die Augen. »Das ist das große Bild, das big picture, wie man bei uns immer so schön sagt. Jetzt müssten wir uns anschauen, was wir oder ich tun können, um den Drahtzieher zu finden. Der, der all das inszeniert hat, um Mitwisser aus dem Weg zu räumen.«

»Du sprichst von deinem Oberchef?«, fragte Sophie.

Laura senkte die Stimme. »Genau, ich spreche von Thomas Fischer.« Sie schaute Deckhard an. »Habt ihr von dem schon was?«

Deckhard blickte nach drinnen. Man sah ihm an, dass er seine Gäste nicht ewig lange allein lassen wollte. »Nein«, sagte er, »noch gar nichts. Was sollten wir dazu wissen?«

KAPITEL 51

LÜTZOWPLATZ, BERLIN

»Einige in der Bank«, sagte Laura, »auch der verstorbene Althaus, gehen davon aus, dass Fischer ein Interesse daran hat, möglichst viel Geld für Aktienkäufe an sich zu ziehen.«

»Aktien von wem?«, fragte Deckhard.

»Xenotech. Das sind die, die dort ganz groß bauen, wenn unsere Häuser abgerissen sind.«

»Und dann geht der Aktienkurs nach oben?«, fragte Sophie.

»Er steigt die ganze Zeit schon. Und dann, wenn das alles so läuft, wie geplant, noch viel stärker als vorher.«

»Ich weiß nicht«, sagte Deckhard, »woher wisst ihr so genau, dass es Fischer war? Und wie kriegt er das Geld von den 900er-Konten unauffällig auf sein Konto?«

Unten beschleunigte ein Taxi mit quietschenden Reifen an der Commerzbank-Filiale. Der Kunde war gerade am Geldautomaten gewesen und dann ins Taxi gestiegen. Geld bekommen konnte so einfach sein, dachte Laura.

»Über sogenannte Dark Pools im Dark Web«, sagte Laura. »Ich erkläre es euch.«

Laura setzte beide kurz darüber ins Bild, was Marc über die Transaktionen herausgefunden hatte.

Deckhard pustete die Backen auf. »Ukrainische Hacker. Puh! Das klingt aber auch nicht astrein nach sauberem Beweismaterial, das ein deutsches Gericht anerkennen würde.«

»Ist es auch nicht. Aber auf diese Weise haben wir gesehen,

dass die Zahlungsströme auf den 900er-Konten genau denen entsprechen, die wir auch in dem Dark Pool im Dark Web haben.«

»Fangen wir doch mal logisch an«, sagte Deckhard und trank von seinem Bier, »damit wir nicht die ganze Party über hier auf dem Balkon diskutieren. Was muss Fischer machen, um erst einmal die Gelder von den toten Konten oder wie immer wir sie nennen wollen, auf die 900er-Konten zu kriegen?«

»Er muss ins Transaction Banking in der Koppenstraße. Da, wo ich fotografiert wurde.«

»Da kann er sich einloggen und überweisen?«

»Ja. Und anscheinend auch mit falschem Dispokürzel.«

»Aber nur wenn von dort aus mit Dispokürzel von dir oder Althaus überwiesen wurde, heißt das nicht automatisch, dass es Fischer war. Das kann theoretisch jeder sein, der dort überweisen und die Disposchlüssel manipulieren kann«, sagte Deckhard. »Da müssen wir sauber sein, sonst zerpflückt uns das jeder Staatsanwalt und jeder Richter erst recht.«

»Althaus kommt jetzt nicht mehr in Frage«, sagte Laura.

»Klar. Aber vor einer Woche schon noch. Wir müssen also genau nachweisen, dass Fischer tatsächlich dort in all seiner Pracht vor Ort war. Er und kein anderer. Und zwar an den Terminals.«

»Wenn das so ist«, meinte Sophie, »dann müssen da doch vor Ort DNA-Spuren und Fingerabdruck-Reste von Fischer sein? Er arbeitet dort doch nicht und hat im Transaction Banking eigentlich nichts zu suchen. Insofern wären das doch Beweise, die ihn belasten würden, oder?«

Laura zuckte die Schultern. »Wenn die Putzkolonne fleißig ist, dann nicht. Und wenn Fischer nicht dumm ist, wischt er die Tastatur ab. Oder trägt Handschuhe. Oder bringt seine eigene Tastatur mit.«

»Richtig. Aber es gibt eine Möglichkeit ...«, warf Sophie ein.

»Nämlich?«

»Die Tischkanten. Die kommen fast immer mit der Haut der Unterarme in Verbindung. Und werden beim Abwischen oftmals vergessen.«

»Das heißt, wir müssen ins Transaction Banking«, begann Laura.

»Du musst dahin«, sagte Deckhard »wir können das jetzt noch nicht machen. Damit wir aktiv werden können, muss die Beweislage klarer sein.«

»Aber habt ihr irgendwas, mit dem ich mögliche DNA-Spuren ...?«

»... *einen Abstrich machen,* nennt man das«, ergänzte Sophie. »Ja, das habe ich. Ich habe sogar ein, zwei davon im Auto. Die gebe ich dir nachher. Erinnere mich bitte.«

»Super! Sonst noch etwas, das ich wissen muss?«

»Ja«, sagte Sophie, »du brauchst reines Wasser, da die Abstriche feucht abgenommen werden müssen.«

Laura schaute Sophie fragend an. »Und so etwas hast du immer im Auto?«

»Eigentlich für die Untersuchung von Vergewaltigungsopfern, wo es mit der Spurensicherung schnell gehen muss«, sagte Sophie, »aber für DNA von der Tischkante geht es auch.«

Laura nickte und tippte sich ein paar Stichpunkte in ihr Handy.

»Damit kommen wir zum zweiten Teil«, sagte Sophie, »wir brauchen Vergleichs-DNA von Fischer für den Abgleich. Siehst du ihn demnächst mal?«

Laura nickte. »Sogar morgen. Er hat mich einbestellt. Wird bestimmt nicht nett.«

»Hm«, machte Sophie, »was machen wir da am besten? Trinkt er gern guten Kaffee?«

»Ich denke schon, dass er guten Kaffee lieber mag als die Brühe aus den Bankautomaten. Bankkaffeeautomaten meine ich natürlich.«

»Und wo triffst du ihn?«

»Pariser Platz. In seinem Büro.«

»Und da ist doch bestimmt irgendwo …?«

»Klar«, sagte Laura, »da ist ein Starbucks. Bin ich letzte Woche noch gewesen.« Sie dachte an das Gespräch mit Schubert bei Starbucks, bei dem die Sache mit dem Haus und ihre plötzliche Beförderung ihre einzigen Probleme waren.

»Dann läuft es folgendermaßen«, sagte Sophie. »Du holst dir die DNA über die Starbucks Becher, die du mitbringst und dann auch wieder mitnimmst.«

»Wird er da nicht misstrauisch?«

»Nicht unbedingt. Du kannst ja sagen, du sorgst ein bisschen für Ordnung und schmeißt die draußen weg.«

»Gut. Das sollte klappen.«

»Und dann nimmst du DNA-Proben aus diesem Raum, wie hieß der noch …?«

»Transaction Banking.«

»Ganz genau. Dann vergleichen wir die DNA aus der Bank mit der an seinem Becher. Und wenn die Proben identisch sind, können wir das ganz große Fass aufmachen.«

Deckhard hob den Zeigefinger. »Aber vorher nicht!«

»Und ein richtiges Fass mit Bier auch.«

Er grinste.

»Ich hoffe nur«, sagte Laura, »dass ich heute oder morgen noch ins Transaction Banking komme.«

»Meinst du, deine Karte ist schon gesperrt?«

Laura zuckte die Schultern. »Könnte sein. Heute Morgen

kam ich jedenfalls nicht in meinen Bankrechner. In die Filiale kam ich allerdings noch.«

»Dann mach es noch heute.«

»Ich weiß nicht«, sagte Laura, »wenn mir dort heute jemand auflauert, kann das Gespräch mit Fischer platzen, weil er mich dann einfach so feuert und das Entlassungsgespräch Harding, also mein Filialleiter, macht.«

»Und dann gibt es keine DNA«, ergänzte Deckhard.

Laura nickte.

»Dann morgen Fischer und vielleicht abends Transaction Banking.« Sophie nahm Laura am Arm. »So, und jetzt gehen wir wieder rein, und du erinnerst mich nachher, dass ich dir zwei von den DNA-Kits mitgebe.«

Laura schaute dem Taxi hinterher. Der Mann hatte an der Commerzbank Geld abgehoben und war ins Taxi gestiegen. Warum? Weil er genau jetzt Geld brauchte.

»Warte mal, Sophie«, sagte Laura und fasste sie am Arm.

»Was denn?« Sophie drehte sich um. »Frank, bleib mal kurz hier.«

Frank verdrehte die Augen und ging zurück auf den Balkon.

»Das Ganze ist doch am sichersten«, sagte Laura, »wenn wir möglichst frische DNA von Fischer im Transaction Banking finden.«

»Natürlich!«

»Dafür wäre es doch am besten, wenn Fischer dort morgen Abend hingeht und wir die DNA danach prüfen, sobald er weg ist.«

»Aber woher weißt du so genau, dass er dort hingeht?«

Laura blickte in den Abendhimmel. »Das muss ich mir noch überlegen, wie ich das mache.« Sie fixierte Sophie. »Von euch brauche ich nur einen Polizisten, der die Koppenstraße bewacht. Und mir sofort Bescheid gibt, wenn Fischer dort rausgeht.«

»Falls er dort rausgeht«, bemerkte Deckhard.

»Wenn er dort rausgeht, war er vorher drin«, sagte Laura. »Und dafür sorge ich.«

»Und wie?«, wollte Deckhard wissen.

»Das lass mal meine Sorge sein. Sorgt ihr für den Polizisten?«

»Na klar, warum nicht. Ab wann?«

Laura schaute in ihr Smartphone. »Morgen ist Donnerstag, also langer Tag. Vor 18 Uhr wird er nicht da sein. Also vielleicht von halb sechs abends bis open end?«

»Alles klar, machen wir«, sagte Deckhard und klatschte in die Hände, »so, und jetzt brauche ich noch ein Bier!«

DONNERSTAG

KAPITEL 52

PARISER PLATZ, BERLIN

Laura war am nächsten Morgen gar nicht erst zur Filiale in der Koppenstraße gefahren, sondern gleich zum Pariser Platz. Sie hatte sich nach der Party bei Sophie nach Hause begeben und Marc eine SMS geschickt, sich für alles bedankt und ihn für einen der nächsten Tage zum Essen eingeladen. Marc war enttäuscht, aber jetzt waren andere Dinge erst einmal wichtiger. Da Laura nur ein halbes Glas Champagner und ein halbes Bier getrunken hatte, hatte sie ihren Wagen vorher im Hilton aus der Hochgarage geholt und dort auch das Spurensicherungsmaterial von Sophie verstaut. Zu Hause hatte sie Timo schlafend im Bett gefunden. Sie hatte eine Zeit lang im Schlafzimmer gestanden und auf Timo geblickt und sich gefragt, wie es weitergehen würde. Mit ihnen, mit dem Haus, mit der Bank, mit ihrem Job und am Ende auch mit ihrer Freiheit. Mit ihrem Leben.

Fischer empfing sie genau so wie damals. »Wollen Sie einen Kaff…?«, wollte er gerade fragen, als er die zwei großen Becher von Starbucks sah. Laura hatte vor der Starbucks Filiale gestanden, als sie eine Kundin mit zwei heißen Porzellanbechern sah. Die Frau hatte die beiden heißen Becher mühevoll balanciert und schließlich, als sie sich die Finger lange genug verbrannt hatte, entnervt abgestellt. Da war es Laura eingefallen: Wenn auch sie Porzellanbecher mitnahm, war es völlig klar, dass sie die wieder zurückbringen *musste*. Gut war, dass sie Caramel macchiato bestellte, der enthielt dermaßen viel

Milch, dass er nicht so furchtbar heiß wie schwarzer Kaffee wurde.

»Was haben Sie denn da?«, fragte er dann. Er hatte das Sakko abgelegt und die Krawatte auf seinem Schreibtisch zusammengefaltet. Violett, wie es aussah.

»Caramel macchiato«, sagte Laura, »ich habe gehört, den trinken Sie sehr gern.«

»Allerdings«, sagte Fischer. »Der Kaffee ist um einiges besser als die Plörre hier. Und dabei haben wir schon Cappuccino-Maschinen und das alles. Manchmal erwische ich mich, wie ich da zweimal am Tag hingehe.« Er zeigte nach draußen zu Starbucks. »Das kann dann schon ins Geld gehen.«

Na ja, bei dem, was du hast und auch noch kriegst, wohl nicht, dachte Laura.

»Und auf die Figur geht es natürlich auch«, sagte Fischer, als habe er Lauras Gedanken erraten. Setzen wir uns«, sagte er dann und zeigte auf die Couch. Sie saßen dort, wo sie schon vor einer Woche gemeinsam gesessen hatten.

»Frau Jacobs, ich mache es kurz«, begann er. »Die ganzen Vorfälle, von denen Sie wahrscheinlich in Teilen gehört haben, sind furchtbar. Dr. Althaus ist tot, auf sehr mysteriöse Art und Weise gestorben, und das Ganze verbunden mit Anschuldigungen, von denen ich mit ganzer Willenskraft hoffe, dass sie nicht wahr sind.«

Er meint wohl den Mord an der Prostituierten, dachte Laura. *Aber er weiß wohl nicht, was ich weiß. Darum bleibt er im Nebulösen.*

Er schüttelte demonstrativ den Kopf und trank von dem Kaffee. »Perfekt, der Kaffee mal wieder, vielen Dank noch mal dafür.« Er hob den Daumen der rechten Hand. »Aber so gut der Kaffee auch schmeckt, Frau Jacobs, Sie stecken leider in dem ganzen Schlamassel tiefer drin, als Sie sollten. Die interne Revision wird sich den Fall jetzt anschauen und dann müssen wir schauen, ob wir die Ermittlungsbehörden einschalten. Ich denke, Herr Harding hat Ihnen das schon gesagt?«

»Hat er«, sagte Laura, »ich kann aber nur wiederholen, dass ich mit diesen Transaktionen nichts zu tun habe. Herr Althaus hat ebenfalls bekräftigt, dass er keine Überweisungen getätigt hat.«

»Durch das tragische Ableben von Herrn Dr. Althaus können wir das leider nicht mehr prüfen«, sagte Fischer. »Klar ist aber auch, dass bisher viele Beweise gegen Sie sprechen, Frau Jacobs. Ich bin der Letzte, der Ihnen nicht glauben will, aber wir müssen die Ermittlungen der Revision und eventuell später auch der Kriminalbehörden abwarten.«

»Fällt es Ihnen so schwer, mir zu glauben?«, fragte Laura.

»Das tut es leider«, sagte Fischer. »Denn Sie haben ja bedauerlicherweise jeden Grund, um sich an den bezeichneten Konten zu vergreifen.«

»Warum sollte ich das?«

»Sie wollen das Haus kaufen. Dafür fehlt Ihnen Eigenkapital. Besonders, nachdem sich ihr Gatte mit einer Trading App verzockt hat.«

»Woher wissen ...?«

»Die wichtigste Währung ist die Information«, sagte Fischer. »Und das pfeifen die Spatzen von den Dächern. Und Dinge, die ich wissen muss, die weiß ich auch.« Er trank von seinem Kaffee. »Das sind leider alles Faktoren, die gegen Sie sprechen. Denn es zeigt, dass Sie dringend Geld brauchen. Oder nicht?«

Laura sagte nichts. »Und dann?«, fragte sie.

Er wiegte den Kopf hin und her. »Dann wird sich entscheiden, wie es mit Ihnen weitergeht.«

»Als Filialleitung oder überhaupt?«

»Beides«, sagte Fischer, »leider. Wir wollten Sie zur stellvertretenden Filialleiterin machen und eigentlich wollen wir das noch immer, weil wir glaubten, dass Sie den Wandel in der Bank bestmöglich an die Mitarbeiter weitergeben können. Leider hat sich nicht alles davon erfüllt.«

Laura schwieg.

»Dass Sie hinsichtlich Ihres Hauses natürlich nicht begeistert sind, dass die Grundstücke verkauft werden, ist nachvollziehbar. Dass Sie dann aber über den Betriebsrat den Mitarbeitern dabei helfen, über einen Anwalt gegen die Bank vorzugehen, entspricht leider nicht unserer Definition von loyaler Führung. Ich denke, das verstehen Sie?« Er umfasste die Tasse mit beiden Händen, so als würde er die Wärme des Porzellans genießen.

Laura nickte. Und *gut so,* dachte sie. So waren neben der DNA auch noch reichlich Fingerabdrücke am Becher.

Fischer trank von seinem Kaffee. »Wir müssen jetzt, wie gesagt, abwarten, was die Revision herausfindet«, sagte er. »So lange sind Sie von der Arbeit freigestellt. Die Kollegen aus der Revision werden aber bald auf Sie zukommen.« Er machte Anstalten aufzustehen. Ein Zeichen, dass das Gespräch beendet war.

Laura brauchte nicht zu fragen, was wäre, wenn die Anschuldigungen gegen sie zutreffen würden. Dann würde sie ihren Job verlieren, das Haus würde sie ohnehin verlieren und sie würde vielleicht sogar ins Gefängnis gehen. Ob dann der große, unheimliche Typ auch zu ihr kam, um sie mundtot zu machen, das mochte sie sich gar nicht ausmalen.

»Okay«, sagte Laura nur. »Ich nehm die Tassen wieder mit. Die will Starbucks bestimmt wiederhaben.«

»Das ist nett«, sagte Fischer. »Sie hören wieder von uns.«

Laura nahm die zwei Becher, wobei sie sich bemühte, den von Fischer an möglichst wenigen Stellen anzufassen. Dann drehte sie sich um. Zeit für ihren Plan.

»Ach ja, eine Sache noch«, sagte Laura.

Fischer blickte auf. »Bitte.«

»Ich habe mit Frau Meyer gesprochen. Sie sagte, auf den 900er-Konten wäre kein Geld mehr.«

Fischer ließ sich nichts anmerken. Aber für einen winzigen Moment sah Laura Besorgnis in seinen Augen aufblitzen. »Aha«, sagte er nur, »das prüfen wir selbtverständlich Alles, Frau Jacobs, was Sie entlastet, hilft uns natürlich!«

»Das freut mich«, sagte Laura, »auf Wiedersehen.«

»Wiedersehen«, murmelte Fischer, als Laura die Tür hinter sich schloss.

Sie ging durch das Vorzimmer.

»Soll ich Ihnen die abnehmen?«, fragte Emily und war im Begriff aufzustehen.

»Danke, aber die müssen zurück zu Starbucks. Ich hatte aus Versehen nicht die Take-away-Becher bestellt. Schönen Tag dann.«

»Schönen Tag, Frau Jacobs.«

Mit diesen Worten verschwand Laura im Aufzug.

Das Ziel war aber nicht Starbucks, es war die Tiefgarage. Dort ließ Laura den Becher von Fischer in eine der Papiertüten gleiten, die Sophie ihr auch gegeben hatte. Dann startete sie den Motor, um Sophie die Vergleichsprobe zu bringen. Die nächste Station war Moabit.

KAPITEL 53

BLANKENFELDE-MAHLOW, BEI BERLIN

Laura war nach ihrer Fahrt zum Pariser Platz und nach Moabit zu Hause angekommen. Gerade als sie vor dem Haus parkte, kam ihr Sandra entgegen. Laura wusste, dass Sandra krankgeschrieben war und schon mit ihrem Freund Ralf diskutiert hatte, ob sie nicht zwischenzeitlich bei ihren Eltern in Leipzig oder sogar im Hotel wohnen sollten. Ihr Haus, das sie eigentlich innig liebte, war nach dem Treffen mit dem Junkie Ulf zu einem Horrorhaus für sie geworden.

»Ach, Laura«, grüßte Sandra, »sieht man dich auch mal wieder.«

»Ja, wieso? Geht es dir besser?«

»Muss ja. Sicher nicht so gut wie dir.«

Laura trat einen Schritt näher. »Was meinst du denn damit?«

»Na ja, man sagt, du würdest jetzt in der Bank die großen Dinger drehen. Musst du ja auch.«

»Wieso muss ich das?«

»Weil Timo einiges verzockt hat.«

Laura sagte nichts. Woher, zur Hölle, wusste die das?

»Aber wer ganz nahe am großen Geld ist, der braucht sich über solche Peanuts keine Sorgen zu machen.« Sandra nickte bestätigend mit dem Kopf.

»Was soll denn das heißen?« Langsam nervte es Laura.

»Das heißt, dass du sogar darauf verzichtest, das Haus zu kaufen, weil du dir ja jetzt etwas Besseres leisten kannst. Obwohl du den anderen genau das empfohlen hast, sogar mit Kontaktdaten von dem Anwalt und allem.«

»So ein Blödsinn. Wir haben sogar einen Kredit beantragt, um das Haus zu kaufen.«

»Bei der Bank?«

»Bei der BWG? Nein, die machen das nicht. Sie können uns nicht verbieten, das Haus zu kaufen, aber sie machen es nicht über einen Kredit der Bank.« Sie blickte Sandra an. »Wieso macht ihr das nicht auch? Timo kann euch sofort die Kontaktdaten der Beraterin bei der Interhyp geben.« Langsam ging Laura alles auf die Nerven. Bei Fischer musste sie sich entschuldigen, weil sie das Haus mit einem BWG-Kredit oder überhaupt kaufen wollte, bei Sandra musste sie sich entschuldigen, dass sie das Haus nicht kaufen wollte.

»So viel Geld muss man erst mal haben.«

»Du machst doch Gewinn dabei, wenn die Bank dir das Haus dann teuer abkaufen muss.«

»Tja, wer es hat, der macht Gewinn. Das geht aber nur mit dem richtigen Kontakt zu den richtigen Bonzen.« Von wegen, dachte Laura. Ihre *Bonzen*, nämlich Fischer und Konsorten, waren die Letzten, die ihr bei dem Kredit helfen würden. Im Gegenteil, das waren die, die ihr Leben gerade in die absolute Hölle verwandelten.

Laura wurde es zu blöd. »Schönen Abend noch«, sagte sie.

»Du warst doch heute wieder bei Fischer«, sagte Sandra. »Es gibt niemanden, der sich so oft mit ihm unterhält.«

»Du musst es ja wissen!« Laura knallte die Tür von innen zu.

Timo hantierte in der Küche herum und faltete gerade einen Karton zusammen.

»Was war denn los?«, fragte er.

»Ach, Sandra nervt mich wieder mit ihren Gerüchten und den Bonzen, mit denen ich angeblich kuschele.«

»Ärgere dich nicht«, sagte Timo. »Was magst du jetzt ? Essen?«

Laura schaute nach draußen. »Das muss vielleicht warten. Ich warte auf einen Anruf.«

»Von wem?«

»Der Polizei. Erkläre ich dir nachher. Vorher muss ich mich verkleiden und dann fahren wir zur Koppenstraße.«

»Zur Koppenstraße?«

»Ja, zur Bank.«

»Und wieso verkleiden? Und als was überhaupt?«

»Als Putzfrau«, sagte Laura. »Allerdings als Putzfrau, die DNA-Proben nimmt.«

»Und das Essen?«

»Geht, solange die Polizei nicht anruft. Wenn die anruft, müssen wir sofort los. Aber ich werde eh nicht viel runterkriegen.«

Um 20:50 Uhr klingelte Lauras Telefon. Es war Deckhard.

KAPITEL 54

BLANKENFELDE-MAHLOW, BEI BERLIN

Der Plan hatte tatsächlich funktioniert. Lauras erfundene Geschichte hatte Fischer aufgescheucht und er wollte wohl selbst nachsehen, ob das Geld noch auf den 900er-Konten war.

Er war gegen 20:45 Uhr bei der Bank an der Koppenstraße gesehen worden. Der Kollege hatte Deckhard angerufen und Deckhard seinerseits Laura. Laura und Timo fuhren mit Timos Ford Transit von der Firma in die Innenstadt. Eigentlich, dachte Laura, passt die ganze Sache gut. Eine echte Reinigungskraft wäre auch eher in einem solchen Wagen unterwegs, der viel Stauraum hatte. Laura hatte sich eines ihrer ältesten T-Shirts angezogen, dazu Leggins und Sportschuhe. Die Schlüsselkarte hatte sie dabei und hoffte, dass sie noch aktiviert war. Sollte das nicht der Fall sein, hatte sie ein Riesenproblem, aber daran wollte sie jetzt noch nicht denken.

»Was hast du vor?«, fragte Timo.

»Versprich mir, dass du das niemandem erzählst? Sandra schon gar nicht?«

»Nein, warum sollte ich? So komisch wie die neuerdings ist.«

»Nicht nur weil die neuerdings komisch ist. Du erzählst es schon aus Prinzip niemandem, klar?«

Timo nickte und schaute auf die Straße. »Klar.« Er tippte während der Fahrt auf dem Musikstreaming-Portal herum. »Willst du Megadeth hören?«, fragte er.

»Nein, es ist alles stressig genug, da will ich definitiv kein

Megadeth hören!« Sie schaute auf die Playliste. Das Album, das Timo gerade geöffnet hatte, hieß *Countdown to Extinction*. Countdown zur Auslöschung. Na super, dachte sie, das passte ja ganz prima zur ihrer Situation.

Laura atmete durch. »Ganz so klar ist das leider nicht. Warum weiß zum Beispiel Sandra, dass du dich mit Aktien verzockt hast?«

»Wie bitte? Woher soll die das wissen?«

»Das frage ich dich.«

»Ich habe nur Jochen erzählt, dass seine Tipps bei mir nicht gefunzt haben.«

»Nicht *gefunzt*?«, fragte Laura. »Nennt man das neuerdings so, wenn man mal eben dreißigtausend Euro versenkt? Und weißt du nicht, dass Jochen ab und zu mit Ralf spricht?«

»Ralf war auf Montage in München.«

»Okay, und von Telefonen haben die beiden noch nie gehört?«

»Doch, wohl schon«, knurrte Timo leise in sich hinein.

»Also, dann noch mal Klartext!«, sagte Laura. »Was ich dir jetzt erzähle, erzählst du niemandem, klar? Sonst haben wir beide ein Riesenproblem, gegen das deine Zockerei ungefähr so unbedeutend ist wie ein umgekipptes Wasserglas. Verstanden?«

Timo hob die Augenbrauen. »Okay, ich bin gespannt. Und ich erzähle niemandem etwas!« Er hob die Hand, wie ein vereidigter Zeuge in einer US-Anwaltserie.

Timo hatte sich die ganze Story mit Althaus, der Prostituierten und dem Mord erstaunlich ruhig angehört. *Könnte man fast 'ne Netflix-Serie draus machen,* hatte er kommentiert. Wahrscheinlich, dachte Laura, war das bei Timo ein Kompliment für eine spannende Story. Wobei eine spannende Story dann schön war, wenn man sie gemütlich auf dem Sofa anschaute. Nicht, wenn man bis zum Stehkragen selbst drinsteckte.

Als sie an der Koppenstraße ankamen, war es schon nach 21 Uhr. In der Filiale war natürlich um diese Zeit niemand mehr, egal, ob es heute eine Kassendifferenz gegeben hatte oder nicht. Laura atmete auf, setzte eine Schirmmütze auf, ebenso eine getönte Brille und holte Eimer, Besen und Feudel aus dem Kofferraum. Sie wusste nicht, ob die Reinigungskräfte der Bank ihre Ausrüstung an Ort und Stelle ließen oder immer dabeihatten, aber so konnte am wenigsten schiefgehen. Sie hatte zwar einmal gehört, dass die Reinigungskräfte meistens im Morgengrauen in die Bank kamen, und jetzt war es Abend, aber dieses Risiko musste sie eingehen.

In dem Augenblick, als sie gerade die Schlüsselkarte durch das Lesegerät ziehen wollte, klingelte ihr Handy. Sie zuckte so zusammen, dass sie fast die Karte fallen gelassen hätte. Das fehlte noch, dachte sie, dass ihr die Karte in einen Gitterrost fiel. Warum hatte sie auch das Handy angelassen?

Sie schaute auf die Nummer. Es war Marc.

»Marc, was gibt's?«

»Du hattest recht«, sagte Marc.

»Womit?«

»Fischer hätte eigentlich genug Geld, um sich das alles selbst zu kaufen. Er will nur noch viel mehr. Kennst du die Szene in *Wall Street 2*? Wo sie den Bösewicht Bretton James fragen, wie viele Milliarden er noch will? Und seine Antwort ist: mehr.«

»Marc«, sagte Laura, »das ist echt nett, aber kannst du zur Sache kommen? Ich stehe gerade etwas unter Zeitdruck.«

»Klar, dann mach ich's kurz: Fischer war mal Early Stage

Investor bei Z-Source. Die bringen Leute, die verkaufen können, aber sonst nichts können, mit Leuten zusammen, die etwas können, aber zu blöd zum Verkaufen sind. Da verkauft also jemand etwas, was er gar nicht kann, und Z-Source liefert dann den Profi, der es kann. Nennt man auch *dropsourcing*. Aber egal.«

»Da hat Fischer investiert?«

»Richtig. Ziemlich früh. Dann ist ihm ein Fehler passiert, der eigentlich Leuten wie ihm nicht passieren dürfte: Ein großer Silicon-Valley-Investor ist eingestiegen und hat sich per Vertrag zusichern lassen, dass seine Anteile niemals verwässert werden, egal, wer noch alles einsteigt.«

»Aber wenn jemand anders einsteigt, wird der Anteil der anderen doch automatisch kleiner?«

»Bei allen anderen schon, nur nicht bei dem Investor. Das stand im Vertrag.«

Laura atmete aus. »Egal. Marc, das kannst du mir ein anderes Mal erklären. Was hat das mit Fischer und der jetzigen Situation zu tun?«

»Fischer hat den Vertrag nicht richtig gelesen und unterschrieben. Die anderen hatten diese Klausel, dass ihre Anteile nicht verwässert werden, die von Fischer aber schon. Als dann Z-Source richtig abging und viele andere einstiegen, hatte Fischer nur noch einen verschwindend geringen Anteil.«

»Und was hat das mit Xenotech zu tun?«

»Xenotech hat Z-Source vor anderthalb Jahren teuer gekauft. Alle frühen Investoren haben richtig Kasse gemacht. Nur Fischer nicht.«

»Das heißt, wenn er bei dem Vertrag aufgepasst hätte …«

»… wäre er jetzt um hundert Millionen reicher.« Marc machte eine kurze Pause. »Es ist klar, dass jemand mit einem solchen Riesen-Ego wie Fischer damit ein Problem hat.«

»Verstehe«, sagte Laura, »darum muss es unbedingt Xenotech sein. Wenn er schon nicht beim ersten Mal richtig dabei war, will er jetzt richtig reich werden.«

»Genau«, sagte Marc, »er hat ...«

Das Gespräch war abgebrochen.

Laura schaute auf ihr Handy.

Wählte Marcs Nummer.

Kein Signal.

Vielleicht ist er gerade in der Tiefgarage?, dachte Laura.

Sie steckte das Handy ein. Sie würde ihn nachher anrufen. Jetzt musste sie diese Sache hier hinter sich bringen.

Sie wandte den Kopf von der Kamera weg und zog die Schlüsselkarte durch.

Ein penetrantes Piepen und ein rotes Leuchten war die Antwort.

Die Tür blieb zu.

Noch einmal.

Wieder Piepen und rotes Leuchten.

Die Tür geschlossen.

Noch einmal.

Piepen und Leuchten.

Und eine geschlossene Tür.

Sie trat ein paar Meter zurück. »So eine Scheise«, murmelte sie. Damit war alles vorbei. Keine Karte, keine offene Tür. Keine offene Tür, keine DNA. Keine DNA, kein Beweis. Kein Beweis, kein schuldiger Fischer. Und damit nur die Person, die von allen anderen für schuldig gehalten wurde, aber es nicht war: Laura.

Sie ließ die Schultern hängen und ging zu Timo, um nicht über den ganzen Platz brüllen zu müssen.

»Was ist denn?«, fragte Timo, der noch auf dem Fahrersitz saß und in seiner Playlist herumsuchte.

»Die Karte funktioniert nicht mehr. Ich komme nicht rein und kann die Proben nicht nehmen. Und damit bin ich so gut wie im Knast. Denn entweder ich kann den richtigen Schuldigen enttarnen – und dafür muss ich da rein. Oder *ich* bin die Schuldige.«

»Ist die Tür das einzige Problem?«

»Was heißt hier das *einzige* Problem? Sie ist *das* Problem!« Laura ballte die Fäuste und hätte vor Wut weinen können. Denn entweder sie kam jetzt in die Bank, oder sie kam in den Knast. Und dann kam Timo noch mit seiner seelenruhig dummen Frage.

Timo tippte auf seinem Telefon. »Wenn es nur das ist«, sagte er.

»Was hast du vor?«, fragte Laura.

»Ich rufe den Joker an.«

KAPITEL 55

BWG BANK, FILIALE KOPPENSTRASSE, BERLIN

Der Joker, den Timo anrief, war nicht etwa der Bösewicht aus Batman, sondern jemand, den Laura und Timo gut kannten.

Jörg kam wenig später mit seinem bulligen Amarok vorgefahren. Er hatte dieses Riesenauto, weil er als Jäger öfter Wild und andere Ausrüstung auf der großen Ablage transportierte. Eigentlich war der Wagen kein typischer SUV mehr, sondern schon ein Pick-up, wie man ihn aus Amerika kannte.

»Jörg?«, fragte Laura, »was …?«

»Ich habe einen Schlüsseldienst-Service. Schon vergessen?« Er stieg aus und öffnete einen silbernen Koffer. »Wobei ich von dieser Aktion nicht begeistert bin. Die ist nicht gerade legal. Habe Heike deswegen auch gesagt, sie soll zu Hause bleiben, auch wenn sie unbedingt mitwollte. Ist ja fast wie in den Krimis, die sie verkauft, hat sie gesagt. Aber wir brauchen hier nicht noch mehr Zeugen, als wir ohnehin schon haben.«

»Nehme ich alles auf meine Kappe«, sagte Laura, »und würde immer sagen, dass meine Schlüsselkarte doch noch funktionierte.«

»Sollten wir nicht lieber etwas warten?«, fragte Timo.

»Auf keinen Fall«, sagte Jörg, »das ist ohnehin nicht mehr die ideale Zeit, um so etwas zu machen. Nachmittags ist es noch zu voll, nachts ist es verdächtig. Und es ist so gut wie nachts. Also besser jetzt als gar nicht! Los!« Er setzte sich eine Sonnenbrille auf und zog eine Wollmütze über. »Pförtner gibt es hier nicht?«, fragte er.

»Noch nie einen gesehen«, sagte Laura.

»Gut, dann hoffen wir, dass wir hier weg sind, bevor jemand etwas auf der Kamera sieht.«

»Du kriegst die Tür damit auf?«, fragte Laura, als sie die Sender und die Karten in Jörgs Koffer sah.

»Was meinst du, was wir vom Schlüsseldienst alles aufkriegen?« Jörg machte sich an der Tür zu schaffen. »Warum wohl wird ein Schlüsseldienst gerufen?«, knurrte er. »Auch bei elektronischen Türen? Weil er keine Türen aufkriegt?«

Laura musste lächeln. »Okay, dumme Frage.«

Jörg gab irgendetwas in sein kleines Terminal ein. Das Licht leuchtete auf. Allerdings nicht rot, wie bei Laura, sondern grün.

»Hier«, sagte er zu Laura, »es klappt. Nimm diese Karte mit. Und dann los!«

Laura schnappte sich die Karte und spurtete die Treppen hinauf. Oben war noch eine Tür, die sich ebenfalls mit der Karte öffnen ließ.

Dann war sie im Terminalbereich. Die Abstrichröhrchen und die kleine Flasche mit destilliertem Wasser hatte sie in ihrer Tasche.

Draußen war es längst dunkel geworden. Blaues Licht strahlte in dem Raum und sie hörte ein beständiges Surren.

Ihr Herz klopfte bis zur Schädeldecke.

Sie ging zum ersten Terminal.

Machte die Abstriche.

Dann zum zweiten.

Dann zum dritten.

Am Ende hatte sie Abstriche von allen zehn Terminals.

Sie lauschte.

Es war nichts zu hören.

Nur ein Summen, vielleicht von den Rechnern, vielleicht

von irgendeiner Klimaanlage. Menschen, dachte Laura, mutete man oft zu, bei größter Hitze ohne Klimaanlage zu arbeiten. Computer machten es richtig. Wenn es denen zu heiß war, stürzten sie einfach ab oder stellten auf andere Weise den Betrieb ein. Und bekamen daher immer eine Klimaanlage.

Laura packte alles in ihre Tasche und ging zurück zur Treppe.

Sie schaute sich noch einmal um.

Nichts. Niemand hier. *Es gibt hier keinen Pförtner,* hatte sie gesagt.

Hoffentlich hatte sie recht.

Sie drehte sich um. Ging nach vorne.

Dann sah sie den Schatten.

Vielleicht war der Mann ganz plötzlich aufgetaucht. Vielleicht hatte er hinter der Tür gestanden.

Laura erkannte sein Gesicht.

KAPITEL 56

BWG BANK, FILIALE KOPPENSTRASSE, BERLIN

Es war Neil. Jedenfalls der, der sich Neil nannte. Einer von den drei Bankräubern. Sie waren immer da, dachte Laura. Wie ein Fluch.

Erst der Überfall.

Dann die Sache mit Sandra.

Jetzt war einer von ihnen hier.

Stand genau vor ihr.

Anscheinend gab es zwar keinen Pförtner, aber irgendjemand hatte trotzdem mitbekommen, dass Laura eingebrochen war. Ob jemand das System überwachte und gewarnt worden war, als sie mit ihrer abgelaufenen Schlüsselkarte versucht hatte, in die Bank zu kommen? All das zuckte durch Lauras Gehirn in weniger als einer Sekunde.

Kurz spürte sie die Verzweiflung in sich aufsteigen, die Angst und die Hoffnungslosigkeit, die sie wie ein schwarzer Hund aus der Dunkelheit ansprangen.

Doch dann war da etwas anderes.

Klarheit.

Einfachheit.

Sie erinnerte sich an einen Satz, den sie mal in einem Buch über Zen gelesen hatte: *Wenn du alles verlierst, was dich ausmacht, was bist du dann?*

In dem Moment war es ihr, als würde ihr Gehirn das Getriebe der Realität um einige Gänge herunterschalten. Ein Raum, in dem sie mehr Zeit hatte als andere. In dem alle anderen sich auf einmal sehr viel langsamer bewegten und nur sie genauso schnell war wie auch sonst. Vielleicht sogar noch schneller.

Es war der gleiche Moment, in dem sie ihr Handy zog.

Auf die Kamera drückte.

Sie schloss die Augen, als der Blitz aufflammte.

Was andere können, das kann ich auch!

Neil stand für den Bruchteil einer Sekunde bewegungslos und geblendet da.

Genug Zeit für Laura, um an ihm vorbeizurennen. Drei, vier Sprünge die Treppe hinunter. Noch ein paar Schritte, dann wäre sie draußen.

Die waren doch sonst zu dritt, sagte eine Stimme in ihrem Kopf, doch sie überhörte diese Stimme.

Ihr Herz schlug so sehr, dass ihr ganzer Körper bebte.

Durch die Glasscheibe der Banktür sah sie den Ford Transit von Timo. Sah den Amarok.

Packte den Türgriff. Öffnete die Tür einen Spalt.

Sie sah Timo, der ihr fröhlich aus dem Auto entgegenblickte.

Sekundenbruchteile später veränderte sich Timos Gesicht. Sie sah, wie seine Mundwinkel nach unten fielen.

Dann spürte sie den Stahl an ihrer Schläfe.

KAPITEL 57

BWG BANK, FILIALE KOPPENSTRASSE, BERLIN

Es war der andere Typ. Es war nicht Neil, der sie eben überrascht hatte. Und Ulf schon gar nicht. Der war für solche Einsätze wahrscheinlich nicht geeignet. Es war dieser Typ, der sich Probek nannte.

»Na, erkennst du die Waffe wieder?«, fragte er. »Das ist die Sig Sauer. Die echte. Geladen. Mit neun Millimeter Luger. Willst du eine davon in deinem Kopf haben?«

Kurz flammte die bedauerlicherweise völlig unnütze Frage in Lauras Kopf auf, ob das überhaupt die gleiche Waffe wie beim Überfall sein könnte, denn die war ja sicher von der Polizei beschlagnahmt worden. Dann war der Gedanke schon wieder weg.

»Nein«, sagte sie.

»Dann gib mir das, was du in dem Beutel hast, und wir werden gute Freunde bleiben.«

Laura sah sich um. Es waren keine Passanten zu sehen. Nur Timo, der völlig erstarrt und ähnlich eingefroren wie Sandra in dem Ford saß.

»Du willst den Beutel?«, fragte sie.

»Nur den Beutel«, sagte Probek, »dann kannst du gehen.«

Sie war in einer verdammt schlechten Situation. Stand an der Tür, die Hand am Griff, die Tür einen Spalt offen. Und der Lauf der Sig Sauer an ihrem Kopf.

In dem Moment sah sie einen Schatten vor der Tür. Sah etwas Langes, das sich von draußen durch den Türspalt der Außentür schob. Und den Ort fand, den es suchte: Probeks Kopf.

Das, was sich da durch den Spalt geschoben hatte, war ein Gewehrlauf, dahinter zwei Hände und dahinter Jörg.

»Ganz ruhig bleiben«, sagte Jörg zu Probek, »du hast eine Sig Sauer, ich habe eine Remington, Modell 700 mit Schalldämpfer. Wenn ich schieße, bist du tot, bevor du deinen Finger überhaupt am Abzug hat. Und man hört nicht mal etwas. Nur Gehirnteile und Knochensplitter, die dahinten gegen die Wand klatschen.« Jörg hob die Augenbrauen. »Was wird es sein?«

Laura sah, wie Probeks Kopf hin und her zuckte. Er hatte zwar seine Sig Sauer an Lauras Schläfe, aber dafür hatte Jörg den Lauf seines Gewehrs durch die halb offene Tür an Probeks Kopf platziert.

Wo hat Jörg das Gewehr her?, fragte Laura sich kurz. Aber dann fiel es ihr ein. Er war Jäger! Und vielleicht hatte er das Gewehr seit der letzten Jagd im Auto gehabt. Jäger durften so ziemlich alle Waffen kaufen, die sie haben wollten. Dafür mussten sie auch eine ziemlich aufwendige Jägerprüfung bestehen. Jörg hatte ihr einiges über die Lautstärke von Waffen und die Waffenregeln auf dem Schießstand erklärt.

»Wenn ich schieße«, sagte Probek, ein wenig trotzig, »dann ist die Frau tot!«

»Mag sein«, sagte Jörg, »aber was bringt es dir, wenn du schießt und gleich danach selbst tot bist? Denn sobald du schießt, schieße ich auch. Und dann bleiben von deinem Kopf nur noch die Ohren übrig. Und dich dahinten«, er meinte Neil, »erwische ich gleich als nächsten. Vielleicht schieße ich dir nur die Kniescheiben weg. Dann erinnerst du dich jedes Mal an mich, wenn du im Rollstuhl sitzt. Also immer.« Er drückte den Lauf fester an Probeks Kopf. »Was wird es sein?«

»Nimm die Waffe von meinem Kopf«, sagte Probek.

»Na gut, ein kleines Stück.«

Laura spürte, dass Probek keiner war, der solche Situationen als Abenteuer empfand. Keiner, der den Helden spielte. Keiner, der andere gut austricksen konnte. Er hatte seine simple *Wenn/dann*-Routine und sobald die nicht funktionierte, war er hilflos. Er würde zu seinem Boss gehen und sagen, dass da Leute mit Gewehren gewesen waren. Dass er keine Chance gehabt hätte. Dass er nichts anderes hätte machen können und dass er den Auftrag erst recht nicht erfüllt hätte, wenn sie alle abgeknallt worden wären und die Proben dann wo auch immer gelandet wären, wo sie jedenfalls nicht landen sollten.

»Scheiße, was soll's!« Er löste den Lauf von Lauras Kopf. Ließ Laura los.

Jörg zerrte Laura mit der anderen Hand nach draußen. Hielt beide Männer mit dem Gewehr in Schach.

»Laura«, sagte er, »nimm den Sender aus meiner Tasche, drücke »c« und halte die Karte an die Tür.«

»Mache ich!« Die Tür piepte. Ein rotes Licht war zu sehen.

»Jetzt raus. Und Tür zu.«

Laura glitt durch den Spalt zwischen Tür und Rahmen und ließ dann die Tür ins Schloss fallen. Jörg hielt die Karte an den Sender.

»Das war's«, sagte Jörg.

»Was hast du gemacht?«

»Sieh doch selbst.«

Neil und Probek hämmerten an die Tür. Sie war verschlossen. Beide irrten in dem Vorraum herum, Probek mit seiner Sig Sauer, wie zwei Gruselpuppen in einem Marionettentheater.

Laura musste kurz lächeln. »Jetzt aber weg«, sagte sie, als

sie ihre Fassung wiedererlangt hatte. »Bevor die noch auf die Idee kommen, durch das Glas zu schießen.«

Laura sprang in Timos Ford, während Jörg zu seinem Amarok spurtete. Beide gaben Gas und rasten Richtung Frankfurter Allee. Und dann nach Moabit.

KAPITEL 58

LANDSBERGER ALLEE, IM AUTO

Igor hatte auf dem kurzen Dienstweg eine Schlüsselkarte bekommen. Dann hatte er die beiden rausgeholt.

Es hatte keinen Sinn, irgendwelche Ausflüchte oder Ausreden zu erfinden. Neil und Probek hatten verkackt.

Igor betrachtete Probek vom Fahrersitz aus. »Mein Gott«, sagte er, als er seine tätowierten Hände in 10- und 2-Uhr-Stellung an das Lenkrad seines Mercedes ML legte, schwere Ringe an den Fingern. Sein Gesicht war so vernarbt, dass man wahrscheinlich Parmesan daran hätte reiben können. »Ihr seid echt für alles zu blöd. Ich dachte, euer Kollege, dieser Ulf, sei dämlich, aber das ist ja nichts im Vergleich zu euch.«

»Wir konnten doch nicht wissen, dass dieser Kerl da ein Gewehr dabeihat.«

»Was könnt ihr überhaupt wissen, ihr Vollidioten?«

Der Wagen fuhr die Landsberger Allee hinunter, aus der Stadt raus.

»Der Boss ist richtig sauer«, sagte Igor, »und ich bin es auch.«

Beide sagten eine Weile nichts, wie ungezogene Kinder, denen der Weihnachtsmann keine Geschenke mitgebracht hatte und die wussten, dass der Weihnachtsmann eigentlich recht hatte.

»Wisst ihr wenigstens, wo die Typen hingefahren sind?«, fragte Igor.

Beide schüttelten den Kopf.

»Verdammte Vollidioten«, zischte Igor.

»Was sollte denn in dem Beutel von dieser Laura sein?«, fragte Neil.

»Das wüssten wir, wenn wir den Beutel hätten«, knurrte Igor und seine Stimme wurde lauter, »und den hätten wir, wenn bestimmte Idioten einfach mal nur ihren Job machen würden!«

Sie hielten außerhalb der Stadt auf einem Schrottplatz. Ein ziemlich abgehalfterter Opel stand dort neben einer Pfütze. Dahinter ein Schuppen. In der Ferne Kräne und Plattenbauten. Ansonsten viel Gestrüpp, Müll und Schrott. Und keine Menschenseele zu sehen.

Igor stoppte den Wagen.

»Raus mit dir«, sagte er zu Neil.

»Warum?«

»Probek hat sich immerhin von einem Gewehr mit Schalldämpfer aufhalten lassen. Du aber nur von einem Blitzlicht. Wir brauchen dich nicht mehr.« Er zeigte auf den Opel. »Steig in den Wagen und hau ab. Der Schlüssel hängt an der Sonnenblende.«

»So wie in den Ami-Filmen?«

»Laber nicht rum. Deine Rolle in diesem Film ist beendet.«

»Und jetzt?«

»Wie gesagt, du haust ab und danach sehen wir uns nie wieder.«

»Und meine zweite Rate?«

»Du meinst Geld?«, fragte Igor.

»Ja, das meine ich.« Neil hatte sich in den Wagen gesetzt und suchte hinter der Sonnenblende nach dem Schlüssel. Er fand aber keinen.

»Keine Sorge«, sagte Igor. »Kriegst du. Und eine kleine Überraschung dazu!«

»Will ich auch hoffen«, sagte Neil. Probek beobachtete die ganze Szene unschlüssig. Man sah ihm an, dass er nicht sicher war, ob diese Verbannung von Neil nun für ihn gute oder schlechte Nachrichten bedeuteten.

Die Tür des Schuppens öffnete sich.

Ein riesiger Mann mit ausdruckslosen Augen ging mit schnellen Schritten auf den Opel zu.

Er übergab Neil schweigend einen Zweihunderteuroschein.

»So wenig?«

»Gibt ja noch 'ne Überraschung«, sagte Igor, der an der Tür des ML stand.

»Die muss dann aber richtig groß sein«, blökte Neil.

»Ist sie auch.« Mit einem Mal hatte der riesige Mann gesprochen.

Die Überraschung war schwarz und glänzend.

Ein Arminius Revolver mit Schalldämpfer.

Es war das Letzte, was Neil jemals sah.

KAPITEL 59

RECHTSMEDIZIN, MOABIT, BERLIN

Laura hatte Sophie, die sie schon in der Rechtsmedizin in Moabit erwartete, von unterwegs angerufen. Mittlerweile war es fast Mitternacht.

Sie hatte dem Pförtner Bescheid gesagt, dass sowohl Timos Ford als auch Jörgs Amarok durch die Schranke an der Einfahrt Turmstraße gewunken werden sollten. Sie durchfuhren den Komplex, bis sie ganz hinten an der Rechtsmedizin angekommen waren.

»Schick«, sagte Sophie, als sie Laura in Putzmontur sah, »trägt man das jetzt in der Bank? Oder müsst ihr aus Kostengründen schon selbst putzen?«

»Sehr witzig«, sagte Laura, die aber tatsächlich über den dummen Witz lachen musste. »Aber Spaß beiseite! Hier, das sind die Abstriche, von insgesamt zehn Tischen.«

»Wie viele Tische mit Terminals gibt es denn da?«

»Genau zehn.«

»Sehr gute Arbeit«, sagte Sophie. »Steffen, das muss sofort mit der Probe von dem Starbucks Becher von heute Nachmittag abgeglichen werden.«

Der Mitarbeiter namens Steffen, der heute offenbar Nachtdienst hatte, nickte. »Ich mach, so schnell ich kann, aber du weißt, ein paar Stunden dauert das.« Er nahm die Probe und verschwand in einem Nebenraum.

Timo und Jörg schauten sich einerseits neugierig, andererseits ein wenig wie bestellt und nicht abgeholt um. Ähnlich wie die zwei Polizisten Stapel und Freydank nach dem Banküberfall in der Filiale, wobei sich Laura nicht vorstellen konnte, dass das erst anderthalb Wochen her war.

»Wie viele Stunden wird das dauern?«, fragte Laura.

»Eigentlich vier bis acht, wenn sich alle beeilen, dann geht es vielleicht schneller.«

Laura blickte sich um. Sie sah im Nebenraum die Stahltische, daneben irgendwelche Bahren, aber keine Toten. Sie wollte nicht sterben. In sechzig Jahren vielleicht, aber nicht jetzt. Und die Gefahr, dass genau das passieren könnte, und zwar jetzt und nicht in sechzig Jahren, war in den letzten Stunden extrem gestiegen. Jedenfalls kam es Laura so vor.

»Wir haben ein Problem«, sagte sie, »zwei Männer haben versucht, uns aufzuhalten. Einer war bewaffnet. Er hat mir eine Knarre an den Kopf gehalten.«

»Oh Gott!«, rief Sophie, »wie geht es dir denn jetzt? Ist alles in Ordnung? Willst du dich hinlegen? Wir haben hier eine Liege im Nebenraum.«

»Solange es keine Bahre für Leichen ist.« Timo konnte sich den blöden Witz nicht verkneifen.

»Nein, es geht schon«, sagte Laura. Das Interessante war, dass es ihr tatsächlich einigermaßen gut ging. Sie hatte die DNA-Probe und die Vergleichsprobe abgeliefert. Damit hatte sie ihren Teil des Auftrags eingehalten. Jetzt waren die Rechtsmediziner dran.

»Wo sind diese Männer jetzt?«, fragte Sophie.

»Wenn alles noch so ist, wie vorher, eingesperrt im Vorraum des Transaction Bankings. Koppenstraße.«

Sophie verzog das Gesicht. »Moment, ihr habt zwei Männer, von denen einer eine Waffe hatte, mal eben so eingesperrt?«

»Ich habe nachgeholfen. Mit einer Remington«, sagte Jörg. »Ich bin Jäger. Ich habe aber nicht geschossen, nur gedroht.«

»Oooookay«, sagte Sophie gedehnt, so als würde sie das alles gar nicht so genau wissen wollen. »Darüber müssen wir gleich noch sprechen.« Sie zog ihr Handy.

»Ich rufe Frank an«, sagte sie. »Sie sollen die zwei eingesperrten Typen sofort festnehmen. Langsam ist das Ganze nicht mehr witzig. In jedem Fall sollten wir hier auf Frank warten. Es ist besser, wenn er auch dabei ist.«

»Ist es hier sicher?«

»Ja, keine Sorge«, sagte Sophie. »hier ist alles verschlossen, der Zugang ist bewacht, und es weiß ja keiner, dass ihr hier seid.«

Sie telefonierte kurz mit Frank. »Erledigt«, sagte sie. »Er kommt hierher und die Kollegen sammeln die zwei Nachtgespenster ein.«

»Ihr kennt die Nachtgespenster übrigens«, sagte Laura.

»Ach ja? Warum?«

»Es waren zwei von denen, die bei dem Banküberfall dabei waren«, sagte Laura.

»Die Angelegenheit nimmt ja richtig Dimensionen an. Wollt ihr einen Kaffee?«

»Da sagen wir nicht Nein«, sagte Laura. »Unsere Geschichte ist aber noch nicht zu Ende.«

»Ich bin gespannt«, sagte Sophie. Ihr Handy klingelte. Laura kam sich vor wie in der BWG-Filiale, wo auch ständig Kunden anriefen, um ihren Kontostand abzufragen.

»Das ist er«, sagte Sophie. »Frank, was gibt's? Weg? Wo? Alles klar, sage ich ihnen.«

Sophie schenkte drei Tassen Kaffee ein und reichte sie Laura, Timo und Jörg.

»Diese beiden Typen, die ihr im Vorraum festgesetzt habt … na ja, eine Streife war eben dort und die sind – verschwunden.«

Jörg war der Erste, der sprach. »War die Tür aufgebrochen?«

Sophie zuckte die Schultern. »Davon hat er nichts gesagt. Ich frage ihn gleich noch mal. Aber es hörte sich nicht so an. Warum?«

»Das heißt«, sagte Jörg, »dass, wer immer sie befreit hat, eine Schlüsselkarte für die Bank hatte.«

FREITAG

KAPITEL 60

RECHTSMEDIZIN, MOABIT, BERLIN

Es war Nacht geworden.
Die Tatsache, dass diejenigen, die Neil und Probek befreit hatten, auch über eine Schlüsselkarte für die Bank verfügten, machte die Sache größer, als sie sein sollte. Als Deckhard ebenfalls kam, mussten Laura, Timo und Jörg erneut alles erzählen, während Deckhard zwischendurch mehrfach telefonierte.

»Irgendwie wird mir langsam schlecht«, sagte Laura.

Sophie nickte. »Kein Wunder, bei dem, was dir passiert ist. Hast du schon etwas gegessen?«

Laura schüttelte den Kopf. »Ich habe auch gar keinen Hunger.«

»Das ist egal«, sagte Sophie, »essen ist das Beste, was man in einer solchen Situation tun kann. Es heißt nicht umsonst, dass es Leib und Seele zusammenhält, es *erdet* quasi die Psyche. Was haltet ihr von Döner? Hier um die Ecke gibt es eine kleine Bude, da holen wir uns öfter etwas.«

»Der hat jetzt noch auf?« Jörg war im Süden Berlins andere Öffnungszeiten gewohnt.

»Der hat immer auf«, sagte Sophie. »Also, Döner?« Die Männer stimmten sofort zu und auch Laura ließ sich überzeugen, es immerhin zu versuchen.

»Ich bin jetzt schon müde«, sagte Jörg, »nach all dem Stress. Und nach dem Essen wird das erst recht so sein.«

»Wie wäre es, wenn ihr einfach hier übernachtet? Wir haben ein paar Klappbetten und auch ein paar Decken, die der Katastrophenschutz hier mal gelagert hat.«

»Hier bei den Toten?«, fragte Timo.

»Die sind ja weit weg. Und das sind im Übrigen die Letzten, die uns etwas tun«, sagte Sophie.

»Ist ja wie bei *Fünf Freunde*«, sagte Laura, »aber machen wir.«

Heike, die es zu Hause nicht mehr aushielt, war schließlich auch noch mit dem Taxi dazugekommen. Es gab Döner von der Bude um die Ecke und Bier und Cola. Laura hatte dann doch Hunger, und ihr schmeckte dieser Mitternachtsimbiss nach all den Schwierigkeiten besser als manches teure Fünf-Gänge-Menü, das es auf irgendwelchen Feiern der Bank gegeben hatte.

Die Nacht verbrachten Laura, Timo, Jörg und Heike auf den Betten, die in einem Büro neben dem Sektionssaal standen. Das war zwar eine etwas gruselige Schlafangelegenheit, da aber keiner der Toten aus der Leichenhalle nebenan wieder von den Toten auferstand, war die Nacht, so fand Laura, dann doch ruhig. Die Lebenden waren in Lauras Leben die, die den meisten Schrecken verbreiteten.

Es war exakt fünf Uhr morgens, als Laura von Stimmengewirr wach wurde. Sie sah, wie Sophie sich mit Steffen unterhielt und kurz, offensichtlich vor Begeisterung, in die Hände klatschte. Was auch dazu führte, dass alle anderen geweckt wurden.

Laura richtete sich auf. »Und?«, fragte sie.

»Bingo!«, sagte Sophie. »Das ist er! Übereinstimmung in acht von zehn Fällen! Frank wird auch gleich hier sein.«

Frank Deckhard, der nicht sonderlich ausgeschlafen aussah, war kurz vor Ort und brachte noch weitere Nachrichten mit. Einer der Bankräuber, Bernd Reling, genannt Neil, war am östlichen Stadtrand außerhalb der Landsberger Allee auf einem stillgelegten Schrottplatz gefunden worden. Er saß in einem schrottreifen Opel Kadett. Mit einer Kugel im Kopf und einem blutbespritzten Zweihundert-Euro-Schein auf den Knien. Laura konnte den Mann auf dem Foto sofort als einen der Bankräuber identifizieren. »Und das ist auch der Mann, der mir im Transaction Banking auf der Treppe entgegenkam«, sagte sie, »und den ich mit dem Blitz geblendet habe.«

»Okay, wir müssen los«, sagte Deckhard und sprang auf. »Jetzt können wir richtig ermitteln! Wir fahren sofort zur Koppenstraße und treffen dort die Kriminaltechnik, um weitere DNA-Proben zu nehmen, und der Rest fährt zur Privatwohnung von Fischer und nimmt ihn fest. In jedem Fall ist er verdächtig, eine Menge Geld verschoben zu haben. Wobei ich fürchte, dass das nur die Spitze des Eisbergs ist.«

»Das fürchte ich langsam auch«, meinte Laura.

»Wie wär's?«, fragte Sophie, »ihr fahrt alle nach Hause und legt euch noch mal richtig hin, auch wenn es inzwischen schon wieder fast hell ist? Ich sage euch Bescheid, wenn es etwas Neues gibt.«

»Nichts dagegen.« Laura streckte sich und gähnte. »Wird Zeit, die Putzsachen loszuwerden, auch wenn Sophie die stylisch findet.«

Sie hatte während der kurzen Nacht auf der Pritsche gar nicht so schlecht geschlafen, war aber wegen all der Aufregung dennoch zum Umfallen müde. Sie merkte aber: Einschlafen würde ihr jetzt nicht gelingen. Timo ging es genauso, wobei der immer schlief wie ein Stein. Ebenso Jörg. Bei Heike war Laura nicht sicher. Die schien noch mit der Feststellung zu kämpfen, dass fiktive Krimis auf der Couch zwar eine schöne Sache sind, echte Krimis im wahren Leben aber doch heftig an den Nerven zerren.

KAPITEL 61

BLANKENFELDE-MAHLOW, BEI BERLIN

Timo hatte den Kastenwagen vor der Einfahrt geparkt. Er stoppte den Motor und streckte sich. Er und Laura stiegen aus.

Sie waren zu Hause. In ihrem Haus. Noch jedenfalls wohnten sie dort, auch wenn es ihnen nicht gehörte. Vielleicht würde es so bleiben.

Timo gähnte. »Ich leg mich noch mal hin. Hab Jochen gesagt, dass es ein bisschen später wird.«

»Freitag vor eins macht jeder seins«, sagte Laura und lächelte.

»Das heißt *nach* eins«, sagte Timo, »und was willst du denn machen? Etwa arbeiten?«

»Ich bin ja beurlaubt.« Sie schaute sich um. Die Sonne würde bald aufgehen. Die Luft war frisch und die ersten Vögel begannen zu singen.

»Ich glaube«, sagte Laura, »ich geh noch kurz laufen und leg mich dann hin. Schlafen könnte ich jetzt sowieso nicht.«

Timo zog die Augenbrauen hoch. »Ist das nicht gefährlich? Denk an die Typen bei der Bank. Diesmal ist Jörg nicht da.«

»So ein Quatsch. Die sind doch alle in U-Haft!«

»Wie du willst.« Timo zuckte die Schultern.

Laura überlegte sich schon, welche Musik sie gleich hören wollte, und hoffte, dass ihre Smartwatch aufgeladen war.

Die schwarze Limousine, die am Ende der Straße stand, sah sie nicht.

KAPITEL 62

BLANKENFELDE-MAHLOW, BEI BERLIN

Der schwarze Wagen war etwa fünfzig Meter entfernt. Langsam kroch er näher, während die gespiegelten Scheiben die Bäume reflektierten. Die Limousine schien sich kaum fortzubewegen. Es sah eher aus, als würde sie auf ihren vier riesigen Reifen ruhen wie ein großer, schwarzer Käfer.

Doch sie ruhte nicht. Kroch vielmehr langsam näher, näher und näher, nicht schneller, aber auch nicht langsamer als die Frau, die in fünfzig Meter Entfernung vor dem kauernden, schwarzen Monstrum lief.

Laura hatte ihre Laufschuhe angezogen, ihre kabellosen Ohrstöpsel eingesteckt und ihre Smartwatch am Handgelenk. Sie hörte irgendeinen Rock-Mix, den die künstliche Intelligenz des Streaming Dienstes ihr vorgeschlagen hatte – und damit erschreckend oft ihren Geschmack traf.

Sie begann mit langsamen Schritten, als sie die Straße hinunterlief, an der ihr Haus stand. Der frische Wind des Spätsommers, der schon eine Spur des kühlen Herbstwindes mit sich trug, wehte ihr über das Gesicht. Ihr Blick folgte einigen wenigen Blättern, von denen ein paar bereits zu Boden fielen, schweifte über die Fassaden der anderen Häuser und die teils hübschen, teils spießigen Gartenzäune.

Langsam, ganz langsam, hatte der Wagen die Geschwindigkeit erhöht. Der Motor, kaum zu hören, summte zugleich lauernd und geduldig wie ein Insekt, das in der Luft schwebte, doch innerhalb von einer Sekunde herabstoßen konnte, um sein Opfer zu fangen, tot oder lebendig.

Der Wagen kroch näher. Dreißig Meter. Zwanzig Meter. Zehn Meter.

Dann ging es ganz schnell.

Die Tür rechts hinten schnappte auf wie ein hungriges Maul. Der Wagen spuckte einen Mann aus, der hinaussprang, die Augen hinter einer dunklen Brille verborgen. An den Füßen leichte Schuhe aus Segeltuch, deren Schritte man kaum hören konnte.

Er ergriff die Frau und warf sie in den hinteren Teil des Wagens, wo zwei Hände sich schon nach ihr ausstreckten und nach der Tür griffen. Im selben Moment verschwand auch der Mann erneut im Schlund des schwarzen Autos. Die Tür fiel mit einem leisen, fauchenden Knall zu, während der Wagen, der eben noch mit bedrohlicher Langsamkeit durch das Viertel geglitten war, beschleunigte und zügig, aber nicht auffällig schnell, aus dem Viertel herausfuhr. Vorbei an den teils hübschen, teils spießigen Zäunen, den rosenbekränzten Hecken und den Vorgärten.

KAPITEL 63

STRASSE NAHE BLANKENFELDE-MAHLOW, BEI BERLIN

Laura atmete schwer. Sie saß zwischen zwei Männern auf der Rückbank eines Autos. Nach dem Platz zu urteilen, den die Männer beanspruchten, waren es breite, bullige Typen. Sie roch ihr billiges Aftershave und den kalten Zigarettenqualm in ihrem Atem. Sie hatten ihr einen Sack über den Kopf gestülpt und sie kam sich vor, wie in einem dieser Entführungsfilme. Was passierte mit solchen Leuten? Sie wurden in irgendeinen Wald gefahren und dort erschossen. Oder etwas noch Schlimmeres.

Ihre Hände waren zusammengebunden. Immerhin vor dem Bauch, nicht auf dem Rücken. Die Ohrstöpsel waren ihr bei dem Manöver herausgerutscht und lagen jetzt irgendwo auf der Straße. Oder hatten die Männer die Ohrstöpsel mitgenommen, damit nichts auf die Entführung hindeutete? *Komisch*, dachte Laura, *dass das Gehirn sich in solchen Situationen über solche Dinge Gedanken macht*. Die Smartwatch hatten sie ihr auch abgenommen. Klar, damit konnte man telefonieren und das wussten die Kerle bestimmt.

Ihr Herz raste. Sie fragte sich, ob sie schreien sollte, entschied sich aber dagegen. Wahrscheinlich würde sie auf der Straße ohnehin niemand hören. Und ihre Situation würde es nicht besser machen.

»Frau Jacobs«, sagte eine Stimme von vorne, die sie sofort erkannte. Sie kam vom Beifahrersitz. »Dass Sie uns den Gefallen getan haben, tatsächlich im Morgengrauen laufen zu gehen, tja … dafür sollte ich Ihnen fast dankbar sein.«

»Herr Fischer«, sagte Laura tonlos.

»Sie haben mich schön reingelegt. Glückwunsch. Die Sache mit dem Geld, das nicht mehr auf den 900er-Konten war.« Er schnalzte mit der Zunge. »Kompliment! Und was mache ich Idiot? Ich fall drauf rein.« Er schwieg eine Weile. Auch Laura sagte nichts. »Sie hätten wir gut gebrauchen können«, sprach er weiter, »ein absolutes Pokerface hatten sie. Und das in einer solchen Situation. Respekt.« Er machte Lauras Stimme nach. »*Ich habe mit Frau Meyer gesprochen. Sie sagte, auf den 900er-Konten wäre kein Geld mehr.* Aber wissen Sie was? Das Geld ist noch da!«

»Was ...«, begann Laura, »... was haben Sie vor?«

»Sie sind meine Lebensversicherung. Sie kommen mit!«

»Wohin?«

»Das werde ich Ihnen auch gerade verraten! Sie bleiben bei mir und was dann mit Ihnen passiert ... überlegen wir uns. Obwohl ...«, meinte er dann nach einer kurzen Pause, »eigentlich haben wir uns das schon überlegt. Sehr gut sogar.«

Wieder Schweigen.

Laura spürte einen Stich ins Herz. Was meinte er damit?

»Sie wollen das Land verlassen?«, fragte sie.

»Nein, ich wollte entweder zum Pariser Platz oder gleich zur Polizei.« Fischer lachte kurz über seinen eigenen Witz. »Natürlich verlasse ich das Land.«

»Meinen Sie, das merkt niemand am Flughafen? Wenn sie dort die Ausweise kontrollieren?«

»Wir fliegen ganz sicher nicht vom BER. Dieser Scheißflughafen ist in Betrieb genauso unzuverlässig wie als Bauprojekt. Nein. Eine Privatmaschine wartet schon, und der Pilot kriegt viel Geld dafür, dass er den Mund hält. Geld ...«, sagte er, »... dass ich dem Mann nicht zahlen müsste, wenn Sie keine Zicken gemacht hätten.«

»Und dann?«

»Sie fliegen mit«, sagte Fischer. »Vorläufig.«

»Vorläufig?« Laura merkte, wie ihr das Grauen den Rücken heraufkroch. Was sollte *vorläufig* heißen? Sie hatten sich schon Gedanken gemacht, hatte Fischer gesagt. Sie flog nur einen Teil der Strecke? Fliegen konnte sie nur *mit* dem Flugzeug, nicht allein. Sollte das heißen, dass sie …

Fischer beendete ihre Gedanken.

»Wissen Sie, was Flughafen auf Englisch heißt?«

»Airport.« Lauras Stimme zitterte. Was sollte dieser dumme Sprachtest?

»Airport klingt doch so, als wäre der Hafen in der Luft?«, bemerkte Fischer. »Ist er aber nicht. Er ist am Boden. Für Sie machen wir daraus aber einen richtigen *Airport*, Frau Jacobs. Denn genau so wird es hier laufen. Sie steigen vorher aus. Oder sollte ich sagen: Sie steigen um? In eine andere Welt.«

Lauras Mund wurde trocken und ihre Hände zitterten. Sie wollten es tatsächlich tun. Sie wollten sie irgendwie während des Fluges aus dem Flieger werfen. Wie wollten sie das machen? Wollten sie sie in den Gepäckraum legen und dann die Klappe öffnen? Fischer, dachte sie, hatte den Piloten geschmiert. Niemand würde wissen, dass sie eingestiegen war. Niemand würde sie vermissen, wenn sie nicht wieder ausstieg.

Und Timo? Der hatte sich hingelegt. Hatte nichts gesehen. Oder sehen können.

Eine Limousine, die die Siedlung verlassen hatte. Was sollte das mit Laura zu tun haben?

Laura konnte nichts sagen.

»Sie hätten richtig was werden können, Frau Jacobs«, sagte Fischer. »Aber sie mussten sich ja mit mir anlegen wegen ihres bescheuerten Hauses. Wenn das nicht wäre, was hätten Sie erreichen können? Sie hätten aufsteigen können. Aber oft kommt nach dem Aufstieg der Sturz. Hier ist es ein Sturz im wörtlichen Sinne. Sehen Sie es als eine letzte Auszeichnung, Frau Jacobs: Wenn Sie abstürzen, dann richtig.«

Dann spürte sie die Spritze in ihrem Oberarm.

KAPITEL 64

FLUGHAFEN SCHÖNHAGEN BEI BERLIN

Die Stimmen, die Laura hörte, waren gedämpft. Durch den Stoff über ihrem Kopf konnte sie einige Schemen sehen, aber mehr nicht. Einen Zaun vielleicht, zwei Männer.

Sie hatten ihr irgendein Betäubungsmittel eingespritzt, vielleicht auch so ein GHB-Zeug wie Althaus. Klar, dachte sie, es waren ja auch dieselben Täter. Aber dass es sie auch noch erwischen musste.

Sie merkte, wie anstrengend selbst solche einfachen Gedanken für sie waren. Vielleicht war es gut, wenn sie nicht mehr viel mitbekam. Wenn sie fast ohne Bewusstsein aus dem Flugzeug fiel und den Sturz und vor allem den Aufschlag gar nicht richtig mitbekommen würde.

Sie hörte Motorengeräusche. Zwei Männer hielten sie fest. Wahrscheinlich die, zwischen denen sie gesessen hatte. Sie setzte einen Schritt vor den anderen, wie ferngesteuert. Es war, als würde sie im Halbschlaf laufen. Ohne die zwei Männer wäre sie hingefallen. Sie hörte gedämpfte Stimmen. Hörte Schritte vor sich. Der Mann vor ihr musste Fischer sein. Sie liefen auf etwas Großes zu. Ein Flugzeug? Ja, es war das Flugzeug.

Warum erschossen sie Laura nicht einfach im Wald, dachte sie. Doch dann fiel ihr das ein, was Heike ihr einmal gesagt hatte: Der perfekte Mord ist ein Mord ohne Leiche. Wenn sie Laura an der richtigen Stelle abwarfen, irgendwo im Gebirge, irgendwo weit weg, wer wusste, wann sie dann gefunden würde? Und wer würde auf die Idee kommen, dass sie aus einem Flugzeug gefallen war? Man würde denken, sie wäre irgendwo an einer Schlucht abgestürzt. Von ihr war keine DNA gespeichert, anders als von Fischer. Alle in Berlin würden glauben, sie wäre entführt worden.

Aber das alles wäre sowieso egal. Sie würde sterben. Sie dachte an Timo, den sie nie wiedersehen würde. Ihr Haus. Ihre Kinder, die sie vielleicht irgendwann einmal gehabt hätten, aber jetzt nie haben würden.

Sie spürte die Tränen. Sie liefen ihr nicht über das Gesicht, sondern sie tränkten den Sack, der noch immer über ihren Kopf gestülpt war.

»Einen Fuß nach dem anderen«, sagte Fischer, als sie die Treppe zum Flieger hinaufstiegen.

Sie tat einen Schritt. Noch einen. Sie stieg nach oben, um dann zu fallen. Um dann zu sterben.

In dem Moment lief sie, und auch ihre zwei Begleiter, fast in Fischer hinein. Denn Fischer war abrupt stehen geblieben.

Dann hörte sie die Stimme. Die Stimme, die ihr bekannt vorkam.

War das ein Traum? Eine Halluzination? War sie schon in der anderen Welt und eigentlich schon tot?

Sie musste kurz an die Stelle in *Gladiator* denken, die Timo fast auswendig konnte. Dort sprach Russell Crowe als General Maximus im kalten Germanien zu seinen Soldaten: »Wer auf einmal über grüne Wiesen reitet, die Sonne im Gesicht, der sollte sich nicht wundern. Denn er ist im Elysium. Und längst tot!«

Dann war der Gedanke schon wieder weg.

Doch die Stimme klang real.

Die Stimme schien aus dem Flieger zu kommen.

»Bevor Sie wegfliegen, Herr Fischer, würden wir uns gern

unterhalten. Den Komfort des Jets können wir Ihnen nicht bieten. Bei uns gibt es harte Stühle und schlechten Kaffee. Genau das Richtige für ein Gespräch unter Männern.«

»Was wollen Sie?«, fragte Fischer.

Aber Laura spürte die Unsicherheit in seiner Stimme.

»Machen wir es einfach: Sie sind festgenommen«, sagte die Stimme, die ihr bekannt vorkam.

Wem, verdammt noch mal, gehörte die Stimme? Es musste diese Spritze sein, die alles vernebelte, als würde sie die Welt durch einen verdammten Wattebausch sehen und hören.

Dann fiel es ihr ein.

Deckhard, Sophies Freund! Das war die Stimme von Deckhard!

Sie verlor das Bewusstsein.

KAPITEL 65

BLANKENFELDE-MAHLOW, BEI BERLIN

Ihr Blick war nicht mehr verschwommen.
Sie lag im Bett.

Vor sich sah sie – Timo!

Sie schaute sich um. Sie war tatsächlich zu Hause. Kein Flugzeug, kein Fischer, kein – sie schluckte – keine Menschen, die sie aus dem Flugzeug werfen wollten. Sie hatten ihr am Arm einen Zugang gelegt, eine Nadel steckte in ihrer Vene.

»Timo«, flüsterte sie.

»Laura!« Er stürzte zu ihr, nahm sie etwas unbeholfen in den Arm und küsste sie. »Du bist wach.«

»Was ist passiert?« fragte sie. Sie wusste, dass in dem Flugzeug auf einmal irgendetwas geschehen war. Etwas, das alles schlagartig verändert hatte.

»Deckhard war auch hier. Und ein Arzt. Wir haben dich schlafen lassen. Fischer wird in dem Moment, wo wir sprechen, in der Keithstraße vernommen.«

Sie versuchte, sich aufzusetzen, merkte aber, dass ihr dazu die Kraft fehlte. Die Nadel stach in ihrer Armbeuge. Also blieb sie liegen.

»Wie habt ihr mich überhaupt gefunden?«

Timo grinste. »Die Webcams vor unserem Haus. Die du so blöd fandest.«

»Was?«

»Ich hatte mich hingelegt«, sagte Timo, »konnte aber nur kurz schlafen. Normalerweise gehst du ja immer um die dreißig Minuten laufen. Als du noch nicht da warst, habe ich dich angerufen. Nichts. Das war der Moment, wo ich mir Sorgen gemacht habe.«

»Und?«

»Ich habe Deckhard angerufen. Ich musste an die Sache vor der Bank denken. Die beiden Typen, von denen Jörg einen in Schach gehalten hatte. Was wäre, dachte ich, wenn es davon noch mehr gäbe? Da dachte ich, dass sie dich vielleicht hier irgendwo abgefangen haben. Ich habe die Webcam-Aufnahmen gecheckt. Und tatsächlich ...«

»Da war die Limousine?«

»Sogar der Moment, wo sie dich in den Wagen gezerrt hatten. Ich hatte Todesangst um dich. Du weißt ja, eine der Webcams kontrolliert die ganze Straße, was ich datenschutztechnisch gar nicht darf, aber scheiß drauf.«

»Wenn die Kamera nicht gewesen wäre«, sagte Laura tonlos, »dann wäre ich jetzt tot?«

»Vielleicht.« Timo blickte zum Fenster, bevor er weitersprach. »Auf der Webcam war das Nummernschild zu sehen. Deckhard hat es sofort geprüft. Es war absichtlich kein Wagen von der Bank, sondern eine Premium-Limousine von einem großen Autovermieter. Den haben wir kontaktiert.«

»Und?«

»Die haben alle GPS, falls sie mal geklaut werden. Wir haben den Wagen lokalisiert.«

»Aber Ihr wart viel schneller da? Dir ist doch erst nach dreißig Minuten aufgefallen, dass irgendetwas nicht stimmte?«

Timo blies die Backen auf. »Das war Maßarbeit. Deckhard ist mit einem Polizeihelikopter los, der war halt deutlich schneller, das GPS-Signal von dem Wagen immer im Blick. Obwohl sie schon ahnten, wo es hingeht.

»Zu einem Privatflughafen.«

»Richtig. Schönhagen. Die Ermittler waren zuerst da. Sie haben ein paar ernste Worte mit der Crew gesprochen und Fischer dann sozusagen im Flugzeug erwartet. Damit keiner mehr kehrtmachen konnte.«

Laura hatte sich nicht verhört. Es war Deckhards Stimme in dem Flugzeug gewesen. Es war Deckhard, der Fischer dort erwartet hatte. Sie blickte auf und sah die Tränen in Timos Augen. »Laura, wenn diese eine Webcam nicht gewesen wäre ...«

»Ich weiß!« Sie nahm ihn in die Arme. »Ich werde nie wieder über irgendwelche technischen Gimmicks von dir lästern. Von mir aus kannst du noch hundert weitere Webcams kaufen.«

»Wirklich?« fragte Timo. »Und äh, die dreißigtausend Euro, die ich verzockt habe? Verzeihst du mir?«

»Natürlich«, sagte Laura und schluckte. »Dreißigtausend? Was ist das im Vergleich zu einem Menschen, der dann da ist, wenn man ihn braucht?«

Sie spürte an dem salzigen Geschmack auf ihren Lippen, dass sie weinte. »Am Ende«, sagte sie, und es dauerte etwas, bis sie ihre Stimme wiederfand, »ist doch nicht wichtig, was man hat, sondern wen man hat.«

EINIGE TAGE SPÄTER

KAPITEL 66

STRAFGERICHT MOABIT, BERLIN

Laura blickte nach oben und sah die Fassade des Großen Kriminalgerichts in Moabit, ein riesiges Gebäude aus dem 19. Jahrhundert, dessen zwei imposante Türme den Eingang flankierten und die das stolze Bauwerk wie eine Mischung aus Sakralbau und Festung wirken ließen. Einige Kollegen und Kolleginnen waren auch dabei, Sandra, besagte Frau Wilmer, ebenso Timo, Jörg, Harding und Harald Kienzle.

Sie traten durch den Eingang und Laura schaute ehrfürchtig auf den immensen Gebäudekomplex. Wenn es irgendwann ein himmlisches Gericht geben sollte, dachte sie, dann würde das wahrscheinlich ähnlich aussehen. Denn hier waren Honecker und die SED-Granden verurteilt worden, hier kümmerten sich fast dreihundert Richter und noch mehr Staatsanwälte um Kapitalverbrecher, Mörder, Geldwäscher, Menschenhändler – und um Leute wie Thomas Fischer.

Sie betraten das eindrucksvolle Treppenhaus mit seinen verschlungenen Wendeltreppen, ein endloses Gewirr aus Korridoren, die gleichzeitig eine perfekte, geometrische Ordnung aufwiesen. Und wenn es das Ziel dieser Vorhalle war, jeden Besucher einzuschüchtern, so war dieses Ziel mehr als erreicht. Das hier ist die letzte irdische Gerichtsbarkeit, laute die Aussage des Bauwerks, die Gerichtsbarkeit, die danach kommt, ist die himmlische.

Der Prozess dauerte schon ein paar Tage. Die Behörden hatten Fischer in Untersuchungshaft gesteckt, sie hatten einige der Hintermänner identifiziert, aber genau wussten sie nicht, wer noch alles dahintersteckte. Vor allem, weil Fischer zwar einiges zugegeben hatte, aber einige Leute offenbar nicht verpfeifen wollte und dafür auch eine höhere Strafe in Kauf nahm. Das war bei ihm offenbar ähnlich wie bei Rockerbanden, die auch niemals Leute außerhalb des Gefängnisses verpfiffen und dafür lieber ein paar Jahre länger im Knast blieben.

Sie stiegen die riesige Treppe hinauf, schauten auf den gigantischen Kronleuchter, bei dem Laura einen kurzen Moment nachdachte, was passieren würde, wenn der jemals herunterfallen würde. So wie Fischer gefallen war.

»Schalten Sie bitte Ihre Handys aus?« Die Stimme von einem der Wachleute, der sie zu ihren Plätzen begleitete, durchschnitt ihre Gedanken. Fischer hatten die Justizbeamten direkt aus der JVA über die Verbindungsgänge in das Gebäude gebracht. Laura schaltete das Handy aus, blickte in den großen Gerichtssaal, sah den Richter, die Staatsanwälte, die Verteidiger, die riesigen Ordner und Dokumente. Und draußen vor den Fenstern die klassizistische Häuserfront der Turmstraße gegenüber dem Kriminalgericht.

Der Staatsanwalt ergriff das Wort.

»Thomas Fischer, Sie haben bewusst in Kauf genommen, Ihre Mitarbeiter zu diffamieren, insbesondere die Zeugin Frau Laura Jacobs und den verstorbenen Herrn Gerhard Althaus, indem Sie mit deren Disposchlüssel Gelder auf die 900er-Konten überwiesen haben. Gelder von Konten, deren Inhaber längst verstorben waren. Allein durch die Tatsache, dass Sie versehentlich von Frau Margaret Wilmers Konto abgebucht haben, diese allerdings noch lebte und dies Frau Jacobs auffiel, hat dazu geführt, dass Ihr Spiel aufgeflogen ist. Dies erfüllt den Tatbestand der Untreue als Bankmanager und natürlich laut Strafgesetzbuch Paragraf 242 den des schweren Diebstahls. Zudem haben Sie versucht, diese Überweisungen Kolleginnen und Kollegen in die Schuhe zu schieben, sodass Sie darüber hinaus auch noch eine Straftat vorgetäuscht und andere diffamiert haben. Haben Sie dazu etwas zu sagen?«

Fischer sagte nichts. Stattdessen meldete sich sein Anwalt. »Mein Mandant möchte die Aussage verweigern.«

»Schön«, sagte der Staatsanwalt. »Des Weiteren werfen wir Ihnen vor, diese Gelder über sogenannte Dark Pools im Dark Web unsichtbar gemacht zu haben, um dann, auf eigene Rechnung Xenotech-Aktien und Optionen zu kaufen, weil Sie davon ausgingen, dass diese stark im Wert steigen würden, wenn Xenotech erst die Grundstücke in Blankenfelde-Mahlow bekommen würde.«

Der Anwalt von Fischer wiederholte den gleichen Satz: »Mein Mandant möchte die Aussage verweigern.«

»Wie auch immer«, fuhr der Staatsanwalt fort. »Wie Durchsuchungen Ihres Rechners ergeben haben, haben Sie bereits in Frankfurt in Ihrer früheren Position den Verkauf der Grundstücke an Xenotech eingefädelt und schon damals zur Belohnung Aktienoptionen von Xenotech erhalten, die bereits stark im Wert gestiegen sind. Das allerdings hat Ihnen nicht gereicht, sodass Sie fremde Gelder von sogenannten toten Konten abgezweigt haben, um noch mehr Aktien kaufen zu können.« Er schaute den Richter an. »Die Staatsanwaltschaft sieht hier die Tatbestände des Insiderhandels nach Wertpapierhandelsgesetz, ebenso Verstöße gegen die Marktmissbrauchsverordnung. Möchten Sie dazu Stellung beziehen?«

Der Anwalt von Fischer sagte wieder den gleichen Satz. »Mein Mandant möchte die Aussage verweigern.«

Der Staatsanwalt machte eine Pause. »Das«, sagte er dann, »ist leider noch nicht alles. Um Gerhard Althaus davon abzubringen, die Manipulation über seinen Disposchlüssel öffentlich zu machen, haben Sie sich nicht davor gescheut, zu äußersten verbrecherischen Maßnahmen zu greifen.«

Der Anwalt von Fischer erhob sich. »Mein Mandant wüsste gern, was genau Sie ihm dabei vorwerfen.«

»Untreue, Betrug, Körperverletzung, Anstiftung zu einer Straftat und möglicherweise geplanter Mord oder Totschlag. Und am Ende sogar Entführung mit einer, wie Zeugin und Opfer Laura Jacobs aussagte, klar formulierten Absicht des Mordes.«

»Einspruch!«, rief der Anwalt. »Das geht entschieden zu weit.«

»Einspruch abgelehnt«, sagte der Richter, »Herr Staatsanwalt, fahren Sie fort ...«

KAPITEL 67

BLANKENFELDE-MAHLOW, BEI BERLIN

Laura und Timo hatten zu einer kleinen Gartenparty geladen. Der Prozess war noch immer im Gang. Der Verkauf des Grundstücks war erst einmal gestoppt worden, da begründete Zweifel vorlagen, dass bei dem Aufsetzen der Verträge alles mit rechten Dingen zugegangen war. Was Xenotech davon hielt, wusste man nicht. Was man aber wusste und sah, war, dass der Aktienkurs daraufhin wieder eingebrochen war.

Jörg und Heike waren da und natürlich Sophie und Deckhard. Timo stand am Grill, es gab Steaks, Würstchen und Grillgemüse. Und natürlich eine Menge Beilagen, über die sich besonders Sophie freute, denn sie war Vegetarierin. »Fleisch ist Arbeit«, sagte sie als Rechtsmedizinerin immer, »und kein Essen.«

»Na ja«, sagte Deckhard, »beim letzten Webergrill-Kurs, auf dem wir waren, kanntest du dich aber mit den Rippchen am besten aus. Der Grillmeister hat doch gesagt, er hat noch nie eine Vegetarierin gesehen, die sich so gut mit Fleisch und Grillen auskannte.«

»Tja«, Sophie trank von ihrem Weißwein, »nur weil ich Fleisch zubereite, heißt es ja nicht, dass ich es esse.«

»So ähnlich wie in deinem Job?«, fragte Laura schaudernd.

»Du hast es erkannt. Nur weil ich Leichen zerschneide, heißt das ja selbstverständlich auch nicht zwangsläufig, dass ich sie esse.«

»Der Grillmeister ist jedenfalls ziemlich blass geworden

bei Sophies Antwort«, sagte Deckhard. »Der hat nämlich gefragt: Was zerschneidest du denn im Job? Bist du Metzgerin?«

»Und ich habe gesagt: nein, Menschen.« Sophie lachte.

»Hoffentlich nur tote«, warf Heike ein, die noch immer fasziniert war, dass sie mit einem echten Hauptkommissar und einer echten Rechtsmedizinerin am Tisch saß.

»Guten Appetit«, sagte Laura und hob jedem ein Steak auf den Teller. *Besonders bei diesen schönen Themen,* fügte sie noch in Gedanken hinzu. Sophie bekam einen Maiskolben und Grillkäse. »Gibt es denn schon neue Erkenntnisse zu Fischer und Konsorten?«

Deckhard räusperte sich. »Ich weise darauf hin, dass dies kein offizielles Gespräch ist und wir hier als Freunde in privater Runde sitzen.«

Sophie legte ihre Hand auf seine. »Wissen wir doch.«

»Hey«, sagte Deckhard. »Ich bin jetzt Hauptkommissar, und das will ich auch noch eine Weile bleiben.«

»Okay«, meinte Laura, »und was erzählen sich diese Freunde, die hier in privater Runde sitzen?«

»Der ganze Fall«, sagte Deckhard und trank von seinem Bier, »scheint doch um einiges größer zu sein, so wie wir schon befürchtet hatten. Fischer wollte tatsächlich groß bei Xenotech einsteigen und hat dafür über einen Dark Pool neue Aktien von Xenotech gekauft. Durch den Grundstückskauf und die neue Serverfarm, da war er sicher, würden die Aktien noch weiter steigen.«

»Das Geld kam von den 900er-Konten«, sagte Laura, »das sieht die Staatsanwaltschaft auch so?«

»Richtig. Und dabei hat er, um von sich abzulenken, die Disposchlüssel anderer Mitarbeiter genutzt. Und alle Konten, von denen er Geld überwiesen hat, waren von Kunden, die schon längst tot waren.«

»Wieso ist ihm das bei Wilmers Konto nicht aufgefallen?«, fragte Sophie.

»Bei Margaret Wilmer war offenbar ein Fehler im System, das Wilmer für ›tot‹ bzw. das Konto für ›umsatzlos‹ erklärte.«

»Und Althaus und die Sache im Adlon?«

»Das wird alles derzeit aufgerollt«, antwortete Deckhard. »Es scheint um einiges größer zu sein, als wir glaubten.«

»Dann ist Fischer gar nicht der Drahtzieher?«

Deckhard zuckte die Schultern. »Ich denke, das sind ganz andere. Die Kollegen aus der Wirtschaftskriminalität sprechen von einem Konsortium, das hinter dem Deal steckt. Die hatten Fischer zu diesem Deal ermuntert, um unkompliziert das Grundstück zu bekommen, dadurch die künftigen Transaktionen einfach durchführen zu können und die Bank auf der eigenen Seite zu haben.«

»Und um Fischer im Griff zu haben«, ergänzte Laura.

»Ganz genau. Sie wollten Fischer die Möglichkeit geben, mit den Aktien reich zu werden. Richtig reich. Aber auch, um Fischer durch das verbotene, gemeinsame Wissen gefügig zu machen.«

»Sind wir jetzt eigentlich in Gefahr?«, fragte Laura. »Vonseiten Xenotech, dem Konsortium oder wem auch immer?«

»Ich glaube nicht«, sagte Sophie, »jetzt ist das Ganze ja bei den Ermittlungsbehörden. Da hilft es der Sache nicht, wenn sie euch Ärger machen. Wobei …« Sie sah Deckhard an.

»Wir werden eine Weile auf euch aufpassen«, sagte Deckhard.

Kurze Zeit war Stille.

»Unglaublich ist das alles schon«, meinte Sophie, »alles fliegt nur deswegen auf, weil diese Frau Wilmer noch lebt, anstatt, wie erwartet, tot zu sein?«

»Ich denke ja«, sagte Laura, »denn das konnte Fischer, der

erst einige Wochen dabei war, nicht wissen, weil er Wilmer nicht kannte. Er wusste nicht, wie sie aussieht, und wusste daher auch nicht, dass sie eben gar nicht tot ist. Und ihr Konto genauso wenig.«

»Tja, so ist es.« Deckhard nickte. »Oft scheitern die ganz großen Pläne an ganz kleinen Fehlern.«

KAPITEL 68

BLANKENFELDE-MAHLOW, BEI BERLIN

Es war ein wunderschöner Septembermorgen, als Laura ein paar Tage später mit einem Kaffee auf die Terrasse ging. Diesmal hatte ihr Timo keinen Kaffee hingestellt, der kurze Zeit später komplett kalt war. Er hatte heute fast verschlafen und war lange vor ihr aus dem Haus gestürzt.

Timo, dachte Laura, sie würde lange darüber nachdenken müssen, was aus ihnen beiden werden würde.

Sie hatte ihr Handy dabei und schaute auf die Wettervorhersage. Für das Wochenende waren 22 Grad vorhergesagt, wolkenlos und trocken. So, wie der Spätsommer sein sollte. Es war selten, dass es in Berlin einmal trockenwarm war. Meist war es drückend schwül und regnete. Aber dieses Wochenende würde toll werden, falls sich der Wetterbericht nicht komplett irrte.

Laura war aufgrund der »einschneidenden« Erlebnisse, wie man es in der Bank nannte, für ein paar Tage beurlaubt, um wieder zu Kräften zu kommen. Sie war auch kurz in der Filiale gewesen, alle hatten sich bei ihr bedankt und selbst Sandra hatte es über sich gebracht, ein »gut gemacht« zu murmeln.

Harding war nicht dort gewesen. Inwieweit er bei der ganzen Angelegenheit ebenfalls in der Tinte steckte, wusste sie nicht. Und im Moment interessierte es sie auch nicht. Harding war Filialleiter. Falls der wirklich aus dem Verkehr gezogen worden war, weil er irgendetwas mit der Sache zu tun hatte, war seine Stelle frei. Somit war sie, wenn ihr Kurzurlaub beendet war, vielleicht nicht nur stellvertretende, sondern tatsächlich Filialleiterin.

In den ruhigen Morgen hinein klingelte ihr Handy. Eine Festnetznummer aus Frankfurt.

Sie nahm den Anruf an.

»Ziemer«, sagte eine weibliche Stimme, »Vorstandsbüro Dr. Hortinger.«

Laura hielt die Luft an. Der Oberchef persönlich? Da sprach die Sekretärin schon weiter. »Dr. Hortinger würde gern kurz mit Ihnen sprechen. Hätten Sie Zeit?«

Was sollte sie sagen, dachte Laura. Etwa *Nein?*

»Natürlich. Stellen Sie ihn gern durch.«

Es knackte kurz. »Frau Jacobs«, begann Hortinger, »ich wollte mich schon seit einigen Tagen bei Ihnen gemeldet haben. Grandios, wie Sie das aufgedeckt haben.«

»Das ... äh ... freut mich.« Laura wusste beim besten Willen nicht, was sie sonst noch sagen sollte.

»Frau Jacobs, Sie haben durch Ihren beherzten Eingriff, auch gegen viele Widerstände, großen finanziellen und besonders auch Reputationsschaden von der Bank abgewendet. Dafür möchte der Vorstand, aber dafür möchte auch ich persönlich mich ganz herzlich bei Ihnen bedanken!«

»Das war für mich selbstverständlich, aber ich freue mich natürlich, dass ich der Bank helfen konnte«, erklärte Laura, ganz Firmensoldatin, wie man es in einem solchen Gespräch halt tun sollte.

»Darum rufe ich Sie an«, sagte Hortinger, »Leute, für die Höchstleistung selbstverständlich ist, die brauchen wir! Gerade in dieser sehr wichtigen Transformationsphase, in der wir uns jetzt befinden.« Er räusperte sich. »Mir wurde gesagt, Sie hätten jetzt ein paar Tage Urlaub, was sich niemand mehr verdient hat als Sie. Aber ...«, er machte eine kurze Pause,

»… wenn Sie etwas verschnaufen konnten und wieder im Einsatz sind, rufen Sie doch Frau Ziemer an. Nummer ist im Display. Ich würde Sie gern nach Frankfurt einladen.«

Laura sagte nichts und nickte nur, obwohl Hortinger das nicht sehen konnte. Kurz war es so, als wäre der Banküberfall erst vor einigen Minuten gewesen, sie würde wieder in der Filiale am Pult von Harding stehen und am Telefon mit Fischer sprechen.

»Das mache ich sehr gern, Herr Dr. Hortinger«, sagte Laura. »Darf ich wissen, worum es in etwa gehen wird? Ich würde mich gern darauf vorbereiten.«

»Ihre Pflichterfüllung in allen Ehren«, sagte Hortinger, »aber Menschen wie Sie sind immer gut vorbereitet. Vielleicht nur kurz: Es geht um eine sehr interessante Aufgabe, die genau das Richtige für Sie wäre. Aber jetzt erholen Sie sich gut, Frau Jacobs. Wir sehen uns bald. Erst einmal wünsche ich Ihnen ein schönes Wochenende!«

»Das wünsche ich Ihnen auch, Herr Dr. Hortinger.«

Die Verbindung endete. Ein Piepsen und dann Stille.

Eine sehr interessante Aufgabe, dachte Laura. Fischer würde sagen, das klang *spannend,* und spannend war es in diesem Fall tatsächlich. Allerdings angenehm spannend, nicht kriminell spannend wie das, was sie in den letzten Tagen erlebt hatte.

Sie merkte, dass sie bereit wäre, als sie über den Anruf nachdachte.

Bereit für eine neue Richtung in ihrem Leben.

Sie trank den Kaffee aus und ging ins Haus zurück.

AN EINEM ANDEREN ORT

Der Raum war dunkel, die Gesichter der Männer kaum zu erkennen. Einer hieß Igor, der andere Ivan. Aber das waren nicht ihre wirklichen Namen. Der größte von ihnen hatte keinen Namen. Er war nach dem benannt, wofür er sorgte.

Stille.

Silence.

Marc saß auf dem Stuhl. Gefesselt. Das Gesicht blutverschmiert.

Der Mann, der Silence genannt wurde, hatte blutverschmierte Knöchel.

»Drei unserer besten Männer sind im Knast. Von unserem Boss ganz zu schweigen. Also noch einmal ...« Silence schaute Marc mit ausdruckslosen Augen an. »Wenn du das hier in einem Stück überleben willst, dann sagst du uns jetzt, wie Fischer aufgeflogen ist.«

DANKWORT

Ich gebe es zu: Ich war mal Banker. Wer heute sagt, er ist Banker, muss sich ja eigentlich erst einmal dafür entschuldigen. Ich selbst war nicht nur Banker bei der Dresdner Bank (die es nicht mehr gibt), ich war sogar danach Berater für Banken bei der Boston Consulting Group (die es nach wie vor sehr erfolgreich gibt).

Hört man das Wort »Bank«, geht die Klaviatur der Bewertungen von »kapitalistisch« und »geldgierig« über »altbacken«, »träge« bis zu »braucht kein Mensch«. Oder auch zu dem Spruch: »Banker sind Henker«. Dennoch: Jeder hat sein Konto bei einer Bank und keiner wird bestreiten, dass man Banken braucht. Oder nicht?

Banking ist notwendig, Banken sind es nicht, sagte schon Microsoft Gründer Bill Gates im Jahr 2000. Vielleicht gibt es irgendwann keine Banken mehr. Noch gibt es sie und wenig Unternehmen sind dermaßen »thrillertauglich« wie Banken. Finde ich jedenfalls. Und Ihr, liebe Leserinnen und Leser, nach der Lektüre von »Die Filiale« und der Laura-Jacobs-Reihe hoffentlich auch.

Über eine Heldin zu schreiben, die über sich selbst hinauswächst und dabei in einer Bank arbeitet, war für mich daher nur ein logischer Schritt, als mich meine Agentur AVA fragte, was für Ideen ich jenseits von Clara Vidalis und Polithrillern denn noch hätte.

Danken möchte ich daher ganz besonders Roman Hocke und Markus Michalek von der AVA und genauso meiner grandiosen Lektorin und Programmleiterin Michaela Kenklies von Droemer Knaur, die für das Projekt sofort Feuer und

Flamme war. Ein ebenso großer Dank geht an Steffen Haselbach, Verlagsleiter Belletristik bei Droemer Knaur, der gleich meinte, es würde mal Zeit für einen Thriller im Stile von Bad Banks, aber mit etwas mehr »Clara Vidalis Thrill«. Danke auch an Antje Steinhäuser für das grandiose finale Lektorat und den super Blick für die Details und all die kleinen Fehler, die Autoren machen. Falls noch etwas nicht stimmt, liegt es definitiv an mir! Und natürlich vielen Dank an die Geschäftsleitung von Droemer Knaur, Doris Janhsen und Josef Röckl, dann auch Katharina Ilgen, Monika Neudeck und Hanna Pfaffenwimmer. Und natürlich an das ganze Vertriebsteam von Droemer Knaur, das für die Buchhandlungen und für die Nebenmärkte, wo meine Bücher offenbar auch gern gesehen sind, alles gibt.

Ein eigentlich mindestens genauso großer Dank gilt dem Team von AVA International, nämlich Claudia von Hornstein, Cornelia Petersen-Laux, Susanne Wahl und Ralph Gassmann; ebenso Dank an Thomas Zorbach und sein Team von VM People für hochkreatives Marketing.

Ganz besonderer Dank gebührt allen Buchhändlerinnen und Buchhändlern! Durch Sie und nur durch Sie sind Bücher sichtbar, anfassbar, kaufbar und überhaupt vorhanden. Und wenn Sie mich zu Lesungen einladen, auch noch live für alle Fans erlebbar. Vielen, vielen Dank, dass es Euch gibt!

Meiner Frau Saskia ist dieses Buch, wie die vorherigen, gewidmet, dennoch möchte ich herzlichen Dank aussprechen für Deine Geduld, liebe Saskia, das kritische Gegenlesen und vor allem wieder einmal für die medizinischen und fachlichen Tipps. Sollten Sie trotzdem Fehler in dem Buch finden, gehen die alle auf mein Konto.

Ein letzter Dank geht an tolle Kolleginnen und Kollegen bei der Dresdner Bank. Ihr wisst, wer gemeint ist.

Ich freue mich auf das Wiedersehen auf den nächsten Lesungen, live oder virtuell, oder auf
www.veit-etzold-autor.de
oder auf facebook.de/veit.etzold
oder bei Instagram auf etzoldveit
sowie auf https://www.linkedin.com/in/vetzold/.
Oder schreiben Sie mir an info@veit-etzold.de.

Ihr
Veit Etzold
Berlin, im Juni 2022

CHARAKTERE

- Laura Locke, Wertpapiermaklerin in der BWG Bank Berlin
- Enno Jacobs, Landwehrleutnant und Ehemann von Laura
- Thomas Fischer, neuer Regionalvorstand der Region Ost, BWG Bank
- Gerhard Althaus, Vorgänger von Thomas Fischer
- Ben Harding, Filialleiter bei der BWG Bank und direkter Chef von Laura
- Sandra Wichert, Kollegin von Laura
- Heike Freimuth, Buchhändlerin
- Jörg Heinrichs, Inhaber eines Schlüsseldienstes und Ehemann von Heike
- Seniorpartner einer unbekannten Kanzlei
- Igor und Ivan, zwei Männer, die für stürmische Abende zuständig sind
- Uli Prohak und Neil, Junkies
- Shkinor Mane, der für Stelle sorgt

CHARAKTERE

- Laura Jacobs: Wertpapierberaterin in der BWG Bank Berlin
- Timo Jacobs: Handwerksmeister und Ehemann von Laura
- Thomas Fischer: neuer Regionalvorstand der Region Ost, BWG Bank
- Gerhard Althaus: Vorgänger von Thomas Fischer
- Tom Harding: Filialleiter bei der BWG Bank und direkter Chef von Laura
- Sandra Wichert: Kollegin von Laura
- Heike Heinrichs: Buchhändlerin
- Jörg Heinrichs: Inhaber eines Schlüsseldienstes und Ehemann von Heike
- Seniorpartner einer unbekannten Kanzlei
- Igor und Ivan: zwei Männer, die für schmutzige Arbeit zuständig sind
- Ulf Probek und Neil: Junkies
- Silence: Mann, der für »Stille« sorgt

Was würde, wenn wir nur noch die Wahl hätten
zwischen hunter Kanonade – hner tolunur Chaos?

VEIT ETZOLD
FINAL CONTROL

THRILLER

Was viele lange befürchtet haben, tritt tatsächlich ein: Die EU zerbricht, und Europa steht kurz vor einem Bürgerkrieg. Erst ein paar Monate vorher hat Darron Atakis Investor und kaltherzig, einen unbeschreiblichen Plan aus einem geheimen Treffen in Davos auf dem Weltwirtschaftsforum vorgestellt. Doch niemand nahm ihn ernst. Erst jetzt, um Amokläufen, aufgebrachten Menschen, die Geschäfte zerstören und Polizisten angreifen, in einem Staat zu fordern, erkennt das Ausmaß von Darrons Plan und die Rolle der totalen digitalen Überwachung, die in China millionenfach angewandt wird. Doch da ist es fast zu spät, denn Darron Atakis ist niemand, der Leute, die ihm im Weg sind, am Leben lässt. Am Ende stehen Europas Anführer vor einer Entscheidung, die vom Teufel selbst kommen könnte.

Brandaktuell, top recherchiert und an Spannung nicht zu übertreffen: Veit Etzolds Polit-Thriller »FINAL CONTROL«.

DROEMER

Was wäre, wenn wir nur noch die Wahl hätten zwischen totaler Kontrolle – und totalem Chaos?

VEIT ETZOLD
FINAL CONTROL

THRILLER

Was viele lange befürchtet haben, tritt letztendlich ein: Die EU zerbricht, und Europa steht kurz vor einem Bürgerkrieg. Erst ein paar Monate vorher hat Dairon Arakis, Investor und Milliardär, einen unbeschreiblichen Plan auf einem geheimen Treffen in Davos auf dem Weltwirtschaftsforum vorgestellt. Doch niemand nahm ihn ernst. Erst Tom, der im chinesischen Shenzhen in einem Start-up arbeitet, erkennt das Ausmaß von Dairons Plan und die Rolle der totalen digitalen Überwachung, die in China milliardenfach angewandt wird. Doch da ist es fast zu spät, denn Dairon Arakis ist niemand, der Leute, die ihm im Weg sind, am Leben lässt. Am Ende stehen Europas Anführer vor einer Entscheidung, die vom Teufel selbst kommen könnte.

Brandaktuell, top recherchiert und an Spannung nicht zu überbieten: Veit Etzolds Polit-Thriller »FINAL CONTROL«